마셰리 장편소설

베아트리체
Beatrice

Ⅰ

마셰리 장편소설

베아트리체
Beatrice

D&C
BOOKS

차 례

1부. 몇 번이라도 좋다. 이 끔찍한 생이여, 다시!

1부.

몇 번이라도 좋다.
이 끔찍한 생이여, 다시!

1. 반쪽짜리 왕족

1. 반쪽짜리 왕족

. . ◆ . .

"네년이 왕녀냐?"

"저, 저, 저는…… 저는…… 아악!"

두꺼운 칼이 시녀의 목을 쳤다. 노스테로스 제국의 기사는 목이 뎅강 잘려 나간 여자의 몸뚱이에도 칼을 꽂았다.

베아트리체는 드레스 아래 자신의 무릎이 덜덜 떨리는 것을 느꼈다. 무릎뿐만 아니라 손도 수전증 환자처럼 마구 떨려 왔다. 사람이 죽는 것은 수없이 봐 왔으나, 이렇게 누군가가 사람을 도륙하는 모습은 처음이었다.

이 궁에서 가장 어울리지 않는 '검은 머리의 왕녀'. 저들이 왕녀가 누구인지 모를 리 없었다. 마치 자신을 농락하는 듯한 기사의 말에, 두려움이 불길처럼 치솟았다.

'이렇게 끝인가…….'

베아트리체는 두 번째 삶을 살고 있었다. 아무도 믿어 주지 않아

사춘기 이후로는 누구에게도 털어놓은 적 없지만, 그녀는 전생을 전부 기억하고 있었다.

그녀는 현대에 살다가 음주 운전자에게 치여 뺑소니를 당했었다.

그리고 다시 태어난 삶.

환생 후 25년은 짧지 않았다. 그녀는 2년 전, 비천한 노예에서 엘파사의 왕녀 베아트리체로, 전혀 다른 신분으로 바뀌었다.

노예, 그리고 왕녀.

'그래도 이번 생엔 결혼도 해 보고 왕족으로도 살아 봤으니…… 나름대로 알차게 살다 가는구나.'

노예로 살았던 시간들은 나쁘지 않았다.

'오히려 왕녀로 살았던 2년보다 나았지.'

자신의 생일을 핑계로 며칠간 왕궁을 찾았던 그녀는 갑작스레 벌어진 일에 아무런 대처도 할 수 없었다. 제국 노스테로스는 그녀의 왕국 엘파사를 선제공격하고 왕과 왕비, 그리고 진짜 왕녀들과 왕자들을 죽였다.

제1왕녀 알리시아가 도망쳤다는 얘기는 들었지만 희망은 없었다. 먼저 죽이든 나중에 죽이든 어차피 저들은 왕족들을 모두 죽일 테니까. 그녀의 궁이 유폐되다시피 구석진 곳에 있어 가장 마지막 차례였을 뿐이다.

시간을 끌어 봐야 무고한 생명만 앗아갈 터.

'비겁하게 숨어 있지 말자.'

죄 없는 시녀들까지 죽게 하고 싶진 않았다. 그녀는 결연히 의지를 다지고 앞으로 나섰다.

"나예요."

반쪽짜리라 해도 베아트리체는 자신이 왕족이라는 자각은 있었다. 어차피 저들은 자신을 처형하기 전까지는 왕국을 떠나지 않으리라.

"내가 베아트리체 왕녀예요."

생각보다 담담한 목소리가 울렸다. 동시에 기사들의 이목이 제게 쏠렸다.

'내 목소리가 이랬나……?'

생과 사의 갈림길에서 자신의 목소리조차 낯설게 들렸다.

"죽고 싶으냐, 살고 싶으냐?"

방금 전 시녀를 잔인하게 죽인 기사였다. 그가 저승사자처럼 다가오며 말했다.

"네 남편이 너와 네 나라를 팔았으니, 너라고 살고 싶겠느냐마는. 낄낄."

붉은 머리의 기사는 베아트리체를 두고 희롱하듯 거친 언사를 던졌다. '피식' 하는 다른 기사들의 코웃음 소리가 들려왔다.

그들도 분명 왕국의 몰락이 말도 안 되는 희극처럼 웃기는 일이라고 생각하고 있는 게 분명했다.

"난 살고 싶어요. 하지만 죽일 거라면 한 번에 목을 치고, 시녀들은 노예로라도 살려 주세요. 이들은 아무 죄가 없어요."

자신은 왕족이니 죽는 게 당연하지만 시녀들은 그렇지 않았다. 전생의 제가 그랬듯 허무하게 목숨을 잃는다면, 베아트리체는 죄책감에 다신 환생도 할 수 없을 것 같았다.

"살고 싶으시다? 하! 이 왕녀님께서 살고 싶다는데요, 각하. 어찌할까요?"

붉은 머리의 기사는 베아트리체를 놀리듯 우스꽝스러운 표정을
지으며 뒤를 돌아봤다.

기사단의 중심. 수많은 병사들이 돌아보는 중앙에 '그'가 있었다.
다른 기사들보다 큰 키, 갑옷 너머로도 근육질임을 알 수 있는 탄
탄하고 위압적인 몸, 얼음처럼 차가운 얼굴을 가진 기사단장.

알렉산드로였다.

"죽여라."

그는 한 치의 망설임도 없이, 어서 이곳을 벗어나고 싶은 사람처
럼 대답했다.

알렉산드로는 이 모든 일이 귀찮았다. 자신들의 조력자인 동시
에, 제 나라를 버린 반역자인 길버트 또한 마음에 들지 않았다. 그
쥐새끼 같은 반역자는 자신의 아내인 베아트리체에게조차 반역을
알리지 않았다.

하지만 알렉산드로는 누군가의 감정에 공감을 할 수 있는 남자가
아니었다.

"성문에 걸어 놓을 머리만 남겨."

그는 그저 얼른 일을 끝내고 제국으로 돌아가 뜨거운 목욕을 하
고 싶었다. 온몸에서 진동하는 피 냄새는 아무리 맡아도 역겨웠다.

"하지만 각하, 일단 길버트의 아내이니 살려 두는 것이 낫지 않
겠습니까?"

알렉산드로의 보좌관이자 참모인 에반이 조용히 속삭였다.

"일단 포로로 잡아 두고 나중에 죽여도 늦지 않습니다."

알렉산드로는 충직하면서도 교활할 만큼 똑똑한 자신의 수하를
쳐다보았다. 에반은 쓸데없는 말을 하는 자가 아니었다.

베아트리체 왕녀.

왕국 엘파사의 재상이자 반역자, 길버트의 아내. 이국의 어느 노예에게서 태어났다는 왕녀는 검은 머리에 어두운 눈동자를 가지고 있었다. 엘파사 왕족의 상징인 백금발 머리에 파란 눈이 아니었다.

'이용 가치가 있을 수도 있다…….'

알렉산드로는 별 감흥 없는 눈으로 베아트리체 왕녀를 응시했다. 그녀는 시녀들보다도 키가 작았다. 그 때문인지 소녀처럼 어려 보였다. 표정만은 달관한 사람처럼 평온했지만, 알렉산드로는 그녀의 덜덜 떨리는 손끝을 놓치지 않았다.

'살려 놓는다 해도 별문제는 없겠지.'

이국의 노예에게서 태어났다는 베아트리체 왕녀는 궁에 가장 안 어울리는 사람이었다. 그녀는 자식을 낳더라도 왕족의 상징인 백금발을 물려줄 수 없다. 왕족으로는 인정받지 못할 터.

무엇보다 이후로 관련된 일은 전부 에반이 처리할 것이다. 알렉산드로는 무심한 얼굴로 그녀를 내려다보다 휙 몸을 돌려 왕궁을 나갔다.

"왕녀는 생포하고 시녀들은 노예로 데려간다!"

재빨리 의중을 파악한 에반이 큰 소리로 외쳤다.

"그 외의 모든 시종은 죽여라!"

순간 베아트리체는 다리가 풀려 주저앉고 말았다.

'……살았다.'

가장 먼저 안도감이 들었다.

'어쨌든…… 살아남았어.'

그녀는 떨리는 제 무릎을 한번 바라보곤 급히 고개를 들어 알렉산드로의 뒷모습을 쫓았다. 얼마나 쓸모가 있을지 값을 매기는 도살업자처럼, 머리부터 발끝까지 저를 훑어보던 차가운 시선에 숨조차 쉴 수도 없었다.

태어나서 본 가장 흉흉한 남자였다. 시녀를 죽인 기사보다 알렉산드로가 훨씬 더 무서웠다. 그가 사람을 죽이는 모습을 직접 본 적이 없는데도.

'제발 다시는 마주치지 않았으면 좋겠어…….'

성문에 걸어 놓을 머리만 남기라니. 자신을 고깃덩어리 취급하는 그의 무자비한 말에 등골이 서늘했다. 그에게선 동정심은커녕 일말의 감정조차도 느껴지지 않았다.

눈이 마주칠까 두려워 얼굴을 자세히 보지도 못했지만…….

'아마 무시무시한 도적 같이 생겼겠지.'

노예에서 왕녀로, 왕녀에서 적국의 포로로 잡혀가는 이 신세가 참 기구했다. 하지만 그녀는 안도했다. 제 손목을 묶는 우악스러운 손길에 이리저리 흔들리면서도 베아트리체는 자신이 살아 있다는 사실에 감사했다.

죽음을 기억하는 그녀는, 어떻게든 삶은 이어진다는 사실 또한 잘 알고 있었다.

"단장님, 엘파사는 산맥이 많지만 평야는 토지가 비옥합니다."

몰락한 왕국 엘파사의 재상. 길버트.

"제가 엘파사 지역의 영주가 되어 다스리면 거둬들이는 세금도 만만치 않을 겁니다요, 헤헤."

그는 제 눈앞의 거물, '알렉산드로 그레이엄'의 눈에 들기 위해서라면 어떤 일이라도 할 수 있었다.

길버트는 제국 노스테로스에서 작위를 받는 대신에 조국 엘파사를 배신했다. 자신의 오랜 친우였던 왕, 그리고 아내였던 베아트리체도. 이제 길버트는 제국에서 살아남기 위한 연줄이 필요했다.

'알렉산드로 그레이엄은 제국민이라면 누구나 알고 있는 유명 인사지.'

제국의 시작부터 함께였던 그레이엄 공작 가문은 엘리트 중의 엘리트였다. 제국의 꼭두각시 황제와, 그 뒤에서 황제를 조종하는 던칸 그레이엄. 던칸은 더 많은 부를 축적하기 위해 아직 황제의 자리에 오르지 않았다는 얘기가 있을 정도였다.

그런 던칸의 하나뿐인 아들, 알렉산드로 그레이엄.

그는 현재 제국에서 제일가는 재산과 권력, 군사력을 가진 그레이엄 가문의 하나뿐인 후계자였다.

'살육에 미친 자라던데.'

길버트는 무표정한 얼굴의 알렉산드로를 흘끔 올려다보았다.

'그 소문이 틀리진 않나 보군.'

가문의 장자임에도 알렉산드로는 전쟁이라면 일찍이 한 번도 빠지지 않고 참여해 왔다. 덕분에 기사단장이라는 직함과 전쟁 영웅이라는 명예로운 호칭도 가졌지만, 그에 관한 소문은 흉흉하기 그지없었다.

일례로 그는 사람의 피를 마시고 매일 그 피로 목욕을 한다고 했다. 거의 악마나 다름없는 인간이라 어떤 감정도 표현하지 않는다고도 했다. 그나마 제국을 연이어 승리로 이끌어, 영웅이라 추앙받기 시작하면서 그 추문이 사라져 가는 중이었다.

"그럼 약속하신 대로…… 언제 작위를 내려 주시는지요?"

대륙에 마지막으로 남아 있던 독립국. 엘파사는 오늘부로 역사 속으로 사라졌다.

길버트는 제국 노스테로스의 제일가는 가문과 결탁해 역사에 길이 남을 사건을 일으킨 자신이 무척 대견했다. 제게 약속된 것은 엘파사의 절반에 해당하는 지역과 제국의 후작 작위였다.

'그레이엄 가문은 절대 약속을 어기지 않는다 했지.'

작위 수여는 황제 대신 모든 정무를 살피는 던칸 그레이엄의 몫이었다. 원래는 존귀한 황제만이 할 수 있는 일이나, 지금의 황제는 심약하고 어려서 정무에 참여하지 않았다. 실상 황제는 꼭두각시라고, 제국의 모든 이들이 아는 사실이었다.

"저어, 그레이엄 단장님……?"

비굴한 표정에 뒤룩뒤룩 살찐 몸이었지만, 길버트의 눈만큼은 사탕을 기다리는 어린아이처럼 반짝반짝 빛나고 있었다.

알렉산드로는 탐욕으로 가득 찬 그 눈이 마음에 들지 않았다. 그는 탁자 위에 올린 손가락을 까닥였다. 지루했다.

'너무 뻔한 인간이라 오히려 재미가 없군.'

탐욕에 빠져 권력에 목을 매는 역겨운 기회주의자들. 제 부모와 황궁의 수많은 귀족들로 이미 충분하다.

"왕녀가 네 아내라 하더군."

알렉산드로는 자신의 할 말만 했다.

"엘파사의 마지막 왕족이다. 그녀를 데려가고 약속받은 영지의 반을 내놓겠느냐?"

알렉산드로는 베아트리체 왕녀를 담보로 거래를 제안했다. 그래도 한때는 길버트의 아내였으니까. 모두를 배신하고 조국마저 등진 자에게서 나올 대답이야 뻔하지만 혼자 살아남은 왕녀가 떠올라 한번 던져 본 수였다.

이 욕심 많은 자가 대체 뭐라고 거절할까.

"예? 베아트리체 왕녀를 살려 두셨습니까?"

길버트는 깜짝 놀란 척했다. 그러곤 가증스럽게도 눈을 크게 뜨며 되물어 왔다.

"뭐…… 부인이야 노스테로스에선 여러 명 가질 수 있지 않습니까?"

알렉산드로는 자조적으로 그 모습을 감상했다.

"어차피 반쪽짜리 왕족인 그년이야 어찌 되든 더 이상 상관없습니다, 단장님."

그의 눈치를 살피던 길버트는 긴장감에 연신 땀을 훔쳤다.

"그년 때문에 엘파사에선 부인을 하나밖에 얻지 못해 아쉬웠더랬죠."

길버트는 당황스러웠다. 오가는 대화는 안 되고, 어느샌가 저 혼자 허둥지둥 변명만 하고 있었다.

'던칸 그레이엄은 차라리 말이 통했는데.'

그런데 아들인 알렉산드로 그레이엄은 말수도 적을뿐더러, 사람을 앞에 두고 대체 무슨 생각을 하는지 알 수가 없었다. 무표정한 얼굴, 텅 빈 듯 무심하고 흉흉한 눈빛까지. 마주 앉아 있으니 등골이 다 오싹했다.

'어째서 그 구렁이 같은 던칸과 이렇게 다른 거지?'

엘파사가 몰락하기 전, 길버트는 제국의 제1권력자라는 던칸 그레이엄을 찾았다. 자신이 가진 재물, 군사력, 그리고 정보. 그 모든 힘을 바탕으로 엘파사에서 모반을 일으켜 제국에 피로 일궈 낸 땅을 바치겠다고 말했다.

대가로 길버트가 원한 것은 바로 제국 노스테로스의 귀족 작위였다. 그와의 거래로 잃을 게 없었던 던칸은 길버트와 손잡고 제국의 기사단으로 엘파사를 몰락시켰다.

길버트는 던칸과의 그 짧은 만남을 떠올렸다. 제국의 수도까지 직접 그를 알현하러 갔었다.

'황궁이었지.'

던칸을 만나는 건 길버트에게도 결코 쉬운 일이 아니었다. 그래서 양국 간 교류라는 명목으로 재상이라는 직위를 이용했다.

던칸은 황좌에 앉아 길버트를 맞이했다. 과연 소문대로였다. 그는 황제가 아니었지만 황제처럼 보였다. 거대한 체구, 화려한 옷차림. 날카로운 눈빛과 여유로운 미소로 중무장한 중년의 카리스마는 길버트를 감히 고개조차 들지 못하게 했다.

던칸은 너무나 손쉽게 그를 불리한 위치로 이끌었다. 조금이라도 사적인 대화를 나누고자 시도하던 길버트는 멍청한 실수를 하고야 말았다.

—하하, 제가 그레이엄 영지는 굉장히 아름다운 곳이라고 들었습니다. 언제 한번 방문해 보고 싶습니다, 전하.

길버트가 간신히 던칸에게 사담을 건네자, 그는 여유로운 미소를 지으며 이렇게 대답했다.

—음? 이곳이야말로 내가 가진 영지들 중 가장 아름다운 곳이네.

길버트는 그의 대담한 언사에 아무런 대답도 할 수 없었다.

던칸은 제국의 수도를 자신의 영지라고 말할 만큼 자신만만했다. 감히 그 누가 그레이엄을 막을 것인가. 던칸은 협상과 권모술수, 사람을 조종하고 위협하는 데 특출한 사람이었다.

'그런데 아들은 왜 이렇게 과묵하지?'

알렉산드로를 보고 있자니 마치 세상사와 관계없이 홀로 사는 사람 같았다.

"어차피 베아트리체 그년은 반쪽짜리라 왕족으로 쳐주지도 않습니다."

길버트는 머리를 굴리며 다시 입을 열었다.

"엘파사 지역의 난민 또한 제가 엄히 다스려 감히 제국에 반기를 드는 일은 없게 하겠습니다요."

그가 알렉산드로의 눈치를 보며 재빠르게 덧붙였다.

"그래도 혹시 모르니 엘파사의 왕족은 모두 멸하는 게 낫지 않으신지요? 싹까지 전부 없애 버리는 게 마음이 편하실 겁니다."

가만 듣고 있던 알렉산드로는 구역질이 올라왔다. 제 이익을 위해 부인마저 죽이려는 눈앞의 상대가 너무 치졸해서 불쾌했다. 더 이상의 대화는 무의미했다. 그는 별다른 대답 없이 자리에서 일어났다.

'역겨운 인간들은 어디에나 있으니까.'

길버트는 알렉산드로가 가장 혐오하는 종류의 인간이었다. 권력에 눈이 멀어 가족까지 해하려던, 그가 평생 경멸해 온 자신의 모친을 떠올리게 했다.

목이 말랐다. 술을 마시고 싶다는 생각이 간절해졌다.

"네가 거두지 않겠다면 왕녀는 노예로 데려가겠다."

알렉산드로는 자신의 할 말만 하고는, 길버트의 간절한 눈동자를 외면한 채 문을 나섰다.

"왕녀는 전쟁 노예로 처우한다."

말을 마친 알렉산드로는 붉은 포도주가 든 잔을 입가에 가져다 댔다. 엘파사는 완전히 몰락했고, 내일이면 제국의 수도로 돌아간다. 그는 모든 일을 얼른 끝내 버리고 이만 쉬고 싶었다.

"예? 길버트가 자신의 아내를 돌려받겠다고 안 했습니까?"

에반은 깜짝 놀랐다. 쓸모가 있겠지 싶어 살려 두었던 왕녀를 전쟁 노예로 데려간다니. 협력자 길버트의 부인이었던 왕녀는 그 위치만으로도 특별했다.

'더 이용할 수 있지 않을까 했는데.'

패전국의 왕녀를 시녀들과 같은 전쟁 노예로 대우한다? 에반은 베아트리체 왕녀의 효용 가치가 더 없는지 재빠르게 계산했다.

"그에게 왕녀는 전혀 관심 없는 패다."

"왕녀로서 쓸모가 없어졌다면 죽이는 게 낫지 않을까요? 반역의 씨가 될 수 있습니다."

"살려 둬라. 어차피 왕녀의 자식은 왕족으로 인정받지 못해."

"……알겠습니다."

굳이 왕녀를 살려 두라고 하는 것에 잠시 의문이 들었지만, 에반은 군소리 없이 받아들였다. 상관인 알렉산드로는 어떤 결정을 내리든 납득할 만한 신뢰할 수 있는 사람이었다.

'어쩌면 그냥 동정심이신가.'

남편에게 뒤통수를 맞은 왕녀.

언뜻, 알렉산드로가 어떤 마음으로 그녀를 살려 두라 말했는지 알 것 같았다. 에반은 그가 모시는 기사단장이 길버트 같은 부류의 인간을 얼마나 싫어하는지 잘 알고 있었다.

알렉산드로는 권력 다툼과 권모술수, 뱀 같은 인간투성이인 황궁을 혐오했다. 특히 아버지인 던칸과 사이가 좋지 않았다.

알렉산드로가 어렸을 때부터 전장으로 나선 원인이기도 했다. 전쟁은 수도를 벗어나기 위한 가장 쉬운 변명거리 중 하나였고, 그는 필연처럼 연이은 승리를 이뤄 냈다. 알렉산드로의 남다른 체격과 시종일관 매서운 표정에 더해 소문은 갈수록 사납게 변해 갔다.

전쟁터에서만 지내던 살수 같은 남자. 분위기 또한 위압적이라 처음 본 일반인들은 그의 눈빛만 봐도 오줌을 지린다고 했다. 하지만 에반은 진실을 알고 있었다.

'그저 삶에 무심하신 분이지…….'

알렉산드로는 그런 소문이나 평판을 바꿀 노력도, 시도도 하지 않았다. 가정사를 생각하면 에반은 그가 안쓰러웠다. 저보다 열 살이나 어린데도 알렉산드로는 세상을 다 산 사람처럼 삶에 대한 집착도 흥미도 없었다.

"제국으로 돌아가면 바로 승전 연회가 있을 것입니다."

알렉산드로는 아무런 대답이 없었다. 불참한다는 뜻이었다. 에반은 과묵한 그의 의중을 파악할 수 있는 몇 안 되는 수하들 중 한 명이었다.

"전하께서 단장님께 대공의 작위를 내린다고 이미 소문이 파다합니다."

조용히 에반의 말을 듣던 알렉산드로는 저도 모르게 피식 웃었다.

'대공? 제국에 그런 작위가 어디 있단 말인가.'

이례적인 일이지만 부친이 워낙 별난 사람이니 알 만했다.

알렉산드로가 황위를 거절하자, 던칸은 공작의 작위를 승계하는 대신 그보다 높은 작위를 만들어서 수여하겠다고 했다.

던칸 그레이엄은 더 이상 공작으로 불리지 않았다. 쿠데타가 성공한 이후부터 그는 이름과 작위 대신 '전하'로만 불렸다. 귀족이되, 귀족이 아니었다.

'참 여러모로 대단하시군.'

알렉산드로는 아버지와 다르게 조용한 사람이었다. 그의 취미는 독서와 검술 수련, 그리고 체력 단련을 위한 운동이 전부였다. 사람들과 어울리는 것도 좋아하지 않았다.

알렉산드로의 신분에 연회는 필수적인 업무나 마찬가지지만, 그는 사람이 많은 장소에 거의 모습을 드러내지 않았다. 그의 아버지는 던칸 그레이엄, 그 자신은 알렉산드로 그레이엄이었다. 눈치 보고 두려워할 것은 세상에 존재하지 않았다.

하지만 이번 승전 연회는 좀 특별했다. 제국은 대륙을 평정했다. 전쟁이 계속되던 노스테로스에 드디어 평화가 찾아왔다. 마지막 왕국 엘파사까지 가졌으니 이제는 번영만 남았다.

"이번엔 반드시 참여하셔야 합니다."

승리에 가장 큰 공을 세운 기사단장이 연회에 빠질 순 없는 노릇이었다. 10여 년간 그치지 않았던 전쟁의 막을 내리는 승전 연회이며, 대륙에 찾아온 평화를 기념하는 연회였다.

"흐윽……."

"흐흑흑……."

돼지우리 같은 철창 안에서 시녀들은 우느라 정신이 없었다.

"흑흑. 끄윽…… 아이고, 차라리 죽는 게 낫지."

시녀라 해도 평민 이상의 신분이었다. 한순간 가축보다 못한 노예 신세로 전락하게 된 그들은 울음을 그칠 수 없었다.

"그만들 울렴."

베아트리체는 그런 시녀들을 달래고 있었다.

"지금은 이렇게 세상 무너진 것 같지만 분명히 살다 보면 죽는 것보다 사는 게 낫다고 생각할 날이 올 거야."

다 같이 노예가 되어 버린 처지에 왕녀가 시녀들을 달래는 모습은 마치 연극 같았다.

"우린 그래도 살아남았잖니."

하지만 시녀들의 생각은 그녀와 달랐다.

"아무리 그래도, 흑, 왕녀님! 흑, 어떻게 노예로 노스테로스에서 산단 말입니까……!"

베아트리체의 시녀인 루시였다.

"차라리, 흑, 죽는 게 낫습니다! 앞으로 어떤 대우를 받게 될 줄 알고요!"

그녀가 악에 받친 목소리로 핏대를 세웠다. 루시와 베아트리체는 왕궁에 들어갔을 때부터 매일 봐 왔다. 친구나 다름없는 사이였다.

"루시, 죽으면 아무것도 없어. 그래도 지금 우리는 살았잖아?"

왕궁의 모두가 죽었다.

"앞으로 삶이 어떻게 될지는 모르지만 내가 장담해. 죽겠다고 생각하기보단 열심히 살아남는 게 나아."

"왕녀님은 노예였으니 그리 말하시는 거죠!"

조용히 눈물만 훔치던 다른 시녀 루미가 소리쳤다.

"제게 노예가 되는 건 죽음보다 치욕스러운 일이라고요! 흑흑…… 차라리 그때 죽는 게 나았어요!"

"왕녀님께 함부로 말하지 마!"

루시가 루미를 째려보며 사납게 말했다. 루미는 사생아 왕녀를 얕잡아 보던 시녀 중 하나였다. 시녀들은 적어도 평민 이상의 신분이었기에 비천한 출신의 왕녀를 왕가의 일원으로 대우하지 않았다.

이국에서 온 여자 노예는 왕과의 하룻밤으로 베아트리체를 얻었다. 그녀는 아기를 낳으며 죽었고, 같은 처지였던 약방의 노예들은 그녀의 간절한 부탁으로 아기를 거두어 약방에서 키웠다. 그렇게 노예로 태어난 아기의 이름은 클로이였다.

클로이는 좀 특별한 아이였다. 아주 어렸을 때부터 그녀는 이상한 기억을 갖고 있었다.

공무원 시험에 연달아 실패하고, 수능을 다시 보고, 다시 대학에 입학해서 한약사가 된 한 여자의 일생이었다.

'그건…… 나였어. 전생의 나.'

그랬다. 클로이는 전생을 기억했다. 전생에서 그녀는 35살에 생면부지 타인의 부주의로 목숨을 잃는다. 급작스레 닥친 죽음. 자신이 원하는 것은 아무것도 가져 보지 못한 채였다.

환생하고 나서 그녀는 삶과 죽음, 전생과 현생에 대해 많은 사색의 시간을 가졌다. 그 시간들은 클로이를 특별하게 만들었다.

'엄마 없는 노예로 태어나서 이렇게 살아남은 것도 상당히 운이 좋았던 거야.'

이를 깨달은 그녀는 하루를 허투루 보내지 않도록 노력했다. 당장 내일 죽는다 해도 여한이 없도록.

가진 것 하나 없는 노예로 태어난 처지에는 그조차 힘든 일이었다. 하지만 글자를 익히고부터는 달라졌다. 노예라해도 지식이 있고 쓸모가 있었기에, 클로이는 나름대로 행복하고 평온한 나날을 보낼 수 있었다.

돌연 생면부지의 왕이 친부랍시고 나타나 그녀를 왕궁으로 들이기 전까지는 그랬다.

왕이 갑자기 그녀를 찾은 데는 이유가 있었다. 엘파사의 제일가는 부호이자 왕의 친우였던 재상 길버트의 요청 때문이었다.

길버트는 엘파사 왕가의 일원이 되길 원했다. 왕녀들 중 한 명과 결혼을 청했던 것이다. 하지만 왕은 단 두 명뿐인 왕녀를 도저히 길버트와 결혼시킬 수 없었다. 그래서 수소문하여 클로이를 찾았다. 그녀는 왕족의 상징인 백금발도, 푸른 눈도 아니나 어쨌든 왕의 핏줄이었다.

그렇게 클로이는 길버트와의 결혼을 위해 왕녀가 되었다. 그리고 베아트리체라는 고귀한 이름도 새로 얻었다. 길버트는 왕녀랍시고 데려온 그녀가 검은 머리에 검은 눈이라 적잖이 실망했다. 손찌검은 없었지만 불쾌감을 숨기지도 않았다. 클로이로 살았던 시간은 차라리 행복이었다.

'베아트리체로 살았던 끔찍한 그 2년에 비하면……'

길버트와의 결혼 생활은 악몽 같았다. 그랬던 베아트리체에게 제국의 침략은, 차라리 죽는 게 낫겠다 싶을 때 벌어진 일이었다.

'그래, 길버트도 참고 살았잖아.'

거기까지 생각이 닿자 오히려 덤덤해졌다. 무엇보다 그녀에게 중요한 건 자신이 지금 살아 있다는 사실뿐이었다. 삶을 포기할 순 없다. 어떻게든 다시 살아가야 한다.

"루시, 루미. 모두들."

베아트리체는 담담히 모두에게 인사를 했다.

"내게 너무 잘해 줬어. 그동안 왕궁에서 정말 고마웠어."

꼭 마지막 인사 같은 그 말에 시녀들이 흘끔 그녀를 쳐다봤다.

"아침에 에반이라는 기사가 말했듯이 우린 모두 같은 노예 신세야. 나를 더 이상 베아트리체 왕녀라고 부르지 말아 줘."

"……."

"앞으로는 내게 존대하지 말고 그냥 편하게 말해도 돼. 어떻게든 살길이 있을 테니 같이 견뎌 보자."

왕녀의 충격적인 언사에 시녀들 몇몇은 충격을 받은 듯해 보였다. 하지만 다들 아무 대꾸도 하지 않았다. 반쪽짜리 왕족이 뭐가 어쨌든 그네들도 자신의 처지를 먼저 생각해야 할 때가 온 것이다.

그때, 갑작스런 목소리가 그들 사이에 끼어들었다.

"아주 놀고들 있네."

깜짝 놀란 시녀들은 소리가 난 쪽으로 일제히 고개를 돌렸다. 동시에 모두가 경악 어린 숨을 들이켰다.

찾아온 이는 다름 아닌, 시녀 블레어를 죽였던 붉은 머리의 기사였다. 클로이는 절대 그 기사를 잊을 수 없었다.

기사단장은 막사에서 나오질 않아 보지 못했고, 에반은 아침에 왕녀를 전쟁 노예로 잡아간다는 말을 던지며 그녀를 묘하게 바라보다 돌아갔다. 내일이면 기사단은 제국의 수도로 돌아갈 것이다.

그리고 눈앞의 기사, 리오는 미친놈이었다. 병영에서는 그의 목소리만 들렸다. 그 누구도 리오의 말에 토를 달거나 대꾸하지 않았다. 미친놈이라 아무도 상대를 못하는 듯했다.

"어이, 왕녀. 노예 신분을 되찾은 게 그렇게 좋으면 기념식이라도 해야겠는데?"

리오는 거친 손길로 철창에서 클로이를 끌고 나왔다. 어느새 두 사람을 빙 둘러선 다른 병사들이 쳐다보고 있었다. 저 미친놈이 또 뭘 하려고 그러나 다들 궁금한 눈치였다.

"아니, 원래 노예 출신이셨다면서요. 다시 노예로 돌아가니 얼마나 즐거우시겠어. 우리 이거 축하해 줘야지, 안 그래?"

리오는 클로이를 이리저리 거칠게 끌고 다니며 농락하기 시작했다. 그러자 다른 병사들도 낄낄거리며 합세했다.

"리오 경! 난 까만 머리는 처음 봐요! 머리 말고 다른 데도 까만

색 털이 나나 궁금한데?"

그 저질스런 농담에 병사들이 왕녀의 옷을 벗겨 보라며 환호했다.

"그러게 나도 궁금한데, 왕녀?"

클로이는 수치심에 고개를 들 수 없었다.

'이들이 정말 기사라고……?'

자신을 농락하려는 저의는 둘째 치고, 이러다 끔찍한 일이 벌어질까 두려웠다.

"하하! 그건 나중에 니들이 확인해. 난 다른 할 일이 있거든. 왕녀님, 실례 좀 할게."

리오는 큰 소리로 웃더니 갑자기 클로이의 윗옷을 찢듯이 당겨 벗겨 냈다. 위 속옷만 남게 된 클로이는 필사적으로 가슴을 가린 채 리오를 노려봤다.

"제국에선 특별한 노예에게 몸에 인장을 남기지. 알고 있나?"

빈정대듯 말한 리오는 화로 근처로 걸어갔다. 일부러 느릿하게 걸어가는 모습이 마치 배부른 사자처럼 보였다.

리오는 타오르던 장작 사이에서 쇠꼬챙이를 꺼내 들었다. 잘 익은 과일을 고르듯, 천천히 들여다보던 리오가 고개를 들어 클로이를 쳐다봤다.

눈이 마주쳤다. 그러자 그가 씨익, 입꼬리를 올려 웃었다.

"……!"

그 잔인한 미소에서 클로이는 리오가 뭘 하려는지 알아챘다.

'지금, 저 미친 기사가 설마…….'

제 몸에 낙인을 찍으려는 것이다.

리오가 그녀에게서 눈을 떼지 않은 채 아주 천천히 다가오기 시작했다. 달궈진 쇠꼬챙이를 들고서. 한 발짝 한 발짝 그가 가까워질 때마다 클로이의 심장이 쿵쾅거렸다.

그녀가 무의식적으로 뒷걸음질 쳤다.

'오, 오지 마!'

입은 벌어졌지만 아무 소리도 나오지 않았다.

순간 클로이가 돌부리에 걸려 넘어졌다. 엉덩방아를 찧었는데 아픔은커녕 아무것도 느껴지지 않았다. 그만큼 상황이 공포스러웠다.

이런 희롱은 생전 처음이었다. 병사들은 너 나 할 것 없이 흥미진진한 표정으로 그들을 구경했고, 시녀들은 덜덜 떨고만 있었다.

주저앉아 뒷걸음질 치던 클로이의 등에 단단한 벽이 느껴졌다.

동시에 뒤에서 구세주 같은 목소리가 들렸다.

"리오, 작작 해라. 전쟁 노예는 영지나 기사단에 배정되기 전까진 황궁의 소유다."

에반이었다.

"허락 없이 성 노예의 낙인을 찍을 순 없다."

클로이는 제 뒤에 에반이 있다는 사실보다, 그가 방금 한 말에 더 충격을 받았다.

'저 미친 기사가 내게 성노의 낙인을 찍으려 했다고⋯⋯?'

엘파사는 노예를 구별 않고 종처럼 부렸다. 하지만 노스테로스에선 일반 노예와 성노를 구별했다. 일단 저 낙인이 찍히면 누구에게 어떤 식으로 갈취를 당해도 항의할 수 없었다.

전쟁이 잦았던 노스테로스가 노예 관리를 쉽게 하기 위해 만든 법이었다. 만약 저 낙인이 찍혔다면 어떻게 됐을지 상상만 해도 끔찍했다.

"쳇, 재미없군."

리오는 의외로 에반의 말에 별다른 반박 없이 쇠꼬챙이를 던져 버렸다. 다만 흥이 식었다는 듯 불만스럽게 팔짱을 꼈다.

"대신 저 왕녀는 내가 데리고 가게 해 줘."

리오가 불퉁한 목소리로 에반에게 졸랐다.

"저 조그만 입술에서 어떤 소리를 낼지 궁금하단 말이야."

클로이는 저를 빤히 쳐다보며 입맛을 다시는 그의 눈길을 피했다.

지푸라기를 잡는 심정으로 에반을 올려다보았지만, 에반은 클로이에겐 눈길조차 주지 않았다.

"불가하다. 조금만 기다리면 영지든 기사단이든 배정이 될 테니 기다려라."

말은 그렇게 했지만 에반의 속내는 달랐다. 다른 사람은 몰라도 리오에게는 어느 한 명도 허락할 수 없었다. 그는 굉장히 가학적인 남자로 기사단 내에서도 여러 말이 나오고 있었다.

"쳇."

리오는 다시 클로이에게 시선을 돌렸다. 눈이 마주치자 온몸의 털이 곤두서는 듯했다.

정염 가득한 눈빛의 그가 다가와선 아쉽다는 듯 툭툭 거칠게 그녀의 뺨을 매만졌다. 그러곤 씩 웃으며 말했다.

"왕녀, 들었지? 조금만 기다리래."

클로이는 아무런 대꾸도 할 수 없었다. 그의 손길이 닿은 한쪽 뺨이 아팠지만, 두려움이 더 컸던 나머지 덜덜 떨면서도 고개를 돌려 그를 피하기 바빴다.

"흐음."

리오는 인형처럼 굳은 그녀를 내려다보다 한쪽 입매를 비틀었다. 마음에 들지 않았다. 부들부들 떨고 있는 모습은 퍽 귀여웠지만, 비명도 저항도 없는 재미없는 상대는 그의 취향이 아니었다. 그가 클로이의 머리채를 획 잡아챘다.

"까악!"

순식간에 그녀를 가까이 끌어당긴 그가 귓가에 입술을 가져갔다.

"난 반항적인 여자를 좋아해, 왕녀."

예민한 곳에 그의 목소리가 울리자 소름이 쭉 끼쳤다. 클로이는 반사적으로 숨을 참았다.

"그러니 너무 고분고분해지지 말라고."

그녀가 간신히 입술을 열었다.

"이, 이러지 마세요……!"

잔뜩 겁에 질린 목소리를 들은 리오가 쿡쿡 웃으며 은밀하게 속삭였다.

"그리고 넌 비명을 잘 지를 것 같거든."

징그러운 말을 던진 리오는 그녀의 귀를 이로 꽉 깨물었다.

"악!"

클로이의 비명과 동시에 그가 잡고 있던 그녀를 거칠게 내동댕이쳤다. 퍽 소리가 나게 바닥에 부딪혔지만 클로이는 미친개에게 물린 귀가 제일 아팠다.

'분명히 잇자국이 났을 거야.'

그녀가 얼른 귀에 손을 가져갔다. 귀가 떨어진 줄 알았는데 다행히 그 자리에 붙어 있었다. 피도 나지 않았다.

"하하!"

큰 소리로 웃음을 터뜨린 리오가 그녀로부터 몸을 돌렸다.

'살았다…….'

클로이는 안도의 한숨을 내쉬었다. 지금은 저 미친 기사가 제게서 멀어진 것만으로 충분했다.

멀리서부터 대지가 밝아 오기 시작했다.

클로이는 한숨도 자지 못했다. 철창 안에서 밤새도록 두려움에 떨다 보니 어느덧 해가 솟았다. 퀭한 얼굴의 그녀가 철창 밖에서 분주하게 움직이는 제국의 병사들을 응시했다. 인형처럼 우두커니 허공에 시선을 두고 있던 그 순간이었다. 누군가의 외침이 들려왔다.

"찾았습니다!"

일사불란하게 움직이던 병사들의 이목이 한곳으로 집중됐다.

"마지막 왕녀를 잡아 왔습니다, 단장님!"

클로이와 함께 있던 시녀들의 눈이 번쩍 커졌다. 저 멀리서 한 병사의 손에 잡혀 오는 제1왕녀 알리시아의 모습이 보였다.

"……!"

클로이를 벌레 보듯 내려다보던 평소의 오만한 시선은 없었다.

만만치 않은 성질머리로 유명했던 그녀는, 우악스런 손길에 제대로 반항 한 번 못한 채 질질 끌려오고 있었다. 클로이는 질끈 눈을 감았다.

병사들이 시끄럽게 모여들었다. 왕궁을 확인하러 들어간 에반 대신, 다른 기사가 불쑥 나타났다.

"찾았나?"

묵직한 저음. 익숙한 그 목소리에 클로이는 퍼뜩 고개를 들었다.

'그 남자다.'

달라진 주위 공기만으로 알 수 있었다. 그였다. 자신을 죽이라 명했던 무시무시한 그 남자.

클로이는 본능적으로 몸을 돌렸다. 그저 피하고만 싶었다.

"마지막 왕족이군."

일순 긴장감이 맴돌았다. 그의 등장만으로 병사들의 분위기가 변했다. 철창 안에 갇힌 시녀들도 전부 말없이 떨고만 있었다.

모두들 알리시아 왕녀에게 벌어질 일을 예감했다.

"왕궁 창고에 숨어 있던 것을 정찰병이 발견했습니다. 아주 교묘하게 눈을 피해서 몸을 감추고 있었습니다."

알렉산드로는 감흥 없는 눈으로 그녀를 내려다보았다. 백금발에 푸른 눈을 가진 아름다운 여자. 눈빛이 반항적이었다. 그녀가 진짜 알리시아 왕녀임을 확신한 알렉산드로가 짧게 명령했다.

"성문에 효수해라."

그러곤 관심 없단 듯이 냉담하게 돌아서는 그 뒷모습에 알리시아 왕녀는 분노했다.

몇 년 전, 부왕은 제국의 실세인 던칸 그레이엄에게 결혼을 제안했었다. 바로 저 남자와. 모종의 이유로 국혼은 흐지부지되고 말았지만, 어쨌거나 한때는 혼담이 오간 사이 아닌가.

"이 개자식!"

결국 분을 참지 못한 그녀가 고성을 내질렀다.

"길버트와 결탁해 뒤통수를 치다니!"

하지만 알렉산드로는 걸음을 멈추지 않았다. 어차피 왕녀는 죽을 사람이었다. 그녀가 뭐라고 지껄이든 상관없었다.

상대의 무심한 반응에도 알리시아 왕녀는 멈추지 않았다. 자신을 붙잡은 기사들의 우악스런 손길을 피하며 그녀가 소리쳤다.

"네 아비가 반란을 일으켜 황제 노릇 하는 반역자라지!"

이미 그녀를 등진 알렉산드로의 걸음에는 흔들림이 없었다. 만약 엘파사의 왕이 먼저 제국과의 동맹을 깨지 않았다면, 그리고 객기 어린 선전 포고를 던지지 않았더라면 이런 비극은 없었을 것이다. 하지만 알렉산드로는 굳이 그녀를 이해시키지 않았다. 이미 모든 게 끝났다. 그는 침묵을 고수했다.

"이따위 더러운 수법을 쓰는 걸 보니 피는 속일 수 없구나!"

그리고, 이어진 말이 마침내 그의 신경을 건드렸다.

"던칸, 그 버러지 같은 자를 똑같이 닮았어!"

순간 알렉산드로가 자리에서 멈춰 섰다.

"네년이 입만 살았구나! 감히 그런 망발을 하다니!"

제게 칼을 들고 다가오는 기사를 보면서도 알리시아 왕녀는 기죽지 않았다.

"이 추잡하고 비열한 도둑놈아!"

알렉산드로는 천천히 뒤돌아 알리시아 왕녀에게 다가갔다. 철창에 갇혀 그 모습을 지켜보던 클로이는 두 손으로 얼굴을 가렸다. 그는 맨손이지만 칼을 들고 있는 어느 누구보다도 무서웠다. 체격과 더불어 위압적인 그 분위기가 무시무시했다.

"대체 뭐가 그렇게 억울하다는 건지 모르겠군."

어느새 알렉산드로가 지척에 다가왔다.

"다리를 벌리고 구걸한 것 말고 네 나라를 위해서 한 일이라도 있나?"

그를 정면으로 마주한 알리시아는 저도 모르게 입을 다물었다. 시린 얼음장 같은 눈빛에 무릎이 후들거렸다. 죽기 직전 마지막 발악이라고 생각했지만 정작 코앞에서 이 남자를 보니 두려움이 물밀 듯 밀려들었다.

어쩌면 결혼이 깨진 게 다행이었는지 모른다는 생각이 찰나에 스쳤다.

"왕족으로서 마지막 의무라고 생각해라. 네 목숨만 거두면 더는 불필요한 희생이 없을 테니까."

"하!"

알리시아는 헛웃음을 터뜨렸다. 그가 나름 자비를 베푼답시고 하는 말이었다.

어쩌면 자신의 아내가 될 수도 있었던 여자에게 하는 말이라고는 믿을 수 없을 만큼 냉정했다.

"무력한 네 나라를 원망해."

알리시아 왕녀는 있는 힘껏 그를 노려봤다. 온기라고는 전혀 느껴지지 않는 차가운 표정을 올려다보던 그녀는, 마지막 객기로 그의 얼굴에 침을 뱉었다.

"퉷!"

한순간 주위의 공기가 얼어붙었다.

당사자인 왕녀와 알렉산드로보다 지켜보던 이들이 더 놀랐다. 클로이와 시녀들은 숨 쉬는 것도 잊은 채 멍하니 알리시아 왕녀를 응시했다. 평소 오만방자한 그녀를 모르는 바 아니었지만 방금 그 행동은 눈으로 보고도 감히 믿을 수가 없었다.

'지금, 저 남자한테…….'

심지어 그들의 옆에 있던 병사들마저 얼음처럼 굳어 꼼짝도 못했다. 누구도 감히 입을 열지 못했다.

알리시아 왕녀를 향한 알렉산드로의 매서운 시선은 변함이 없었다. 잠시간의 대치 후, 눈을 먼저 피한 것은 결국 알리시아 왕녀였다. 이 남자의 무표정한 얼굴에선 아무것도 읽을 수가 없었다.

"흐윽……."

적막 가운데 알리시아는 그제야 자신이 저지른 짓을 깨닫고 울먹이기 시작했다.

"마음이 바뀌었다."

감정이 느껴지지 않는 차가운 목소리가 벼락처럼 그녀에게 떨어졌다. 깜짝 놀란 알리시아 왕녀가 뒤늦게 그를 올려다보았다. 푸른 눈동자가 그녀를 꿰뚫듯 주시하고 있었다.

"옷을 모두 벗겨."

"……!"

알리시아 왕녀의 얼굴이 석고상처럼 굳어졌다.

"이, 이거 놔!"

그녀는 저를 붙잡은 병사들의 손길을 피하려 발버둥 쳤다. 하지만 순식간에 나신이 된 그녀가 수치심에 몸을 떨었다.

"으흑……."

그 과정을 발치에서 지켜보던 클로이는 마치 자신에게 벌어진 일인 양 두 팔로 몸을 감싸 안고 벌벌 떨었다. 이가 따닥따닥 부딪혀 쳐다보고 싶지 않았지만 도저히 남의 일 같지 않아 눈을 뗄 수가 없었다.

알렉산드로는 알리시아의 머리부터 발끝까지를 훑었다. 무감한 눈이었다. 그는 시종에게 수건을 받아 들고 명령했다.

"내 칼을 가져와라."

대충 얼굴을 닦아 낸 그가 칼을 받아 들고는 그녀의 목 언저리에 칼끝을 가져다 댔다.

"사, 살려……."

알리시아 왕녀는 말을 제대로 끝마칠 수 없었다. 무자비한 그의 칼은 가녀린 목을 따라 쇄골을 지나 가슴언저리까지 내려왔다. 얇은 핏자국이 하얀 나신에 흔적을 남기며 칼끝을 따라왔다.

"네 머리만 가져가려던 것은 내 자비였다."

"……!"

알리시아는 다급히 고개를 흔들었다. 불안이 그녀를 엄습했다. 이에 답하듯 알렉산드로는 그들을 빙 둘러싼 다른 기사들을 바라보았다. 그들은 숨소리마저 삼킨 채 두 사람을 주시했다.

알리시아는 자신의 팔을 붙든 기사들의 힘이 느슨해진 틈을 타 그들을 뿌리치고 남자의 앞에 무릎을 꿇었다.

"제발, 제발…… 자비를."

상황을 지켜보던 클로이는 생생하게 눈앞에서 벌어지는 일을 믿을 수가 없었다.

'이럴 수가.'

언제나 도도하고 거만하게 굴던 제1왕녀 알리시아가 저렇게 무너지는 모습은 감히 상상도 해 본 적 없었다.

그때였다.

"간만에 재밌는 일이 생겼군!"

적막을 헤치고, 병사들 사이에서 신이 난 듯 경박한 목소리가 들려왔다.

"우리도 왕녀 맛 좀 봅시다!"

바로 리오였다. 클로이는 갑작스런 그의 등장에 소름이 끼쳤다. 놀란 건 알리시아도 마찬가지였다. 리오의 외침에 몇몇 병사들이 한마음으로 웅성거리기 시작했다.

알렉산드로는 왕녀의 물기 어린 눈동자를 내려다보다 그녀를 일으켰다. 다리에 힘이 풀린 알리시아는 그의 악력에 억지로 세워졌다.

저를 바라보는 수많은 탐욕스런 시선에 알리시아는 두 손을 모으고 빌기 시작했다.

"그냥 죽여…… 제발, 제발 자비를……."

그녀는 자신이 무슨 말을 하는지조차 제대로 인지할 수 없었다.

"우리랑 놀자고, 왕녀. 응?"

극한에 달한 알리시아는 자신의 한쪽 팔을 잡아당기는 리오를 보고 소리를 지르기 시작했다.

"꺄아악!"

알렉산드로가 그대로 손을 놓자 그녀는 리오와 다른 병사들 품으로 떨어졌다. 그들에 의해 이리저리 옮겨 다니던 알리시아는 귀청이 떨어질 것처럼 소리를 질러 댔다. 차마 바라보기에도 처참한 광경이지만 누구 하나 그녀를 안쓰럽게 여기지 않았다. 병사들은 곧 죽음을 앞둔 패전국의 왕녀를 전리품으로 취급했다.

"꺄아악!"

장난감처럼 움직이던 알리시아는 다시 자신을 끌어당긴 힘에 딸려 갔다. 금방 그녀를 알렉산드로에게 뺏긴 병사들은 아쉬운 표정을 지었다.

"으윽!"

순식간에 그의 칼이 알리시아의 몸통을 꿰뚫었다. 마지막 순간 그녀는 차라리 안도한 얼굴이었다. 단말마의 비명과 함께 죽음을 맞이한 그녀를 보고 리오는 시시하다는 듯 고개를 저었다.

"이대로 성문에 걸어 놔라."

쓰러진 시체에서 시선을 거둔 알렉산드로는 미련 없이 몸을 돌렸다.

클로이는 그 자리에서 기절이라도 하고 싶었다. 전부 제게 벌어질 수 있었던 일이었다. 그때, 누군가 그녀의 어깨에 손을 뻗었다.

"꺅!"

깜짝 놀라서 돌아보니 루시였다. 심하게 떨고 있는 저를 안아 주려고 손을 뻗은 것이었다. 그것도 모르고 큰 소리를 내고 말았다. 쿵, 하고 심장이 떨어지는 기분이 들었다. 클로이는 조심스레 뒤를 돌았다. 그와 동시에 자신을 바라보고 있던 알렉산드로와 눈이 마주쳤다.

'헉.'

그녀는 그대로 자리에 주저앉았다. 숨도 쉴 수 없었다.

그러나 다행히, 알렉산드로는 이내 관심 없는 얼굴로 다시 몸을 돌렸다. 클로이는 깊은 한숨을 내쉬었다.

'어쩌면…… 눈이 마주친 게 아닌지도 몰라.'

생각보다 거리가 멀었으니까.

'내 착각일 거야.'

저 남자의 시선이 잠시라도 제게 머물렀다는 사실만으로 오금이 저렸다. 얼마간 넋을 잃고 있자 다른 시녀가 클로이를 깨웠다.

이윽고 그녀들은 한 명씩 손이 묶여 기사단과 함께 제국으로 향했다. 황궁이 있는 수도까지는 그리 멀지 않았지만, 손이 묶인 채로 말을 따라가는 길은 아주 험난했다.

하지만 그녀들은 본능적으로, 앞으로 노예로서의 삶이 이보다 쉽지는 않을 것임을 직감했다.

일주일이 넘는 긴 여정이었다.

'힘들어…….'

원래 클로이는 긍정적이고 밝은 성격이었다.

하지만 일주일간 계속된 행군은 그녀를 지치게 만들었다. 언제 다시 자신을 찾아올지 모르는 미친 기사 리오와 기사단장 알렉산드로가 계속 신경 쓰였다. 알리시아 왕녀의 비참한 죽음도 그녀의 뇌리를 떠나지 않고 한몫했다. 클로이는 밤마다 악몽을 꿨다.

'이제 수도에 도착한 건가.'

제국의 수도는 굉장히 크고 발달한 도시였다. 엘파사의 수도와는 비교도 되지 않았다. 다른 나라에 한 번도 가 본 적이 없던 클로이는 위엄이 넘치는 황궁을 보고 더욱 기가 죽었다.

수도에 도착해서는 모든 일이 차근차근 순서대로 진행되었다. 제국은 전쟁을 통해 여러 독립국을 흡수하고 대륙을 통일했다. 그만큼 대국이어서 그런지 전쟁 노예를 다루는 법률과 제도도 체계적이었다.

모든 여자 노예들은 반으로 나뉘었다. 클로이는 철저히 '노예'로만 다뤄졌다. 그 누구도 더는 왕녀라는 신분을 입에 담지 않았다. 그저 패전국의 노예 중 한 명일뿐.

'내가 왕녀로서는 더 이상 이용 가치가 없나 봐.'

차라리 그게 나았다. 알리시아 왕녀를 생각하면 자신을 왕가의 일원으로 여기지 않는 걸 하늘에 감사해야 했다.

괜히 왕녀라는 신분을 고집했다가는 어떤 결말이 기다리고 있을지, 안 봐도 뻔했다. 그간 징그럽게 굴던 미친 기사 리오의 얼굴이 다시 떠올랐다.

—내가 예뻐해 줄게, 왕녀. 기다리라고.

눈이 마주치면 윙크를 하며 그딴 미친 소리를 떠들곤 했다. 클로이는 새삼 그 목소리가 떠올라 몸을 부르르 떨었다.

황궁에 도착하고부터는 그 인간이 전혀 보이지 않아서 어찌나 안심했는지.

'제발 다신 만나지 않을 인연이었으면 좋겠다. 그 미친 기사도, 기사단장도.'

그녀는 운명이라는 얼굴 모를 신에게, 빌고 또 빌었다.

'이거 정말 큰일이군.'

에반의 형제인 아론은 무관으로는 적합하지 않았다. 하지만 에반 처럼 뛰어난 머리와 충성심이 있었다. 그는 알렉산드로를 보좌하는 집사로서의 업무를 성실하게 이행했다.

그런 아론에게 그레이엄 부자간의 불화는 요즘 가장 큰 문젯거리 였다. 대공의 작위 수여식까지 데면데면하던 두 사람을 떠올리고 아론이 속으로 혀를 찼다.

'아버지와 아들 사이가 아주 개판이야.'

집사의 그 걱정을 아는지 모르는지, 알렉산드로는 무심하게 집무 실에서 와인을 마시고 있었다. 수도의 저택은 오랜만이었다. 그 덕 분에 할 일이 많았다. 적당히 작위 수여식을 해치운 알렉산드로는 이후에 열린 연회에 끝내 불참했다.

그는 한 번 집에 들어가면 좀처럼 나오려고 하지 않았다. 더 정 확히 말하자면 외출은 잦아도 황궁 쪽으로는 전혀 걸음하지 않았 다. 가장 큰 이유는 그의 아버지인 던칸이 황궁에 거주하고 있기 때문이었다.

"전하께서 내일 만찬을 함께하자고 하십니다."

"……."

간절한 집사의 요청에도 알렉산드로는 또 대답이 없었다. 다시 황궁에 가는 것도 귀찮은 일이지만, 무엇보다 그는 아버지를 또 보고 싶지 않았다.

"대공님."

"거절해."

"아니, 이번엔 뭐라고 거절한단 말입니까? 세금 관련해서 처리할 일이 산더미 같은데, 수도에서 더 머무르시는 김에…….'"

"기사단 훈련이 끝나면 난 영지로 내려간다."

그가 무심하게 말했다.

"황궁 무투회가 멀지 않았습니다. 다시 수도로 올라오시느니, 한 번에 끝내고 가시는 게 낫지 않습니까?"

기사단은 유일하게 알렉산드로가 신경 쓰는 것이었다. 어릴 때부터 함께 훈련하던 전우들이 있는 곳이었고, 무엇보다 기사단에 있으면 황궁의 권모술수에 끼어들지 않아도 되었기 때문이다.

"내일 만찬은 참여하시는 게 좋을 겁니다."

집사 아론이 벼르듯 말했다.

"전하께서 올해는 단장님의 결혼을 꼭 성사시키겠다고 황궁에서 공표하셨답니다."

피식. 알렉산드로가 자조적인 웃음을 터뜨렸다.

"아버님도 참 한결같으시군."

아무리 전쟁 영웅이라고는 해도 황궁에서 결혼을 공표하다니, 황태자도 아닌데. 물론 던칸이 제국을 쥐락펴락하며 스스로를 황제로 여기는 것은 잘 알지만 그래도 웃기는 처사였다.

"내일 만찬에서 확실히 말씀드리지 않으면 전하께서 대공님 몰래 결혼을 준비하실지도 모르죠."

알렉산드로는 내심 그 말에 동의했다. 구렁이 같은 그 사람이라면 그러고도 남는다. 없는 작위까지 만들어 내렸으니 결혼식이라고 어려울까.

수여식 이후 모두가 앞다투어 자신을 대공이라 부르기 시작했다. 부친인 던칸은 아주 고집이 센 사람이었다. 골치가 아파진 알렉산드로는 고개를 흔들었다.

"네가 대신 가라. 그리고 난 기사들 중 한 명과 사랑에 빠졌다고 해. 이왕이면 리오가 좋겠군."

생각지도 못한 주인의 농에 집사 아론은 푸홋 웃음이 터졌다.

"알겠습니다."

알렉산드로는 대외적으로 냉혈한에 무시무시한 전쟁 귀신으로 알려져 있지만 실제 그는 그렇지 않았다. 동물을 좋아하고 제 사람들을 아끼는 따뜻한 사람이었다. 단지 표현에 인색할 뿐.

비극적인 가족사 때문에 여자와 권력에 철저히 무관심하지만 아끼는 것들에 대한 애정은 숨기지 않았다.

'그래도 리오 경은 아니지. 이왕이면 크리스 경이 낫겠군.'

오래도록 그들을 봐 왔던 아론은 진지한 얼굴로 집무실을 나섰다.

모든 게 속전속결이었다.

에반은 노예를 반으로 나눠 한쪽은 기사단에 배정하고 한쪽은 에반 자신의 가문으로 귀속시켰다. 쿠퍼히트 가문의 장남인 그는 기사단의 부단장이었다. 쿠피히트는 전쟁 자금을 댄 공작 가문 중 하나로, 쿠피히트에 귀속된 노예 또한 기사단에 종속되는 것과 다르지 않았다.

너무 많은 노예들이 기사단에 배치되면 다른 귀족들의 견제를 받기에, 서류상의 조치였다. 기사단은 실질적으론 그레이엄의 사병이나 다름없으니까.

에반은 이런 일 처리가 능숙했다. 제국의 가장 큰 무기는 군사력이었다. 에반은 '군사력이 곧 국력'이라는 던칸의 방침을 그대로 이행했다. 그의 능숙한 일 처리로 제국은 국가 재정의 3할이나 되는 자금을 군사력에 투자했다.

그렇게 노예 배치가 끝날 무렵이었다. 쿠피히트 가문 소속이 된 클로이는 제게 행패를 부렸던 미친 기사 리오와 한 번도 마주치지 않았다.

'아마 그 미친놈도 제국으로 돌아와 할 일이 많은가 보지.'

정말 다행이었다.

기사단장 또한 마찬가지였다. 듣기로 그는 대륙을 통일시킨 공로를 인정받아 '대공'이 되었다고 했다.

공작보다 높고 황제에는 못 미치는, 귀족의 가장 높은 작위.

모두가 그의 이야기를 했다. 알렉산드로 그레이엄이 이 제국의 어떤 위치에 있는지 명확히 알 수 있는 대목이었다.

그는 하늘에 있었고, 그녀는 땅에 있었다.

'그러니 이제 다시는 만날 일이 없을 거야.'

마음이 편해진 클로이는 제일 먼저 머리카락을 잘랐다. 흑발은 주위에 저뿐이었다.

'이국적이라 눈에 띌 수 있어.'

허리까지 오던 머리카락을 아주 짧게 잘라 버리자 속이 다 후련했다.

'더는 관심받고 싶지 않아. 어느 누구에게도.'

리오 같은 인간을 또 만나는 건 절대 사양이었다.

'드레스도 입지 않는 게 좋겠어.'

클로이는 여자 노예들이 입는 허름한 치마 원피스 대신, 소년들이 입는 바지를 구해서 입었다. 그러고선 빗자루를 들고 다녔더니 다들 그녀에게 청소를 시켰다.

며칠 뒤에는 아예 간호과의 약방에서 일하게 되었다.

'운이 좋네.'

그곳에서 노예가 할 일이라곤 청소나 잔심부름 따위였다.

다행히 끌려온 엘파사 왕궁의 시녀들도 거의 보이지 않았다. 베아트리체 왕녀를 아는 시녀들은 뿔뿔이 흩어지고, 주위는 대부분 처음 보는 얼굴이었다.

클로이는 왕녀로서의 삶은 모두 잊기로 했다.

'베아트리체는 처음부터 내 이름이 아니었어.'

두 번 다시 엘파사의 왕궁으로 돌아갈 일은 없다. 그녀는 적응이 빠른 사람이었다. 왕족으로선 제 책임을 알았기에 도망치지 않았고, 노예가 된 지금은 주제를 알아야 살아남을 수 있다는 걸 알았다.

알리시아 왕녀가 어떻게 죽었는지 코앞에서 지켜봤던 그녀는 일이 이렇게 풀려 가자 운이 좋았다고밖에는 생각할 수 없었다.

'내가 진짜 왕녀였다면 성문에 목이 걸렸겠지.'

왕족의 상징인 백금발에 푸른 눈이 아니라서 왕궁에서 배척받았지만 결국 그 때문에 살아남았으니, 차라리 행운이었다.

기사 리오를 만났을 때도 그랬다. 상상할 수 없는 끔찍한 일들이 일어날 뻔했으나, 모두가 그녀를 빗겨 갔다. 결국 엘파사 왕국에서 살아남은 왕족은 오직 저뿐이었다.

'앞으로 조용히 살면 아무 일도 없을 거야.'

클로이는 스스로에게 다짐했다.

이왕 주어진 삶, 열심히 행복하게 살기로.

일주일이 지났다.

그녀가 주로 하는 일은 청소나 심부름 정도였다. 체구가 작아서 인지 힘든 일은 시키지도 않았다.

'심지어 할 일이 많지도 않아.'

고된 중노동을 떠맡는 경우도 많은데, 클로이는 스스로가 정말 행운이라고 생각했다.

그녀가 일하는 곳은 황궁 근처였다. 기사단 훈련장의 간호과 의약실.

간호사와 의사들은 아무도 클로이의 이름을 물어보지 않았다. 클로이는 혼자 조용히 더러운 곳을 쓸고 닦고 정리했다. 단단히 각오하고 시작했던 제국에서의 노예 생활은 생각보다 순조롭게 풀려 가는 듯했다.

간호과에서도 의약실은 처방대로 약만 주면 되기 때문에, 안정실이나 진료실에 비해 더럽지도 않았다.

그래도 예의상 빗자루를 들고 청소하는 시늉을 하던 중 문득 '약 창고'라고 쓴 문이 보였다.

'한번 들어가 볼까?'

들어가면 안 될 것 같지만 그냥 지나칠 수가 없었다.

전생에는 한약사였고, 엘파사에선 약방에서 자랐다. 그만큼 관심이 지대했기에 클로이는 이국에서 만난 약 창고가 마냥 반가웠다.

'청소하는 척 구경만 하는 거야.'

고민은 짧았다. 슬쩍 손잡이를 돌리자 쉽게 문이 열렸다.

'우와.'

약 창고는 수많은 약재와 약들로 가득 차 있었다. 엘파사에서 일했던 약방도 수도에서 가장 큰 곳이었지만, 이만큼 다양한 종류의 약재를 구비하진 못했었다. 약 창고는 정말 컸다. 크고,

'더러워⋯⋯.'

정리가 하나도 되어 있지 않았다.

'이래서는 제구실도 못하겠는데.'

산화되면 안 되는 특성에도 불구하고 뚜껑이 그냥 열려 있는 약들도 있었다.

'의사도 많고 간호사도 많은데 도대체 왜 약 창고를 이렇게 방치해 뒀지?'

클로이는 시간 가는 줄 모르고 약 창고를 구경했다. 약을 살펴보고, 다 본 것은 원래 있어야 하는 자리를 찾아 돌려놨다. 그러다 보니 어느새 저도 모르게 약을 정리하고 있었다.

노예들의 숙소로 돌아갈 시간이 다가오는데 클로이는 멈출 수 없었다. 일정한 간격을 맞춰서 열대로 정리되는 약병을 보고 있으니 묘한 희열이 느껴졌다.

　'그래, 이렇게 줄을 딱딱 맞춰 놔야지.'

　내일까지 하루 종일 정리한다면 약 창고가 깨끗해질 것 같았다.

　'어차피 아무도 내 이름을 모르는데, 뭐.'

　청소하는 노예가 한 명 없어졌다고 해서 큰일이 나진 않을 것이다.

　'할 일도 없었는데 잘 됐다.'

　늦지 않게 숙소로만 돌아간다면 큰 문제는 없으리라.

　그렇게 생각한 클로이는 창고 정리에 몰두했다.

　며칠이 흘렀다. 약 창고 정리는 만만치 않았다. 대부분 엘파사에서 알고 있던 약이어서 문제가 되지 않았지만, 생전 처음 보는 약재도 섞여 있었다.

　'한약재를 공부한 게 이런 데서도 도움이 되는구나.'

　전생에 한약사였던 그녀는 생약을 쓰는 이 세계의 의학에 적응하기가 쉬웠다. 종류는 달라도 식물성 약재를 환으로 만들고, 달여 끓이고 하는 기본적인 원리가 비슷했다.

　다른 노예들이 혹시나 저를 찾을까 봐 종종 나가서 얼굴을 비추고, 주변을 청소하다 다시 약 창고로 돌아와 정리하기를 며칠 간

반복했다.

그렇게 일주일쯤 되었을까? 어느새 약 창고는 아주 깨끗하게 정리되었다. 클로이는 일렬종대로 줄지어 선반에 놓인 약병을 보곤 뿌듯함을 감출 수 없었다.

그때, 갑자기 뒤에서 생각지도 못한 목소리가 들려왔다.

"여기서 뭐 하는 게냐?"

너무 집중한 나머지 문이 열리는 소리도 듣지 못했다.

간호과의 부원장, 호르헤 나나파였다.

"바, 바닥이 너무 더러워서 쓸고 닦았어요."

호르헤는 약 창고를 둘러보느라 클로이의 말을 완전히 무시했다.

"감히 의사도, 간호원도 아닌 자가 약에 손을 대다니…… 이는 중죄에 속한다."

호통부터 친 그는 이곳저곳을 살피다가, 놀란 목소리로 물었다.

"근데 네가 약 창고를 정리했느냐?"

클로이는 호르헤를 잘 알고 있었다. 간호과의 부원장을 모를 순 없었다. 그는 흰 수염을 기른 노인이었으나 눈빛만큼은 소년의 것처럼 빛나는 멋진 의사였다.

그녀의 가슴속에 문득 욕심이 생겼다.

'약 창고를 정리하던 며칠이 노스테로스에서 가장 즐거웠어.'

만약 호르헤가 자신을 믿어 준다면, 클로이는 약 창고 담당 청소라도 할 수 있을지 몰랐다.

"잘못했습니다, 부원장님."

그녀는 모험을 해보기로 했다.

"저는 제국에 오기 전 약방에서 일하던 노예인데, 제국의 의약이 너무 궁금해서 구경만 한다는 게 그만…… 손을 대고 말았습니다."

호르헤는 입을 떡 벌린 채 그녀의 말을 경청했다.

"약 창고가 어지럽혀져 있었기에, 부족한 지식이지만 알고 있는 걸 모른 척 지나칠 수가 없었습니다."

"그래서 네가 이 약들을 전부 분류해서 정리해 놓았다고?"

"예."

호르헤는 깜짝 놀랐다. 글조차 모를 노예가 약을 전부 정리해 놓았다니. 아무리 약방에서 일한 경험이 있다고 해도…… 불가능한 일이었다.

"믿을 수가 없구나. 정말 네가 이 모든 약의 이름과 쓰임새, 그리고 용법을 안다고?"

심지어 창고엔 이국의 약재도 섞여 있었다. 제국에 이보다 큰 약 창고는 없을 거라고 호르헤는 장담할 수 있었다.

"글자조차 모르는 네게 어떻게 이런 지식이 있단 말이냐?"

잠시 고민하던 클로이는 솔직하게 고백했다.

"저는…… 글을 읽을 수 있습니다."

클로이는 노예로 환생했지만, 글을 익히기 위해 노력했다. 그 과정은 험난했지만 결과는 무척 값졌다. 이 시대 대부분의 사람들은 글자를 몰랐다. 특히 노예와 평민들은 글을 아는 게 아주 큰 재주였다.

덕분에 클로이는 장부를 정리하고 처방을 적어 주는 등, 의사와 약사들 바로 옆에서 일할 수 있었다. 글을 읽고 쓰게 되자 클로이는 노예라는 신분을 뛰어넘어 훨씬 중요한 사람이 되었다.

'글자를 읽을 줄 안다……?'

호르헤는 그녀가 노예가 되기 이전에 귀한 신분을 가졌었으리라 직감했다. 의심스러운 일이지만 지금은 그보단 그녀의 재주가 비상하여 따져 물을 겨를이 없었다.

"하지만 모든 약에 대해서 아는 건 아닙니다."

호르헤는 입을 다물 수 없었다.

"제가 확신하지 못하는 약들은 한곳에 모아 놓았습니다."

그녀는 단순히 약의 이름을 외워 어디에 쓰는지를 아는 게 아니라, 약들의 용법과 약재 자체의 특성까지 알고 있었다.

"정말 네가 글자를 읽을 수 있느냐?"

"네, 그렇습니다."

"쓸 줄도 아느냐?"

"네, 약방에서 약재를 배우며 글도 함께 익혔습니다."

호르헤는 순간 멍해졌다. 클로이처럼 전문적인 지식을 가진 이들은 본 적이 없었다. 공부를 게을리하는 간호과의 몇몇 의사보다 나았다.

"크흠."

호르헤는 간신히 냉정한 얼굴로 돌아왔다.

"아무리 약초에 대해서 배웠다고 한들, 감히 그 얄팍한 지식을 믿고 이런 일을 벌이다니."

클로이는 순순히 고개를 숙였다.

"잘못했습니다."

"너는 감옥에서 처분을 기다리거라."

"예."

실망하진 않았다. 이 비싸고 귀한 약들을 멋대로 만졌으니 벌을 피하기는 어려웠다. 오히려 걱정한 것보다 가벼운 수준이었다.

"네 이름이 무엇이냐?"

클로이는 잠시 주저했다. 제국에서 아무도 그녀의 이름을 물어본 적이 없어 한 번도 생각하지 않았던 문제였다.

'더 이상 베아트리체라고 불리고 싶지 않아.'

그 이름은 누가 들어도 귀부인의 것이었다. 주저하던 그녀는 천천히 입을 열어 대답했다.

"제 이름은…… 클로이예요."

"대공님, 반도라스 공작 영애께서 기다리신 지 벌써 한 시간이 넘었습니다."

집사 아론이 간절한 눈으로 그의 주인을 좇았다.

"제발 가서 인사라도 한 번 해 주십시오."

그러나 그의 주인은 매정했다. 알렉산드로는 서재에서 영지와 관련된 업무를 처리 중이었다. 조세 명단이 적힌 문서에서 눈도 떼지 않는 그 모습은 거절의 의미였다. 아론은 애가 탔다.

"공작 영애께서 미혼인 대공님의 저택을 드나드는 것이 세간에 알려지면, 두 분이 뜨거운 연인 사이라고 소문이 날 것입니다."

하지만 알렉산드로는 여전히 묵묵부답이었다.

클라라 반도라스 공작 영애. 그녀는 제국에 돌아온 그에게 낯 뜨거운 연서를 보내기 시작했다. 하지만 알렉산드로는 전혀 응답하지 않았다. 그러자 반도라스 공작 영애는 그레이엄 저택을 직접 방문하기에 이르렀다.

아무도 모르게 조용히 오는 것도 아니고, 정확히 티타임인 3시에 맞춰서 보란 듯 반도라스 가문의 마차를 타고 왔다. 도저히 무시할 수 없는 대담한 행동이었다.

집사 아론은 대공의 체면 때문에라도 공작 영애를 그냥 돌려보낼 수가 없었다. 미혼 남성의 집까지 홀로 찾아온 귀부인을 쫓아내듯 돌려보낸다면, 가뜩이나 피도 눈물도 없는 냉혈한이라 소문난 대공의 이미지가 더 나빠질 것이다.

"대공님, 제발 한 번만 만나 주십시오. 아주 아름다우신 분입니다. 한 번 얼굴만이라도 보십시오."

아론은 발을 동동 굴렀다.

"벌써 열 번째 방문하셨습니다!"

"아론."

"예? 만나 보실 건가요?"

아론은 일말의 희망을 가지고 그의 주인을 올려다봤다.

"내가 신경 써야 할 일인가?"

알아서 처리하라는 소리였다.

'클라라 반도라스 영애는 매일 찾아온다고요!'

아론은 시무룩한 얼굴로 서재를 나섰다.

'차라리 결혼이라도 하셨으면 좋겠는데.'

그의 주인은 무뚝뚝하지만 사실은 다정한 남자였다. 하지만 알렉산드로는 어떤 여자하고도 관계를 갖지 않았다.

신체 기능이 의심될 만큼 성욕도 없어서, 그 어떤 아름다운 여자가 유혹해도 관심을 보이지 않았다. 한때는 그가 여성 기피증이 있는 게 아닌가 싶었다. 하지만 가정사를 아는 아론은 곧 수긍했다.

'그러실 만도 하지.'

문제는 알렉산드로가 그레이엄 가문의 유일한 후계자라는 것이었다. 가문이 사라지게 생겼다. 결국 던칸과 아론은 그를 여자와 엮어 주기 위해 무던히 노력했다.

하지만 철옹성 같은 알렉산드로의 수비에는 틈이 없었다. 이러다 제 주인이 평생 총각으로 늙어 죽지는 않을지, 아론은 그게 걱정이었다.

'벌써 나이가 스물다섯이신데…….'

남들은 이미 결혼해서 자식을 셋 정도는 가졌을 나이였다. 항간에는 대공이 결혼해서 후사를 보는 것보다, 던칸이 재혼을 해서 아들을 낳는 게 빠를 거라는 기함할 농담까지 있었다. 모두들 쉬쉬했지만 오래전부터 그의 성적 취향을 의심하는 추문도 돌았다.

'오늘도 실패했구나.'

집사인 아론은 어깨가 무거웠다.

"반도라스 영애님, 대공님께서는 과중한 업무 때문에 도저히 시간을 낼 수 없다고 하십니다."

"어머, 그런가요?"

아름다운 금발을 허리까지 늘어뜨리고, 우아한 손길로 차를 음미하고 있던 그녀가 고개를 들었다.

"어쩔 수 없군요, 아론."

클라라는 그럴 줄 알았다는 듯, 싱긋 미소 지었다.

"제게 정원을 보여 주시겠어요? 너무 오래 앉아 있었더니 그레이엄 저택의 아름다운 장미가 보고 싶군요."

"물론입니다."

클라라 반도라스 공작 영애는 전혀 실망한 기색이 없었다. 그녀는 이런 문전박대에 이미 익숙해져 있었다.

'어차피 그는 내 남자가 될 거야.'

결혼 시장에 나온 알렉산드로 그레이엄 대공은 아주 괜찮은 신랑감이었다. 일단 제국에서 가장 큰 권력을 지닌 가문의 유일한 후계자였다. 그의 아버지가 황제의 자리에 일부러 앉지 않았다는 사실은 공공연한 비밀이었다.

꼭두각시 황제를 조정하는 던칸 그레이엄의 하나뿐인 아들, 알렉산드로 그레이엄. 기사단장이라는 직책에도 사교계에 일절 모습을 보이지 않았지만, 일부 영애들 사이에 도는 소문이 있었다.

—그 늠름한 체격과 짙은 갈색 머리, 푸른 눈! 한 번 보면 잊을 수 없을 만큼 매력적이고 수려하다더군요!

과연 그 소문은 사실이었다.

승마장에서 우연히 알렉산드로를 보게 된 클라라는 그에게서 눈을 뗄 수 없었다. 훤칠한 미남자가 거칠게 말을 타는 모습은 대번에 그녀의 마음을 흔들어 놓았다.

그리고 그가 바로 기사단장 '알렉산드로 그레이엄'이라는 사실을 알게 된 그녀는 깜짝 놀랐다. 소문처럼 흉악하고 거친 남자가 전혀 아니었던 것이다.

그의 보석 같은 푸른 눈은 아주 우아하고 고귀해 보였다. 짙은 눈썹, 신이 조각한 코와 그윽한 눈매, 완벽하게 아름다운 그 얼굴엔 기품이 넘쳤다.

'저 떡 벌어진 가슴에 한번 안긴다면…….'

어떤 남자와도 비교되지 않는 그의 야성적인 몸매는 많은 상상을 불러일으켰다. 어느 누구와 함께 있어도 가장 우월해 보이리라.

'그야말로 내게 딱 맞는 남자야.'

클라라는 오히려 알렉산드로가 어떤 연회에도 나오지 않는 게 더 만족스러웠다. 험악한 소문들이 그를 둘러싼 채 가리고 있었다. 비밀의 성처럼.

'무엇보다 난잡하지 않다는 게 가장 마음에 들어.'

전쟁 영웅이라는 별명처럼 그는 무뚝뚝하고 냉랭했다. 그에게 먼저 손을 내밀 수 있는 여자는 없었다.

하지만 클라라 반도라스는 달랐다.

'난 어떤 남자라도 유혹할 수 있어.'

자신감과 더불어, 그녀의 가문은 또 어디인가. 그레이엄 다음으로 큰 권력을 누리고 있는 반도라스 공작 가문이었다.

이미 사교계에는 클라라가 대공의 저택을 드나든다는 소문이 자자했다. 일종의 영역 표시였다.

그녀는 만만치 않은 성질머리로도 유명했다.

'어디 누가 이기나 해보자고요, 대공님.'

클라라는 이미 수도 사교계의 알아주는 미친년으로 정평이 나 있었다.

"장미가 정말 아름답네요."

'나만큼은 아니지만.'

그녀는 싱그러운 미소를 지었다.

간호과 부원장 호르헤는 도저히 잠을 이룰 수가 없었다. 쓰임새를 몰라서 수집해 놓고도 쓸 수 없던 약재들이, 용법에 따라 깔끔하게 분류되어 있던 창고. 그 모습이 그림처럼 눈앞에 자꾸만 아른거렸다.

'정말 그 노예가 약의 쓰임새를 다 아는 걸까?'

분류해 놓은 걸 보면 그런 것 같은데. 하지만 그건 불가능에 가까웠다. 대부분 엘파사에서 들여온 약이기 때문이었다. 몰락한 그 왕국과는 동맹이긴 했지만 사이가 미묘했다. 외교, 특히 의약에 있어서는 아무런 교류가 없었다. 엘파사는 산맥이 높고 험해서 제국에 없는 약재가 많았다. 호르헤가 모르는 약들이 바로 그런 종류였다.

'도저히 잠을 못 자겠군.'

그는 다시 훈련장으로 돌아갔다. 약 창고를 살펴보느라 야밤에 돌아오자 그의 부인은 미쳤다고 했다. 하지만 그의 학구열을 막을 순 없었다.

새벽녘. 결국 호르헤는 몇 개의 약을 들고 클로이가 있는 감옥으로 향했다.

같은 시각. 클로이는 감옥에서 사색에 잠겨 있었다.

'감옥에 갇혀 보긴 또 처음이네.'

새삼 제 신세가 황당했다. 각오하고 저지른 일이긴 하지만 어떻게 이렇게 삶이 기구한지.

'너무 시시하고 재미없는 삶을 살았다고 후회해서 그런가?'

그녀의 전생은 너무나 평범했다. 공부, 공부, 그리고 공부가 전부였으니까. 죽음이 닥친 마지막 순간에는 후회했다. 하고 싶은 것들을 더 많이 경험해 볼걸. 조금 더 웃으면서 행복하게 살걸.

그리고 다시 눈을 떴을 때. 그녀는 자신이 신분제의 최하층, 노예로 태어났음을 깨달았다. 아무것도 바꿀 수 없는 삶. 그냥 다 받아들이고 살자, 하고 체념하듯 웃으며 살다 보니 마법처럼 정말로 행복해졌다. 주어진 게 무엇이든 삶은 그 자체로 소중했다. 죽음을 겪고, 다시 태어나서야 얻은 깨달음이었다.

그녀는 절대 전생처럼 후회 많은 삶은 살고 싶지 않았다.

'나는 행복해지기를 택했으니까.'

그렇게 마음을 추스르며 스스로를 달래고 있을 때쯤이었다. 반가운 목소리가 들려왔다.

"에헴."

늦은 시간, 갑작스런 호르헤의 방문이었다. 클로이는 조금 놀랐으나 그의 손에 들린 약들을 보니 어떤 이유로 이 시간에 감옥을 방문했는지 짐작이 갔다.

"반성은 하였느냐?"

그렇게 말하는 그의 얼굴은 마치 기대에 찬 어린아이 같은 표정이었다. 클로이는 얼른 일어나 호르헤에게 사죄했다.

"예, 부원장님. 노예로서 감히 해서는 안 될 건방진 짓을 했습니다."

"그래. 내가 이 시간에 널 찾아온 것은, 흠흠."

호르헤는 스스로도 민망하여 헛기침을 했다.

"네가 가진…… 지식을 확인하기 위해서다."

그가 가져온 약병을 꺼내며 말을 이었다.

"제국은 군사력이 강대한 만큼 물리 치료법이나 절단 수술에 집중해 왔지."

약물 치료는 확실하지만 실험과 표본이 필수적인 만큼, 시간이 오래 걸리는 단점이 있었다.

"나는 지금이야말로 제국이 약물 치료에 힘써야 한다고 생각한다."

그 약 창고는 호르헤가 연구를 위해 제국의 모든 약을 모아 놓은 곳이었다.

클로이는 눈을 빛냈다. 엘파사 수도의 약방에서 나고 자라며 눈과 귀로 배운 지식을 펼쳐 놓을 때였다. 클로이는 그가 가져온 약병에 대해서 자신이 아는 대로 술술 이야기를 털어놓았다.

"이 약은 귀한 건데 주로 어디에 쓰이냐면요……."

호르헤는 그녀의 설명을 들으며 큰 감동을 느꼈다. 한편으론 의문도 생겼다.

"너는 엘파사의 약재를 어찌 그렇게 잘 아느냐?"

클로이는 잠시 고민했다.

'내가 왕녀였다는 사실은 알려 봐야 좋을 게 없어.'

그냥 노예라고 하는 게 나을 듯싶었다.

"저는…… 패전국 엘파사의 노예입니다. 엘파사의 수도 약방에서만 20년을 지냈습니다."

그제야 호르헤는 몇몇 전쟁 노예들이 간호과에 배정받았다는 사실을 기억해 냈다.

'이 아이가 엘파사에서 왔다니!'

순간 그의 얼굴이 환해졌다.

'약방에서 20년을 있었다면 웬만한 약은 다 알겠군.'

신이 내린 기회나 다름없었다.

'글자까지 알려 줬을 정도라면 아주 뛰어난 아이였던 게 분명해.'

호르헤는 신이 나서 이것저것 더 묻기 시작했다. 늦은 시간에도 그의 눈빛은 물 만난 고기처럼 생동감이 넘쳤다.

모두가 잠든 새벽. 둘의 목소리는 여전히 활기가 넘쳤다. 클로이는 시간 가는 줄 모르고 약재와 용법에 대해서 설명했다. 초는 이미 모두 녹았고, 언젠가부터 호르헤는 창살 앞에 아예 자리를 잡고 앉아 버렸다.

"저어, 호르헤 부원장님."

돌연 그들을 방해하는 목소리가 들렸다.

"날이 밝아 죄수들에게 아침 끼니를 줄 시간입니다."

두 사람은 대화에 열중하느라 날이 새는 줄도 몰랐다. 클로이는 그제야 아침이 왔다는 사실을 알았다. 호르헤도 비로소 정신이 들었다.

'단순히 잡일이나 하는 노예가 아니라 의사 수준인데…….'

밤새 간호와 의약에 대해서 그녀와 토론을 했다는 사실이 믿기지 않았다. 아무리 생각해도 일개 노예가 이런 방대한 지식을 가지고 있다는 사실이 놀라웠다.

'이런 인재를 썩힐 순 없어.'

하지만 그녀는 패전국의 전쟁 노예였다. 신분을 바꾸는 건 불가능했다. 아무리 뛰어나다 해도 절대 의사가 될 수는 없으리라.

'하지만 이 아이가 제국을 위해 일한다면, 그 또한 애국이 아닌가?'

호르헤의 가슴이 두근거렸다. 학자라면 누구나 그렇듯, 배움을 넘어 모르는 걸 연구하여 새로운 지식을 밝혀내고 싶다는 학문적 열망이 그를 뒤덮었다.

'그럼 이 아이에게 그 일을 맡기면 되겠군!'

클로이는 다음 날부터 약 창고에서 일을 하게 되었다. 새롭게 맡은 일은 약재에 관한 책을 쓰는 것이었다. 대부분이 문맹인 시대라 비교하거나 참고할 만한 책도 딱히 없었다.

'졸업 논문을 썼던 것처럼 하면 되겠지.'

마음대로 써도 된단 생각에, 그녀는 막힘없이 글을 적어 내려갔다. 먼저 목차를 만들고 나니 일이 쉬웠다. 시작하는 글자의 순서대로, 보기 좋게 정리했다. 엘파사에서도 주로 하던 일이 뭔가를 쓰고 읽는 일이었기에 어려울 게 하나도 없었다.

호르헤는 클로이의 일 처리에 놀라움을 감출 수 없었다.

'수준 높은 교육을 받았던 게 확실해.'

부원장씩이나 되는 인물과 어울리자 드디어 사람들이 그녀를 인식하기 시작했다. 그 시선은 곱지 않았지만 클로이는 대수롭지 않게 생각했다.

'나보다 더 총애를 받는 사람이 나타나면 금세 질투의 대상이 바뀌겠지.'

무엇보다 그녀는 당장 행복했다.

'좋아하는 일을 하게 됐어.'

스스로 얻어 냈다. 주체적으로, 좋아하는 일을 하게 되었다.

드디어 그녀는 삶이 다시 제 것 같이 느껴졌다.

호르헤가 그녀에게 맡긴 일은 한 가지만이 아니었다.

클로이는 저녁에 에반의 막냇동생인 애나를 돌보게 되었다.

"애나 님, 물이 너무 뜨겁진 않으세요?"

"괜찮아. 따뜻해서 기분 좋은걸."

애나는 쿠피히트 집안의 늦둥이로 어렸을 때부터 불면증으로 고생했다. 그레이엄 저택의 집사인 아론까지 애나 때문에 출퇴근을 할 만큼, 가족 모두의 사랑이 각별했다.

'나이가 이렇게 어린데도 불면증이라니, 너무 안됐어.'

요즘 클로이는 낮에는 약 창고에서 청소를 하고 밤에는 애나가 잠들 때까지 함께 있었다. 애나를 돌보는 건 다른 간호원의 일이었지만, 불면증 같은 병은 고칠 수가 없었다. 그저 옆을 지켜 주는 게 전부였기에 호르헤가 이 일을 클로이에게 맡긴 것이다.

'아무리 제국에서 손꼽히는 명문가라 해도 건강은 정말 어쩔 수가 없구나.'

원래는 고참 간호원에게 맡겨진 일이지만 클로이가 더 적격이었다. 그녀는 노예이기에, 귀족들의 사교계에 애나의 병에 관한 소문이 퍼질 리 없었다.

애나는 처음엔 낯을 많이 가렸다. 하지만 클로이가 매일 성실한 모습을 보여 주자 놀랍게도 차차 마음을 열었다. 신분과 나이를 뛰어넘은 우정이었다. 클로이는 많은 대화를 통해 한 가지 사실을 알게 되었다.

애나는 심한 두통을 앓았다.

'불면증은 두통에서 기인한 게 아닐까?'

애나는 아직 나이가 어리니 아로마 테라피 같은 것을 해 보면 좋을 것 같았다.

'허브는 널려 있으니까.'

결심한 클로이는 직접 허브에서 추출한 오일을 만들었다. 원래 귀족 영애들은 꽃잎이나 향유를 이용한 목욕을 자주 했다. 몸에 좋은 향기를 배게 하기 위한 목적으로 대부분 머리가 아플 정도로 꽃향이 진하지만, 클로이가 만든 향유는 시원했다. 그래서 애나는 매일매일 오래 목욕하고 싶어 했다.

클로이의 향유로 목욕하자 나날이 두통이 옅어지고 잠드는 시간도 점점 빨라졌다. 애나는 목욕 후 푹신한 침대에 누웠을 때, 은은하게 느껴지는 시원한 풀 향기가 좋았다.

"······그래서 오늘은 말이야, 수를 놓다가······ 하암······."

그런 애나를 지켜보는 클로이도 한결 마음이 편해졌다.

눈에 띄지 않고 조용히 살고 싶었던 그녀에게, 쿠피히트 공작저를 드나드는 일은 부담 그 자체였다. 하지만 애나를 만나고, 또 그녀가 나아지는 모습을 지켜보니 뿌듯했다.

클로이는 애나가 불면증에서 벗어날 수 있기를 기도하며 성실하게 곁을 지켰다.

2. 알렉산드로 그레이엄

2. 알렉산드로 그레이엄

· · ◆ · ·

클로이가 애나를 돌본 지 거의 두 달이 되어 갔다.

상태가 많이 좋아진 애나는 요즘 아론에게 향기 목욕을 전파하고 있었다. 상사를 잘못 만난 둘째 오라버니는 극심한 스트레스로 고생 중이었다.

하지만 무작정 애나의 손에 잡혀 온 아론은 간호원도 아닌, 노예가 하는 말을 도무지 신뢰할 수 없었다.

"향기 목욕은 정신적 치료 요법 중의 하나예요."

클로이는 제 어머니가 살던 이국에선 남녀를 불문하고 행하는 일이라고 설명했다.

"남자도 향유로 목욕을 한다고?"

"예, 하지만 제국에서 사용하는 것처럼 꽃향기가 나는 향유는 아닙니다."

"그럼 무슨 향이지?"

냄새를 맡아 봤지만 아론은 여전히 불신을 떨칠 수 없었다. 그녀가 직접 만든 향유였다. 만약 중독성이 있거나, 최면에 사용하는 종류라면?

"난 그 향기 치료라는 것을 도저히 신뢰할 수가 없군."

"오라버니도 한번 해 보세요! 정말 불안감이 사라지고 몸이 평온해지는 느낌이에요."

순진하게도 애나는 이 노예의 말을 철석같이 믿었다.

"스트레스가 전부 사라진다니까요?"

"……."

여전히 못마땅한 표정으로 그들을 바라보던 아론은 '스트레스가 전부 사라진다'는 대목에서 눈썹을 꿈틀했다.

그는 요즘 스트레스가 극심했다. 원인은 그레이엄 부자였다. 대공의 결혼 문제로 던칸은 어마어마하게 그를 압박했다.

'숨통을 조이는 기분이란 말이지…….'

던칸은 아들을 여자와 엮어 주려고 안달이 났고, 알렉산드로 역시 지지 않고 모든 만남을 파투 냈다. 그 중간에 낀 아론만 이러지도 저러지도 못했다.

요즘 어깨가 늘 무거웠고 이젠 머리까지 아파 왔다. 갈수록 출근이 싫어졌다.

'그런데 스트레스가 전부 사라진다고?'

무슨 사이비 의사도 아니고, 일개 노예가 어떻게 애나를 이렇게까지 홀려 놓았는지 앙큼했다. 스트레스도 스트레스지만 호기심을 참을 수 없었다.

"정말…… 아무런 해를 끼치지 않는 것이냐?"

대공은 오랜만에 전우들과 함께 승마를 즐겼다. 그의 아름다운 흑마는 새끼를 직접 거둬서 어릴 때부터 길러 온 명마였다.

　제 주인의 기분을 알았는지 애마가 바람을 헤치며 거세게 달렸다. 거친 산길도 둘의 앞을 가로막지 못했다. 일행 중 가장 먼저 목적지에 도착한 알렉산드로는 숨을 고르며 산속의 맑은 공기를 들이마셨다.

　어제, 그의 아버지 던칸 그레이엄이 저택에 왔었다.

　수도의 그레이엄 저택은 던칸이 황궁으로 들어가 버린 이래로 알렉산드로의 책임이 되었다. 던칸이 저택을 찾는 일은 아주 드물었다.

　'황궁이 집이라 생각하시는 분이니.'

　그가 저택을 찾은 데는 어떤 꿍꿍이속이 있다는 뜻이었다. 아니나 다를까, 던칸은 찾아온 목적이 있었다.

　─알렉산드로, 아예 결혼을 하지 않으려는 거냐?

　바로 결혼 문제였다.

　─지금도 늦었다. 서두르지 않고 대체 뭘 하느냐.

　던칸은 끈질기게 아들이 결혼하길 원했다. 이미 주위 모든 사람들을 매수한 듯했다.

　게다가 던칸이 바라는 것은 결혼뿐만이 아니었다. 그는 공공연하게 전쟁 영웅이야말로 차기 황제가 될 재목이라고 말했다. 낯 뜨거운 욕심이었다.

'하지만 이번만은 저를 이길 수 없으십니다.'

알렉산드로는 아버지에게 져 줄 생각이 전혀 없었다. 황제는커녕 황궁에서 벌어지는 그 어떤 일에도 관여하지 않을 작정이었다. 결혼 문제도 마찬가지였다. 결혼은 고사하고, 그는 아예 가족을 만들 생각이 없었다. 던칸이 황제에 버금가는 지금 그 자리를 위해서 어떻게 살아왔는가? 그 끔찍한 인생을 두 눈으로 봐 왔다.

게다가 거래를 하지 않았던가.

알렉산드로는 수도에서 알력 다툼을 하느니 기사단에 들어가 대륙을 통일하겠다고 했고, 아들을 귀족들의 이권 다툼에 끌어들이고 싶지 않았던 던칸은 이를 허락했다. 결국 알렉산드로가 전쟁터를 누비는 동안, 던칸은 수도에서 권력을 견고히 했다.

지난 10여 년간 그가 치러 온 큰 전쟁만 전부 여섯 번이었다. 주변 독립국을 흡수하며 대륙의 평화를 목표로 달려온 세월.

기사단과 민간에서는 전쟁 영웅 그레이엄 대공이 없었다면 제국이 대륙을 평정할 수 없었을 거라고 입을 모았다. 제국의 영웅이자 참된 애국자라는 수식어는 장식처럼 그를 따라다녔다.

알렉산드로가 생각한 자신의 몫은 딱 거기까지였다. 그는 모든 일을 정리하고 혼자 영지로 돌아갈 생각이었다. 그리고 다시는 수도와 황궁에 오지 않을 작정이었다.

시원한 바람이 부드러운 갈색 머리를 헤집고 지나갔다. 그의 푸른 눈이 저 멀리서 다가오는 일행을 바라보았다.

"각하! 낭떠러지를 건너서라도 내기에 이기고 싶으셨습니까?"

"고작 그곳을 건너지 못해 돌아왔단 말인가?"

"고작이라니요, 그리고 제가 아니라 제 말이 겁내어 뛰어넘지 못했을 뿐입니다."

"변명이 진부하다."

알렉산드로는 피식 웃으며 멀머리를 돌렸다.

"전 목숨이 하나뿐입니다, 각하."

그가 왔던 길을 돌아가기 시작하자 에반이 뒤를 따르며 말했다.

"그리고 제발 몸을 좀 아끼십시오."

"잔소리가 늘었군."

"아까 낭떠러지를 뛰어넘으실 때, 제 심장이 먼저 떨어질 뻔했습니다!"

과장된 에반의 목소리에 그는 돌아보지 않고 가볍게 웃었다.

"겨우 산에서 떨어져 죽을 운명이라면 황제가 될 재목은 아니겠지."

"……그래서 그렇게 몸을 아끼지 않으십니까?"

"낙마해서 생을 다한다면 아버님께서도 그리 생각하지 않겠나."

"……."

에반은 그 쓸쓸한 뒷모습을 보며 아무 말도 할 수 없었다.

'그렇게 싫으신가.'

바람이 지나가며 나무가 몸을 흔들었다. 시간은 정오를 조금 지났지만, 나무가 우거진 숲은 낮이라기엔 상당히 어두웠다. 대공의 애마가 주인이 이끄는 대로 더 깊은 숲으로 들어가고 있었다.

에반은 희미한 그의 뒷모습을 멍하니 응시했다.

눈을 감았다 뜨면 금방이라도 저 어둠 속으로 사라질 듯했다. 알렉산드로를 보고 있자면 가끔씩 이상한 상상에 사로잡혔다. 어느 날 갑자기 그가 먼 곳으로 사라지고, 모든 이들이 슬퍼하며 그를 추모한다. 하지만 그 속에서 저 혼자만은 너무도 덤덤히 그 사실을 받아들인다. 마치 언젠가 그럴 줄 알고 있었던 사람처럼……

"……아니, 그런 일은 일어나지 않아."

말도 안 되는 망상이다. 그는 얼른 고개를 내저어 잡념을 떨치려 했다.

대체 그런 불손한 상상이 어디에서 오는 건지. 에반은 사실 알고 있었다. 그는 대공의 출생부터 지금까지 누구보다 오랜 시간을 알렉산드로와 함께했다. 대공의 일이라면 자신이 가장 잘 안다.

호사가들은 알렉산드로를 차기 황제가 될 재목이라 추켜세우지만, 정작 알렉산드로는 권력이며 직위에는 눈곱만큼도 관심이 없었다. 아니, 그는 모든 일에 무심했다. 욕심이라곤 없었다.

'하지만 삶이란, 얻기 위해 잃어 가는 것이 아닌가?'

알렉산드로는 태어나면서부터 가장 높은 자리에 있었다. 많은 걸 가졌지만 그 모든 것들은 그가 원했던 것들이 아니었다. 그렇다고 무엇을 얻기 위해 간절하기에는, 그가 원하는 것은 돈과 권력으로는 살 수 없는 것이었다.

태산 같은 뒷모습의 주인은 그가 아는 가장 외로운 사람이었다. 에반은 다시 고개를 흔들었다.

모시는 이를 불쌍해하고 가엾이 여기는 이 불손한 감정을 털어 내기 위해서였다. 에반은 타고 있는 말을 재촉했다. 다행히 천천히 걸어가고 있던 대공의 말은 금방 따라잡혔다.

"이번이 진짜입니다. 제가 이기면 소원을 들어주셔야 합니다!"

에반은 거칠게 말을 몰았다. 이번에 그를 앞서려면 낭떠러지를 달려 뛰어넘어야 했다.

'여긴 천국인가?'

아론은 눈을 감았다. 그의 몸보다 조금 더 뜨거운 물이 잔뜩 젖은 그의 은발을 적셨다. 찰팍찰팍, 그의 움직임에 따라 물소리가 울렸다.

동시에 시원하고 알싸한 풀 향이 그의 코끝을 자극했다. 숲속에 와 있는 듯 청량한 향이었다. 강하지 않지만 그래서 더 좋았다.

아론은 욕조에서 오감이 생생하게 살아나는 것을 느꼈다. 자극이라고 할 것도 없을 만큼 작은 감각들이 점차 선명해졌다. 뜨거운 물과 시원한 향기가 어우러지는 오묘함이 아주 각별했다.

'나는 지금 천국에 와 있는 것인가?'

모든 걱정거리들이 전부 물속으로 사라지는 것 같았다. 머릿속을 빈틈없이 채우고 있던 골칫덩이들, 뱀 같은 던칸, 꼭두각시 황제, 쥐도 못 먹는 대공, 미친 클라라 반도라스 공작 영애…….

'이상한 인간들…….'

그때, 앙큼한 목소리가 그의 상념을 깼다.

"저, 쿠피히트 님. 어디 불편하진 않으신가요?"

아론은 이 시간을 방해받고 싶지 않았다. 아무도 그럴 수 없었다.

"나를, 내버려 두어라……."

절대 없을 것 같던 어떤 기분이 닥쳐오고 있었다. 깨닫고 나면 사라질 것만 같아서 아론은 그 순간을 만끽했다.

결국 아론은 두 시간이 지나서야 욕실에서 나왔다.

물속에 너무 오래 있던 탓인지 그의 하얀 피부는 붉어져 있었고, 손가락 끝도 쭈글쭈글 불어 있었다. 무엇보다 항상 빈틈없이 날카로운 표정이 반쯤 풀어져 있었다.

"오라버니, 괜찮으세요?"

아론은 딱히 대답이 없었으나 목이 마른 사람처럼 입맛을 다셨다. 그러자 애나가 얼른 말했다.

"오라버니, 향기 목욕 뒤에는 꼭 시원하고 달큼한 음료를 드셔야 돼요."

"그것 또한 치료의 일환이냐?"

"아니에요. 하지만 일단 마셔 보세요."

애나는 결연한 표정으로 그에게 음료를 권했다. 자세히 보니 디저트와 함께 여자들이 마시는 수정차였다. 색깔조차 붉고 달달해서 남자들은 별로 즐기지 않는 음료였다. 그는 애나가 건네주는 잔을 받았지만 남자로서 마지막 자존심이 그를 가로막았다.

'귀부인들이나 하는 향유 목욕에, 이젠 수정차라니.'

수정차는 됐으니 시원한 냉수를 가져오라 말하려던 아론은 애나와 눈이 마주쳤다. 그리고 동생의 예쁜 두 눈에서 알 수 없는 확신을 발견했다.

"……."

불신하던 향기 목욕은 그에게 말도 안 되는 경험을 안겨 주었다. 그는 한 번 더 애나를 믿어 보기로 했다.

차가운 수정차를 받아 입에 대는 순간, 더운 열기가 가득 찼던 몸에서 알 수 없는 어떤 힘이 느껴졌다. 달콤한 향과 맛이 그를 단숨에 사로잡았다.

'이게 이렇게 맛있었나?'

그는 꿀떡꿀떡 수정차를 들이켰다. 몸에서 액체가 어떻게 움직이는지 알 수 있을 만큼 그 시원함이 선명하게 느껴졌다. 한 잔을 순식간에 해치운 그는 자신도 모르게 외쳤다.

"크으!"

아론은 인정하기로 했다.

'이것은 행복이다…….'

향기 목욕은 그가 물리적으로 경험한 가장 큰 행복이었다.

에반은 침대에 누워 있었다. 하산 중에 갑자기 그의 말이 고꾸라졌다. 급작스런 낙마에 에반은 큰 부상을 입었다.

"면목이 없습니다."

알렉산드로는 산의 정상에서부터 에반을 둘러메고 내려왔다. 그만큼은 아니지만 에반도 거구의 장정이었다. 장정을 부축한 채, 두 마리의 말을 데리고 산을 내려오는 건 보통 일이 아니었다.

"네 말은 당장 마사를 옮기라 지시했다. 아마 내일쯤 처형하겠지."

"……."

에반의 말은 뛰어난 종자에서 나온 명마였지만, 한 번 주인을 떨어뜨린 말은 대부분 처형이었다. 10년을 넘게 함께한 소중한 말이라도 규칙은 규칙이었다. 기사를 다치게 한 말은 명예 때문에라도 계속 탈 수 없었다.

"하지만 어찌 된 일인지 모르겠습니다. 갑자기 말이 제자리를 빙빙 돌더니 펄쩍 뛰기에 고삐를 놓치고 말았습니다."

"……."

알렉산드로는 맑은 창밖을 응시했다. 심경이 복잡했다. 에반의 말은 대공의 말의 핏줄이었다.

대공과 에반의 말 사이에는 깊은 인연이 있었다. 말을 죽이고 싶지 않았다. 하지만 다쳐 누워 있는 자신의 수하를 보니 차마 말을 죽이지 말라고 청할 수 없었다.

알렉산드로는 찬물을 들이키며 속으로 아쉬움을 달랬다.

간호과는 정신이 없었다. 기사단의 단장 알렉산드로가 부단장 에반 쿠퍼히트를 둘러메고 왔다. 기사단의 중심인 두 사람이 들이닥쳤으니 발칵 뒤집어지는 것도 무리는 아니었다.

제국의 기사단은 전쟁마다 큰 승리를 해 왔고, 대륙을 모두 평정한 지금은 평화 시대라고 불렸다. 이런 잠잠한 시기에 에반이 어쩌다 이렇게 크게 다쳤는지. 호르헤는 황망하게 병실을 찾았다.

문을 열고 들어서자 에반이 침대에 누워 있는 것이 보였다. 들은 것보다 상태가 심각했다. 호르헤는 당장 다가가 상처를 보려 했다.

"각하께서 계시네."

에반의 나직한 음성에 고개를 돌린 호르헤는 의자에 앉아 있던 대공을 발견하고 깜짝 놀라 인사를 올렸다. 마음이 급한 나머지 그를 발견하지 못했다.

"제 무례를 용서하십시오, 단장님."

대공은 상관없다는 듯 가벼운 눈짓으로 에반을 가리켰다. 그러면서 짧은 어조로 덧붙였다.

"단순한 낙마였다."

에반이 낙마를 했다? 호르헤는 믿을 수가 없었다.

"부단장님께서 정말 말에서 떨어지셨단 말입니까?"

"믿을 수 없지만 사실이네."

에반이 한숨을 쉬며 답했다.

기사가 말에서 떨어지는 건 큰 수치였다.

호르헤는 전쟁이 있을 때마다 기사단을 수행했기에, 세 사람은 서로를 잘 알고 신뢰했다. 에반은 아주 뛰어난 기사였다. 오랜만에 말을 타고 산을 올랐다고 해서 낙마를 할 사람이 절대 아니었다.

"믿을 수가 없군요. 누군가의 농간은 아닙니까?"

"그럴지도. 녀석이 갑자기 제자리를 돌더니 펄쩍 뛰며 머리를 나무에 박더군. 아쉽게 됐지 뭔가. 좋은 녀석이었는데 말이야."

"말이…… 스스로 머리를 나무에 박았다고 하셨습니까?"

"그래. 10년을 함께했지만 이런 일은 처음이야. 전장을 누빌 때조차 용감하던 녀석이었는데."

의아하기는 에반도 마찬가지였다. 그의 말은 건강하고 똑똑한 명마라 한 번도 이상 행동을 보인 적이 없었다. 그런데 오늘, 갑자기 괴로워하며 제 머리를 나무에 박았다. 심지어 에반이 떨어지고 나서도 그 행동을 멈추지 않아 하마터면 발에 채일 뻔했다.

그 아찔한 상황을 떠올린 에반이 말했다.

"당분간 날루수완 산을 오르시는 건 자제하셔야겠습니다."

"날루수완 산으로 가셨습니까?"

호르헤가 놀란 어조로 끼어들었다.

"그 산은 독초가 많습니다. 평민에겐 출입조차 금지한 곳인데 그곳으로 가시다니……."

"그래서 가는 거야. 자유롭게 승마를 즐길 수 있는 곳은 많지 않아서 말이지."

호르헤는 설마, 하는 마음에 물었다.

"혹시 그곳에서 말에게 풀을 뜯게 하셨습니까?"

"아니, 물가에서 목만 축이게 했네. 그 산에 독초가 많다는 건 나도 들어 왔거든."

"흠…… 말은 죽이실 겁니까?"

"그래야겠지."

대답은 그랬지만 에반은 아쉬운 기색을 감추지 못했다. 호르헤가 눈을 빛내며 물었다.

"그럼 그 전에 제가 한번 봐도 되겠습니까?"

간호과는 엊그제 들어온 거물 환자로 여전히 긴장 상태였다. 호르헤는 수술이 잘 마무리된 에반이 잠드는 걸 지켜보고 병실을 나왔다.

'머리가 다 아프군.'

휴식 겸, 그는 약 창고에 들렀다. 그곳에서 클로이가 쓴 글을 확인한 호르헤는 입을 다물 수가 없었다. 책에 고개를 박았던 그가 번뜩 클로이를 쳐다보았다.

"이걸 정말 네가 다 썼느냐?"

얼마나 열심이었는지 그녀의 눈 밑이 거뭇했다. 호르헤는 실소를 터뜨렸다.

"푸훗."

자신을 실망시키지 않기 위해 성실히 임했을 클로이의 모습이 절로 그려졌다. 애나에게 전해 들은 대로 훌륭한 책임감이었다.

"우리 둘 다 잠시 휴식이 필요한 것 같구나. 정원을 산책하겠느냐?"

"네, 부원장님."

두 사람은 나란히 정원으로 향했다. 맑고 상쾌한 공기를 들이마시자 금세 머릿속이 맑아졌다. 하지만 휴식도 잠시. 그들은 꽃밭을 걸으면서도 약에 대한 이야기를 쉬지 않았다. 문득 클로이는 한 무리의 간호원들이 뛰어가는 걸 보고 중얼거렸다.

"그런데 어제부터…… 간호과가 소란스러운 것 같아요."

"기사단에 큰 문제가 있었다."

마침 얘기가 나온 김에 호르헤가 그 일에 대해 설명했다. 조용히 경청하던 클로이는 이내 심각한 표정이 되었다.

"사람을 태운 채로 뛰고 머리를 나무에 박았다니…… 그 말은 살처분되겠군요."

"그래, 다음 주쯤 처형될 거다. 내가 말을 보고 싶다 청해서 처형이 조금 미뤄졌지."

부단장을 태울 정도면 잘 교육받은 준마일 텐데.

'그 말은 왜 그랬을까?'

클로이는 고개를 갸우뚱했다.

"말이 나온 김에 지금 가 봐야겠군. 명마를 본 적 있느냐?"

호르헤가 그녀를 데려갈 생각으로 물었다. 클로이는 대답을 골랐다. 왕녀 시절, 길버트가 타던 말도 꽤 괜찮은 말이었다.

"……아니요. 그만큼 뛰어난 말입니까?"

"물론 더 뛰어난 말도 있지. 하지만 그 말은 내가 아는 가장 아름다운 녀석이다."

부드럽게 풀린 호르헤의 표정에서 그 말에 대한 애정이 느껴졌다. 유명한 기사의 말인 만큼 제국에서 손꼽히는 명마일 것이다.

둘은 그 길로 마구간으로 향했다. 기사단이 워낙 크다 보니 정원에서 마구간까지는 마차를 타고 가야 했다. 호르헤는 함께 마차에 오를 것을 권했지만, 보는 눈이 많았기에 클로이는 거절했다.

호르헤는 간호과의 부원장인 동시에 자작이었다. 평소에도 그와 토론하다 노예 숙소로 돌아오면 알 수 없는 괴리감이 들곤 했다. 호르헤가 아무렇지 않게 권하는 특권들은 그보다도 강렬했다.

'그것들을 모두 받다간 절대로 노예로 살 수 없을 거야.'

클로이는 마음을 다스렸다. 자신이 노예라는 걸 잊지 말아야 했다. 헛된 기대를 하며 살아 봤자 그녀는 전쟁 노예였다. 절대로 신분이 바뀔 수 없는, 패전국의 노예.

'이뤄지지 않을 소원에 목매지 않아.'

불편한 잠자리와 맛없는 식사는 그녀를 불행하게 만들지 못했다. 약 창고에서 좋아하는 일을 하게 된 지금, 더는 바랄 게 없었다. 클로이는 가진 것에 만족하며 살고 싶었다.

'우와.'

곧 마부가 그들을 어마어마하게 큰 마구간에 내려 주었다. 엄청난 크기에 클로이는 눈을 휘둥그레 떴다. 시설도 아주 좋았다.

'말이 나보다 좋은 데 사네.'

피식 웃은 클로이는 마부의 안내에 따라 호르헤와 마구간 안쪽으로 들어갔다. 다른 말들이 있는 곳보다 더 넓고 쾌적한 공간이었다. 쓰러져 코피를 흘리고 있는 흑마 한 마리가 보였다.

"저 말인가요?"

호르헤가 자랑했던 대로 말은 아름다웠다. 클로이는 말을 보는 눈이 없었지만, 한눈에 보기에도 명마임을 알 수 있었다. 반지르르 윤기가 흐르는 검은 털은 흑진주를 연상시켰다. 말은 지친 듯 색색 거친 숨을 내쉬었는데, 코에선 끊임없이 피가 흘러내리고 있었다.

'안쓰러워.'

태어나서부터 사람을 태웠는데 병까지 걸렸다. 게다가 처형당할 처지였다.

"굉장히 뛰어난 말인 것 같은데, 안됐어요."

"수도 외곽에 산이 하나 있다. 그 산 개울가에서 물을 마시게 했다더구나."

호르헤는 클로이에게 제 소견을 밝혔다.

"그 산에서 뭔가를 잘못 먹은 것 같다."

"산이요?"

"그래. 날루수완 산이라고, 안 그래도 독초가 많아 평민에겐 출입이 금지된 곳이지. 어째서인지 그곳엔 큰 짐승도 별로 없단다."

"독초가 많아 금지되었다고요……?"

클로이에겐 생소한 이야기였다. 엘파사는 평지보다 산이 더 많지만 독초를 이유로 출입이 금지된 곳은 없었다.

호르헤는 그녀의 의아한 얼굴을 보고 뭔가를 짐작했는지, 그 길로 클로이를 이끌고 날루수완 산으로 향했다.

수도 외곽인 날루수완 산은 그리 멀지 않았다. 한 시간여 만에 도착한 이들은 함께 산의 풀을 살피기 시작했다. 클로이는 놀랄 수밖에 없었다.

'약초 천지잖아! 세상에, 돈이 얼마야?'

산이라 그런지 흔하게 볼 수 없는 식물들이 많이 보였다. 바위는 많지만 그리 높은 산도 아니었다. 봉우리가 두 개뿐이라 야트막한 동산 수준이었다.

"부원장님, 산의 정상까지 올라가서 살펴봐도 될까요?"

"난 지금 가 봐야 한다. 하지만 네가 원한다면 그렇게 해도 좋다."

"감사합니다."

"단, 반드시 돌아와야 한다."

호르헤는 그녀가 이대로 도망치거나 하는 무모한 짓은 하지 않을 걸 알지만 다시 한번 당부했다. 노예가 도망치면 예외 없이 사형이었다.

"명심하겠습니다."

그녀는 그 길로 정상까지 올라 산을 살펴보았다. 한참 정신이 팔려 있다 내려오니, 시간이 꽤 지나 있었다.

"아 왜 이렇게 늦어!"

여태 그녀를 기다려 준 마부가 성질을 부렸다.

"조금만 더 늦었으면 혼자 돌아가려고 했다!"

"죄, 죄송해요."

클로이는 얼른 사과했다.

야산 아래서 노예를 한나절이나 기다렸으니 화가 날 만도 했다.

"쪼끄만 계집애가 하루 종일 저 금지된 산을 타고 다니다니, 겁대가리를 상실했냐?"

"……죄송합니다."

클로이는 변명없이 고개를 조아렸다. 키도 작고 체구도 아담한 데다 머리까지 짧으니 그의 눈에는 소녀처럼 보였나 보다. 마부의 뒤에 탄 클로이는 그의 옷자락을 잡았다. 그러자 대번에 찝찝한 목소리가 날아왔다.

"너무 가까이 앉지 마라."

"네."

그녀는 마부가 뭐라고 하든 신경 쓰지 않았다.

'괜히 기분 나쁘게 하면 나를 버리고 갈지도 몰라.'

수도의 외곽부터 쿠피히트 저택까지는 한 시간이 걸리는 거리였다.

'걸어서 돌아가는 건 무리야.'

클로이는 두 손가락으로 살포시 그의 옷자락을 부여잡았다.

말은 고통스러운 신음을 뱉으며 몸을 일으키려고 애썼다. 반가운 얼굴이 앞에 있었다. 항상 자신을 따뜻하게 쓰다듬어 주던 손길. 가까이 다가가려 했지만 휘청거리다 결국 다시 픽 쓰러지고 말았다.

말의 이름은 하울이었다.

"우리를 열어라."

다른 사람이 명령했다면 위험하다고 만류했을지도 모른다. 하지만 앞에 서 있는 사람은 바로 알렉산드로 그레이엄이었다.

"예, 대공님."

아무도 그의 말에 토를 달 수 없었다. 말이든 호랑이든 맨몸으로 싸워도 이길 것 같은 그의 압도적인 분위기는 마부들을 군소리 없이 복종하게 만들었다.

우리가 열리고, 알렉산드로는 하울에게 다가갔다. 그가 콧등을 쓰다듬자 하울은 대답하듯 끄덕끄덕 움직이며 그의 손길을 만끽했다.

대공의 말인 크산토스는 하울의 새끼였다. 하울과 알렉산드로는 깊은 인연이 있었다.

둘은 어린 시절을 함께 자랐다.

알렉산드로가 태어나기 전부터 던칸은 제 아들이 황제가 될 재목이라고 말했다. 덕분에 태어나면서부터 무소불위의 권력을 지녔던 알렉산드로는 함부로 마음을 터놓고 지낼 수 있는 친구가 없었다. 그러던 차에 하울이 그의 좋은 친구가 되어 주었던 것이다. 비록 말 못하는 짐승이지만, 부모에게 사랑받지 못했던 알렉산드로와 새끼 때 팔려 와 부모를 잃은 하울은 서로를 친구로 여겼다.

막 열 살이 됐을 때, 그는 처음 하울을 타고 달렸다. 그리고 1년 뒤. 알렉산드로는 처음으로 전쟁을 경험하게 된다.

둘이 함께했던 전장에서 하울은 그의 실수로 화살을 맞았다. 덕분에 하울은 한 달이나 누워 있어야 했다. 알렉산드로는 생전 처음으로 누군가에게 빚진 기분을 느꼈다.

그때부터였다. 알렉산드로는 강해지고자 했다. 아끼는 것들을 지키기 위해서는 더 강해져야만 했다.

알렉산드로는 하울의 부상 때문에 새끼인 크산토스를 타고 전장을 달렸다. 마사에서 매일 그를 기다리는 하울을 안타깝게 여긴 에반은 자신이 하울을 타겠다고 나섰다. 그러면 알렉산드로도 하울을 자주 볼 수 있었고, 하울 또한 다시 달릴 수 있으니 일석이조였다. 충성스럽고 뛰어난 명마라고 에반 또한 하울을 아꼈다. 그랬던 하울인데…….

항상 신나게 달리던 말이 지쳐 쓰러져 있는 모습은 알렉산드로의 가슴을 아프게 했다.

'하지만 살릴 수는 없다.'

하울은 주인을 떨어뜨린 말이었다. 게다가 주인은 제가 아니라 에반이다. 하울을 살리라고 명한다면 아끼는 수하에 대한 예의가 아니게 된다.

알렉산드로는 한참 동안 하울의 머리를 쓰다듬었다. 당장 다음

주면 죽게 될 녀석이었다.

"다시 오마."

그가 자리에서 일어섰다.

마구간을 나서기 전에 그는 마부에게 하울이 좋아하는 것을 잘 챙겨 주라고 일렀다. 가는 길이라도 녀석이 좋아하는 것을 양껏 먹었으면 했다.

'수도에선 재수 없는 일만 일어나는군.'

알렉산드로는 하루 빨리 수도를 떠나고 싶었다.

클로이는 밤새 날루수완 산에 대해서 생각했다. 흑요석 같은 말의 눈동자가 뇌리에서 떠나지 않았다. 그녀는 아침 일찍부터 호르헤를 기다렸다.

"그래서 네 말은, 날루수완 산에는 짐승에겐 치명적이지만 사람에겐 유익한 약초가 많은데 사람들이 모르고 산의 출입을 금지시켰다, 이 말이냐?"

"예, 그렇습니다."

에반의 말은 깽깽이풀을 먹은 게 확실했다.

"하지만 저의 추측일 뿐입니다. 제가 확신하는 것은 그 말이 먹은 독초입니다."

"말이 먹은 독초?"

"예. 깽깽이풀은 네발 달린 짐승이 먹으면 방향 감각을 잃고 제자리를 돌며 코피를 흘리다 죽습니다. 그리고 깽깽이풀은 주로 습한 지역에서 자라는데, 날루수완 산에는 개울가마다 깽깽이풀이 잔뜩 피어 있었습니다."

"그래, 부단장님께선 하울에게 목만 축이게 했다 하셨지만, 개울가에서 그 풀을 뜯었을지도 모르지."

호르헤가 흥미로운 얼굴로 고개를 끄덕였다.

"하지만 독초를 먹은 말을 어찌 고칠 수 있겠느냐?"

"해독 풀이 있습니다."

"호오……."

호르헤의 눈동자에 이채가 돌았다.

"네가 구해 올 수 있느냐?"

"네, 오늘이라도 구해 올 수 있습니다!"

클로이는 환한 얼굴로 대답했다. 호르헤는 당장 마부를 불러 그녀를 날루수완 산으로 데려가라 명했다.

"감사합니다. 빨리 다녀와서 말에게 먹여야겠어요!"

밝게 인사한 그녀가 뛰쳐나가듯 의약실을 떠났다. 그 확신에 찬 모습에 호르헤의 얼굴에도 절로 미소가 드리웠다.

'하울을 살려 주시려나…….'

호르헤 역시 하울이 이대로 죽기엔 너무 아깝다고 생각했다. 만약 하울이 독을 먹어서 그런 행동을 했고, 다시 건강해져서 달릴 수 있다는 것을 안다면 살려 줄지도 모른다. 에반은 너그러운 마음씨를 가졌으니까.

'다시 타진 않더라도 거둬 주실지도 모르지. 에반 님께 꼭 여쭤봐

야겠어.'

"또 너냐?"

마부는 어제의 그 남자였다. 그는 클로이를 보자마자 대뜸 투덜거렸다.

"그 금지된 산에 또…… 어휴."

클로이는 폐를 끼쳐 죄송하다 말하곤 또 그의 뒷자리에 앉아 산으로 향했다.

'말이 너무 불쌍해.'

푸른 초원을 뛰어다니며 자유를 만끽했을 녀석은 우리 안에서 죽어 가고 있었다. 말이 잘못한 건 아무것도 없었다.

마부에게 들은 바로는 말이 병으로 죽기 전에 먼저 죽여야 한다고 했다. 귀족을 떨어뜨린 죄는 죽음으로만 갚을 수 있다는 뜻이었다.

'이 세계에서 귀족이라는 신분이 가진 권리는 상상을 초월하지.'

클로이는 누구보다 잘 알고 있었다. 그녀 또한 명령 한 마디로 친구와 집, 모든 것을 버리고 원하지 않던 결혼까지 해야 했다.

그래서였을까? 말의 가련한 검은 눈동자를 보는 순간 자신과 겹쳐 보였다. 짙은 갈색 눈동자, 검은 머리카락. 외모도 비슷하지만 무엇보다 그 처지가, 엘파사에 있던 시절을 떠올리게 했다. 실컷 이용만 당하다 버려지는 모습이 남 일 같지 않았다.

'검둥아, 내가 꼭 살려 줄게.'

클로이는 비장하게 다짐했다.

'조금만 버텨!'

날루수완 산에 도착하자마자 미친 듯 산의 정상으로 달렸다. 정상까지 오르는 데는 두 시간이 채 걸리지 않았다.

'분명히 어제 두 번째 산봉우리에서 본 것 같은데…….'

해독초. 닻꽃이 그곳에 있었다.

'내 기억이 맞았어. 다행이다.'

돼지나 개는 얼마나 먹여야 하는지 알지만 말은 다뤄 본 적이 없었다. 얼마나 가져가야 할지 정확히 양을 가늠할 수가 없었다.

'그냥 잔뜩 가져가자.'

가능한 한 넉넉히 챙겨 볼 요량이었다. 클로이는 집중해서 닻꽃을 뜯었다.

'가져갈 수 있을 만큼 최대한 챙겨야지.'

뜯은 걸 모았더니 양이 꽤 됐다. 하지만 또 다른 문제에 봉착했다.

"이걸 어디에…… 가져가지?"

너무 급하게 온 나머지 주머니를 하나도 안 갖고 왔다. 잠시 멈칫한 클로이는 최후의 방법을 쓰기로 했다.

'바지를 입은 게 이렇게 도움이 되네.'

클로이는 풀을 뭉쳐 바지에 욱여넣었다.

'잘 주워 입었다.'

하고 다니는 꼴이 그래서인지 왜 바지를 입느냐고 아무도 타박하지 않았다. 그녀는 풀이 떨어지지 않도록 발목 부분을 단단히 걷어 올리고, 허리를 풀어 그 안에 가득 풀을 넣었다.

양 허벅지에 풀이 가득 차자 허벅지만 뚱뚱한 광대 같은 복장이 되었다. 움직이기도 불편하고 맨살에 이파리가 닿아 간지러웠지만, 쓰러져 있을 검둥이를 생각하니 지체할 수 없었다.

'으으, 얼른 내려가서 마부한테 뭘 담을 만한 주머니가 있는지 물어봐야겠다.'

클로이는 뒤뚱뒤뚱 산을 내려갔다. 저 멀리 나무 그늘에 마부가 누워 있는 게 보였다. 그는 그대로 눈이 빠져라 클로이를 기다리고 있었다.

'이 계집애는 산 귀신이 붙었나. 올라갔다 하면 한나절이야.'

눈을 감고 시원한 바람을 맞고 있는데, 갑자기 소심한 목소리가 들려왔다.

"저, 혹시 뭐 담을 만한 주머니가 있을까요?"

노예 계집애였다. 화들짝 놀란 마부는 제 눈을 의심했다. 오늘은 땅거미도 아직 안 졌는데 왜 이렇게 일찍 왔나 싶었더니…… 그녀의 옷이며 얼굴이 나뭇잎과 흙으로 엉망이었다. 게다가 바지는…….

"너 미쳤냐?"

무릎 위까지 접어 올린 바지는 안에 뭐가 들었는지 엉덩이와 다리까지 빵빵했다. 꼭 기저귀를 차고 걸어 다니는 것처럼 우습기 짝이 없었다. 다 드러난 종아리는 가녀리고 새하얗지만 여기저기 긁혀 상처 나고 더러웠다.

'역시 또라이였어.'

그녀가 난감한 듯 머리를 긁적였다. 예상이 맞았다고 생각한 그가 단호히 대답했다.

"그런 거 없다."

클로이는 이 몰골로 기사단의 마구간까지 가야 한다는 생각에 울상이 되었다. 그러거나 말거나 마부는 말에 올라타며 찝찝한 목소리로 말했다.

"최대한 떨어져서 앉아."

"……."

클로이는 군말 없이 올라타 조용히 그의 옷을 붙들었다.

돌아가는 길이 멀지는 않았지만 내내 좌불안석이었다.

'혹시나 녀석이 벌써 죽었으면 어쩌지.'

다행히 마부는 얼른 그녀를 내려 주고 싶어 전속력으로 달렸다.

생각보다 빨리 마구간에 다다른 클로이는 얼른 말에게 해독초를 먹이려 했다. 그런데 누군가 그 앞을 가로막았다.

"노예 계집은 허락 없이 마구간에 들어갈 수 없다."

입구의 문지기가 그녀의 몰골을 보고 제지했다. 그러자 여태 그녀를 태워 온 마부가 이해한다는 듯 고개를 끄덕이며 앞으로 나섰다.

"난 단장님의 마부 트리거요."

클로이는 구원자를 바라보듯 트리거를 응시했다. 이런 위급한 상황에 도와주니 고마웠다.

"믿을 수 없겠지만 이 계집은 간호과의 호르헤 나나파 부원장님께서 명하신 일을 하고 있소."

"흠…… 부원장님이 시키신 일을 하고 있다고?"

"그렇소. 지금은 간호과에서 잠시 일하고 있지만, 이곳의 책임자인 피터 님께서 날 잘 아시니 여쭤보면 될 거요."

잠시 미심쩍은 눈으로 클로이와 트리거를 바라보던 마부는 가서 확인하고 오겠다며 기다리라고 했다. 잠시 후. 못내 의심쩍은 표정으로 클로이를 안으로 들인 그는 하울이 있는 곳까지 길을 안내했다.

"근데 너는 왜 그러고 다니는 거냐?"

"사정이 있었습니다……."

그가 별 미친 여자를 다 보겠다는 듯 코웃음을 쳤다. 그도 그럴 것이, 흔하지 않은 검은 더벅머리의 소녀가 소년의 복장을 하고 있었다. 얼굴은 발갛게 익었고, 안 그래도 해지고 더러운 바지 속에 뭘 넣었는지 광대처럼 빵빵했다.

클로이는 쥐구멍이 있다면 숨고 싶었다. 두런두런 얘기를 나누던 세 사람은 어느덧 말이 누워있는 우리에 도착했다.

"녀석은 일어나질 못하니 위험하지 않을 거다."

다행히 에반의 말은 아직 살아 있었다. 많이 힘들었을 텐데, 힘겹게 숨을 내쉬면서도 포기하지 않고 일어나려고 계속 노력한 흔적이 보였다.

'그래, 죽는 것보다 사는 게 백번 낫다.'

말이 너무나 대견했다.

'검둥이 너도 조금만 더 힘내.'

클로이는 마구간지기가 함께 있다는 것도 잊고 주섬주섬 바지에서 해독초를 꺼내기 시작했다.

"얼씨구?"

마구간지기는 어이가 없다는 듯 고개를 절레절레 저었다. 그러거나 말거나, 클로이는 풀을 꺼내 말의 입 앞에 들이댔다.

'좀 먹어봐.'

식겁한 마구간지기가 그녀를 저지하고 나섰다.

"잠깐. 너 정말로 부원장님의 명을 받은 게 맞느냐?"

이미 처분이 정해졌다 해도 기사단 부단장의 말이었다. 게다가 단장인 그레이엄 대공 또한 아끼는 말 아닌가? 이상한 노예 계집이 바지 속에서 꺼낸 이름 모를 풀을 먹일 순 없었다. 말에 대한 책임은 모두 그의 몫이었다. 괜히 저 말의 처형 전에 무슨 일이 생겼다간 제가 먼저 죽는다.

"아무래도 수상해."

마구간지기는 클로이를 끌고 가 빈 우리에 가뒀다.

"넌 여기서 기다려라."

그러곤 호르헤에게 물어보겠다고 하면서 밖으로 나갔다.

'빨리 해독초를 먹여야 하는데.'

클로이도 난감했다.

마구간지기는 처음부터 자신을 탐탁지 않아 했다. 우리에 가두기까지 한 건 괘씸하지만, 그 또한 자기 일을 해야 하는 사람이었다. 거기까지 생각이 미치자 화가 가라앉았다.

'쟤는 괜찮은가.'

그녀는 아픈 말의 바로 옆 우리에 갇혔다. 그 김에 자세히 상태를 살폈다. 눈이 감길락말락 한 것이 이제 한계인 듯했다.

'이렇게 가만히 앉아서 죽어 가는 걸 보고만 있을 순 없어!'

클로이는 이파리를 던지기 쉽게 돌돌 말아 말의 주둥이 근처로 던지기 시작했다. 하지만 한참을 던져도 말은 반응을 보이지 않았다.

"검둥아, 제발 한 번만 먹어 봐!"

그때였다. 조용하던 녀석이 갑자기 거칠게 숨을 내뿜으며 다리를 움직였다.

'얘가 왜 이러지?'

클로이가 화들짝 놀라는 동시에 사람의 말소리가 들려왔다.

"이 계집입니다. 정체불명의 풀을 하울에게 주려고 해서 일단 가둬 놨습니다."

주저앉아 있던 클로이는 소리가 난 곳으로 고개를 돌렸다. 그곳에는 마구간지기와, 커다란 귀족 남자가 형형한 눈을 하고 서 있었다.

'설마…….'

벌써 몇 달 전의 일이었다. 남자는 무장한 갑옷 차림도 아니고 칼도 들지 않았지만, 클로이는 확신했다.

'그 남자야.'

자신을 죽이라고 명했던 기사단장.

—성문에 걸어 놓을 머리만 남겨.

쿵. 심장이 바닥으로 떨어지는 기분이었다. 클로이는 본능적으로 고개를 푹 숙였다.

'나를 알아본 건 아니겠지.'

입은 옷도, 상황도, 그날과는 모든 게 달랐다. 그런데도 클로이는 한눈에 알 수 있었다. 저 훤칠한 키와 바늘 하나 들어가지 않을 듯 단단해 보이는 몸. 무엇보다 저 남자가 풍기는 무서운 분위기가 똑같았다.

칼 한 자루 들지 않는데 그는 등장만으로 주변의 공기를 차갑게 바꿔 놓았다. 전혀 생각지 못한 재회였다.

'절대로 눈에 띄지 말아야 해.'

슬쩍 눈만 올려 보니 그는 팔짱을 낀 채로 하울을 내려다보고 있었다. 방금 마구간지기가 그녀를 먼저 가리켜서 말했는데도 그녀에겐 아무 관심도 없는 듯한 태도였다. 얼음장 같은 그의 새파란 눈동자를 흘끔거리던 클로이의 입술이 동그래졌다.

'설마 저렇게 잘생긴 남자일 줄은…….'

성격대로 어두운색 의복을 입은 그는, 그런데도 소박해 보이지 않았다. 우아하고 고급스러웠다.

분명 그의 수려한 이목구비 때문일 거라고 생각했다.

넝마를 걸쳐도 아름다워 보이리라.

'조폭처럼 무서운 얼굴일 줄 알았는데.'

만약 그를 뒤에서 봤다면 저 키와 체격만으로는 저런 미모를 상상하기 어려웠을 것이다.

"당장 네가 무슨 짓을 하려고 했는지 샅샅이 고해라, 노예 계집."

제 처지도 잊은 채 남자의 얼굴을 감상하던 클로이는 퍼뜩 정신을 차렸다.

"어서!"

마구간지기가 그녀에게 다가가 무서운 눈빛으로 닦달했다.

"저는…… 말을 치료하고자 해독초를 먹이려고 했습니다."

클로이의 말이 끝나자 그제야 그가 느릿하게 옆으로 시선을 돌렸다. 감정이 없는 사람처럼 무표정한 얼굴.

마치 양초나 지푸라기를 쳐다보듯, 사람을 무심하게 쳐다본다. 잠깐이지만 마주친 그의 보석 같은 눈동자에선 아무것도 읽을 수 없었다. 클로이는 얼른 고개를 바닥으로 향했다. 재빠른 움직임이었다.

마구간지기가 피식 웃으며 말했다.

"말을 치료한다니 네까짓 게 무어라고 감히 저 말을 치료한단 말이냐?"

"그게…….."

클로이는 멈칫했다.

'정말 날 기억 못하는 걸까?'

여기서 스스로를 변호하지 못한다면 당장 제 목을 칠 것만 같았다.

저 남자가 얼마나 무서운 사람인가. 누굴 어떻게 죽였는지 클로이는 모든 걸 어제 일처럼 생생하게 기억했다. 감히 호르헤의 이름을 들먹여도 될지 주저했지만 지금은 그 수밖에 없었다.

"저는 호르헤 부원장님과 약초를 공부하고 있는 노예입니다."

침을 꼴깍 삼킨 그녀가 차분히 말문을 열었다.

"그리고 저 말이 날루수완 산의 독초를 먹었다는 것을 알게 되어, 해독초를 먹여 말을 치료하고자 했을 뿐입니다."

클로이의 말이 끝남과 동시에 마구간지기는 그녀를 비웃었다.

"풋, 네가 누구와 뭘 공부해? 이게 정신을…….."

그때 한마디도 없던 대공이 입을 열었다.

"네가."

표정은 전과 다를 바가 없었으나 그의 눈이 그녀를 정확히 바라보고 있었다.

'아…….'

클로이는 잠시 넋을 놓고 그를 쳐다봤다. 아름다운 남자였다. 무심코 그와 눈을 마주친 클로이는 다시 잽싸게 고개를 숙였다. 그가 낮고 진중한 목소리로 물었다.

"말을 치료할 수 있나?"

"……제가 아는 지식으로는 그렇습니다. 확신할 수 있습니다."

그녀가 작은 목소리로, 하지만 정확하게 대답했다. 지금은 얼굴을 볼 수 없기에 그가 어떤 생각을 하는지 알 수 없었다.

"저 계집이 아주 정신이 나간 듯합니다."

당황한 마구간지기가 옆에서 간신배처럼 지껄였다.

"제가 당장 몽둥이를……."

"말이 죽으면 너도 죽는다."

클로이에게는 날벼락 같은 소리였다. 말을 치료할 기회를 준다는 의미지만, 효과가 없으면 죽인다고 했다.

그는 너무나 쉽게 그녀의 생사를 결정지었다.

하긴, 제 존재는 대공에게 한낱 물건과 다르지 않을 것이다. 첫 만남에 자신을 죽여 성문에 효수하라 했으니까.

'나보다야 저 검둥이가 훨씬 귀중하겠지.'

어쨌든 말을 치료할 기회를 얻었다. 이렇게 된 이상, 꼭 저 말을 살려 내야 했다.

"최선을 다하겠습니다."

"문을 열어 줘라."

대공의 한마디에 마구간지기가 잽싸게 움직였다. 클로이가 갇혀 있던 우리를 열고 하울이 있는 쪽으로 안내했다.

그녀는 천천히 하울에게 다가가 닻꽃 이파리를 내밀었다. 하지만 하울은 대공을 보고 흥분한 듯 거칠게 숨을 내쉬며 다리를 버둥거릴 뿐, 눈앞의 먹이에는 조금도 관심이 없었다.

'이를 어쩐다…….'

당황한 그녀는 말을 진정시키기 위해 조심스레 말의 콧등을 쓰다듬었다. 이윽고 말의 버둥거림이 천천히 잦아들었다. 그녀는 닻꽃의 이파리를 손으로 구겨 즙을 만든 다음, 그것을 말의 코에 가져다 댔다. 싱싱한 풀 냄새를 맡으면 먹이에 관심을 가질까 해서였다.

그러자 예상대로 말의 코가 벌름거리기 시작했다. 킁킁 짧은 숨을 내쉬며 클로이의 손에 든 먹이의 냄새를 맡았다.

'아……!'

드디어 말이 흥미를 보인다. 클로이는 속으로 쾌재를 불렀다. 풀을 더 가까이 가져다 대자 말의 이빨이 그녀의 손가락을 스쳤다.

"헉."

큰 짐승과 가까운 스킨십이 처음이었기에 살짝 놀랐다. 하지만 다시 의연하게 마음먹은 클로이는 해독초를 말에게 먹이기 시작했다. 다행히 한 번 풀 맛을 본 말은 그녀가 주는 먹이를 신나게 받아먹었다.

뒤에서 그 광경을 지켜보던 알렉산드로의 미간이 살며시 구겨졌다. 저 풀이 정말 효과가 있는지 모르지만, 노예는 시종일관 덜덜 떨고 있는 데다가 말을 치료하겠다고 해 놓고서는 만지는 것조차 서툴러 보였다.

'그래도 하울을 살릴 수 있다면.'

그는 합리적인 사람이었다. 말은 죽어 가고, 노예는 말을 살릴 수 있다고 했다. 게다가 하울이 독초를 먹어 병에 걸린 거라면, 에반을 땅에 떨어뜨린 일은 하울의 잘못이 아니게 된다.

알렉산드로는 할 수 있다면 하울을 꼭 살리고 싶었다.

그때였다. 갑자기 노예가 자리에서 일어나 돌발 행동을 하기 시작했다. 한 치의 망설임도 없이 스스로 바지의 여밈을 풀더니, 그 속으로 손을 넣었다. 그러고는 주섬주섬 해독초를 꺼내기 시작했다.

"감히 대공님의 앞에서 무슨 짓이냐!"

마구간지기의 호통에 그녀가 눈에 띄게 움찔했다. 하지만 해독초를 마저 다 꺼내고 바지를 추스른 다음에야 대답했다.

"약초를 캐고 담을 주머니가 없어서…… 바지 속에 담아 왔습니다."

마구간지기는 떨떠름하게 쯧쯧 혀를 찼다. 그녀는 고개를 떨군 채로 조용히 다시 앉아 말에게 해독초를 먹이기 시작했다.

알렉산드로는 여전히 아무 말 않았지만 속으로는 굉장히 황당했다.

'계집이 아닌가?'

아무리 천지 분간 못하는 어린 소녀라도 그렇지…… 저렇게 체면도 없는 여자는 생전 처음 봤다. 그가 아는 여자들이란 겉은 아름다운 인형 같고, 속은 뱀처럼 교활했다. 절대 자신의 체면이 구겨질 일은 하지 않고, 철저히 잇속을 챙겼다.

'말은 많고 하는 건 없는 자들.'

웬만한 귀족 남성이라면 친한 마담 한 명쯤은 있기 마련이지만, 알렉산드로는 어린 시절 끔찍한 사건으로 인해 여자와 어떤 관계도 맺지 않았다.

그런데 눈앞의 노예 계집은 잔뜩 긴장한 주제에 부끄러움도 없이 행동했다.

그러고 보니 남자 의복을 입고 있는 것도 이상했다. 드러난 다리가 가느다랗고 하얗긴 하지만 머리도 마구 다듬은 것처럼 엉망이고, 큰 옷을 입으면 여자인지 남자인지 헷갈릴 모양새였다.

'이상한 여자 노예로군.'

알렉산드로는 거기까지 생각하고 상념을 접었다.

"오늘 가져온 약초는 다 먹였습니다."

그녀가 얌전히 뒤돌아 그들을 향해 고개를 조아렸다.

"앞으로 경과를 지켜보면서 약초를 먹이고 치료하면 될 듯합니다."

시종일관 고개를 처박고 있어 그녀의 얼굴은 볼 수 없었다. 알렉산드로는 혹시 얼굴에 큰 흉이라도 있나 싶었다.

"언제쯤이면 말이 다시 달릴 수 있지?"

"아마…… 일주일이면 기력을 회복하고 적어도 보름 내에는 달릴 수 있을 것입니다."

"네가 한 말을 지켜야 할 것이다."

"최, 최선을 다하겠습니다."

그는 대답을 듣자마자 더는 볼일이 없다는 듯 마구간을 떠났다. 거칠 것 없는 그의 발걸음 소리가 점점 멀어졌다.

클로이는 그 소리가 희미해진 뒤에야 고개를 들었다.

"휴우……."

대공은 사람을 긴장시켰다. 한마디씩 말을 나눌 때마다 등에서 식은땀이 났다.

산을 오르내리면서도 심적으로는 지치지 않았던 그녀였는데, 대공과 마주한 짧은 시간 완전히 지치고 말았다.

'두 번 다신 안 마주쳤으면 좋겠다.'

저 얼굴을 자주 봤다가는 심장이 남아나질 않겠다.

"이봐, 노예 계집. 넌 말이 다 회복할 때까지 이곳에 있어야 한다."

갑작스런 청천벽력에 클로이는 퍼뜩 정신을 차렸다. 그녀가 무슨 소리냐는 듯 마구간지기를 쳐다보자 그가 심드렁히 대꾸했다.

"혹시라도 말이 잘못되면 전부 네 책임이야. 넌 아무 데도 갈 수 없다."

마구간지기가 제 할 말만 하고는 휙 뒤돌아 나갔다.

"자, 잠시만요!"

클로이가 다급하게 그를 불렀다.

"그럼 쿠피히트 공작저의 애나 아가씨께 제가 찾아뵙지 못한다고 말씀만 전해 주세요."

마구간지기는 뒤돌아 클로이를 흘끔 쳐다보더니 '알았다' 하곤 고개를 끄덕였다.

"휴우⋯⋯."

덩그러니 남겨진 클로이는 건초 더미에 털썩 기대 앉았다.

마구간은 노예 숙소보다 깔끔하고 쾌적했다. 냄새는 조금 나지만, 그런 건 신경 쓰이지 않았다.

'애나 아가씨가 걱정이네.'

물론 그보단 갑작스런 대공과의 조우로 심란한 마음이 가라앉질 않았다.

'나를 전혀 못 알아보나 봐. 하늘이 도왔어.'

그들은 엘파사 왕궁에서 처음 마주했었다. 이미 두 달 가까이 시간이 흘렀지만 클로이는 그 남자를 똑똑히 기억했다. 하지만 그는⋯⋯ 자신을 전혀 모르는 것 같았다.

피식 웃음이 나왔다.

'하긴 당연히 못 알아보겠지.'

왕궁에서 클로이는 아름다운 드레스에 긴 머리카락을 가진 우아한 왕녀였다.

그 누가 마구간에서 거지꼴을 하고 있는 자신을 보고 그 왕녀를 떠올릴 수 있을까. 그렇게 생각하니 스스로도 웃겼다. 게다가 제국에는 외국인이 많다고 했으니, 검은 머리의 이국적인 외모가 그렇게 특이한 건 아닐지도 모른다.

'다행이다.'

그가 자신이 왕녀였다는 사실을 기억하든 못하든, 그런 건 이제 중요하지 않았다. 아니, 차라리 다행이었다. 발치에 지나가는 노예 중 한 명. 더는 그 남자의 눈에 띄지 않기를 하늘에 기도했다.

'나는 저 말만 무사히 치료하면 되는 거야.'

여기 있는 동안 또 마주칠지 모르지만, 그 이후에는 두 번 다시 볼 일이 없으리라.

'대공에 대해서 더 생각하지 말자.'

클로이는 어쩔 수 없는 일에 대한 포기가 빨랐다. 후회와 미련 같은 질척이는 감정은 절대 사양이었다.

"검둥아, 네가 빨리 나아서 나 좀 살려 줘."

해독초를 먹이며 슬쩍 보니 말은 수컷이었다.

'가져온 걸 다 먹였으니 내일 허락을 얻어 다시 산에 가 봐야겠다.'

그러려면 정신을 바짝 차려서, 체력을 보충해야 했다. 뒤늦게 피로가 몰려왔다. 대공과 대화할 때 급격히 기력이 빠져나간 것이 느껴졌다.

클로이는 감기는 눈꺼풀을 못 이기고 그대로 잠들어 버렸다.

"너도 참 인생 피곤하게 산다."

연달아 그녀를 산으로 데려다줬던 마부, 트리거였다.

"또 그 산에 가야 하잖아."

클로이를 한심하게 쳐다보던 그는 고개를 절레절레 저었다.

"오늘은 풀 담을 주머니 챙겼냐?"

"마구간에 그런 걸 부탁드릴 수가 없어서……."

"그래서? 또 바지에다 넣어 가려고?"

"……."

말없이 땅만 쳐다보는 클로이를 보고 트리거는 쯧쯧, 혀를 찼다. 그러더니 말에서 내려 고삐를 그녀에게 건넸다.

"잠시 기다려라."

잠시 뒤. 어디서 구해 왔는지 천으로 만든 큰 보따리 같은 것을 그가 가져왔다.

"여자애가 그러고 다니면 못쓴다."

던지듯 그녀에게 보따리를 안겨 준 트리거는 고삐를 건네받고 다시 말에 올랐다.

"좀 떨어져서 앉아라."

평소처럼 한 마디 던진 그는 곧 날루수완으로 향했다.

"잠깐, 혼자 어딜 가려고?"

클로이가 혼자 산에 오르려 하자, 트리거가 동행처럼 뒤따라왔다.

그가 왜 갑자기 마음을 바꿔 산을 오르려는지 궁금했지만 묻지는 않았다. 물어보든 말든, 그는 자신의 일을 할 테니까. 하지만 물끄러미 쳐다보는 시선을 느꼈는지 그가 먼저 대답했다.

"네가 도망가면 내 책임이다."

'아하.'

혹시 해독초를 캐러 간다고 해 놓고 도망갈까 봐?

'그 마구간지기가 트리거에게 당부했나 봐.'

클로이는 피식 웃으며 산을 올랐다.

아침에 하울의 상태를 확인해 보니 코피가 멎어 있었다. 호흡도 어제보단 안정되었다. 클로이는 뛸 듯이 기뻤다.

'이 약초가 제 역할을 하는 게 분명해.'

여전히 자리에서 일어나진 못했지만 상태가 호전되고 있다는 것만으로 충분했다.

'내가 얼른 약초 캐 올게, 검둥아. 기다려.'

그녀의 발걸음이 가벼웠다. 호전된 환자만큼 의사를 설레게 하는 건 없었다. 그녀는 말을 살려야 한다는 사명감에 불타올랐다.

제 목숨이 달린 일이기도 하지만, 호르헤의 이름을 들먹인 이상 그의 명예까지 달린 일이 되었다. 그녀는 자신을 신뢰해 준 호르헤를 욕먹이고 싶지 않았다.

결연한 의지를 다진 몸이 거침없이 산을 올랐다.

황궁 무투회가 사흘 앞으로 다가왔다. 수도는 제국의 가장 큰 행사를 준비하는 데 한창이었다. 기사들과 종자들은 그동안의 훈련을 재정비하며 마지막으로 심신을 단련했다.

노스테로스 제국은 역사상 처음으로 대륙을 통일한 나라였다. 당연히 제국이 가장 신경 쓰는 것은 군사력이었다. 변방의 영지를 다스리는 귀족들의 충성심과 더불어, 황궁의 강한 군사력을 기반으로 제국은 평화의 시대를 구축하고자 했다.

무투회가 제국의 가장 큰 행사인 이유였다. 승자들은 기사 서임을 받고, 명예를 손에 쥔다. 또 기사들은 제국을 횡단하는 세리머니에 의무적으로 참여해야 했다.

세리머니는 제국을 두루 둘러보며 애국심을 키우고, 참모들과 함께 공동체 의식과 충성심을 기른다. 제국민에게는 기사단의 행진을 과시하고 선망을 도모한다. 게다가 영지에 들러 변방의 귀족들을 견제할 수 있으니 황궁의 입장에선 1석 3조나 다름없었다.

50여 년 전, 무투회를 마치자마자 전쟁이 발발했다. 이에 무투회의 승자들이 출전해 대승리를 거둔 데서 세리머니의 역사가 시작되었다. 세리머니에 참여하는 건 기사들의 명예이자 자부심이었다.

사람들은 3년 만에 개최되는 무투회를 설레는 마음으로 기다렸다. 하지만 단 한 명, 아론은 아니었다.

'이 세상은 내 편이 아니야.'

아론은 세상의 모든 나쁜 일들이 자신에게만 벌어지는 것 같았다. 그는 대귀족의 자제임에도 스스로 알렉산드로의 집사가 되길 자처했지만, 한 번도 그 일을 후회해 본 적이 없었다.

'여태까지는 그랬지.'

아론은 요즘 하루하루가 난감했다. 던칸은 기어코 황궁에서 그레이엄 대공의 혼사를 치를 것임을 공표했다.

이를 기점으로 제국의 귀족 영애들이 너 나 할 것 없이 수도의 대공저로 연서, 초대장, 하인들을 보내오기 시작했다.

'젠장, 무서운 이미지 때문에 인기가 없는 거 아니었나!'

대공은 큰 체격과 전장에서의 모습 때문에 흉악하고 무서운 남자로 소문이 자자했다. 다만 우연히 그의 얼굴을 본 아가씨들이 문제였다.

아름다운 외모와 그보다 더 아름다운 몸을 가진, 제국 최고의 미혼 권력자를 주인으로 둔 아론은 요즘 인상을 펼 날이 없었다.

이번 무투회가 끝난 후 그레이엄 대공은 기사단장으로서 세리머니를 이끌게 된다. 25세라는 나이는 기사단장으로는 어린 나이였지만 벌써 여러 번 큰 전쟁을 치렀고, 실력 또한 충분했다.

아론은 단순히 '던칸이 기사단장 부자로 이름을 날리고 싶은가 보다' 생각했다. 하지만 제 형제인 에반은 분명히 뭔가 꿍꿍이속이 있을 것이라고 했다.

'전하의 속내는 알 수가 없어.'

던칸은 대공이 세리머니에 참여하기 전에 약혼식을 거행하고자 했다.

'아니, 약혼식을 혼자 하냐고.'

누가 누구와 약혼을 한단 말인가.

'부자가 대화를 좀 하든가 하지, 나만 중간에서 이게 무슨 고생이야.'

저택을 찾아오는 여자들도 문제지만 던칸의 압박이 제일 큰 스트레스였다. 아론은 무투회와 그 뒤에 열리는 연회, 그리고 제국을 일주하는 세리머니까지 신경 써야 했다.

그 와중에 던칸은 계속 영애들과 대공의 만남을 주선하라고 닦달하고, 귀족들은 수도 없이 저택의 문을 두드렸다.

'그래도 반도라스 영애 덕분에 많이 줄었지.'

클라라 반도라스 공작 영애가 가장 대담하게 대공에게 구애하는 중이었다. 그녀는 '이 구역 미친년은 나야' 하는 파격적인 전략을 펼치며 대공에게 오는 연서와 초대장을 반으로 줄여 놓았다. 상황이 이렇게 되니 아론은 그녀가 고맙기까지 했다.

'가장 큰 문제는 우리 대공님인데…….'

대공은 도무지 여자에게 관심이 없었다. 한때 아론마저 그의 성적 취향을 의심했을 만큼, 대공의 여자관계는 너무나 깔끔했다.

'혹시 신체에 어떤 문제라도?'

그런 의심도 했었지만 함께 전장을 누볐던 크리스 경은 대공의 신체에는 문제가 없으며 무척 건강하다고 증언했다.

'그럼 역시…… 여자를 믿지 않으시는 건가.'

거기까지 생각한 아론은 더 골치가 아파졌다.

'내가 무슨 수로 그런 분을 결혼시켜?'

상황을 아는지 모르는지 대공은 요즘 무투회 준비로 기사단에서만 시간을 보내고 저택에서는 잠만 자고 나가기 일쑤였다. 불손하게도 아론은 차라리 대공이 얼른 수도를 떠나 버렸으면, 하고 내심 기다렸다.

'머리가 너무 아프군.'

아론은 처리하던 서류를 내려놓고 양쪽 관자놀이를 짚으며 책상에 기댔다.

'목욕…… 향기 목욕을 해야 하는데, 이 노예는 도대체 언제 돌아

오는 거야?'

아론은 그 노예를 썩 좋아하진 않았다. 노예는 눈치는 빠르지만 말을 걸지 않는 한 굉장히 과묵했고, 대답도 예, 아니요가 전부였다. 심지어 목욕 시중을 든 지 한 달이 되어 가는 마당에도 절대 눈을 마주치려 하지 않았다.

'하긴, 목욕 시간엔 조용한 게 더 좋긴 하지.'

아론은 그 노예가 썩 맘에 들지 않았지만, 지금은 너무나 그리웠다. 요새 스트레스 해소의 일등 공신이었던 향기 목욕을 못해서 심신이 메마르는 중이었다.

'안 되겠다. 기사단에 연락이라도 해 봐야겠어.'

"너 도대체 뭐 하는 계집애냐?"

열심히 산을 오르던 중, 따분했는지 트리거가 그녀에게 말을 걸었다. 노예 주제에 호르헤를 도와서 약재를 공부한다질 않나, 말을 치료한다고 이렇게 동분서주하고 다니니 그의 입장에서는 궁금할 만도 했다.

"저는…… 약방에서 일하던 노예였습니다."

"그래?"

"네. 평생을 그곳에서 일하다 보니 주워들은 잡지식이 많아 부원장님을 도와드리게 되었습니다."

"오오, 그렇구나."

트리거는 고개를 주억거렸으나 속은 그렇지 않았다.

'휘유, 단순히 주워들은 지식이 많은 노예치고는 대접이 남다르던걸.'

그는 마구간 앞에서 자신을 붙들고 단단히 주의를 주던 마구간지기를 떠올렸다. 노예가 도망가면 자신들이 죽은 목숨이니 절대로 도망가지 못하게 한시도 떨어지지 말라고 당부했다. 밧줄로 꽁꽁 묶어서 데리고 다니라는 걸 간신히 말렸던 게 생각나 웃음이 터졌다.

"풋."

그 소리에 클로이가 그를 돌아보았으나, 이내 아무 말도 않고 다시 묵묵히 산을 올랐다.

한 시간쯤 되어 둘은 정상에 다다랐다. 클로이는 주변을 둘러보며 닻꽃을 찾기 시작했다.

"우와, 이런 장관은 처음이군."

트리거는 산의 정상에서 아래를 내려다보며 경치를 감상하기 바빴다. 웬만한 큰 산은 출입이 금지되어 평민은 출입할 수가 없었다. 트리거 또한 이런 이름이 있는 산은 와 본 적이 없었다. 그는 구경을 하느라 바빴고 클로이는 닻꽃을 찾는 데 한창이었다.

'찾았다!'

그녀는 자리를 잡고 앉아서 해독초 채취에 집중했다. 다시 이 산에 오려면 마부에게 부탁하고 번거롭게 움직여야 하니, 한 번 왔을 때 최대한 많이 챙겨 가야 했다. 그녀의 손놀림이 분주해졌다.

기사단으로 돌아왔을 때는 정오가 조금 지나 있었다.

말은 그새 혈색이 더 좋아진 것 같았다. 클로이는 기쁜 마음으로 말에게 해독초를 먹였다.

"검둥이, 많이 먹고 얼른 나아라."

말이 이파리를 질겅질겅 씹는 모습이 어제보다 더 힘차 보였다. 클로이는 너무나 뿌듯했다. 힘들게 산을 올라 약초를 구해다 준 보람이 있었다. 그렇게 정신없이 말에게 풀을 먹이고 있을 때였다.

"클로이 너, 괜찮은 거냐?"

갑자기 들린 익숙한 음성에 그녀가 놀라 뒤를 돌아봤다. 호르헤였다.

"부원장님!"

"네가 마구간에 갇혔다는 얘기는 들었다만……."

클로이를 직접 본 그는 순식간에 불쾌해졌다. 전해 들은 것보다 몰골이 훨씬 더 안 좋았다. 산을 오르내리느라 그녀의 옷은 넝마에 가까웠고, 얼굴과 팔다리 여기저기에 긁힌 상처가 가득했다.

하지만 그녀의 표정만큼은 밝았다.

"어떻게 오셨어요?"

호르헤를 보고 반가워 생글대는 그녀의 눈동자가 반짝였다. 생기만큼은 마구간에 갇힌 사람처럼 보이지 않았다. 안타까워진 호르헤는 더욱 감정을 숨길 수 없었다.

"네 걱정을 했단다."

"⋯⋯."

클로이 내심 감동했지만 얼른 표정을 갈무리했다. 저까지 감정을 드러내면 호르헤에게 점점 더 의지하게 될 것 같았다.

"감사합니다, 하지만 저는 괜찮아요."

그녀는 담담하게 배시시 웃었다.

"그리고 말도 괜찮아지고 있어요. 어제 처음으로 해독초를 먹었는데⋯⋯."

말의 상태에 이어서 날루수완 산에 대해서도 말했다.

"아무리 봐도 날루수완에는 사람에게 해로운 독초가 별로 없는 것 같아요."

"정말이냐?"

"네. 조사단을 한번 보내 보세요. 확실해질 거예요."

"조사단? 그럼 약초꾼을 보내야 할 텐데⋯⋯ 수소문해 보마."

'약초꾼을 찾는데 수소문까지 해야 한다고?'

"너도 알다시피 의약계 인력이 많지 않아서 말이다."

이처럼 제국은 간호와 의약에 무심했다. 클로이는 이해할 수가 없었다. 엘파사에서는 의사나 간호원이 굉장히 좋은 직업이었고, 일부 귀족들도 공부했다.

하지만 제국에선 영 아닌 것 같았다. 귀천을 떠나서, 제국은 의료 인력을 양성하고 발달시키는 데 관심이 없는 것 같았다.

'왜지? 그럴 여력이 없나?'

궁금하지만 호르헤에게 물어보면 또 끝임없는 대화를 하게 될 것 같아서 참았다. 그녀와 이런저런 대화를 나누던 호르헤는 아쉬워하며 발길을 돌렸다.

"다시 오마."

클로이가 '말의 상태를 보니 곧 마구간에서 나올 수 있을 것 같다.'고 해서 그런지, 한결 시름을 던 것 같은 모습이었다. 그를 배웅하고, 고개를 돌려 말의 똘망똘망한 눈동자를 본 그녀는 피식 웃음을 흘렸다.

아무것도 모르는 천연덕스러운 눈동자를 보니 새삼 우스웠다.

'괜한 오지랖으로 여기서 무슨 고생이람.'

그래도 점점 생기가 도는 게 보여 역시 뿌듯했다. 클로이는 좋은 쪽으로 생각하기로 했다.

'여기서 나가면 우선, 당장 애나 님께 가야겠어. 마음이 여린 분이라 걱정이 많으실 거야.'

그리고 중단했던 약 분류도 다시 이어 가야 했다.

클로이는 얼른 약 창고로 돌아가서 집필을 재개하고 싶었다.

'내가 어디까지 했더라.'

곰곰이 작업을 되짚어 보던 클로이는 그대로 말과 함께 잠들었다.

"계집을 깨울까요?"

"됐다."

알렉산드로는 하루 만에 다시 마구간을 찾았다. 이제 겨우 해가 저물어 가는데 태평하게 잠들어 있는 노예 소녀를 보니 기가 막혔다. 남들은 열심히 일하고 저녁을 먹을 시간인데 혼자 늘어져라 잠들어 있다니. 이런 게으른 노예가 다 있나 싶었다.

기회를 주긴 했지만 영 미덥지 않았다. 그래서 정말 그녀가 말을 치료하는지 확인하러 온 것이다.

그러나 그를 고민하게 만든 원흉은 쿨쿨 잘만 자고 있었다. 그것도 건초를 베개 삼아 완전히 대大자로 뻗어 있었다. 민망한 듯 옆에서 마부가 한마디 거들었다.

"원래는 얌전한 계집인데……."

얼마나 어린 노예이기에 천지 분간도 못하고 저렇게 마음 편히 잠들어 있는지 놀라울 정도였다. 술 없이 잠을 이루지 못하는 제 처지보다 낫다는 생각마저 들었다. 알렉산드로는 제게 간 큰 약속을 해 놓고도 저렇게 속 편히 잠든 노예가 궁금해졌다.

게다가 불신했던 것과 달리, 하울은 상태가 많이 호전돼 보였다. 불과 하루 만에. 어제까지만 해도 코피가 멎지 않은 상태였는데 지금 보니 멀쩡했다. 혈색도 훨씬 좋았다.

'괜찮아지는 것 같군.'

노예를 취조하며 수상했던 점을 물어보려던 알렉산드로는 며칠 더 경과를 지켜보기로 했다. 하울을 확인한 그는 미련 없이 마구간을 떠났다. 당장 사흘 뒤로 다가온 무투회 때문에 허투루 쓸 시간이 없었다.

인정하고 싶지 않지만, 그는 뛰어난 기사단장이었던 아버지 던칸을 빼닮았다. 체격 조건부터 힘과 기술까지 완벽한 기사였다. 양손으로 칼을 다룰 수 있는 천재적인 검술의 소유자라고 정평이 나 있었기에 무투회에 얼굴은 비춰야 했다.

'피곤하군.'

그는 요즘 던칸과 최악의 나날을 보내고 있었다. 결혼할 생각이 없다는 입장을 분명히 밝혔는데도 던칸은 막무가내였다. 정략결혼이 어떤 것인가.

'썩어 빠진 가문의 도구가 되느니 혼자 늙어 죽는 게 낫다.'

여자에게 관심도 없지만, 알렉산드로는 가문의 대를 잇는 종마가 되고 싶지 않았다.

그의 부모 역시 정략결혼을 했었다. 아버지 던칸 그레이엄과 어머니였던 소피아 맥코웰의 결혼. 당대 가장 큰 공작 가문의 결합으로 제국이 떠들썩했었다.

던칸은 배짱도, 야망도 큰 남자였다. 두 사람은 건강한 남자아이 한 명만 낳기로 계약했고, 그렇게 태어난 게 바로 알렉산드로였다.

계약은 성공한 듯 보였다. 던칸은 맥코웰 공작가 덕분에 황궁에 버금가는 권력과 재력을 가지게 되었다. 그리고 스스로 황제의 자리에 앉고자 했다.

문제는, 소피아 맥코웰 역시 같은 야망을 갖고 있었던 것이다.

대륙 최초의 여황제가 되고자 했던 소피아에게, 아들 알렉산드로는 자신의 꿈을 이루기 위한 발판일 뿐이었다. 알렉산드로는 한 번도 어머니에게 안겨 본 적이 없었다.

기억나는 것은 그녀의 한 맺힌 비명소리뿐. 어릴 적 수도 없이 들었던……. 소피아는 결국 남편을 죽이려다 발각되었고, 던칸은 그녀를 지하에 가두었다.

마침내 혁명에 성공한 던칸이 황제의 자리에 오르려던, 그때. 알렉산드로는 그날 밤, 수도 저택에서 있었던 일을 평생 잊을 수 없었다.

처음으로 어머니의 손을 잡고 어머니에게 안겼던 그날. 소피아는 아들의 목에 칼을 겨눈 채 악을 썼다. 원치 않는 아이를 낳고, 사랑하지 않는 남자와 함께했던 13년이 고통뿐이었다고 소리쳤다.

저택의 지하에서 1년 동안 그들을 증오하며 소피아는 반쯤 미쳐 있었다. 아들을 인질로 삼고 협박하던 그녀는 결국 붙잡혔지만, 분을 이기지 못하고 부자가 보는 앞에서 스스로 생을 마감했다. 그리고 던칸은 아내의 시체를 성 밖으로 떠밀었다.

알렉산드로의 나이 열한 살 때의 일이었다.

잊고 싶지만 절대로 잊을 수 없는 끔찍한 기억. 그에겐 어머니의 마지막이 그랬다. 어린 알렉산드로는 그 사건 이후 곧장 기사단에 입단하고 전장을 떠돌았다.

이후로 그레이엄 부자는 만남도, 대화도 없었다. 가족은 와해되었고 그레이엄이라는 위대한 가문은 그저 이름뿐이었다.

알렉산드로는 대놓고 던칸을 미워하거나 탓하진 않았다. 누군가를 미워하고 탓하는 일은 이제 지긋지긋했다.

다만 알렉산드로는 가끔 이런 생각을 했다.

'내 아버지나 어머니가 그저 평범한 사람이었다면 어땠을까.'

조금만 욕심내고, 가진 것에 만족하며 사는 사람들이었다면…….

'그랬다면 나는 귀족이든 평민이든 행복했을 텐데.'

물론 둘 중에 한 명이라도 욕심이 덜했다면 자신이 태어나지도 않았겠지만.

'또 쓸데없는 생각을 했군.'

피식 웃으며 사색을 정리한 그는 훈련장으로 향했다. 오늘처럼 쓸데없는 자기 연민이 들 때면 알렉산드로는 훈련에 집중했다.

일종의 도피지만, 그에게는 무엇보다 익숙한 일이었다.

3. 죄와 벌

3. 죄와 벌

· · ◆ · ·

던칸은 올라온 보고서를 읽고 있었다. 황제의 업무를 대리하는 그는 중요한 일들이 많았다. 하지만 요즘 그가 신경 쓰는 일은 따로 있었다.

저택과 기사단만을 오가시며 자주 만나는 이들은 정해져 있습니다. 기사단의 지휘관들과 두루 친목을 다지시지만 주로 친하게 지내는 이들은……

친숙한 이름이 제일 먼저 나왔다.

'에반 쿠피히트.'

그는 기사단의 부단장으로 업무상으로도 알렉산드로와 가장 친하게 지낼 확률이 높았다. 던칸은 보고서를 이어 읽었다.

'거의 매일 만나서 함께 승마하고, 훈련하고, 때로는 어깨에 손을 올리는 등 친밀한 접촉을 한다…….'

숨도 쉬지 않고 긴 문장을 읽어 내린 던칸은 쉽게 다음으로 넘어갈 수가 없었다.

'흠, 에반? 그는…… 유부남이 아닌가.'

던칸은 순간 에반이 정략결혼을 했는지 연애결혼을 했는지 곰곰이 생각했다. 그리고 보잘것없는 가문의 여식과 조용히 결혼했다는 소식을 들었던 걸 떠올렸다.

소문으로는 에반이 지금의 부인을 쫓아다니다가 납치하듯 결혼해서 그의 모친이 골머리를 앓았다고 했다. 벌써 자식이 둘이나 되는 소문난 애처가였다.

"후우……."

간신히 안도의 한숨을 내쉰 그는 에반의 얼굴을 떠올렸다. 전형적인 기사의 외모였다.

'게다가 그는 나이도 많고 뛰어난 미남도 아니지.'

안심하고 다시 보고서로 눈을 돌린 그는 뒤이어 나온 이름들을 하나하나 짚으며 용의자를 좁혀 나갔다. 알렉산드로가 워낙 어려 기사단에서 그와 어울리는 이들은 대부분 나이가 훨씬 많았다.

그렇게 보고서를 읽어 가던 중, 던칸은 한 대목에서 멈칫했다.

딱히 대공님과 유별나게 친밀한 분은 없으나 이번에 제2기사단의 대장이 될 크리스 스캘로웨그라는 젊은 기사와는 다소 돈독한 관계인 것으로 보였습니다. 두 명의 기사들에게 은밀히 들은 정보에 의하면 전시에 몇 번 야외에서 함께 목욕을 한 적도 있다고 합니다. 아무도 이상하게 생각하진 않았지만 늦은 밤에 오직 두 분이서만…….

던칸은 더 이상 보고서를 읽기가 힘들었다.

대공님께서 대련을 해 주시는 건 오직 크리스 경뿐입니다. 항상 아무도 없는 곳에서 대련을 하고, 나타나실 때는 두 분의 몸이 땀에 흠뻑 젖어 있었습니다.

그 아래 문장들이 눈앞에 아른거려 그는 질끈 눈을 감았다.

설마설마했지만…… 정말로 '그런' 취향을 가지고 있는 것인가. 손에 쥐고 있던 보고서를 구겨 버린 던칸은 당장 믿을 만한 심복을 불렀다.

"험프리!"

"예, 전하!"

그의 그림자와 같은 심복은 조용히 던칸의 눈치를 살폈다. 하지만 던칸은 그를 등진 채 창가로 향했다. 양손으로 허리를 짚은 그는 고뇌에 빠진 듯 깊은 한숨을 내쉬었다.

"휴우……."

던칸은 제국의 실세였다. 제국에 더 이상 그보다 더한 권력을 가진 이가 없었다.

통일 제국에 찾아온 평화 시대. 얼마나 오랫동안 꿈꿔 왔던가. 어릴 때부터 바라 온 욕심이었다. 남들은 겨우 작위에 매달리고 기사 서임에 목을 맬 때, 던칸은 대륙을 통일하는 초대 황제가 되길 꿈꿨다. 하지만 원하는 걸 모두 가졌는데도 던칸은 행복하지 않았다. 정작 그가 한 번도 원하지 않았던 것들이 그를 후회하게 만들었다.

던칸은 고뇌했다.

'말도 안 되는 일이다. 정말 내 아들이…….'

절대로 일어나서는 안 되는 일이었다. 감히 상상도 해 본 적 없었다.

그의 심복, 험프리는 아무 말도 하지 않았다. 주인은 생각이 많고, 세상 그 누구보다 똑똑한 남자니까. 험프리는 그저 조용히 주인이 무언가를 명령할 때까지 기다렸다.

마침내 집무실의 무거운 공기를 깨고 던칸이 입을 열었다.

"너에게 세 아들이 있다."

"예?"

갑작스런 말에 험프리가 놀라서 번쩍 고개를 들었다.

'세 아들? 내가?'

험프리는 아직 미혼이었다.

"너의 장자는 아주 욕심 많은 녀석이고, 너의 차남은 굉장히 머리가 좋다."

'무슨 말씀이시지?'

"하지만 막내아들은 둔하고 멍청한 데다 집안의 말썽꾸러기로 유명하지."

"……."

"하지만 너는 막내아들을 가장 아끼고 사랑한다. 장남과 차남이 있어 마음껏 안아 주지 못했기 때문이지. 막내아들은 네가 모든 걸 해 주고 싶은, 그런 자식이다."

"……."

"너에게 묻겠다."

던칸이 여전히 창문을 등진 채로 말했다. 험프리는 저도 모르게 꿀꺽 침을 삼켰다. 던칸이 도무지 무슨 질문을 하려는지 짐작도 할 수 없었다.

"너의 막내아들이 사랑하는 여인을 따라 사막으로 간다고 하면……."

"……."

"너는 그를 붙잡겠느냐?"

던칸의 표정이 보이지 않아서 험프리는 도대체 무슨 의도로 이런 질문을 제게 하는지 알 수가 없었다.

던칸은 단 한 명의 아들만 있고, 심지어 그는 제국의 영웅으로 인정받는 뛰어난 남자였다.

'내가 모르는 두 아들이 더 계신가?'

하지만 험프리는 더 고민할 수 없었다. 그의 주인이 자신의 대답을 기다리고 있었다.

"저라면…… 아들이 진정 원하는 일인지를 묻겠습니다. 그리고 그게 그 아이가 원하는 일이라면,"

막내아들의 뜻을 존중하겠다, 하고 말을 이으려던 순간. 던칸은 한 손을 들어 제 말을 잘랐다.

"나가 보아라."

그 명령대로 집무실을 나선 험프리는 여전히 던칸의 의중을 알 수 없었다.

'아들을 사랑하니 사막에 보낼 수 없다고 대답했어야 했나?'

하지만 아들이 진정 원하는 게 사막행이라면 그걸 막으면 안 되는 거 아닌가?

'떠나는 아들을 응원해 주는 게 진짜 사랑 아닌가? 사랑이 뭘까…… 대체 뭘 물어보고 싶으셨던 거지?'

어떤 은유를 담고 있는 것 같지만 여전히 이해할 수 없었다. 던칸은 한 번도 무너진 적 없는 견고한 성 같았다. 그는 어떤 일도 후회하지 않았다. 그 어떤 일도. 그런 던칸이, 어떤 큰 문제로 고민에 빠졌다.

'뭐, 알아서 하시겠지.'

저보다 훨씬 현명하신 분이니 스스로 합리적인 해답을 찾을 수 있을 것이다. 험프리는 다시 본 업무로 돌아갔다. 무투회가 당장 코앞이었다. 그가 처리해야 할 일들이 기다리고 있었다.

"오, 오늘은 분명히 깨어 있겠다고 했습니다. 그런데 어떻게 또……."

마부가 기어들어 가는 목소리로 일렀다. 대공은 별다른 대꾸가 없었다. 노예가 깨어 있든 잠들어 있든 사실 알렉산드로에게는 별 상관없었다.

벌써 나흘째. 바쁜 와중에도 하울을 보기 위해 마구간을 찾아온 그였다.

하울은 신기할 정도로 빠른 회복을 보이고 있었다. 오늘은 알렉산드로를 보곤 자리에서 일어서기까지 했다. 벌써 이 정도로 회복된 모습을 보니 놀라웠다.

하지만 하울보다 더욱 놀라운 게 있었다. 바로 노예 소녀였다.

'황당하군.'

이쯤 되니 일부러 자신을 피하려 일찍 잠드는 게 아닐까 싶을 정도로, 소녀는 여전히 태평하게 자고 있었다.

오늘은 무투회의 첫날이었다. 제국의 안팎으로 모두들 잔뜩 들떠 있었고, 첫날인 만큼 매우 시끄러웠다. 다들 무투회 이야기로 정신이 없었다. 어딜 가나 무투회 얘기뿐이었다.

무투회는 일주일간 계속되는 행사로, 마지막 날 전사들의 기사 서임을 마치고 나면 그들은 곧장 수도를 떠난다. 세리머니를 위해서. 세리머니는 길면 1년, 짧으면 6개월이었다.

'여기만 조용하군. 나쁘지 않아.'

알렉산드로는 개막식의 소란스러움을 피하기 위해 하울의 핑계를 대고 마구간을 찾았다.

개막식에 모습을 드러낸 그를 보고 너 나 할 것 없이 말을 건네려고 안달이었다. 특히 알렉산드로의 약혼녀를 자청하고 있는 클라라 반도라스의 아버지, 반도라스 공작은 행사 내내 그를 쫓아다녔다. 결국 알렉산드로의 서슬 퍼런 기세에 눌려 한마디도 꺼내지 못했지만, 알렉산드로는 내내 진절머리가 났다. 시끄럽고 정신없는 것은 딱 질색이었다.

그에 비해 마구간은 무척 평화로웠다.

마부들조차 무투회를 구경하러 일찍 자리를 비웠고, 두 명만이 마구간을 지키고 있었다. 말들이 가끔 내는 긴 소리만 종종 주위를 울렸다.

알렉산드로는 상체를 굽혀 하울을 살폈다. 총기 가득한 검은 눈동자, 촉촉한 콧구멍, 반갑다는 듯 이리저리 흔들어 대는 머리. 언제 병들었냐는 듯 생기가 넘쳐 보였다.

그는 다시 노예 소녀에게 시선을 돌렸다. 신기할 정도로 새근새근 잘만 자고 있었다. 수도의 축제와는 전혀 상관없는 사람처럼, 그저 고요했다.

더러운 남자아이의 복식. 마구 자른 더벅머리. 그런데 피부는 밝은 상아색이었다. 얼굴과 손 등 여기저기 생채기가 나 있었지만 그는 대번에 알 수 있었다. 쉽게 그을리지 않는 아기처럼 맑은 피부.

자신처럼 갈색이라 생각했던 머리카락은 자세히 보니 어두운 밤하늘 같은 검은색이었다.

'음.'

피부도, 머리카락도. 대륙에서 흔히 볼 수 있는 외모가 아니었다. 사창가에는 종종 저런 머리카락과 눈을 가진 노예들도 있다고 들었다. 아주 특이한 건 아니지만…….

'눈도 검은색이었나?'

알렉산드로는 그녀의 눈동자를 떠올리려 했지만 기억에 남은 게 없었다. 그러고 보니 저 노예의 얼굴을 제대로 본 적이 없었다. 단한 번도. 저 노예는 항상 고개를 잔뜩 수그리고 있었던 것이다.

"깨울까요?"

대공의 옆에 조용히 서 있던 마부가 그의 눈치를 살피며 물었다. 마부는 태평하게 잠든 노예 때문에 불똥이 자신에게 튈까 봐 전전긍긍했다.

"아무래도 깨우는 게……."

대공은 말없이 한쪽 손을 올려 마부를 저지했다.

죽어 가던 말을 살렸다. 저 노예가.

'마법이라도 부린 것 같군.'

병 걸린 말이 단 며칠 새 눈에 띄게 혈색을 되찾았다? 전무후무한 사례였다. 바다 건너 이국에는 저 노예처럼 생긴 이들이 산다고 들었다. 하지만 그들은 말을 타고 다니지 않았다.

"노예는 제국의 언어를 사용하던가?"

여전히 잠든 소녀에게 시선을 둔 알렉산드로가 물었다.

"예, 그렇습니다. 약간 지방 억양이 섞인 것 같지만 정확히 어디인지는 모르겠습니다. 워낙에 말이 없는 계집이라⋯⋯."

"간호과 소속 노예라고."

"예, 그곳에서 일한다고 합니다. 하지만 정확히는 쿠피히트 공작님 가문의 노예입니다."

에반의 가문에 소속된 이들은 거의 전쟁 노예였다. 기사단에 너무 많은 전리품을 분배하기 어려울 때, 쿠피히트 가문으로 소속을 돌렸다. 그 일 처리 방식을 알고 있는 알렉산드로는 이 노예가 패전국에서 왔다고 확신했다.

"아론 쿠피히트 님께 몇 번 소식을 전한 적이 있습니다."

이어진 마부의 말이 알렉산드로의 주의를 끌었다.

"아론 쿠피히트 님께서는 최대한 빨리 저 노예를 꼭 돌려받길 원한다고 하셨습니다."

잘생긴 이마에 살며시 주름이 졌다. 노예에게서 시선을 거둔 알렉산드로는 마부를 응시했다.

"왜지?"

에반의 저택에서 또 무슨 일을 하기에 아론이 이깟 노예를 찾는 단 말인가?

"이유는 잘 모르겠습니다. 하지만 벌써 네 번이나 당부하셨습니다. 매일 노예의 상태를 물으십니다."

그는 의문을 감출 수 없었다.

'대체 왜?'

대공은 아론을 아주 잘 알고 있었다.

그가 이런 소녀에게 관심을 둘 리가 없었다. 밤 시중을 드는 노예라고 해도 아론의 흥미를 끌 만한 타입이 절대 아니었다.

알렉산드로는 다시 노예에게 눈을 돌렸다. 피부가 하얗고 부드러워 보이는 것 외에는 이렇다 할 특징이 없었다. 순진무구하게 잠든 얼굴은 가학적 성향을 가진 변태들이나 좋아하겠지, 자신도 아론도 전혀 그런 취향이 아니었다. 게다가 아직 성인이 되지 않은 어린 소녀였다.

"그가 매일 노예에 관해서 묻는다고?"

알렉산드로의 눈에 알 수 없는 호기심이 일었다.

"예, 대체 언제쯤 마구간에서 풀려나는지 매일 저녁 물으십니다. 그리고 풀어 주자마자 바로 저택으로 데려오라고 명하셨습니다."

"노예는 계집이 확실한가?"

마부는 껄껄 웃으며 답했다.

"아이고, 보기에는 남자애처럼 하고 다니지만 여자가 맞습니다."

그는 풀리지 않는 의문으로 가득한 노예를 바라보았다. 당장 깨워서 취조할 수도 있지만…… 알렉산드로는 그러지 않았다. 가만히 노예를 살펴보자 그녀의 검은 속눈썹이 움찔움찔 떨리는 게 보였다.

"으음……."

작은 칭얼거림, 안정된 숨소리는 그녀가 깊은 잠에 빠져 있음을 말했다. 살짝 벌린 작은 입술은 숨이 빠져나올 때마다 조금씩 움찔거렸다. 평온하다.

소녀가 잠든 모습을 보고 있으니 이 마구간만 다른 세상에 있는 건 아닌가 하는 묘한 생각마저 들었다.

침대도 없는 바닥에서 누구보다 편안하게 잠에 빠져든 노예.

수도에서 오직 이 공간만이 고요했다. 알렉산드로는 이 평온함을 깨고 싶지 않았다.

"클로이, 일어났냐?"

클로이는 아침부터 자신을 깨우는 목소리에 눈을 떴다.

"오늘도 날루수완 산에 갈 거면 트리거를 불러 주마."

"네, 부탁드립니다."

말과 먹고 자고 한 지 어느덧 5일이라는 시간이 흘렀다. 마부들은 처음엔 클로이를 정신 나간 마녀처럼 취급했지만 이젠 제법 편한 사이가 됐다. 말을 관리하는 그들의 직업상 하울에 대해 많은 이야기를 나누었던 것이다.

무엇보다, 눈에 띌 만큼 상태가 좋아지는 하울을 보며 그들은 클로이에게 마음을 열었다.

"아, 그리고 어제도 대공님께서 하울 녀석을 보고 가셨다."

"……어제도요?"

"그래. 아무 말씀 없으셨지만 오늘은 대공님을 뵙고 인사라도 드리는 게 어떠냐? 내가 다 민망하거든!"

"예, 알겠습니다."

'또 내가 잠들었을 때 왔구나.'

클로이는 건초를 정리하며 속으로 툴툴거렸다.

'할 일도 없나. 왜 자꾸 찾아오지?'

보고만 받으면 되지 왜 자꾸 직접 행차하고 난리일까?

'안 바쁜가?'

벌써 나흘째였다. 대공은 와서 아무런 지시도, 명령도 하지 않고 그저 말만 확인하고 잠시 머물렀다 간다고 했다.

클로이는 정체를 들킬까 봐, 대공이 잠든 제 모습을 보는 게 싫었다.

'하지만 그 남자랑 마주치는 게 더 싫어.'

차라리 모르는 척 일찍 잠자리에 드는 게 나았다.

'그래, 거슬렸으면 깨웠겠지.'

무엇보다 체력이 안 따라 준다. 벌써 며칠째, 아침에 산을 다녀오고 부실한 식사를 하니 저녁만 돼도 잠이 쏟아졌다.

'이불도 없이 자려니 춥고, 바닥 때문에 허리가 쑤셔. 제대로 잔 것 같지가 않단 말이야.'

그녀는 허리를 두드리며 하울을 살폈다. 이 아름다운 말은 이제 앉고 일어서는 게 자유로울 만큼 많이 회복된 상태였다. 이렇게 빠른 회복은 기대하지 않았는데 아무래도 명마라 회복력도 좋은 듯했다.

그래도 아직 이틀 정도는 더 해독초를 먹어야 했다. 몸이 나아가니 입맛이 도는지 말은 점점 먹는 양이 늘었다.

'오늘도 가득 따 와야겠구나.'

트리거가 올 때까지 기다리던 그녀는 짧은 고민에 잠겼다.

'정말 오늘은 자지 말고 대공을 기다려야 하나.'

신경 쓰인다.

'내가 또 잠들어 있으면 그 남자가 화를 내며 목을 칠까?'

아무래도 그렇진 않을 것 같다.

엘파사 왕궁에 있을 때, 그녀는 귀족들에 대해 많은 걸 알게 되었다.

그들은 스스로를 선택받았다고 믿었고, 평민과 노예는 자신들을 수발하기 위해 존재한다고 여겼다. 그래서 목숨을 가볍게 생각했다.

듣기로 그레이엄 대공의 가문은 제국에서 가장 큰 권력을 가졌다고 했다. 어쩌면 대공 역시 그들과 다르지 않을지 모른다.

'하지만…….'

그녀의 직감으로 대공은 그저 그런 귀족이 아니었다.

'그런 남자는 전생에서도, 어디에서도 본 적이 없어.'

아마 그는 말을 치료하면 살려 준다는 약속을 지킬 것이다. 그레이엄 가문 또한 그랬다.

'절대 약속을 잊지 않는다.'

그는 쓸데없는 몸가짐이 없는 데다 굵고 낮은 목소리도 신뢰가 갔다. 말투마저 그랬다. 타인의 쓸데없는 관심을 거부하듯 냉정하고 단호했다. 어떻게든 약점을 잡아 남을 이용하려고 하거나, 우위를 점하려는 사람이 아니었다.

자기 것을 빼앗기거나 잃어본 적 없는 사람들은 그랬다.

'그 남자는 평생 권력자로 살아왔을 거야.'

아끼는 말을 맡겼으니 걱정이 되어 마구간을 찾았을 것이다. 그리고 말에게 이상이 없으니 바쁘게 가 버린 것이리라.

'나는 안중에 없어.'

제발 그랬으면…… 제발.

클로이는 기도하듯 스스로를 다독였다.

"얘, 벌써 다 나았냐?"

"엄마야!"

그녀가 겁먹은 고양이처럼 화들짝 놀랐다.

"뭘 놀라고 그러냐, 매일 보는 사이에. 아무튼 소심하다니까."

언제 왔는지 트리거가 뒤에서 말을 바라보고 있었다.

"그나저나 이 녀석, 아프다고 코피 질질 흘리고 마구간에 누워 있던 게 엊그제 같은데…… 벌써 저렇게 나았어?"

"네."

트리거는 놀랍다는 듯 말에게서 시선을 떼지 않았다. 하울은 제 발로 일어선 뒤로는 잘 누우려 하지 않았다.

'자존심이 하늘을 찌르는 녀석이야.'

제국 기사단 두 번째 권력자의 전속 말이니, 알 만했다.

"워낙 뛰어난 명마여서 빨리 건강을 되찾은 것 같습니다."

그녀는 미리 준비했던 정석적인 답변을 건넸다.

"내가 안 볼 때 마법을 부린 건 아니겠지?"

트리거의 농담에 클로이가 피식 웃었다.

둘은 매일 함께 산을 다녀왔다. 제법 많은 대화가 쌓여 이젠 농담까지 건넬 사이가 되었다.

아저씨 같은 말투와 달리 이제 막 성인이 되었다는 트리거는, 알고 보니 장난기도 많고 꽤 섬세한 사람이었다. 그는 종종 호르헤의 안부도 전해 주었다. 산에서 약초를 가져오는 동안에는 제국의 축제부터 시시콜콜한 간호과의 얘기까지 떠드는 바람에 심심하지가 않았다.

무투회와 축제를 즐기고 싶을 텐데도 트리거는 성실하게 그녀를 도와주었다.

'재밌는 사람이야.'

클로이는 그 길로 트리거와 산에 다녀왔다. 기사단에 돌아와 말에게 약초를 먹이고, 그녀는 저녁 시간이 지나도록 애써 잠들지 않았다.

'그래, 오늘은 대공을 기다려 보는 거야.'

모른 척 잠들려니 마부가 한 말도 있고 해서 찝찝했다. 하지만 대공을 기다리면서도 마음 한구석이 답답했다.

'나한테 말을 걸면 어떡하지?'

부담스러웠다. 전의 짧은 대화도 얼마나 심력 소모가 컸던가.

'대화까지 할 자신은 없는데.'

아직 제게 해코지를 한 건 아니었다.

'아직은 안 했지.'

하지만 그 묵직한 발걸음 소리부터…… 높은 벽을 보는 듯 큰 키, 숨이 턱 막히는 그 체격, 무엇보다.

―성문에 걸어 놓을 머리만 남겨.

그 낮고 굵은 목소리!

'으으.'

클로이가 가장 두려워하는 건 바로 '죽음'이었다. 그녀는 어떻게 살든 괜찮았다. 이 삶이 제발 끝나지만 않는다면 뭐든 견딜 수 있었다. 지금 살아 있다는 사실만으로 감사하고 만족하는 그녀였다. 노예든 시종이든, 클로이는 그저 다시 시작된 삶이 소중했다.

그는 말을 치료하면 죽이지 않겠다고 약속했지만…….

'만약 내가 베아트리체 왕녀인 걸 안다면 다시 죽으려고 할지도 몰라.'

한 치의 주저 없이 알리시아 왕녀의 몸을 꿰뚫던 칼날이 아직도 눈앞에 아른거렸다.

─옷을 모두 벗겨.

환영처럼 알리시아의 얼굴에 제 얼굴이 겹쳐 보였다. 말도 안 되는 상상이었다. 오한이 끼쳐 부르르 몸을 떤 클로이는 결국 결심했다.

'그냥 자자.'

건초를 베고 누운 그녀는 눈을 감았다.

'아무리 생각해도 마주치기는 너무 무서워.'

어제도 고민했지만, 오늘도 답은 같았다.

귀족들과 제국민은 마침내 찾아온 평화의 시대에 환호했다.

무투회는 그 축제의 불바다에 기름을 끼얹은 격이었다. 개막식이 가장 떠들썩하고 시끄러운 날이지만, 본 행사가 진행되는 오늘이 개막식보다 더 시끄러웠다. 제국의 영웅이자 던칸의 아들인, 알렉산드로 그레이엄이 주인공인 날이었다.

행사는 식순에 따라 성황리에 진행되었다. 많은 귀족들이 한껏 치장하고 곧 연회장에 모습을 드러낼 주인공을 기다렸다.

"대공님은 왜 안 오시지? 늦으시는 건가?"

"그러게요. 드디어 얼굴을 뵙나 했는데 말이지요."

"연회에 모습을 보이지 않는 분이라 좀처럼 뵙기 어렵네요."

"아니, 설마⋯⋯."

"설마 오늘도 안 오시는 건 아니겠죠?"

모두의 염려대로 알렉산드로는 끝내 연회장에 나타나지 않았다. 무투회만 끝내고 가버렸다. 열심히 연회를 준비한 아론은 기겁했지만 대공의 뜻을 거스를 수는 없었다.

답답하게 늘어진 휘장, 가식적인 웃음소리, 시끄러운 악단의 연주⋯⋯. 알렉산드로는 연회의 모든 허례허식이 거추장스럽고 싫었다. 자신이 주인공인 연회에서 도망친 알렉산드로는 마구간으로 향했다.

일부러 늦은 시간에 갔다.

'지금은 잠들었겠지.'

어제 마부에게 노예에 관해 물었으니, 마부는 그녀에게 깨어 있으라고 당부했으리라.

처음엔 노예를 취조해 볼 생각이었다. 하지만 지금은 그저 마구간이 조용하길 바랐다. 어제처럼 바깥세상과 단절된 평온한 공간에 있고 싶었다. 그래서 시끄러운 연회장을 벗어나 휴식처를 찾듯 하울을 찾았다.

자정이 다 되어 가는 시간. 마구간을 지키는 마부는 몇 명 없었다. 그는 한 명만 대동하고 하울에게 갔다.

"저녁까진 분명히 깨어 있었는데……."

아니나 다를까. 노예 소녀는 새근새근 잠들어 있었다.

"시간이 너무 늦었다 보니 잠들었나 봅니다."

마부는 꼭 제 잘못이라도 되는 듯 다급히 변명했다. 알렉산드로는 관심을 두지 않았다.

"우리를 열어라."

"예!"

그는 직접 우리에 들어가서 말과 눈을 맞췄다. 하울은 반가운 기색을 감추지 않았다.

푸르릉 거친 숨을 내쉬며 머리를 대공의 어깨에 갖다 대며 친밀감을 표시했다. 그리고 자신의 건재함을 자랑하듯 긴 울음소리를 뱉었다. 하울은 답답한 마구간을 떠나서 달리고 싶어 했다. 불과 일주일 전의 죽어 가던 말이 아니었다. 기적 같았다. 알렉산드로는 말이 무척 대견했다.

"달릴 수 있겠나?"

그가 말에게서 눈을 떼지 않은 채 물었다.

"상태를 봐서는 충분히 달릴 수 있을 것 같습니다."

마부도 내심 대견한 눈치였다.

"오늘 내내 우리를 나가고 싶다고 울부짖었습니다. 녀석도 꽤 답답한 모양입니다."

하울의 검은 눈은 반짝반짝 빛나다 못해 생기가 가득했다. 갈기와 털엔 윤기가 흘렀고 힘이 넘쳤다. 가만 말을 바라보던 그는 몸을 돌려 우리를 빠져나왔다.

그는 이번엔 노예가 잠들어 있는 옆 우리를 응시했다.

"깨울까요?"

마부가 잽싸게 물었다. 어쩐지 대공은 노예를 깨우고 싶어 하지 않는 것 같았다. 원체 불필요한 행동 없이 조용한 사람이지만, 마부는 심지어 대공이 조심스럽게 걸음을 옮긴다는 느낌마저 받았다.

'설마 저 노예 때문에 그러시는 거겠어.'

터무니없는 생각이었다.

"당장 깨우겠습니다. 저 녀석이 감히 대공님이 오셨는데 드러누워선! 클로……!"

"됐다."

대공이 저지하자 마부는 잽싸게 입을 다물었다. 콩알만 한 애가 저 짧은 다리로 아침마다 그 험한 산을 다녀오는데 얼마나 피곤하겠는가.

"노예에게 이상한 점은 없었나?"

"이상한 점이요? 이상한 것투성입죠. 저 애는 정말 이상합니다."

마부는 기다렸다는 듯 투덜거렸다.

"조그만 계집애가 먹기는 얼마나 아귀처럼 먹어 대는지, 남들 먹을 끼니의 두 배는 되는 양을 한 번에 먹어 댑니다."

그녀의 식사를 넉넉히 챙겨 주었으면 하는 청이 섞인 투덜거림이었다.

"겁도 없이 날루수완 산을 매일 올라 다니니 배고플 만도 하지요."

마부는 '매일'을 강조했다.

"게다가 겉모습은 마을 거지처럼 하고 다니지만 말수도 별로 없고…… 하는 양을 보면 천생 계집앱니다. 겁도 많고요."

알렉산드로는 노예에게 꽂힌 시선을 떼지 않고 마부의 말을 경청했다.

"얼굴은 아직 성인이 안 되어 보이는데 말투는 어찌나 늙은이 같은지 모릅니다. 아, 그리고 의약을 좀 아는가 봅니다."

의약? 알렉산드로의 의아한 눈길이 마부에게 향했다.

"마부 한 명이 좀 다쳤는데 저 애가 산에서 약초를 구해다 붙여 주니 피가 멎었습니다."

알렉산드로는 다시 노예에게 눈을 돌렸다. 하울이 먹은 독초를 알아봤고, 그 해독초까지 찾아왔다.

"산에서 잡초를 뽑아다 막 붙여 주는 줄 알았는데 이건 어떻고 저건 어떻고 주절주절하는 게, 아는 게 조금 있어 보이더라고요."

알렉산드로는 마부의 말을 되뇌었다.

'아는 게 조금 있다…….'

그 표현이 적합한가? 에반이 낙마한 걸 간호과의 모두가 아는데도, 말을 치료할 재주를 가진 건 저 노예뿐인데.

"쓸모는 있는 것 같은데 어디서 왔냐고 물어도 뭐 이름 모를 어느 나라에서 왔다고 얼버무리는 게 영……."

그 점은 확실히 수상했다.

"호르헤 님이나 쿠피히트 님께서도 매일 전령을 넣어 저 노예의 안부를 확인하시고요."

"간호과의 호르헤 부원장?"

"예에, 어제도 저 계집애를 보러 오셨었습니다."

"둘은 뭘 하나?"

"한 시간이고 두 시간이고 이야기를 하십니다. 들어 보면 무슨 산이 어쩌고 약이 어쩌고 하는 얘기를 하시던데 소인은 잘 알아듣지 못했습니다."

길어지는 마부의 말을 들으며 알렉산드로는 짧게 결론을 내렸다.

'알면 알수록 이상한 노예로군.'

무심히 몸을 돌리던 그가 문득 멈칫했다. 의문투성이 노예. 그녀를 내려다보는 그의 푸른 눈동자에 이채가 돌았다.

"세리머니에 데려갈 말은 몇 마리지?"

"스무 마리 정도입니다."

세리머니에 참여하는 간부급 기사는 열 명 내외였다. 그들의 예비 용 말까지, 마부가 관리하는 건 스무 마리였다.

'흠.'

대공은 천천히 고개를 끄덕였다. 간부급 기사들은 작위를 가진 귀족들이었다. 만약 세리머니 중 그들의 말에 하울처럼 문제가 생긴다면 귀족들을 태울 수 없었다.

하울은 겉보기에 건강을 되찾은 것 같지만 아직 달리는 걸 확인하지 않았다. 이런 상태에서 에반에게 하울을 타고 세리머니에 참여하라고 할 수는 없었다.

철저한 관리가 필요했다.

말은 기사의 긍지나 다름없으므로.

"내일 하울을 시험해라. 달릴 수 있는지 확인하고 에반에게 보고해."

"예, 알겠습니다."

지시를 내리고 마구간을 나오는 그의 귓가로 서늘한 바람이 불었다. 자연스레 고개를 들자 아득하게 들려오는 축제의 소음이 귓가를 맴돌았다. 묘하게 가라앉은 저녁 공기. 그는 뭔가에 이끌리듯 마구간을 돌아보았다.

왜인지, 이번 세리머니를 기점으로 많은 것이 바뀔 것만 같은 예감이 들었다. 화려한 축제장과 멀어져 있어 생긴 잡념인가 했지만…… 직감이 그랬다.

드디어 찾아온 대륙의 평화. 통일된 제국이, 자신이 이뤄 놓은 것임에도 믿기지 않았다. 이상한 위화감이었다.

"마구간에 갇혀 있는 노예 말씀하시는 겁니까?"

"그래."

"……."

호르헤는 청천벽력을 들은 듯 망연자실한 표정을 지었다.

'대체 왜.'

대공은 세리머니에 클로이를 데려가겠다고 말했다.

호르헤는 하울의 치료만 끝나면 당장 클로이를 의약실로 불러서 다시 책을 집필할 생각에 부풀어 있었다. 약초에 관한 제국의 첫 번째 책이었다.

「약용식물도감」

벌써 혼자 이름까지 다 정해 놨다. 잠을 이루지 못할 만큼 설레었는데.

'그런데……!'

날벼락이나 다름없었다. 하지만 알렉산드로는 그레이엄 대공이었고, 기사단의 단장이었다. 그가 하려는 일에 감히 토를 달 수는 없었다.

"좋은…… 생각이십니다. 그 아이는 분명 많은 도움이 될 것입니다."

호르헤는 마음을 다스리기 위해 애썼다. 감히 이분께 불경한 마음을 품어서는 안 된다.

'그래, 세리머니는 길어 봐야 1년이야. 그 후에 해도 되겠지.'

애써 그렇게 생각했지만 호르헤는 눈앞에서 사탕을 빼앗긴 어린아이처럼 망연자실했다. 시시각각 변하는 그 표정을 들여다보던 대공은 피식 웃었다.

"그대가 그 노예에게 각별한 관심이 있다던데."

순간 호르헤는 멈칫했다.

'클로이를 물어보시는 거야.'

이왕 세리머니에 참여하게 된 거라면, 그녀가 능력을 펼쳐서 간호과에 한자리 얻었으면 하는 마음이 생겼다. 전쟁 노예라는 신분 때문에 자신은 아무것도 해 줄 수 없지만, 눈앞의 남자에게 법은 무의미했다.

"그 아이는……."

호르헤는 잠시 말을 골랐다.

"조금 특별합니다."

대공은 제 사람에겐 너그럽지만 누군가에겐 한없이 잔혹했다. 전시라는 특별한 상황과 기사단을 이끄는 단장이라는 직책 때문에라도 그랬다.

그가 클로이를 어떻게 생각하는지는 몰라도, 세리머니에 데려간다는 걸로 보아 나쁘게 보진 않은 것 같았다. 무엇보다 하울을 살린 이가 바로 클로이 아닌가. 대공은 말을 아끼는 만큼 그녀를 좋게 보았을 것이다.

"클로이는 많은 지식을 가지고 있습니다. 웬만한 의사만큼 의약, 간호 지식을 가진 아이라 제국을 순례하는 세리머니에 데려가시면 많은 도움이 될 것입니다."

게다가 그녀는 직접 약초를 채취해 본 경험도 많았다.

"실제로 약초를 저보다 잘 알더군요. 제가 배웠을 정도입니다."

조용히 호르헤의 말을 듣던 알렉산드로는 피식 웃음을 터뜨렸다.

"그대, 겸손이 지나친 것 아닌가?"

"사실입니다. 일례로, 날루수완 산은 독초가 많아 사람이 죽는다 해서 출입이 금지되었지요. 하지만 그 아이로 인해 그 산엔 독초가 아니라 약초가 많다는 사실을 알게 되었습니다."

호르헤는 굉장히 진지했다.

"게다가 저는 하울이 독초 때문에 병을 얻은 줄 몰랐는데 클로이가 먼저 이를 알아보더군요. 해독초도 스스로 채취해 온 것입니다."

"그 노예의 이름이 클로이인가?"

"그렇습니다."

세리머니에 데려가겠다고 해 놓고서 이름도 몰랐다니.

물론 대공이 까짓 노예의 이름을 알 필요는 없지만 축제 한가운데서 갑자기 자신을 찾아와 물은 게 아닌가. 바로 그 축제에 끼기 싫어서 자신을 찾았다는 사실을 모르는 호르헤로선 당연한 의문이었다.

"원래 마구간에서 일하던 노예인가?"

"아닙니다. 쿠피히트 가문 소속이고, 간호과에서 일하던 노예입니다."

똑똑.

집무실의 문을 두드리는 소리에 호르헤는 갸웃했다. 대공과 면담을 하는 중에 감히 문을 두드릴 이는 누구인가?

"두 분, 말씀 중에 죄송합니다."

허락을 받고 들어온 이는 바로 대공의 집사였다. 아론 쿠피히트.

"대공님께서 명하신 일에 관련하여 급한 소식입니다."

알렉산드로는 아론에게 대영주들의 사병을 조사시켰다. 분명히 몰래 양성하는 사병이 있을 거라고 예상했다.

"말해라."

호르헤를 비롯한 시종들의 눈치를 살핀 아론은 실제 내용을 요약해서 대답했다.

"대공님께서 예상하신…… 그대로였습니다."

한편, 호르헤는 아론을 살피고 있었다.

아론은 사교계 유명 인사였다. 모종의 이유로 가문에서 내쳐지다시피 한 쿠피히트의 차남. 스스로 관직에 나가지 않겠다 선언하고 그레이엄 대공의 집사가 된 일화는 유명했다. 무슨 이유에선지 가문에선 그를 골칫덩이 취급하는 모양이었다.

'겉보기엔 멀쩡한데.'

호르헤는 아론에 대한 짧은 감상을 마쳤다.

"그럼 그 노예는 무투회가 끝나고 세리머니에 참여하는 것으로 알겠다."

대공은 자리를 피해 달라는 의미로 점잖게 호르헤와 대화를 마무리 지었다.

"예, 클로이가 기사단에 큰 도움이 되길 바랍니다."

호르헤가 인사하고 물러서려던 순간이었다.

"……아니, 잠시만요."

아론이 갑작스레 대화에 끼어들었다.

"클로이라면 검은 머리에 소년같이 하고 다니는 노예 여자아이를 말씀하시는 건가요?"

두 눈을 동그랗게 뜨고 호르헤와 대공을 번갈아 쳐다본 아론은 얼른 대답해 달라는 듯이 고개를 획획 돌렸다.

"그, 그러하네. 자네도 클로이를 아는가?"

"꾀죄죄한 옷에, 짧은 더벅머리를 하고 간호과에서 일하는 저희 가문 소속의 소심한 노예요?"

아론은 거기서 그치지 않고 자신의 가슴 언저리를 손으로 짚었다.

"여기까지 오는 조그만 계집애 맞나요?"

지나칠 정도로 자세한 묘사에 호르헤는 당황했다.

그와 동시에 알렉산드로는 아론이 자주 클로이를 찾는다던 이야기를 기억해 냈다. 사생활 같아 묻지 않았는데, 반응을 보니 아론 또한 노예와 깊은 인연이 있는 것 같았다.

"마, 맞는 것 같군. 클로이도 이번에 세리머니에 참여하기로 했다네. 영광스러운 일이지."

호르헤가 애써 웃으며 대답했다. 그러자 아론의 얼굴이 이상하게 일그러졌다.

그는 말의 치료가 끝나면 다시 향기 목욕을 받을 생각에 설레어 있었다. 그런데 그 노예를 세리머니에 데려간다니…….

"그렇군요……."

초점 잃은 눈동자로 멍하니 두 사람을 바라보던 아론이 힘없이 질문을 던졌다.

"그럼 노예는 일꾼으로 데려가시는 건가요?"

"아마 그렇겠지만, 그 애는 의료에 재능이 있으니 의사를 따라가면 좋을 것 같네. 어떻습니까, 대공님?"

호르헤는 은근슬쩍 클로이를 간호과에 소속시켜 데려가 달라 청했다.

원래 대공이 그 노예를 데려가려던 건 말 때문이었다. 세리머니에 참가하는 하급 기사들의 말은 문제가 생겨도 다른 영지에서 교체할 수 있지만, 간부급 기사들의 말은 경우가 달랐다. 주인의 궁지와 다름없는 명마. 함부로 대체할 수 없기에 노예를 말의 병을 치료하는 전속 마부로 쓰려고 했던 것이다.

아론은 재빨리 호르헤와 대공의 눈치를 살폈다.

'보아하니 그 애가 떠나는 건 이미 결정된 사항인 것 같은데…….'

그렇다면 차라리 대공을 모시라 하는 게 나았다. 호르헤가 바라는 대로라면 영영 클로이를 간호과에 빼앗길 것 같았다.

"그 아이는 저희 가문의 애나를 돌보는 일을 했었습니다."

아론은 뻔뻔히 고개를 치켜들었다.

"시중드는 일을 곧잘 하니 대공님의 하녀로 데려가는 게 좋겠습니다."

"……!"

"상처도 잘 살피고 안마도 잘하는 데다, 대공님의 말 크산토스도 돌보면 일석이조 아닙니까?"

아론과 호르헤가 알게 모르게 클로이를 갖기 위한 주도권 싸움을 하는 와중에 대공은 아무래도 상관없다는 듯, 아론에게 알아서 하라고 말을 마쳤다.

아론은 의기양양한 얼굴로 호르헤에게 정중히 인사했다.

"그럼 그 아이는 제가 불러서 준비시키겠습니다."

호르헤의 어깨가 축 늘어졌다.

아무렴 어떤가. 세리머니에 참여하는 것만으로도 클로이에겐 큰 영광이었다. 본인은 아직 모르지만 그렇게 클로이는 기사단의 세리머니에 함께하게 되었다.

그리고 세리머니는 고작 이틀 후였다.

황궁에서는 이브닝 연회가 한창이었다. 던칸은 아들의 예비 약혼녀들과 함께 그가 오기만을 기다렸다. 소식을 듣고 알렉산드로는 당연히 불참했다.

'이젠 체면도 잃으신 건가.'

던칸은 최근 그레이엄 대공저를 귀족 아가씨들에게 막무가내로 개방했다. 야밤에도 열댓 명의 아가씨들이 응접실에 앉아 그를 기다렸다며 말을 섞으려 하질 않나, 도대체 집사가 어떻게 일 처리를 한 건지 화가 났다. 하지만 던칸 앞에선 아론도 속수무책이었다. 아무래도 미친 짓 같아서 저지하려 했지만 저택은 알렉산드로의 것이 아니라 '그레이엄'의 것이었다.

어쩔 수 없었다. 철저하게 무시하는 수밖에.

그러자 며칠 뒤에는 귀족 영애뿐만 아니라 온갖 다양한 계층의 아가씨들이 들이닥치기 시작했다. 거리의 여인들부터 하녀, 교사, 기사, 간호원 등. 연령대도 다양했는데 40대의 농염한 숙녀들도 있었다. 알렉산드로는 여전히 무시로 일관했지만 그녀들은 끈질기게 뒤를 따라왔다.

노골적으로 대시하던 그들은 결국 그가 칼을 들고 나서야 비명을 지르며 도망갔다. 알렉산드로는 화가 났지만 제 아버지가 뭘 하든 관심을 보이고 싶지 않았다.

제국법상 미혼 남성은 후계자가 될 수 없기에 부친이 결혼을 강요하는 거라고 생각했다. 그래서 이미 일찍이 가문의 후계자가 될 생각이 없음을 알렸다. 양자를 들이거나, 재혼하여 늦둥이라도 낳아 그 아이에게 자리를 주라고까지 말했었다. 그러나 던칸은 여전히 그의 말을 들을 생각이 없어 보였다.

'내 의사는 처음부터 고려 대상이 아니었군.'

탐욕 덩어리. 권모술수의 정점에 서 있는 던칸은 알렉산드로가 평생 증오해 온 대상이었다. 덕분에 더는 집도 편안히 쉴 수 있는 장소가 아니게 되었다.

'후우⋯⋯.'

결국 알렉산드로는 기사단에서 업무를 마친 뒤 아주 늦게 대공저로 돌아갔다. 새벽녘. 다행히 저택 응접실엔 아무도 없었다.

안도하고 침실로 향하던 그는 침실 앞에서 묘한 위화감을 느꼈다. 문 앞을 지키고 있던 호위가 그를 보더니 움찔하며 문을 여는 것이 아닌가. 알렉산드로는 인기척을 살피며 침실로 들어섰다.

예상대로 방에선 귀부인의 향내가 났다. 제 침실에, 누군가가 있다.

"많이 늦으셨네요?"

목소리와 함께 그녀가 모습을 드러냈다. 클라라 반도라스 공작 영애였다. 그녀는 대담하게도 침대 바로 옆 의자에 앉아 그를 기다리고 있었다. 아름다운 얼굴로 반갑게 미소 지었지만 알렉산드로에겐 징그럽게만 느껴졌다.

공작가의 아가씨가 주변 이목도 생각 않고 남의 침실에 멋대로 들어와서 새벽까지 기다리다니. 대체 그녀가 모자란 게 무엇이길래. 그 이상 뭘 더 갖고 싶어서 여기까지 왔을까……. 그 욕심이 역겨웠다.

'제정신이 아니로군.'

알렉산드로는 대답 없이 겉옷을 벗었다. 남이 제 몸을 만지는 걸 싫어하는 그는 어떤 시중도 받지 않았다.

익숙하게 홀로 겉옷을 벗고 정리하는 대공을 바라보며 클라라가 침을 꿀꺽 삼켰다.

'얼굴도 뛰어난 남자가 몸까지 저렇게 좋다니. 난 정말 행운아야.'

저 몸이 제 것이라 생각하니 가슴이 벅찼다. 그녀의 숨소리가 거칠어졌다.

"대공님을 몇 시간이나 기다렸는지 몰라요."

그는 여전히 묵묵부답이었다. 제게 눈길조차 주지 않았으나, 클라라는 오늘 밤 그가 자신의 남자가 될 거라고 확신했다.

아무리 전쟁 영웅에 악귀처럼 무서운 남자라고 해도 이 눈부신 외모를 거부할 남자는 세상에 없었다. 게다가 자신은 반도라스 공작의 외동딸 아닌가? 그가 제국의 제일가는 미혼의 권력자라면, 그녀도 마찬가지였다.

대공은 속옷 하나만 입고 잠자리에 드는 듯, 나머지 옷은 다 벗은 채였다. 품위가 없기는커녕 그것조차 섹시했다.

"제가 몇 번이나 대공님의 저택을 찾아온 일을 아시나요?"

저벅저벅 침대로 향하는 그에게 클라라가 다가섰다.

"전 한 번도 누군가를 기다려 본 적이……."

"영애께서는 예의를 모르시는군요."

가까이 다가서자 대공이 뱉어 내듯 그녀의 말을 잘랐다. 처음 듣는 그의 목소리였다.

'목소리까지 완벽해.'

근사한 외모만큼 성숙하고 카리스마 넘치는 목소리였다. 클라라는 당장이라도 쓰러질 것 같았다.

'이 아름다운 남자가 바로 내 거야.'

더 이상 참을 수 없었다.

"전하께서 대공님과 하룻밤을 보낸 여인은 신분을 막론하고 수도에 저택을 하사하신다 하셨다지요."

"……."

"게다가 누구든 여자라면 그레이엄 저택을 방문할 수 있다고 하셨어요."

하! 그에게서 어이없는 한숨이 터졌다.

"대공님은 한 번도 저를 만나 주지 않으셨죠."

까치발을 하고 속삭이며 말을 마친 그녀는 대담하게 대공의 허리를 감싸 안았다.

"그러니 제게 예의를 모른다 타박하진 마셔요."

클라라는 그의 품에 기댄 채 애교 부리듯 한껏 간드러지는 목소리로 말했다.

"제게는 예의를 따질 여유가 없었어요."

그에 답하는 목소리는 냉랭했다.

"그렇다면 제게도 예의를 기대하지 않으시겠지요."

생각보다 더 무뚝뚝한 대답에 그녀는 적잖게 실망했지만, 이 차가운 얼음쯤이야 얼마든지 녹일 수 있을 거라 생각했다. 그녀의 손이 유혹하듯 그의 허리와 복근을 지나쳐 단단한 가슴까지 올라갔다. 턱. 손이 붙잡혔다.

"저는 영애를 귀족 아가씨로 대하지 않겠습니다."

내내 쌀쌀맞던 그가 클라라를 벽으로 밀어붙였다. 침입자를 제압하듯 목을 움켜쥔 그는 조금도 로맨틱하지 않았다.

"이거 놔요! 감히 나를 이렇게 대하다니 당장 이거 놓지…… 꺄악!"

"시끄럽군."

알렉산드로는 휙 그녀를 돌렸다.

"꺄악!"

종잇장이 팔랑이듯 가볍게 몸이 돌아갔다. 그의 커다란 한 손에 뒤통수와 뒷목이 눌렸다.

'정말 나를.'

벽에 가슴이 짓눌린 채, 식겁한 그녀가 어깨 너머의 그를 노려봤다.

"어떻게 나를 이렇게 대할 수가……!"

"다신 이 저택에 얼씬거리지 마라."

"뭐, 뭐라고요? 난 자객이 아니에요!"

클라라는 황당했다. 세상 어떤 남자도 그녀를 이렇게 대한 적이 없었다. 어느 누구도, 감히 그러지 못했다. 지금까지는.

"두 번 다신 날 찾아오지 않겠다고 맹세해."

"……싫어요."

피에 미쳐서 전쟁에 빠져 산다는 이 악귀의 침실까지 찾아와 유혹을 한 것은 저였다. 아름다운 저 얼굴에 빠져서 소문은 뒷전으로 돌렸다. 모두가 두려워하는 남자라는 걸 잠시 잊어버렸다.

"나를 화나게 하려는 건가?"

음산한 경고에 클라라의 얼굴에도 공포가 떠올랐다.

"아, 알았어요. 알았다고요."

알렉산드로는 그제야 그녀의 목을 내리눌렀던 손을 거뒀다.

'완전히 체면을 구겼어.'

이대로 돌아갈 순 없었다. 구겨진 드레스를 정리하는 척하던 클라라는 재빨리 그의 목에 손을 둘러 입 맞추려 시도했다. 하지만 대공은 고개를 젖혀 그녀의 입맞춤을 거부했다. 자존심이 상한 그녀가 다시 얼굴을 들이밀자, 그는 거칠게 클라라를 밀쳐 냈다.

"꺅!"

찢어지는 비명에 알렉산드로의 눈가가 찡그려졌다. 침대로 나자빠진 클라라는 이번엔 손톱을 세우고 달려들었다. 이런 모욕을 도저히 감당할 수 없었다. 하지만 가볍게 두 손목이 잡히고 말았다. 벗어나려고 몸을 버둥거렸지만 그녀는 거미줄에 걸린 나비처럼 의미 없는 몸짓만 계속했다.

'감히 나를!'

클라라는 그와 정략결혼을 할 계획이었다. 제 원대한 야망을 위해서라면 하룻밤쯤이야. 자존심 없는 사람처럼 그에게 달려들어 줄 수 있었다. 남자들이란 원래 여자라면 사족을 못 쓰는 멍청한 족속들 아닌가?

'그랬는데……'

실패할 거라곤 상상도 못했다. 자존심만 구겼다. 모욕감을 못 이긴 클라라가 몸을 부들부들 떨며 훌쩍이기 시작했다.

"난 자객이 아니라구요……."

알렉산드로는 곧장 손을 놓았다. 그리고 벌떡 일어나 그녀의 허리를 낚아챘다.

"꺄악! 지금 뭐 하는……!"

인형처럼 그의 손에 들린 그녀는 미처 상황을 파악할 새도 없었다. 자신을 가벼운 물건처럼 이리저리 들었다 놨다 하며 정신 차릴 여유를 주지 않았다. 그녀를 들고 문 앞까지 간 알렉산드로는 내쫓기 전 마지막 배려로 걷혀 올라간 드레스 자락을 내려 주었다.

거친 손길에 그녀의 몸이 휘청거렸다. 클라라는 다리가 후들거려서 바닥에 설 수조차 없었다. 얼굴도 엉망이었다. 그러거나 말거나 그는 고개를 숙여 클라라와 정면으로 마주했다. 새파란 보석 같은 눈동자가 그녀를 직시했다.

"다시 저를 마주하신다면."

"흐윽……."

"그때는 여인으로도 대하지 않을 것입니다."

눈물이 그렁그렁한 눈이 두려움과 분노를 잔뜩 안고 대공을 바라보았다.

"아셨습니까?"

그가 정확한 대답을 요구했다. 기세에 눌린 클라라는 결국 고개를 끄덕였다. 이쯤 하면 알아들었다고 생각한 그는 문을 열고 그녀를 밖으로 내몰았다. 거친 손길에 가녀린 몸이 휘청댔다. 밖에 서 있던 호위병이 깜짝 놀라 그녀를 부축했다.

"영애를 자택까지 모셔라."

그는 쾅 소리가 나게 문을 닫고 침대로 돌아왔다. 공기 중에 섞인 사향 냄새와 분내가 코끝을 맴돌았다. 머리가 지끈거릴 만큼 불쾌했다. 새벽녘 추운 공기가 어떻든, 그는 당장 일어나 창을 열었다. 차가운 새벽바람이 그의 부드러운 머리카락을 휘감았다.

'반도라스 공작이 가만있지 않겠군.'

방금 다녀간 불청객이 누군지, 묻지도 않았고 관심도 없었지만 저 정도로 대담한 행동을 하는 건 반도라스 공작 영애뿐일 터였다. 아론에게 귀에 못이 박히도록 들었던 인상착의도 일치했다. 그녀의 신분 따위야 아무래도 상관없었다. 감히 제 침실에 허락도 없이 들어온 여자였다. 암살의 위협도 심심찮게 있는 그로서는 클라라를 단칼에 베어 버릴 수도 있었다.

알렉산드로는 자신이 관대한 처사를 했다고 생각했다.

'빨리 떠나 버리고 싶군.'

뚱뚱한 손이 반쯤 부서진 난간을 짚었다. 금속과 돌이 부딪히는 둔탁한 소리가 울렸다. 손가락에 잔뜩 낀 반지들 때문이었다. 남자, 길버트는 이전엔 엘파사 왕궁이었고 지금은 제 것이 된 공간을 천천히 돌아보았다.

　"전부 수리할 걸 그랬나?"

　제 침실과 연결된 테라스는 반쯤 부서져 있었다. 왕이 쓰던 침실이었다. 제국은 패전국을 식민지로 삼지 않고 제국에 귀속시켰다. 먼저 동맹을 깨고, 선전 포고를 던졌던 적국에게 하는 것 치곤 너그러웠다.

　이에 따라 길버트도 엘파사의 국민들을 모두 자신의 영지민으로 받아들였다. 거부하는 자들도 있었지만, 그들은 모두 노예로 전락시켰다. 잔혹한 대우에도 반란을 꿈꾸는 이들은 없었다. 왕국은 무력하게 무너졌고, 왕족은 아무도 살아남지 못했다. 나라의 명맥을 이을 근간이 전혀 남아 있지 않았다. 비록 왕국을 배신했어도 명분을 가진 사람은 길버트뿐이었다.

　그는 일부러 왕궁을 수리하지 않았다. 끊임없이 왕국의 무력함을 호소하기 위해서였다. 재상이었던 자신이 왕국에 등을 돌릴 수밖에 없었다고 합리화하기 위한 조치였다. 제국이 가진 힘과 권력을 지속적으로 일깨우는 수단이기도 했다.

　드문드문 전쟁의 흔적이 남은 마을을 내려다보던 그는, 갑자기 난간을 내려쳤다.

"이 오만한 인간 같으니!"

길버트의 입술이 분노로 씰룩거렸다. 뒤에 선 기사가 의아한 얼굴로 그를 쳐다봤지만, 이유는 알 수 없었다. 분노의 대상은 이곳에 없었다. 제국의 황궁에 있었다.

'던칸 그레이엄……!'

길버트는 시종일관 거만하던 그를 떠올렸다.

'내가 없었다면 큰 희생을 치르고 시간을 질질 끌었을 게 분명한데! 내 덕에 왕궁에 무혈 입성한 줄은 모르고.'

던칸은 심지어 제 작위 수여식조차 직접 오지 않았다.

대리자를 보내 후작의 작위를 수여했다.

길버트는 그 치욕적인 일만 생각하면 자다가도 이가 갈렸다.

"감히 나를."

감히 나를 이렇게 홀대하다니.

'엘파사를 이토록 쉽게 얻은 게 누구 덕분인데!'

수없이 알현을 신청했지만 던칸은 매번 거절했다.

—알현은 불가합니다.

이유도, 변명도, 혹은 언제 가능하다는 어떤 설명조차 없었다.

이를 갈며 뒤돌아서길 여러 번.

하지만 자신이 할 수 있는 건 아무것도 없었다.

황궁은 철저히 던칸의 지휘 아래 있었고 수도의 귀족들도 모두 한패였다.

저처럼 수도에서 밀려난 변방 귀족들은 하염없이 던칸의 부름을 기다려야 했다.

던칸 그레이엄의 명성과 지배는 생각했던 것보다 훨씬 견고했다.

그럴 수밖에 없었다.

던칸은 기사였고, 10여 년도 전에 기사단을 손아귀에 넣었다.

당시 제국의 황제는 근처 독립국들의 위협에도 아무런 수를 쓰지 못했다.

황궁을 옮길 생각이나 하던 한심한 인간이었고, 던칸은 혁명으로 황위를 찬탈했다.

'그가 황제가 되지 않은 건 이상한 점이야.'

통일 제국의 초대 황제 자리를 아들에게 넘기기 위함인지, 알 수 없는 일이었다.

어쨌든 던칸은 무력을 바탕으로 자리를 다져 나갔다.

그는 전쟁의 계속된 승리로 명분과 지지를 얻었다. 제국을 주변 국의 침략에서 구했다는 칭송과 함께.

게다가 제국을 평화로 이끈 장본인은 바로 던칸의 아들인 알렉산드로 그레이엄이었다.

'대공은 지금 영웅으로 추앙받는 인물이지.'

그러니 그 누가 감히 던칸의 권력을 넘볼 수 있겠는가. 던칸의 독재에 질린 몇몇 귀족들은 하루빨리 알렉산드로가 황제가 되길 바랄 정도였다. 하지만 알렉산드로는 세리머니를 앞두고 있어 곧 수도를 떠난다. 그 행보도 황궁 입성과는 거리가 멀었다.

"마음이 불안하단 말이야."

한 치 앞도 보이지 않는 상황. 길버트가 비빌 곳은 어디에도 없었다. 엘파사를 영지로 다스리게 된 길버트는 인근의 다른 영주를 찾아갔다. 귀족들과 연대를 다지기 위해서였다. 하지만 그들은 유서 깊은 제국의 귀족들이었다. 당연히 길버트를 반기지 않았다. 아무리 편지를 날려도 돌아오는 답장은 거절뿐이었다.

변방 영주들의 연대가 얼마나 중요한가? 혹시 자신이 반란 종자로 몰린다면 누가 편을 들어 줄 것인가? 수도에서 멀리 떨어진 이곳에서 민란이라도 일어난다면? 길버트는 초조해졌다.

슬쩍 뒤를 돌아보자 단단히 무장한 병사들이 고개를 치켜들고 있었다. 전부 던칸이 보낸 사병이었다. 자신을 호위한다는 명목 아래 감시하려는 목적이었다. 길버트는 사병이 없었다. 몰래 사병을 키울 수도 없었다.

"휴우……."

한숨을 내쉰 그는 걸음을 옮겼다.

'언제까지 두 손 놓고 있을 순 없어.'

간신히 얻은 이 자리를 유지하기 위해서라도, 길버트는 계속 문을 두드려야만 했다.

'베아트리체는 지금쯤 죽었겠지?'

길버트는 자신의 새 결혼식을 기회로, 인근 영주들을 초청하기로 했다.

"제가…… 뭐라고요?"

"다시 설명해 줘야 하냐? 나 참."

트리거는 답답하다는 듯 가슴을 두드렸다.

"내일 출발하는 세리머니에 네가 따라가게 되었다고! 대공님을 시중든다고!"

트리거가 소리쳤지만 클로이는 백치처럼 멍하니 그를 바라볼 뿐이었다.

'풋.'

그녀의 이런 표정은 처음이었다. 매번 똑 부러지게 행동하던 그녀가 저런 얼굴을 하고 있으니 마냥 웃겼다. 하지만 클로이는 웃을 수가 없었다.

'내가 왜?'

무투회 세리머니가 어떤 것인지는 알고 있었다.

'내가 거길 왜 가?'

온 제국이 그로 인해 떠들썩했다. 무투회에서 서임 받은 기사들을 축하하기 위해, 그리고 기사단의 기강을 높이고 변방 영주들을 견제하기 위해 제국을 돌며 영지를 순찰하는 일이라고 했다. 트리거 같은 마부들도 세리머니에 동행하는데, 그들이 자랑하는 걸 들은 적이 있었다.

'길면 1년도 걸린다던데.'

제가 그 세리머니에 참여하게 되리라고는 단 한 번도 생각해 본적이 없었다.

"대공님은 굉장히…… 카리스마 넘치는 분이지."

트리거는 말을 골랐다. 원래 생각했던 '무서운'이라는 수식어 대신, 자신이 모시는 분에 대한 존경을 표현했다.

"영광인 줄 알아."

"……"

클로이는 이 참담한 상황에 입을 다물 수가 없었다.

'내가 대체 거길 왜 가는데?'

도저히 이해할 수가 없었다. 갑자기 왜 그 세리머니에 제가 참여하게 된 건지, 게다가.

'대공을 시중든다니…….'

처음 하울을 맡게 된 날 이후로 클로이는 대공을 만난 적이 없었다. 그가 몇 번 와서 하울을 확인했다고는 하지만 클로이는 잠들어 있었고 그는 굳이 자신을 깨우지 않았다. 말만 보고 자리를 떴을 만큼 제겐 무관심하다는 뜻이었다.

물론 관심을 보일 이유도 없었다.

'이 꼴을 하고 있는 여자 노예에게 뭘 원하겠어.'

심지어 오늘 오전, 하울의 뜀박질을 확인하는 자리에서도 대공은 보지 못했다. 세리머니 바로 전날이니 그럴 만도 했다. 바쁠 테니까.

다행히 하울은 다른 어느 말보다도 건강해 보였다. 이에 감동한 에반은 원래 계획대로 하울과 함께 세리머니에 참여하기로 결정했다. 덕분에 가벼운 마음으로 다시 간호과에 돌아가나 했는데……
갑자기 이런 청천벽력이라니.

"어쨌든 얼른 대공저로 데려오라는 아론 님의 명이 있었다. 오늘내일, 네가 배울 것이 많다고 하셨어."

클로이는 한숨을 내쉬었다. 트리거는 여전히 패닉 상태에 빠져 있는 그녀를 재촉했다.

"최대한 빨리 데려오라고 했다니까! 지금 뭘 하는 거야?"

트리거는 빨리 움직이라며 그녀에게 잔소리를 퍼부었다.

'꿈인가?'

성질난 트리거의 얼굴로 보아 꿈이 아닌 것 같았다.

'내가 그 남자를 따라서…… 게다가 시중…… 시중이라니.'

고생길이 활짝 열렸다. 이건 호랑이 굴에 잡혀 들어가는 것보다 더하지 않은가.

'내 인생이 또 왜 이렇게 꼬이는 거지?'

클로이는 울고 싶었다. 신이 있다면 물어보고 싶었다.

'내 인생은 대체 왜 이런 건가요?'

매사 의욕적인 그녀였지만 이번만큼은 어떤 의욕도 없었다.

"얼른 가자, 얼른!"

트리거가 온몸으로 가기 싫다는 의사를 표현하며 늑장 부리는 그녀를 닦달했다. 대공의 저택에 도착할 때까지 클로이는 내내 한마디도 하지 않았다. 원체 말수가 적은 그녀였지만 오늘은 눈에 생기도 없고 힘도 없었다. 그저 트리거가 데려가는 대로 도살장 가는 짐승처럼 끌려갔다.

"오랜만이군. 근데 이 애가 오늘은 표정이 왜 이러지?"

아론은 엄한 얼굴로 그녀를 맞이했다.

"곧 죽을 병아리 같잖아. 대공저에 온 걸 영광으로 알지 않고."

쿠피히트 저택에서 목욕 시중을 받던 때와는 상반되는 표정으로, 아론은 그녀에게 이것저것 지시하기 시작했다. 갑작스런 상황에 아직 적응이 안 된 그녀는 의식도 없이 반은 듣고 반은 흘렸다.

"대략 알아들은 것 같군."

귀찮았는지 아론은 그녀를 데려가 시녀장에게 맡겼다. 시녀장은 아주 깐깐하게 생긴 '산드라'라는 할머니였다. 노예가 귀한 분의 시중을 맡게 되었다는 등의 빈정거림은 없었다. 대신 그녀는 당부에 당부를 잊지 않았다.

"……그래서 대공님은 몸에 손대는 것을 별로 좋아하지 않으신다. 목욕도 잠자리도, 누구에게도 시중받는 것을 싫어하시지."

시녀장은 주로 대공이 싫어하는 것을 말해 주었다.

"애, 너 듣고 있는 거니?"

"예에, 목욕 시중을 들 때는 어깨를……."

"아니! 너 정신 차려야겠다!"

매섭게 번쩍 소리 지른 산드라는 부리부리한 눈으로 클로이를 다그쳤다.

"네가 제대로 하지 못하면 우리가 혼이 난단다!"

클로이는 그제야 정신이 들었다.

'폐를 끼치면 안 돼……!'

도망갈 수도 없다. 기왕 이렇게 된 거 제대로 해야 했다. 성격도 만만찮은 그 남자를 시중들어야 하지 않은가?

'내가 실수해서 대공의 심기를 거스르면 이들까지 큰일 나.'

생각만 해도 아찔했다.

"죄, 죄송해요. 실수 없이 할게요."

"그래, 우리 대공님 심기를 거슬렀다간 무슨 일이 벌어질지 나도 책임 못 진다."

클로이는 침을 꿀꺽 삼켰다. 앞으로 모시게 될 주인이 어떤 남자인지는 물론 그녀도 잘 알고 있었다.

"아마 네 주된 업무는 의복을 준비해서 자리에 놔두고, 침구를 정리하는 일일게다."

칼을 닦고, 갑옷도 정리하고.

"좋아하시는 차를 끓여 올려 드리고, 목욕하실 물을 매일 준비해 드리고……."

"매일이요?"

"그래. 대공님은 청결을 중요하게 생각하시는 분이다."

산드라가 말하는 '할 일'은 끝이 없었다.

'아침에 일어나서 잠자리에 들 때까지, 귀찮은 일을 모두 대신해 줘야 한다는 소리구나.'

그녀는 애나의 목욕 시중드는 일은 해 봤지만, 제대로 하녀로서 일해 본 적은 없었다.

'잘할 수 있을까? 그 남자의 심기를 거스르지 않고…….'

내심 걱정되었다.

'차라리 너무 일을 못해서 잘렸으면 좋겠다.'

귀찮다고 돌려보내지 않을까? 그런 망상에 빠져있는데 산드라가 귀신 같이 이를 눈치채곤 말했다.

"차라리 잘렸으면 좋겠다거나 하는 생각은 하지 마라."

놀란 클로이가 토끼 눈을 하고 산드라를 응시했다.

"목이 잘리고 싶은 게 아니라면 말이다."

서늘한 그 뒷말에 클로이는 침을 꿀꺽 삼켰다.

'어쩌다 이렇게 됐을까.'

하울 때문에 눈에 띈 게 잘못인가? 억울하지만 클로이는 이내 마음을 다잡았다. 산드라의 말을 경청하다 보니 어느덧 저녁 시간이 었다.

"식사나 하고 오렴."

산드라는 그녀에게 저녁을 권했지만 클로이는 해야 할 일이 많았다.

'수도를 떠나는 게 당장 내일이야.'

애나에게 작별 인사도 해야 하고, 호르헤에게도 이 상황을 설명해야 했다. 그녀는 간신히 산드라에게 청해서 저택을 빠져나왔다. 트리거가 그녀를 쿠피히트 저택으로 데려다주었다.

"조심해라. 대공님께서 보통 분이 아니시니 말이야."

"네, 저도 귀가 따갑게 들었어요."

그녀는 반쯤 넋을 잃은 채 대답했다.

'내가 정말 내일 떠난다니…… 그것도 그 남자의 하녀로.'

트리거에게 고맙다는 말도 잊은 클로이는 쿠피히트 저택으로 발을 옮겼다. 오랜만에 만난 애나는 다행히 전보다 혈색이 좋았다. 클로이는 그간의 일과, 세리머니에 참여하느라 수도를 떠나게 된 일을 설명했다.

"온 제국이 세리머니 이야기로 떠들썩한걸."

이미 아론에게 들어 알고 있던 애나는 세리머니에 참여하는 일은 영광이라 말했다.

"나도 그 멋진 기사님들과 제국을 여행하는 세리머니에 참여하게 된다면 좋을 텐데."

클로이는 뭐라고 할 말이 없었다.

"난 부러워. 수도를 떠나 본 적이 없으니까."

"……."

그녀가 조용하자 애나가 덧붙였다.

"저기, 그런데…… 클로이는 대공님의 하녀로서 따라가는 거니까 말이야."

주저하던 애나가 그녀의 손을 꼭 붙들고 말했다.

"우리 오라버니가 모시는 분이고, 또 제국의 영웅이라 불리는 분이지만 난…… 나는 그분이……."

클로이는 저도 모르게 침을 꼴깍 삼켰다. 뒷말이 두려웠다.

"클로이, 네가 걱정돼서 하는 말이니 절대 어디 가서 얘기하진 마."

순간 애나의 목소리가 낮아졌다.

"내 시녀의 친구의 친구가 반도라스 영애의 시녀인데, 글쎄 바로 어제……."

애나의 목소리가 한층 더 작아졌다.

"그분이 클라라 아가씨를 추행했다지 뭐야."

"……!"

클로이의 눈이 휘둥그레졌다. 하지만 애나의 이야기는 아직 끝이 아니었다.

"게다가, 여자를 때리는 걸 아주 좋아하신대."

"네?"

클로이는 놀란 숨을 들이켰다.

"쉬잇! 내가 이런 얘기를 한 걸 알면 오라버니가 가만두지 않으실 거야."

애나가 조용히 하라고 입에 손가락을 가져다 댔다. 그러곤 닫혀 있는 문을 힐끗 바라본 뒤 클로이에게 가까이 다가오라고 손짓했다.

"전쟁에 자주 참여하신 것도 그런 취미가 있으셔서 그런 거래."

애나가 귓속말로 속삭였다.

"피에 미쳐서……."

얼어붙은 클로이를 바라보며 애나가 걱정스레 말했다.

"조심해, 클로이."

"……."

클로이는 아무 대답도 할 수 없었다. 쿠피히트 저택을 나서는 발걸음은 전보다 무거웠다. 전 남편이었던 길버트도 그녀를 때리지는 않았다. 하지만 클로이도 살면서 보고 들은 게 있었다.

'……그래서 그 남자가 전쟁에 자주 참여했던 거구나.'

피를 보거나 때리는 행위 자체로 흥분하고 즐거워하는 변태 성향.

'제국 제일가는 가문의 후계자가 그렇게 어릴 때부터 전쟁터를 떠돈 데는 다 이유가 있었던 거야.'

망연자실해진 클로이는 말을 모는 트리거를 향해 조심스럽게 입을 열었다.

"저기, 트리거 님. 오해는 하지 마시고요. 그냥 궁금해서 그러는데……."

"뭔데?"

갑작스런 클로이의 질문에 트리거가 궁금한 얼굴로 그녀를 돌아보았다.

"만약, 만약에요. 노예가 도망가면 어떻게 되나요? 그냥 궁금해서 여쭤보는 거예요."

"전쟁 노예?"

"예."

"흠, 제국의 법은 전쟁 노예에 관해서는 자비가 없지. 사지를 잘라서 동물의 먹이로 준다던데."

"네에? 아니, 탄광에 보낸다든가 그렇지 않나요?"

엘파사의 법이 그랬다. 트리거는 피식 웃으며 대답했다.

"제국은 전쟁 노예가 많아서 탄광에도 이미 일꾼이 넘쳐."

정복국은 반란을 두려워해서 노예 관리에 엄격했다.

"너도 패전국에서 왔지? 그러고 보니 노예들은 대부분 귀족들이던데, 너도 혹시 신분이……?"

"제, 제가 무슨 귀족이에요. 전 노예로 태어났는걸요."

"그래, 그렇게 보이긴 하더라. 아무튼 뭐, 혹시라도 도망을 간다든지 하는 일은 절대로 하지 마라. 제국은 노예 관련 법이 아주 엄하다고."

말을 마친 트리거는 산드라와 약속한 시간에 늦지 않기 위해 속도를 높였다.

'도망치면 사형이야.'

클로이는 정신이 또렷해졌다.

'그래, 이렇게 된 거 어쩌겠어.'

호랑이 굴에 물려 가도 정신만 차리면 산다고 했다. 세리머니는 좋게 생각하면 제국을 구경할 기회였다.

'대공의 하녀로 일한다는 사실이 마음에 걸리지만……'

아직 일어나지 않은 일을 미리 고민하고 걱정하느니 일단 최선을 다하는 게 낫다.

'게다가 난 머리도 짧고 남자 옷을 입고 다녔으니 남자로 알고 데려가는지도 몰라.'

클로이는 긍정적으로 생각하려 애쓰며 마음을 다잡았다.

'한 번 내 운을 믿어 보자. 난 운이 좋은 편이잖아.'

4. 여정의 시작

4. 여정의 시작

· · ◆ · ·

드디어 7일간의 무투회가 끝나고, 모두가 기다리던 세리머니가 시작되었다. 무투회가 수도민들을 위한 축제였다면, 세리머니는 제국의 모두를 위한 축제였다. 기사단이 영지를 방문하면 성대한 환영과 함께 축제와 다름없는 시간을 보낼 것이다.

기사단도 영주도 세리머니를 위한 비용이 적지 않았다. 하지만 오랫동안 전쟁을 치렀던 제국민을 위한 지출이었다. 실상 대륙을 통일한 제국의 기념행사였다. 수도 하늘엔 기사들을 응원하는 각양각색의 깃발과 꽃잎들이 휘날렸다. 모든 사람들이 환호하며 무장한 기사들을 배웅했다.

웅장한 행렬이 이어졌다. 대공의 하녀인 클로이는 기사단의 선두에 있었다. 불편했던 마음은 사람들의 환호성 사이에서 점점 수그러들었다. 남들이 기쁘게 떠나는 길을 혼자 똥 씹은 얼굴로 가고 싶진 않았다. 하지만 즐겁게 출발했던 일행들도 수도를 벗어날 무렵에는 조용해졌다.

'길이 점점 힘들어지네.'

기사들은 말을 탔고 기사를 보필하는 클로이와 종자들은 걸어가야 했다. 말의 속도를 맞추려면 열심히 걷는 수밖에 없었고, 다들 티를 내진 않았지만 힘든 길이었다. 휴식 시간도 하루에 한 번, 점심 식사 때뿐이라고 했다. 숙소도 기사들은 영주의 성에서 머물고, 종자와 마부들은 방이 모자라면 밖에서 야영을 한다고 들었다. 물론 이동 중일 때는 기사들도 길 위에 막사를 세우고 야영을 해야 했다.

클로이는 힐끔 제 옆의 남자를 올려다봤다. 기사단장답게 척 보기에도 가장 뛰어난 말을 타고, 위압감을 내뿜는 그는 그레이엄 대공이었다. 마구간 이후 첫 만남이었다. 그의 시선은 시종일관 정면을 향했다. 이에 용기를 얻은 클로이는 슬쩍 고개를 빼고 얼굴을 구경했다.

'정말 모를 일이야.'

옆모습도 앞모습만큼이나 완벽했다. 눈을 뗄 수가 없었다. 망토를 두르고 갑옷을 입은 그는 무척 근사했다. 미남자가 저와 꼭 닮은 매끈한 흑마를 탄 모습은 동화책에서 뛰쳐나온 것만 같았다.

'저렇게 잘생긴 남자가…….'

부드러워 보이는 갈색 머리카락, 푸른 하늘을 담아 놓은 듯한 눈동자. 짙은 눈썹과 날렵하게 솟은 콧날, 꾹 다문 입술은 도톰했다. 아주 수려하게 잘생긴 미남자였다.

'사람은 얼굴만 봐선 모른다더니. 정말 그런 사람처럼 안 생겼는데.'

시선을 살짝 내리자 우아하고 기품 있는 얼굴과 상반되는 근육질 몸매가 보였다.

그때, 애나의 경고가 떠올랐다. 저 아름다운 외모와 달리 소름

끼치게 무서운 사람이라지 않는가. 변태적 성향을 가진…….

'내가 저 남자 얼굴이나 감상할 때가 아니지.'

클로이는 혹시라도 그와 눈이 마주칠까 두려워 재빨리 고개를 돌렸다.

'어차피 난 안 보일 거야.'

가뜩이나 키도 커다란 남자가 말 위에 올라타 있으니 제가 보이겠는가?

안심하며 걷고 있는데 마침 에반과 몇 명의 간부급 기사들이 말의 머리를 돌려 대공에게 다가갔다. 심각하게 이야기를 시작하더니 얼마 안 가서 에반이 일행을 돌아보며 말했다.

"오늘은 여기서 행군을 마치도록 하지."

머물 장소를 고른 듯했다.

'다행이다. 마침 피곤했는데.'

벌써 몇 시간을 걸었는지, 지쳐 있던 클로이와 다른 시녀들은 안도의 한숨을 내쉬었다.

어느덧 해가 지고 달이 떴다. 식사를 책임지는 시종들은 바쁘게 왔다 갔다 하며 제 소임을 다했다. 하인들은 간부급 기사들의 천막을 세우느라 분주했다. 마부들은 당장 말의 상태를 확인하더니 물을 먹이거나 풀을 뜯게 하기 위해 어딘가로 데리고 갔다.

다들 세리머니는 처음이지만, 전장 경험이 많다 보니 제 몫을 척척 해냈다. 그 속에서 오직 클로이만 뭘 해야 할지 몰라 우왕좌왕하고 있었다. 대공은 다른 기사들과 회의를 하고 있었고, 아무도 그녀에게 뭘 하라고 지시하지 않았다.

그때였다.

"대공님의 막사가 완성됐다. 가서 잠자리를 정돈하고 방에 뜨거운 수건을 갖다 드려."

언제부터 보고 있었는지 한 시녀가 다가와 그녀에게 할 일을 일러 주었다. 제3기사단, 와일러 경의 시녀였다.

"넌 신참인가 보구나?"

"네, 맞아요."

저보다 훨씬 어려 보이지만 클로이는 익숙하게 존대를 했다. 묻지 않아도 노예인 그녀보다 신분이 높을 게 분명했다.

"난 하이디야. 기사 와일러 님을 모시고 있지."

"전 클로이예요."

"그런데 너 여자애니, 남자애니?"

듣는 입장에선 기분이 나쁠 수 있었지만 하이디는 개의치 않았다. 전부터 궁금했다는 듯 거침이 없었다.

"여자애 같은데 남자 옷을 입고 있어서. 머리도 짧고."

"전 여자예요."

클로이는 씩 웃으며 대답했다.

'내가 여자처럼 안 보이나 봐! 정말 다행이다.'

기뻤다. 시간이 꽤 지나서 머리칼은 목까지 내려왔다. 어제 애나에게 다녀와선 자르려 했는데, 그러지 못해서 신경이 쓰이던 참이었다. 그런데도 남자애처럼 보인다니! 클로이는 크게 안심했다.

"흠, 난 네가 남자애라서 대공님께서 데려오신 줄 알았지? 대공님의 막사는 다 됐으니, 가 봐."

"네."

클로이는 완성된 막사로 들어갔다. 밖은 시끄럽지만 천막 안은 조용했다. 회의용은 따로 있어서 대공의 개인 막사에는 잠자리만 준비하면 된다. 대공은 쓸데없는 장식품도 싫어한다고 했다.

'성격 대로네.'

하녀 입장에선 모시기 편한 주인이었다. 그녀는 먼저 휴대용 매트를 깔고 잠자리를 만들기 시작했다. 두꺼운 모포 위에 호랑이의 가죽으로 만든 보료를 놨더니 제법 그럴듯했다. 클로이는 불을 피우는 곳에서 따듯하게 데운 돌을 가져와 막사 안의 공기를 덥혔다. 분주하던 손길이 점점 느려졌다. 간질간질한 호랑이 털을 만지고 있으니 몸이 노곤해졌다.

"이거 참 부드럽네."

어젯밤 그녀는 잠을 설쳤다. 밤새 이런저런 걱정 때문에 도저히 잠을 이룰 수가 없었다. 혹시 너무 일을 못해서 중간에 버리고 가면 어떡하지?

'그럼 차라리 낫지. 만약 내가 예전에 죽여 버리려던 그 왕녀라는 사실을 알면 어쩌지?'

그럼 대공이 어떻게 할까.

벌써 수개월 전 일이었다. 엘파사에서 붙잡히고 에반이 다른 노예들과 똑같이 대하겠다고 말한 뒤부터는 한 번도 왕녀로 불린 적 없었다. 그는 기억할지 모르지만…….

'알리시아 왕녀를 죽였을 때 눈이 마주쳤어.'

그나마 자주 본 건 에반이지만 그는 너무 바빠서 클로이의 얼굴을 제대로 확인한 적도 없었다. 에반은 아마 쿠피히트 가문에 속한 긴 머리의 왕녀가 아직도 간호과에서 청소 같은 일을 하는 줄 알 것이다. 머리를 자르고, 사내아이의 옷을 입고, '클로이'라는 이름을 써서 이목을 피하길 잘했다.

'하지만 만약에…… 대공이 나를 때리고 학대하면 어떡하지?'

어쩌면 길고 긴 여정에 재미를 더하고자, 자신을 그런 용도로 데려왔는지도 모른다. 길버트와의 결혼 생활도 갖은 핍박을 당했지만 맞고 살진 않았다. 그래서 죽는 것보단 낫다는 마음으로 버텼다. 하지만 대공이라면, 그가 그 큰 손으로 자신을 때린다면?

'으으…….'

가만히 쳐다보기만 하는 것도 무서운 남자가 자신을 학대할지 모른다 생각하자 자꾸만 겁이 났다. 상상은 점점 구체화 되었다. 채찍을 손에 들고, 넝마가 된 자신을 내려다보는 그 남자. 상상하니 등에 삐죽 식은땀이 났다.

'맞으면 아프겠지……?'

그 큰 손에 잡혀 제발 놔 달라 사정하는 자신을 지켜보는 대공, 여전히 무표정하지만 속으로는 약한 이를 괴롭히며 즐거워하는…….

"식사는 지금 하겠다."

"엄마야!"

한껏 집중해 있던 클로이는 뒤로 엉덩방아를 찧고 말았다. 혼자 상상에 빠져 대공이 막사로 들어오는 소리조차 듣지 못했다.

"죄, 죄, 죄송합니다."

그의 무시무시한 얼굴을 도저히 쳐다볼 엄두가 나지 않았다.

'……뭐라고 안하나?'

이상하게도 들려오는 질책이 없었다. 얼른 자리에서 일어난 그녀는 꾸벅 그에게 고개를 숙였다. 대공이 어떤 표정인지 알 수가 없었다.

"다, 당장 막사로 가져오겠습니다."

그러고도 대답이 없어 슬며시 고개를 들어 보니, 그는 제겐 관심도 없다는 듯 갑옷을 벗고 있었다. 이대로 나가서 식사를 가져와도 될지, 아니면 그가 질책할 때까지 기다려야 할지. 망설였지만 일단 식사를 가져오라고 명했으니 눈치껏 그렇게 해야 할 것 같았다. 클로이는 재빨리 인사한 뒤 막사를 빠져나갔다.

대공은 그녀가 쏜살같이 빠져나간 입구로 눈을 돌렸다. 여종은 처음이었다. 딱히 시중이 필요치 않아 어떤 여정에도 여종을 동행한 적 없었다. 남종이라면 모를까. 이번엔 전시도 아니고, 자신을 잘 아는 아론이 권했으니 따로 거절하지 않았을 뿐. 듣자 하니 저 노예는 제법 쓸모도 있는 듯하고.

잠깐 봤을 뿐이지만 노예에겐 그가 기피하는 것들을 전혀 찾을 수 없었다. 쓸데없이 치렁치렁하게 늘어뜨린 머리카락이나, 아무 짝에도 쓸모없는 긴 드레스 자락 같은. 그는 오랜 전시 생활로 인해 실용성을 가장 중요하게 여겼다.

'적어도 거추장스럽진 않군.'

하녀가 식사를 가져오기까지는 시간이 필요할 것이다. 알렉산드로는 갑옷을 벗으며 생각을 정리했다.

한편, 막사 밖으로 나온 클로이는 지친 숨을 몇 번 내쉬었다. 숨

막히는 긴장감과 부담감을 벗어나자 그제야 폐 속으로 산소가 들어오는 느낌이 들었다. 막사 안은 따뜻하고 조용했지만 그가 들어서자 공기에 칼날이라도 박힌 듯 온몸이 따가워졌다. 너무 긴장한 탓이었다. 클로이는 암담해졌다. 식사를 들고 다시 저 막사에 들어가야 한다.

'맙소사, 이게 내 일이라니…… 앞으론 어떡하지.'

침울해진 그녀는 취사 구역으로 달려갔다.

'대공은 고기도 좋아하고, 야채도 좋아하는데 너무 익힌 양파는 안 먹는다고 했어.'

요리사에게 당부할 말을 되뇌며 취사 구역을 찾았다. 한데 대공의 식사는 이미 완성되어 있었다. 함께 전쟁터를 누비던 전우들이라 대공의 식성이나 취향을 잘 알고 있었던 것이다. 오늘 막 수도를 떠나왔기에 사슴 고기와 버터가 가득 든 빵, 신선한 야채 샐러드 등 음식이 푸짐했다. 저택에서 먹는 식사와 비교할 수 없지만 그래도 길에서 준비한 음식치고는 훌륭했다.

클로이는 식사를 갖고 막사로 돌아갔다. 그리 멀지도 않은 길인데 가까워질수록 지옥 불에 뛰어드는 것처럼 느껴졌다.

"식사를 가져왔습니다."

대공은 이미 갑옷을 벗고 편한 복장을 한 채였다. 남이 만지는 것을 싫어한다더니 입고 벗기 불편한 갑옷조차 혼자 환복하는 게 편한 모양이었다. 그는 칼을 닦고 있었는데, 클로이가 들어오거나 말거나 전혀 신경 쓰지 않았다.

그녀는 가져온 식사를 조심스레 식탁 위에 올려놓고 그가 의자에 앉기를 기다렸다. 그러고는 언제라도 그가 명하면 막사에서 나갈 수 있도록 입구 바로 옆에서 가지런히 손을 모으고 기다렸다. 하지만 그는 여전히 식사는 쳐다보지도 않은 채 칼만 닦았다.

'밥 먹겠다고 하지나 말지.'

한참 뒤, 드디어 칼을 다 닦았는지 일어선 그가 식탁 앞에 앉아 식사를 시작했다. 거구인 만큼 남들보다 먹는 양도 많았지만, 먹는 모습은 우아했고 조용했다. 식기가 움직이는 소리가 거의 들리지 않았다. 전장에서 오랜 시간을 보냈다지만 과연 귀족다운 자태였다. 문득 그가 목이 마른 듯 식탁 위에 있던 와인을 집었다. 넋을 놓고 쳐다보던 클로이는 다급히 손을 뻗었다.

"됐다."

그는 거추장스럽다는 듯, 거침없이 스스로 술을 잔에 따랐다. 무안해진 그녀는 조용히 손을 거두었다. 대공은 잔에 가볍게 입술을 댔다. 향과 맛을 음미하듯 머금더니, 단번에 술을 들이켰다. 아기 주먹만 한 목젖이 위아래로 벌컥벌컥 움직였다. 수려한 얼굴로 와인을 마시는 그 모습이 한 폭의 그림 같았다.

행동이나 말투는 영락없는 거친 사내지만, 저 얼굴만큼은…….

클로이는 그의 빈 잔을 채워 주려 병을 잡았다. 한데 그 순간, 대공이 그녀가 잡은 병의 윗부분을 함께 잡았다. 당황한 클로이는 저도 모르게 대공을 응시했다. 언제부터인지 그가 그녀를 쳐다보고 있었다. 두 사람의 시선이 마주쳤다.

"……!"

먼저 눈을 피한 것은 클로이였다. 그녀는 얼른 고개를 숙이고 병을 놓았다. 병을 놓지 않고 있던 그는 클로이가 병을 놓자마자 스스로 제 빈 잔을 채웠다.

"앞으로 내가 식사를 할 때는 너도 식사를 챙겨 먹어라."

무심히 술을 따르며 그가 말했다. 식사 시중은 필요 없으니 나가라는 뜻이었다.

'내가 귀찮은가 봐!'

그녀가 왕녀였던 시절. 하다못해 신발까지 신겨 주던 하녀들의 극진한 시중이 굉장히 귀찮았던 게 떠올랐다. 자아가 강하고 뭐든 스스로 하는 게 익숙한 사람은 시중이 더욱 불편했다. 그는 독립적이고, 자신을 다루는 게 능숙한 사람일 것이다.

"예, 주인님."

클로이는 꾸벅 인사를 하고 밖으로 나왔다. 다섯 시간 동안 쉬지 않고 걷는 강행군을 했다.

'배고팠는데 잘됐다.'

게다가 노예인 그녀에게는 행군 중에 물도 주어지지 않았다. 원래는 주인이 챙겨 줘야 하지만 대공은 그녀의 물까지 챙겨 줄 만큼 한가한 주인이 아니었다. 그녀는 취사 구역으로 걸음을 옮겼다.

알렉산드로는 어느덧 세 번째 잔을 비웠다. 그는 선천적으로 술에 강한 데다 전쟁 막바지에는 전우들과 매일 밤 술을 마셨다. 덕분에 기사들 가운데 가장 술을 잘 마시기로 유명했다. 그가 술을 처음 입에 대게 된 것은 첫 전쟁을 끝내고 나서였다. 다른 기사들은 전쟁이 끝나면 돌아갈 가족이 있었다. 그래서 전우들은 전쟁이 끝나길 고대했고, 또 가족들은 그들이 돌아오길 염원했다.

하지만 알렉산드로는 아니었다. 보고 싶은 가족도, 그를 기다리는 누군가도 없었다. 그 역시 죽음을 넘나드는 사투 속에 외로움을 달래고 의지할 누군가가 필요했다. 하지만 그 누군가가 부모는 아니었다. 어린 소년기에 전쟁에 참여한 알렉산드로는 내일이 오지 않기를 기도하다 밤을 지샌 날들이 많았다. 소중한 전우를 잃을까 봐, 아끼는 말이 다칠까 봐…… 매일 깊은 어둠 속에 홀로 남겨진 기분이었다.

그렇게 전쟁이 계속된 어느 날이었다. 지독한 불면증이 시작됐다. 기댈 곳이 없었던 알렉산드로는 술로 허무한 마음을 달래는 법을 배웠다. 항상 긴장하던 육체와 정신은 술을 마시면 풀어졌다. 참을 수 없이 허무하고 세상에 혼자인 듯 외로운 감정도 술과 함께면 사라졌다. 딱히 주사는 없지만 너무 많이 마셔서인지 이제는 거의 취하지도 않았다.

그럼에도 그는 와인을 마셨다. 매 식사 때, 그리고 잠들기 전에 두어 잔은 당연했다. 술이라도 마셔야 간신히 몇 시간 눈이라도 붙일 수 있었다. 저녁 식사를 마치며 가볍게 한 병을 비운 그는 잔을 빙글빙글 돌리며 하녀를 떠올렸다.

'나쁘지 않아.'

아직 첫날이지만 하녀가 그의 옆을 지나다녀도 신경을 거스르는 분내가 나지 않았다. 귀부인들이 걸음을 옮길 때마다 들리는, 사부작거리는 치맛자락 소리도 없었다. 하녀는 머리도 짧으니 그의 탁자나 침상에 긴 머리카락을 흘리고 다니지도 않을 것이다. 좀 멍한 것 같지만 그래도 말은 잘 알아들었다. 앞으로 할 일과 하지 않아도 될 일만 잘 알려 주면 꽤 쓸모가 있을 것 같았다.

제법 후한 판단이지만 그는 목격한 바가 있었다. 하녀가 행군을 멈추자마자 뭘 했는지 보았다. 우연이었다. 특별히 그녀를 눈여겨본 건 아니었는데 어떻게 시선이 닿았다. 다른 시종과 시녀들은 마실 물을 배급받기 급했고, 목을 축이거나 다리를 주무르는 등 몸을 풀었다. 마부도 말에게 먹이를 주기 전에 자신부터 챙겼다.

하지만 하녀는 품속에서 꺼낸 이름 모를 풀을 갖고 하울부터 살폈다. 말의 콧구멍이 마르진 않았는지, 행동이 유별나진 않은지 유심히 살펴보다가 그 풀을 먹였다. 아마 하울을 낫게 한 그 약초일 것이다. 그리고 말에게 물을 실컷 마시게 하더니 종종걸음으로 자리를 옮겨 다른 시녀와 이야기를 나눴다. 알렉산드로는 하녀가 기특했다. 하울의 치료는 이미 손을 벗어난 일인데도 끝까지 책임감을 가지고 말을 챙기는 모습이 무척 대견했다.

알렉산드로가 아는 여자들은 차를 마시며 수다를 떨거나, 연회에서 요란스런 옷을 입고 남자들의 눈을 끄는 게 전부였다.

'쓸모없는 이들.'

매우 편협하고 그릇된 생각이지만 어머니를 포함한 어떤 여자와도 제대로 대화를 나눠 본 적이 없는 그의 불행이었다. 그런 그에게, 뛰어난 의사들이나 알 만한 약초를 알고, 말까지 치료해낸 저 노예 소녀는 굉장히 의외였다. 저렇게 자그만 몸으로 본인 앞가림을 똑 부러지게 해내다니.

'어린 소녀가 기특하군.'

그가 아는 제 몫을 못 해내는 몇몇 기사들보다 훨씬 나았다. 알렉산드로는 사실 제 하녀를 어린 시동 정도로 생각했다. 워낙 몸집이 작고, 차림새도 꼭 남자아이 같았기 때문이다.

빙글빙글 돌리던 와인 잔을 단번에 입으로 털어 넣은 대공은 그 길로 천막을 나섰다. 하녀를 생각하다 보니 아끼는 제 말이 떠올랐다.

'크산토스.'

천막을 나선 그에게 떠들썩한 무리들이 앞다투어 인사를 해 왔다. 덕분에 그가 지나가는 길이 시끄러웠다. 이윽고, 인파에서 벗어나자 순식간에 주위가 조용해졌다. 알렉산드로의 발걸음이 한결 가벼워졌다.

크산토스는 하울을 비롯한 다른 말들과 함께 있었다. 마부는 어디 갔는지 말들만 묶여 있었다. 귀뚜라미 소리와 야밤의 한적함을 즐기던 그의 귓가에 문득 물이 찰랑이는 소리가 들렸다.

'누가 있군.'

자연스레 눈이 소리 나는 곳을 좇았다. 말들이 물을 마시는 물통에, 작은 형체가 엎드리듯 웅크려 있었다. 자세히 보니 하얗고 작은 손이 보였고 얼핏 드러난 머리는 검고 짧았다. 그의 하녀였다.

그는 하녀를 비껴 서 등 뒤에 있었으므로 그녀는 알아채지 못했다.

'뭘 하는 거지?'

가만 지켜보니 하녀는 손에 담은 물을 홀짝이고 있었다. 그녀가 동그랗게 모은 손에 고였던 물이 흘러 떨어졌다. 말이 마시는 물통이었다. 순간 대공의 눈이 확 커졌다.

'왜 식수를 배급받아 마시지 않는 거지?'

한 번도 생각해 보지 않은 문제였다. 그제야 뭔가가 머릿속을 스치고 지나갔다. 노예는 주인 허락 없이는 물도 마실 수 없다. 어린 하녀에게 죄책감이 드는 동시에 속이 답답해졌다. 왜 제게 하루 종일 아무 말도 안 했을까.

'내게 말했으면 될 것을.'

저 물은 오늘 하녀가 처음 마시는 물일 것이다. 얼마나 목이 말랐는지 허겁지겁 손에 물을 받아 홀짝거리는 모습이 보기에 퍽 안쓰러웠다. 조용하고 상쾌하다고만 생각했던 주변의 공기가 갑자기 무겁게만 느껴졌다. 그는 잠시 생각했다. 아무리 노예라지만 그녀도 저런 모습을 남들에게 보이고 싶지는 않을 것이다. 알렉산드로는 소녀를 부끄럽게 하고 싶지 않았다.

대공은 천천히 걸음을 옮겼다. 하녀가 알아차리지 못하게, 조심스러운 발걸음이었다.

클로이는 목을 축이느라 정신이 없었다. 마음껏 마셨더니 갈증은 어느 정도 가셨다. 내일 아침에 마부들이 깨기 전에 와서 다시 목을 축이면 또 견딜 수 있을 것 같았다. 말 걸기도 꺼림칙한 주인에게 부탁하지 않고도 식수를 얻을 수 있다니. 다행이었다.

대공은 생각 외로 조용하고 차분한 남자 같지만 여전히 위험인물이었다. 그와는 최소한으로 마주하고 싶었다.

'그리고 이 물이 더 깨끗해!'

이 말들은 사람보다 훨씬 더 비싼 말들이었다. 마부들은 이 귀한 말들이 병이라도 걸릴까 봐 기사님들이 마시는 물을 줬다. 물에 비친 제 모습을 바라보던 그녀는 씩 웃었다.

짐승이 마실 물을 탐한다고, 스스로를 향한 값싼 동정심에 감정을 소모하는 일은 지긋지긋하다. 자기연민에 빠진 채 사는 건 전생으로 충분했다.

'정말 똑똑하다니까! 물도 찾아 마시고.'

혼자 살 길을 도모한 자신을 칭찬해 주는 게 나았다.

'이제 뭘 해야 하지?'

지금쯤 대공은 식사를 마쳤을 것이다.

'침상에는 항상 와인을 두 병 놔두라고 하셨는데……'

그는 거의 잠들지 않고, 술을 마시며 밤을 보낸다고 했다.

'사람이 어떻게 그렇게 산담.'

눈만 감으면 곯아떨어지는 그녀가 보기엔 괴물이나 다름없었다.

'그러고 보니 그 남자가 웃는 모습을 한 번도 본 적이 없어.'

대공은 사람들과 어울리는 것 자체를 좋아하지 않는 듯했다.

'역시 뭔가 문제가 있나 봐. 그러니까 남을 때리고 괴롭히는 걸 좋아하지.'

채찍을 든 그의 모습을 상상한 클로이가 어깨를 부르르 떨었다.

'아무튼 저 남자랑 결혼할 아가씨는 참 안됐어. 누군진 몰라도……'

클로이는 제 처지도 잊은 채 쯧쯧 고개를 저었다. 생각해 보면 대공의 저택도 뭔가 이상했다. 제국의 제일가는 가문의 저택이라 깔끔하고 우아하긴 한데 이상하게 온기가 없고 꺼림칙했다. 고용인들도 다들 말이 많지 않고 무언가 쉬쉬하는 분위기였다. 오늘 아침. 대공저를 떠나며 시녀장은 얼마나 살뜰히 대공을 챙겼던가.

'버려진 손자를 돌보는 할머니가 같달까⋯⋯.'

시녀장 산드라의 표정은 착잡함 그 자체였다. 남들은 환호 속에 기사단을 떠나보낼 때, 그녀는 남몰래 눈물을 훔쳤다. 거기까지 생각한 클로이는 고개를 흔들어 잡념을 떨쳤다.

'나는 내 일만 잘하면 돼.'

대공의 개인사가 어쨌거나 저와는 하등 상관없는 일이었다.

"웃차."

자리에서 일어나니 몸이 찌뿌둥했다. 대공의 식사를 치우고 목욕할 물과 수건을 챙기고 잠자리를 정리하면 되겠다, 생각한 그녀는 기지개를 켜며 일어섰다.

"잘 자, 검둥아."

하울에게 인사도 잊지 않았다.

다시 사람들이 모인 곳으로 돌아가자 사방이 시끄러웠다.

'다들 피곤하지도 않나.'

모닥불 앞에 삼삼오오 모여서 이야기를 나누느라 정신이 없었다. 역사의 일부가 될 기념비적인 세리머니였다. 참여한 이들은 들뜬 흥분상태였다.

'캠프장 같다.'

가운데 모닥불을 중심으로 상급 기사들 무리, 이제 막 기사가 된 신참 무리, 시종들 무리, 시녀들, 마부들이 각각 모여 이야기꽃을 피웠다. 그 속에 대공은 보이지 않았다.

'그럼 막사에 있나 보다.'

막사 입구에서 작게 한숨을 쉰 그녀는 조용히 안으로 들어섰다. 하지만 어쩐 일인지, 막사 안은 고요했다. 눈을 굴려 봐도 기척은 없었다.

'어디 갔지?'

대공이 없음을 확인한 그녀는 그제야 가벼운 걸음으로 왔다 갔다 식기를 치우고, 대공이 앉아 있던 침상을 다시 정리했다. 그러다 미처 챙기지 못한 게 떠올랐다.

'와인!'

대공이 오기 전에 와인을 침상 근처에 갖다 두어야 했다. 급히 막사를 나와 물품을 배급해 주는 곳으로 가자, 시녀 하이디가 있었다. 그녀도 와인을 배급받기 위해 기다리던 중이었다.

"얘, 너 밤에 보니까 진짜 남자애 같다."

"하하, 제가 좀 그렇죠?"

깔깔 웃는 하이디에게 실없이 맞장구를 쳐 주자 그런 클로이가 마음에 들었는지 그녀가 주절주절 말을 걸어왔다.

"근데 너, 노예라며?"

대공에게 주인님이라 칭하는 걸 모두들 들었나 보다.

"네, 전 쿠피히트 가문의 노예예요."

"흐응, 다른 시녀들이 네가 노예라고 하기에 깜짝 놀랐지 뭐니. 이 세리머니에 끼게 된 걸 영광으로 알아."

'그래, 영광…….'

의도인지 아닌지, 얄미운 하이디의 말투에 클로이는 속으로 이를 갈았다.

"아마 네가 여기서 유일한 노예일걸? 다들 평민 이상의 신분이니까 말이야."

"예, 정말 상상도 못한 영광이에요."

사실 대공의 물품이나 식사는 순서와 상관없이 배급되는 것이 맞았다. 줄 서서 기다릴 필요도 없지만, 신분 때문에 다른 시녀들을 제치기가 곤란했다. 눈에 띄는 행동은 않는 게 더 편한 클로이는 얌전히 순서를 기다렸다.

하이디는 새침하긴 해도 성격이 나쁘진 않았다. 그녀와의 대화는 클로이의 긴장을 풀어 주었다. 덕분에 포도주 두 병을 손에 들고 다시 대공의 막사로 돌아가는 그녀의 표정은 한결 밝았다.

'대공은 어딜 간 거지?'

막사는 여전히 주인 없이 텅 비어 있었다. 그녀는 와인을 침상에서 손이 닿을 위치에 내려놓고, 다시 침구를 정리했다.

'정말 밤새 이 술을 다 마시는 건가? 잠은 안 자고?'

참 이상한 남자다 생각한 그녀는 자리에서 일어났다. 그리고 막사를 나가기 위해 뒤를 도는 순간.

"꺅!"

커다란 벽에 부딪힐 뻔했다. 대공이 바로 뒤에 서 있었던 것이다. 저도 모르게 비명을 지른 그녀는 아차 싶어 재빨리 옆으로 피해 눈을 내리깔았다. 등 뒤에서 삐질 식은땀이 났다.

'난 왜 자꾸 발소리를 못 듣는 거야!'

클로이는 질끈 눈을 감고 스스로를 탓했다. 원체 예민과는 거리가 멀어 주변의 인기척을 잘 못 듣는 편이었다. 게다가 뭔가에 집중한 상태에서 누가 말을 걸면 화들짝 놀라기 일쑤였다. 아까도 그렇게 놀라 자빠졌는데…….

'이번엔 정말 혼날 거야.'

차마 고개를 못 들고 처분을 기다리는데, 갑자기 병의 뚜껑을 여는 소리가 들렸다. 살며시 고개를 들어 보니 대공이 그녀가 내려놓은 와인을 병째 들고 마시고 있었다. 그가 병을 내려놓으며 말했다.

"아침엔 나를 깨울 필요 없다. 식사만 간단히 가져와."

"예."

클로이는 흘끔 눈을 굴려 그의 뒷모습을 바라보았다.

'화가 나지 않았나 봐.'

표정을 보진 못했지만 분위기가 그랬다. 대공은 마저 와인을 마시더니 그대로 윗옷을 벗었다. 뒷모습을 보고 있던 클로이가 깜짝 놀랄 틈도 없이 그 모습이 느린 장면으로 보이기 시작했다. 상의를 젖히느라 팔을 올리자 등의 광배근이 살아 있는 것처럼 꿈틀댔다. 잘 그을린 피부와 함께 척추를 중심으로 부위마다 다른 근육들이 자리를 뽐내고 있었다. 훈련된 기사다웠다. 그의 등짝은 바늘 하나 들어갈 틈 없이 완벽했다.

넋을 놓고 보고 있는데, 순간 그가 윗옷을 든 손을 옆으로 뻗었다. 받으라는 뜻이었다. 클로이가 얼른 그의 옷을 받아 들자, 그는 침상에 앉아 다시 와인병을 집었다. 다른 손에는 잔을 집었다.

'나가면 되나?'

고민하다 그의 옷을 접어 놓은 클로이는 꾸벅 몸을 굽혀 인사한 뒤 막사를 빠져나왔다. 아무 말 없는 걸 보니 제 할 일이 다 끝났나 보다.

'정말 과묵하네.'

괜히 찜찜해진 그녀는 제 식사를 받으러 갔다. 그런데 배급소에 도착하고 보니 너무 긴 줄이 서 있었다. 내내 서서 기다리느니 앉아서 쉬다가 남은 것을 먹을 생각으로, 큰 나무 밑에 자리를 잡았다. 앉아서 종아리를 주무르고 있자, 운명처럼 익숙한 풀이 그녀의 눈에 들어왔다.

'괭이풀인가?'

클로이가 알고 있는 괭이풀은 약초였다. 그런데 자세히 보니 양옆의 잎이 아주 작았다. 그 풀만 비정상적으로 작은가 했더니 주위 모든 괭이풀이 다 그렇게 생긴 것을 볼 수 있었다.

'아무래도 괭이풀의 친척쯤 되는 다른 종류인가 봐.'

그녀는 아예 뿌리를 캐 보았다. 중간의 큰 뿌리를 중심으로 실처럼 갈래갈래 뿌리를 내린 모습이 영락없이 그녀가 아는 괭이풀이었다. 가운데 뿌리를 부러뜨려 보니 흰색이 아닌, 보라색 점액이 피처럼 터져 나왔다.

'괭이풀은 맞는데 이파리가 조금 독특하네. 종류가 다른가?'

냄새를 맡아 보니 그 특유의 톡 쏘는 냄새가 코를 찔렀다. 괭이풀이 맞긴 한데, 아무래도 엘파사와 환경 조건이 다르다 보니 생긴 모양도 다른 듯했다.

'제국의 괭이풀은 이렇게 생겼나 봐. 한번 먹어 볼까?'

어차피 괭이풀의 생초는 자양 강장제로 쓰인다. 엘파사에서는 비싼 약초였다. 그래서 가끔 산에서 캐면 웬 떡이냐 하고 몰래 먹곤 했었다.

'색도, 냄새도 같으니까 맛도 비슷하겠지?'

궁금해진 그녀는 뿌리의 흙을 털어 내고 입가로 가져갔다. 입에 넣으려는 그 순간이었다. 턱. 갑자기 괭이풀을 쥔 손목이 잡혔다.

"……!"

히익, 그녀가 놀란 신음을 뱉었다. 대공이었다. 그가 엄한 표정으로 그녀를 내려다보고 있었다.

'또 언제 온 거야!'

손이 어찌나 큰지 그녀의 팔목이 다 잡혔다. 클로이는 그 손을 뺄 생각도 못하고 툭, 괭이풀을 떨어트렸다. 그가 도대체 무슨 말을 할지 걱정부터 되었다.

괭이풀에 시선을 떼지 않고 있던 그는, 얼음처럼 굳어버린 그녀의 표정을 보더니 손목을 놓아주었다.

"땅에서 아무거나 주워 먹으면 안 된다."

순식간에 클로이의 얼굴이 뜨거워졌다.

'지금 무슨 오해를 한 거야.'

얼른 이 상황을 벗어나려 그녀가 작게 고개를 끄덕였다. 대공은 괭이풀이 널린 땅을 한번 보곤, 그녀에게 일어나라 눈짓했다. 클로이가 엉거주춤 일어서자 그가 뒤늦게 몸을 돌려 성큼성큼 막사로 향했다. 멍하니 그의 뒷모습을 보던 클로이의 뱃속에서 갑자기 꼬르륵, 하고 큰 소리가 났다.

'혹시…… 들었을까.'

거리가 꽤 멀어서 못 들었을 것 같았다. 민망해진 그녀는 얼른 저녁 식사를 받으러 갔다. 버석한 빵과 구운 감자가 전부라 맛은 없지만 배가 너무 고파서 게 눈 감추듯 먹어 치웠다.

'긴 하루였어.'

모닥불 근처에서 몸을 녹이고 있으니 그나마 마음이 편했다. 아직도 주위는 시끌벅적했다. 세리머니의 첫날이라 그런지 쉽게 잠들지 못하는 이들이 많았다. 시끄러운 사람들을 뒤로하고, 클로이는 자리에 누웠다.

'하늘에 별이 천지네.'

별들이 당장이라도 쏟아질 것처럼 가까이 보였다. 새삼스레 세상이 아름답다는 생각이 들었다. 전생에선 밤하늘에 별이 거의 없었다. 하지만 이곳은 밤에도 환할 만큼 별이 가득했다.

'만약 전생이 없었다면 이렇게 아름다운 밤하늘을 보고도 당연한 줄 알았겠지.'

이곳은 과학이 발달하지 않은 중세 시대였다. 현대와 비교해 불편한 것도 많지만 이미 익숙해진 그녀에겐 그래서 아름다운 것들이 많이 보였다. 밤하늘이 그중 하나였다. 볼 때마다 감탄이 나오는 장엄한 광경들은 다시금, 삶의 아름다움을 되새기게 해 준다.

'세상은 고통으로 가득하지만 그것을 이겨 내는 일로도 가득하다고 했어.'

내일도 열심히 살자.

'행복하게.'

그녀는 내일을 기다리며 잠의 수렁에 빠져들었다.

한편, 알렉산드로는 언제나 그렇듯 쉽게 잠들지 못하고 있었다. 그렇다고 밖에서 시간을 보내기엔 너무 소란스러워 일찍 막사로 들어온 그였다. 에반과 간부급 기사들을 만나 회의를 하고 돌아온 참이었다. 행군에는 이상이 없었다. 앞으로 열흘 정도 평야를 지나면 작은 산을 넘어 첫 번째 귀족의 영지로 들어서게 된다. 선발대가 남겨 놓은 표식과 자신들이 있는 곳의 지도를 비교해 보니 위치가 상당히 좋았다. 다들 수련한 기사들이라 체력도 충분했고 예상보다 행군도 고되지 않았다.

회의를 마치고 돌아오던 그때. 알렉산드로는 하녀를 발견했다. 어떤 시녀와 웃으며 이야기를 나누던 그녀는 와인을 들고 막사로 향했다. 의외였다. 생글대며 웃는 얼굴이 꽤 잘 어울렸다. 제 앞에서 바짝 얼어붙은 모습만 봐서 저렇게 웃을 줄 아는 아이인지 몰랐다. 원래는 밝은 성격이구나, 하고 대수롭지 않게 생각한 그는 마침 목이 말랐던 터라 하녀가 들어간 막사로 향했다.

하녀의 뒷모습이 분주히 움직였다. 탁자며 의자, 침상을 정리하고 있었다. 와인병도 줄을 맞춰서 다시 한번 확인하는 손길이 꽤나 차분하고 성실해 보였다. 제가 들어오는 소리를 못 들었는지, 하녀는 자신의 존재를 아예 모르는 것 같았다. 그는 목을 축이기 위해 무심히 와인병에 손을 뻗었다. 그때 하녀가 뒤를 돌았다.

"꺅!"

그의 가슴에도 못 미치는 작은 몸이 경기를 일으키듯 펄쩍 뛰었다. 남자아이 같다고 생각했는데, 갑작스레 들린 비명은 소녀의 것이었다. 하마터면 미안하다고 사과할 뻔한 그는 잠시 손을 거두었다. 하녀는 제 비명에 제 자신도 놀랐는지 커다란 눈이 더 커다래져서 급히 고개를 수그리고 몸을 비켰다. 두 손을 공손히 모으고 고개를 조아린 꼴이 꼭 벌 받길 기다리는 강아지 같았다. 웃음이 터질 뻔했다.

그녀가 대충 진정이 된 것 같자 그는 와인을 마셨다. 하녀는 여전히 그 자리에 못 박힌 듯 서 있었다. 이제 나가 봐도 될 법한데 뭘 기다리는 건지. 아무 말도 하지 않으면 밤새 거기 서 있을 것 같았다. 알렉산드로는 뒤늦게 이 하녀가 꽤나 융통성이 없고 우직하다는 걸 상기했다.

"아침엔 나를 깨울 필요 없다. 식사만 간단히 가져와."

아니나 다를까 그녀는 그제야 나가 봐도 좋단 말을 알아들었다. 꾸벅 인사하고 꽁지에 불이라도 붙은 것처럼 막사를 빠져나가는 그 뒷모습을 지켜보던 알렉산드로는 결국 피식 실소를 터트렸다.

하녀는 유독 자신을 두려워했다. 간혹 과장된 소문으로 지나치게 그를 두려워하는 이들이 있었다. 주로 남자들이었다. 알렉산드로는 이성에게 해를 끼치는 성품은 아니었다. 그러긴커녕 다가가지도 않았다. 때문에 여자들은 처음에나 그를 두려워할 뿐, 금세 다른 눈길로 그를 바라보곤 했다.

'그 아이는 마구간에서부터 날 두려워했지.'

마구간의 일이 떠오르자 그럴 수도 있겠다 싶었다. 하울을 살려 내지 않으면 죽이겠다고 말했다. 그때부터 아이가 제게 겁을 먹었나 보다.

'그래도 하는 걸 보면 제법 성실한데.'

겁쟁이치곤 하녀는 맡은 일에 열심이고 재주도 많았다. 언행을 보면 10대 여자아이 같지 않았다. 아니, 천둥벌거숭이처럼 마구간에서 쿨쿨 잠들었을 때는 어리구나 싶었지만…….

'묘하군.'

알다가도 모르겠다. 하녀에겐 신기한 여러 가지 면이 많았다. 혼자만의 생각이 아니었다. 호르헤 부원장이나 아론도 그 아이를 자주 찾았으니까.

문득 그녀가 말의 물통에서 물을 떠 마시던 게 떠올랐다. 하루 종일 말의 속도에 맞춰 걷는 게 여자아이에게 보통일이 아니었을 텐데. 그녀는 제게 물을 달라 일언반구 말도 꺼내지 않았다. 특히 소녀가 땅에서 풀뿌리를 캐서 먹으려던 모습은 그에게 조금 충격이었다.

'얼마나 배가 고팠으면.'

저녁 식사도 기다리지 못하고 체면도 없이 허겁지겁 땅에서 풀뿌리를 캤을까……. 그런 참혹한 인생은 겪어본 적이 없어 감히 상상도 안 되었다. 어린 하녀에게 새삼 동정심이 일었다.

'안됐군.'

아마 그 노예 소녀는 평생을 그런 비참한 삶을 살아왔으리라. 차라리 제 하녀가 되어 굶주릴 걱정 없이 지내는 게 그 아이에겐 더 나을 것이다. 대공은 그리 생각했다.

소음이 들려왔다. 빡빡한 눈꺼풀을 들어 올리니 분주하게 움직이는 몇몇 시녀, 시종들이 보였다. 바쁜 아침이었다. 종자들은 제 주인보다 일찍 일어나야 했다. 클로이도 몸을 일으켰다.

'어휴, 찌뿌둥하네.'

그녀는 정신을 차리기 위해 뻐근한 몸을 이리저리 돌렸다.

'아침에 깨우러 올 필요 없다고 했었지?'

그건 편하다.

'난 그럼 아침 식사를 준비하면 되겠어.'

혹시 너무 이른 시간은 아닌지 조금 고민됐다. 하지만 그를 기다리게 하는 것보다는 미리 준비해 놓는 게 나을 것 같았다. 클로이는 부드러운 빵과 우유, 소금에 절인 햄과 약간의 과일을 곁들인 간단한 조식을 챙겨 그의 막사로 향했다.

막사 입구에서 그녀는 소리를 내지 못하고 주저했다.

'너무 이른 시간은 아니겠지?'

고민한 그녀는 작은 목소리로 그가 깨어 있는지 여쭤보기로 했다.

"주인님…… 아침 식사를 올릴까요?"

피곤함을 숨길 수 없었는지 목소리가 약간 갈라졌다. 흠흠, 목을 잠시 가다듬는 동안 뒤에서 중저음의 목소리가 들려왔다.

"들어와라."

"……!"

대공에겐 이른 시간이 아니었던 모양이다. 씻고 왔는지 머리카락이 살짝 젖은 그는 무심히 그녀를 지나쳐 막사로 들어갔다.

하녀가 아침에 씻을 물과 수건을 준비해 주는 게 맞지만, 대공은 혼자서 하는 게 편했다. 탁자에 아침 식사를 내려놓으니 그가 대충 머리를 닦고 와서 앉았다.

"차를 준비하겠습니다."

그가 아침마다 좋아하는 차를 마신다는 당부를 들었다. 하지만 뜨거운 물이 식을까 싶어 차는 준비하지 않았다. 뜨거운 물과 찻잎을 준비하러 막사를 나서는데 그의 부름이 발목이 잡았다.

"가서."

그녀가 조심스레 뒤돌아 그의 목젖을 응시했다. 눈이 마주치지 않기 위해 쓰는 방법이었다.

"물도 받아 와."

그가 자신이 사용하는 물통을 눈짓으로 가리켰다. 큰뿔소의 뿔로 만든 물통이었다. 귀족들이 사용하는 고가의 물건. 손으로 잡기도 편리한 데다 허리에 걸고 다니기 좋은 휴대용으로, 가난한 기사들은 사용하지 못했다. 그것을 들고 배급하는 곳으로 가니, 배급 담당 시종은 물통만 보고도 대공이 마실 물이라는 것을 알았다.

가벼운 걸음으로 대공의 막사로 돌아온 클로이는 주전자로 뜨거운 물을 따른 뒤, 백화 찻잎을 갈무리해서 차를 우려냈다. 그리고 그의 물통을 다시 제자리에 놓았다.

'이제 나가 있으면 되나?'

그가 식사를 시작했으니, 자신은 이제 나가서 식사가 끝나길 기다렸다가 치우면 될 것 같았다. 꾸벅 인사를 한 뒤 나가려던 그녀의 뒤에서 대공이 물었다.

"네 이름이 뭐지?"

갑자기 들려온 생각지 못한 질문에 그녀가 당황하여 멈칫했다.

'베아트리체라고 말해야 하나?'

그녀는 왕녀 베아트리체일 때 대공과 일면식이 있었다.

'혹시 내가 왕녀인 걸 알고 물어보는 걸지도 몰라.'

대공은 속을 알 수 없는 남자였다. 지금은 제 정체를 모른다 해도, 나중에 알고선 추궁을 할까 그것도 두려웠다. 하지만…….

'그 이름은 재수가 없어.'

베아트리체 왕녀로 살았던 시간들은 얼마나 끔찍했었나. 왕은 클로이가 백금발에 파란 눈을 이어받지 못했다는 이유로 모녀를 버렸다. 그리고 길버트에게 시집보낼 진짜 왕녀를 대신해서 23년이나 방치해 뒀던 자신을 거둬들였다. 그녀가 왕을 본 것은 단 두 번뿐.

길버트에게 그녀를 소개하던 날, 그리고 결혼식 날.

'더는 베아트리체로 불리고 싶지 않아.'

불행한 과거를 결심하듯 지워버린 그녀가 입을 열었다.

"클로이…… 입니다."

"클로이."

건조하게 그녀의 이름을 되짚은 그는 다시 관심 없다는 듯 식사로 눈을 돌렸다. 하지만 뒤이어 나온 말이 충격이었다.

"물통은 네 것이다."

"예?"

"가지고 나가라."

클로이는 그가 무슨 말을 하는지 이해할 수가 없었다.

'이 남자는 말이 너무 짧아.'

따라가기 힘들었다.

'저 물통이 내 거라고?'

하녀에게 주기엔 벅찬 물건 아닌가? 하지만 이미 떨어진 명령. 왜냐고 되물을 수도 없었다. 클로이는 일단 물통을 가지고 일어섰다. 그러자 그녀에게 대공이 한마디 더 던졌다.

"한 시간 뒤에 행군을 시작한다고 에반에게 전해."

"알겠습니다."

그러고 나왔지만 어리둥절했다.

'아직 꿈속을 헤매는 사람들도 있는데 한 시간 뒤에 행군이라면 너무 급한 거 아닌가.'

속으로 중얼거린 그녀는 제 손에 들린 물통을 쳐다봤다.

'물을 떠 오라더니 왜 나보고 가지라고 하지?'

노예가 떠 온 물이라 마시기가 싫었나, 의심했지만 지나친 피해 의식이었다.

'그랬으면 처음부터 날 데려오지도 않았을 거야.'

물통을 요리조리 살펴보니 사용한 지 얼마 되지 않은 듯했다. 고급 소재로 만들어진 물통은 가볍고 마감 처리도 꼼꼼했다. 장식용 보석까지 박혀 있는 모양새가 스스로 '나 비싼 물건이오.' 하고 말하는 듯한데……. 왜 자신에게 이런 물건을 줬는지 더더욱 알 수가 없어졌다. 미간을 찌푸리며 고민하던 그녀는 금세 포기했다.

'아싸, 물통.'

대공은 그녀가 파악할 수 있는 사람이 아니었다.

'준 걸 뺏어 가진 않겠지?'

이걸 내밀면 말하지 않아도 다들 대공의 물건인 걸 알 것이다. 앞으로는 몰래 말의 물을 훔쳐 마실 필요가 없으리라.

"그건 좀 편하겠다."

어쨌든 잘됐다, 로 쉽게 결론지은 클로이는 에반의 막사로 향했다. 에반은 아직도 다리가 불편한 상태여서 두 명의 시종을 데려왔는데, 근처에 보이지 않았다. 시종에게 명을 전할 수 없다면 직접 에반에게 말해야 했다. 클로이는 목을 가다듬었다.

그녀는 에반을 보면 저절로 긴장이 됐다. 왕녀 신분으로 가장 많이 얼굴을 마주쳤던 게 기사 에반이었다. 그녀를 기억할까 두려웠다. 제국에 끌려온 이후로는 한 번도 눈을 마주친 적 없었지만, 하울을 치료하던 마지막 날에는 그를 만나야 했다. 에반이 혹시 자신을 알아볼까 전전긍긍했지만 걱정이 무색하게도 그는 클로이를 전혀 못 알아보는 눈치였다. 건강을 되찾은 자신의 말에 정신이 팔려 더 그랬으리라.

'그래, 설마 알아보겠어?'

긴장감은 어쩔 수 없지만 앞으로 익숙해져야 했다. 기사단 단장인 알렉산드로와 부단장인 에반은 가장 자주 어울리는 이들이니까.

"쿠피히트 공작 각하, 대공님의 명이십니다."

막사에서 부스럭거리는 소리가 들리더니 곧 입구를 열고 에반이 나왔다. 식사 중이었던 모양이다.

"이곳에서 작위로 불릴 수 있는 분은 오직 대공님뿐이시다. 나를 부를 때는 작위를 빼고 직책만 부르도록 해라."

"알겠습니다, 쿠피히트 경."

"그래. 무슨 명이시지?"

"한 시간 뒤에 행군을 시작한다고 하셨습니다."

"알겠다."

말을 마친 그가 다시 막사로 들어갔다. 클로이는 내심 그 충성심에 놀랐다. 기사단을 실제로 운영하는 것은 에반이었고, 나이도 대공보다 훨씬 많았다. 공작의 신분을 가진 이는 기사단 내에서 에반이 유일했다. 그래서 '공작 각하'라고 불렀는데, 굳이 고치라고 지적하다니.

'내가 대공의 하녀라서 그런가?'

별일 아니지만 에반이 얼마나 충성스러운 부하인지 알 수 있는 대목이었다. 클로이는 기사단의 기강에 감탄하며 아침을 먹으러 갔다.

　다른 시녀들은 식사 시간마다 모여서 식사를 함께했다. 하지만 클로이는 그곳에 낄 수 없었다. 그들은 평민 이상의 신분이었다. 기사들도 시녀, 시종과는 겸상을 하지 않으니, 당연히 시녀들도 노예와 함께 밥을 먹고 싶어 하지 않았다. 클로이는 그리 서운하진 않았지만 밥 먹는 시간까지 혼자라 좀 심심했다. 그래 봐야 삶은 감자나 고구마와 마른 빵 몇 개가 전부였지만 말이다.

　어쨌든 나무 밑에 홀로 앉은 클로이는 빵을 씹었다. 입이 깔깔해서 우유 생각이 간절했지만 시녀들이 있는 곳에 또 가고 싶지 않아서 그냥 대공이 준 물통의 물을 마셨다. 빵과 물은 어울리는 조합은 아니지만 또 하루 종일 걷기 위해서는 먹어야 했다. 대충 아침을 해치운 그녀는 대공의 막사로 돌아갔다.

　"주인님, 들어가도 될까요?"

　그가 안에 있으므로 허락이 필요했다.

　"들어와라."

　그는 갑옷을 입고 있는 중이었다.

　'갑옷 입는 걸 도와야 하나? 아니지, 식사를 먼저 치울까?'

　고민하던 클로이는 대공을 먼저 돕기로 했다. 갑옷이 워낙 무거워서 기사들 대부분 입고 벗을 때는 시중을 받는다.

　'일단 난 하녀로 따라온 거니까…….'

　클로이가 주저주저하며 손을 뻗는데, 그가 더 빨랐다.

　"됐다."

　명확한 거부에 그녀가 재빨리 물러났다.

'잘됐다. 식사나 치워야지.'

탁자로 가는데 뒤에서 대공의 목소리가 들렸다.

"난 네 주인이 아니다."

순간 그녀가 멈칫했다.

'무슨 의미지?'

쿠피히트 가문에 소속된 건 맞지만 그녀가 지금 모시는 사람은 알렉산드로였다. 슬쩍 돌아보니 그는 여전히 갑옷을 입는 중이었다.

"그러니 주인님이라고 부르지 마라."

가죽끈을 풀어내며 그가 무심히 말했다.

'그럼 뭐라고 부르지?'

각하, 단장님, 대공님…… 많은 이들이 그를 '대공님'이라고 불렀다.

'그럼 나도 대공님이라고 부르면 되나?'

간단히 정리한 클로이가 대답했다.

"예, 알겠습니다. 대공님."

별말이 없는 것으로 보아, 앞으로 이렇게 부르면 되나 보다. 막사를 나서는 클로이의 마음이 한결 가벼웠다.

오늘로 시중 이틀째.

'저 남자는 모시기 쉬운 사람인 것 같아.'

아침에 안 깨워 줘도 되고, 환복은 물론 갑옷까지 알아서 입고 벗고, 혼자 씻고 옷 정리도 전부 알아서 하고.

'밥만 갖다주면 되네.'

손이 참 안 가는 주인임이 틀림없었다. 클로이로서는 만세라도 외치고 싶었다. 이대로라면 긴 여정이 생각보다 수월할 것 같았다.

클라라는 요즘 밤마다 잠을 이룰 수가 없었다. 대공에게 말 못할 수모를 당한 뒤, 저택에선 그녀의 신경질과 분풀이로 한동안 굉장히 시끄러웠다. 다시 가서 패악질이라도 하고 싶었지만 무서워서 찾아갈 수가 없었다.

'암살자가 침입한 줄 알았다고 핑계 대고 죽일지도 몰라.'

기사단이 수도를 떠나는 날까지 그녀는 분에 차 있었다. 저택의 모두가 세리머니를 구경하러 이른 아침에 나섰지만 그녀는 침실에서 한 발자국도 나가지 않았다.

'꼴도 보기 싫어.'

그 남자가 얼른 가 버렸으면 좋겠다고 생각했다. 그런데 정작, 그가 정말 떠나 버리니까 마음이 바뀌었다.

'이젠 다시 보려고 해도…… 볼 수 없구나.'

막상 제 손에서 떠난 남자라고 생각하니 분노보다는 알 수 없는 야릇한 감정이 생겨났다.

'나를 그렇게 대한 남자는 그레이엄 대공이 처음이야.'

이제 수도에는 자신을 극진히 받들어 줄 남자들만 남았다. 하지만 클라라는 그들에겐 관심이 없었다. 제 약혼 상대로 어울리는 건 오직 대공뿐이었다.

'나를 내리누르던 그 커다란 손…….'

클라라는 종종 그날을 상기했다. 침입자를 대하듯 막무가내로 자신을 다루던 그 남자를.

'세상 어디에도 그렇게 아름답고 박력 넘치는 남자는 없어.'

클라라는 두문불출하고 침실에서 그의 생각만 했다.

'이 나에게 감히 그럴 수 있는 남자는…… 그 남자뿐이야.'

시간이 흐를수록 점점 그가 보고 싶어졌다.

'그런데 만날 수 없어.'

그래서 더 보고 싶어! 감질난다!

생전 몰랐던 감정이었다. 아쉽고 애가 탔다. 아무리 생각해도 그 남자만큼 대단한 남자는 이 제국에 전무후무, 유일했다. 후회가 물밀 듯이 몰려왔다.

'이 세상에 오직 알렉산드로, 그에게만 내 자존심을 허락하겠어.'

그럴 만한 자격이 있는 남자니까! 클라라는 깨끗이 제 마음을 인정했다.

'언제 돌아올지 모르는 남자를 마냥 기다릴 순 없지.'

앉아서 기다리는 건 그녀의 성격과 맞지 않았다. 그 사이에 여자가 생기진 않겠지만.

'그는 수도에 없어.'

하지만 그의 아버지는 이곳에 있다.

'던칸 그레이엄.'

그녀의 얼굴에 진한 미소가 드리웠다. 클라라는 문밖에서 자신을 걱정하며 대기하는 시녀들을 향해 소리쳤다.

"가장 예쁘고 화려한 드레스를 가져와!"

5. 의외로 괜찮은 사람

5. 의외로 괜찮은 사람

· · ◆ · ·

사흘간 평야를 거쳤다. 가도 가도 끝없이 펼쳐진 들판만 가득했다.

'앞으로 며칠간 더 이 길을 가야 한다던데…….'

제국은 엘파사와 달리 산보다 들판이 많았다.

'축복받은 나라야.'

벌써 일주일째였다.

지금 있는 곳은 람붓 백작령으로, 잘 관리된 들판에는 대부분 여러 작물이 심어져 있었다. 일행이 가는 길도 큰 마차가 지나가기에 무리가 없을 만큼 도로 정리가 잘 되어 있었다. 클로이는 주변을 둘러보느라 바빴다.

'이런 넓은 평야는 처음 봐.'

노을 지는 풍경이 장관이었다. 마음이 좀 편해지니 구경까지 할 여유가 생겼다. 종의 마음이 편한 건 모시는 주인을 잘 만난 덕분이었다.

'진짜 의외란 말이야.'

대공은 생각보다 괜찮은 사람이었다. 며칠간 같이 있으면서 그를 대하는 다른 기사들의 태도를 유심히 보았다. 아무도 대공을 쉽게 대하지 못했다. 처음엔 그의 작위와 가문 같은 배경 때문이라고 생각했지만 그렇지 않았다. 그레이엄 대공은 기사단에선 귀족이 아니었다. 그는 영웅이었다.

다른 가문의 자제들과는 다르게, 어린 나이에 기사단의 종자가 되어 전장에서 허드렛일을 하다 기사에게 검술 실력을 인정받아 서임을 받았다. 그 뒤로 많은 전쟁을 승리로 이끌었고 정당한 절차에 따라 단장이 되었다.

모두가 그를 존경했다. 10년 넘게, 기사단의 기사들 중 제국의 모든 전쟁에 참여한 건 그가 유일했다. 그의 책임감과 성실함을 모두가 알았다. 대단한 배경 덕분에 기사단장이 된 줄 알았던 클로이는 대공을 다시 보게 되었다.

대공은 세리머니의 일행 중 가장 일찍 일어나서 가장 늦게 잠들었다. 시중도 가장 덜 받았다. 쓸데없이 남의 시선을 신경 쓰지도 않았다. 한번은 하울을 살피다가 식사 시간에 늦어서 보면 이미 혼자 먹고 있었다. 클로이가 쉬고 있을 때도 알아서 식사를 배급받아 챙겨 먹었다.

'이럴 거면 난 왜 데려왔지?'

덕분에 그녀의 일과는 한가했다. 다른 시녀들은 밤이고 낮이고 불려 다니는 처지라 한가하게 누워 별구경이나 하는 클로이를 부러워했다.

'모시는 사람으로는 참 괜찮단 말이지……'

뿐만 아니라 기사단에서 시종이 막사를 세우는 힘든 일을 혼자 하면 그가 대뜸 나타나 도와줬다. 그러곤 시종이 몸 둘 바를 모르고 고마워하면 말도 없이 자리를 뜨곤 했다. 일정이 끝나고 가끔은 다른 기사들과 술을 마시기도 했지만, 시끌벅적해지면 곧 자리에서 일어났다. 그렇게 술을 즐기면서도 한 번도 큰 소리를 내거나 취한 모습을 보이지 않았다. 주로 막사에서 혼자 시간을 보내거나 칼과 와인만 들고 아무도 없는 곳으로 사라지곤 했다. 다시 돌아올 때는 새벽녘이었다.

어느 날 서신을 전하려고 밤새 사라진 그를 기다리던 클로이는 대공이 땀에 흠뻑 젖어 돌아오는 걸 보고 얼마나 놀랐는지 모른다. 졸린 몸을 이끌고 씻을 물과 수건을 가져다주다가 그의 벌거벗은 몸을 보고 잠이 싹 달아난 적도 있었다.

'어휴…… 이 세계에도 카메라가 있으면 참 좋을 텐데.'

사진집을 만들어 팔면 돈이 좀 되지 않을까. 가끔 아쉬웠다. 어쨌든 그는 거만하지 않았고 그래서 모두에게 존경받았다. 귀족의 어떤 특권 의식도, 오만한 모습도 찾아볼 수가 없었다. 그는 소탈했고, 그 소탈함이 그를 더 빛나게 해 주었다. 클로이를 대할 때도 마찬가지였다. 그녀는 한 번도 질책을 듣지 않았다.

'실수도 몇 번 했는데.'

식사 시간을 놓친 경우도 몇 번 있었고, 가끔 기척을 못 느껴 기겁하며 놀라 자빠져도 혼내지 않았다. 하루는 고된 행진에 그보다 한참 늦게 일어나 조식을 못 챙겼는데도 잔소리가 없었다.

'혹시 나를 하녀라고 생각하지 않는 건가?'

그런 것치고는 다른 기사들보다 더 잘 챙겨 줬다. 특히 큰뿔소의 물통은 부러움의 대상이었다.

어느새 그를 향한 선입견과 편견들이 점점 사라져가고 있었다.

저녁 시간이었다. 그의 식사를 치운 클로이는 이만 물러가겠다고 꾸벅 인사했다.

오늘도 그는 대답이 없었다. 그저 그녀를 빤히 응시할 뿐. 그가 아무런 대꾸를 않자 고민하던 클로이는 어색하게 뒤돌아섰다. 그제야 대공이 한마디를 던졌다.

"에반을 불러와."

"예."

조용히 대답한 클로이는 막사를 나섰다.

한편, 그녀의 뒷모습에서 눈을 떼지 않던 대공은 알 수 없는 표정을 지었다.

'이상해.'

그는 자신의 노예야말로 속을 모르겠다고 생각했다. 어젯밤, 그녀에 대해 다시 생각하게 된 일이 있었다.

바로 호르헤에게서 온 편지 때문이었다. 전령조의 다리에 묶여서 날아온 그 편지에는 자신은 절대 이해하지 못할 부탁 아닌 부탁이 담겨 있었다. 클로이가 글자를 적고 그림을 그릴 수 있도록 종이와 잉크를 주라는 것이다. 그것도 기가 막힌데 편지의 뒷부분은 더 가관이었다. 그 아이에게 약초의 그림을 그리고 복용법을 설명해서 편지로 보내 달라고 했다. 가능하면 매일.

'부원장은 뭔가 착각하고 있는 것 같군.'

호르헤는 제 하녀를 의료계 학자로 착각하는 것 같았다.

'그 애는 글자를 쓰기는커녕 읽을 수도 없을 텐데.'

물어본 적은 없지만 클로이의 나이는 15살 정도로 보였다. 그 나이에 그런 지식이 있을 리도 없고, 만약 글자를 안다고 해도 잘 쓰지는 못할 것이다. 그녀가 하울을 고친 일은 민간에서 주워들은 처방이었을 거라고 짐작했다. 하지만 알렉산드로는 일단 편지를 클로이에게 보여 주기로 결정했다. 허황된 내용이 영 어이가 없지만, 일단 호르헤의 의사를 존중하기로 했다.

'부원장도 답장을 받아 보면 마음이 바뀌겠지.'

하녀가 어떤 내용을 담아 보낼지 덩달아 궁금해진 그는 피식 웃었다.

그때 막사 밖에서 인기척이 들려 알렉산드로는 다른 편지를 꺼내 들었다.

"각하, 에반입니다."

"들어와라."

에반의 표정이 어두웠다. 대공이 그를 개인 막사로 부른 것은 처음이었다. 직감적으로 좋은 일이 아닐 거라는 예감이 들었다. 짐작대로, 대공의 탁자에는 피 묻은 편지가 놓여 있었다.

"이게……."

"확인해 보도록."

에반은 조심스레 편지를 열어 봤다. 한데 안에는 어떠한 내용도 없었다. 의아하게 편지를 살펴보던 에반은 귀퉁이에 찍혀 있는 기사단의 표식을 발견했다.

'선발대.'

세리머니에 앞서서 파견된 선발대는 기사단이 방문할 영지의 영주들을 미리 확인하거나 길을 살피는 일을 했다. 선발대는 훈련된 전령조를 보내서 자신들의 위치와 남겨 둔 표식을 알렸다. 각 영지의 상황과 영주들에 관해서 보고하는 게 그들의 임무였다.

"이것이 내가 그들에게 마지막으로 받은 편지다."

피 묻은 편지는 북서쪽 선발대의 것이었다.

"……얼마나 되었습니까?"

"사흘 전."

에반의 표정이 심각해졌다. 아무리 급한 일이 있어도 편지는 이틀을 넘지 않았다. 게다가 피만 묻은 백지 편지라니.

'뭔가 있군.'

대공과 기사단은 수도에서 동쪽으로 향하고 있었다. 동쪽부터 대영지들을 돌아 마지막으로 대륙의 북쪽에서 다시 수도를 향해 돌아갈 계획이었다. 하지만 편지가 온 방향은 북서쪽이었다. 지금 이 사건을 확인하려면 계획을 바꾸고 방향을 틀어야 했다.

'그럴 수는 없어.'

머리가 아팠다. 누가, 어떻게, 왜 벌인 일인지 추측이 가지 않았다.

"짐작 가는 바가 있으십니까?"

대공은 팔짱을 끼며 대답했다.

"그들은 훈련된 기사들이다. 도적들에게 당한 건 아니겠지."

"그렇다면……."

대공은 세리머니 출발 전에 미리 영주들의 사병 양성을 조사했었다는 사실을 알렸다.

"예상대로 보고한 것보다 많은 사병을 키우고 있더군."

변방 영주들은 그럴 만했다. 알렉산드로는 그들의 불안한 심정을 이해했다. 의심이 되는 건 다른 경우였다.

"캔델 버넷 후작만 제외하고."

에반은 눈을 크게 떴다.

"버넷 후작이 다스리는 영지는 넓지. 북서쪽의 비옥한 땅은 전쟁 피해가 제일 적은 곳이다."

변방 영주들은 사병을 더 못 키워서 난리인데, 버넷 후작만 사병이 적다는 점은 에반도 의외였다.

"북서쪽…… 선발대의 편지가 온 방향이군요."

대공은 고개를 비스듬히 하곤 턱을 괴었다. 의미심장한 표정이었다.

"2년 전부터 후작이 내는 세금이 많이 줄었더군. 황궁에 제출한 보고서에는 도적단이 성행해서 그렇다고 했다."

"선발대가…… 그 도적들에게 당했다고 보십니까?"

대공은 짧게 고개를 저었다.

"도적단이 무슨 이유로 제국의 기사단을 해치겠나. 도적단은 그저 먹고 사는 게 급한 오합지졸이야."

수도 근처 도적단 토벌에 나섰던 경험이 있는 에반은 그 말에 공감했다.

"제국의 기사단에 맞서면 토벌당한다는 걸, 그들은 분명히 알고 있어."

"그렇다면……?"

대공은 말을 아꼈다. 짧은 침묵이 지나갔다.

"일단 이 일은 나와 그대만 알고 있는 걸로 하지."

이만 대화를 끝내려는 듯 그가 자리에서 일어섰다.

"북쪽 선발대에게 연락해서 알아보도록 조치는 취해 놨다."

"수도가 위험해질까 염려됩니다."

에반의 낯빛이 어두워졌다. 가족이 염려되어 근심 어린 얼굴이었다. 대공은 피식 웃으며 말했다.

"수도에는 기사단뿐만 아니라 왕궁 근위대도 있어. 걱정하려거든 그대와 나를 걱정해."

대공은 이만 가 보라며 에반을 내보낸 후 침상에 누웠다. 머리가 복잡했다.

'제국을 통일하면 끝인 줄 알았는데.'

결국 세리머니까지 이어졌다. 찜찜한 마음을 감출 수 없었다. 순간 막사 밖에서 부스럭거림, 한숨, 헛기침이 연달아 들려왔다. 이 작은 인기척은 제 하녀뿐이었다.

"대공님, 와인을 올릴까요?"

기막힌 타이밍에 헛웃음을 터뜨린 그는 들어오라 명했다. 마침 와인이 떨어진 참이었다. 천막을 걷고 들어오는 하녀를 보니 호르헤의 편지가 떠올랐다. 하녀는 오늘도 눈을 내리깐 채로, 침상에 누워 있는 그에게 조심스레 다가왔다. 그리고 머리맡 탁자에 와인 두 병을 조용히 내려놓았다. 인사하고 막사를 나가려던 클로이는 자신을 바라보는 시선을 눈치챘다. 어색하게 멈춰 선 그녀가 물었다.

"더 필요하신 건 없으세요?"

평소라면 저녁 식사를 챙겨 주면 끝이었다. 이제 그가 '됐다' 한

마디를 던질 차례였다.

'그럼 난 나가면 되지.'

하지만 그에게선 의외의 대답이 떨어졌다.

"내 갑옷을 닦아라."

클로이는 속으로 움찔했다.

'이미 닦아 놨는데, 마음에 안 드나?'

너무 할 게 없어 민망한 나머지 요즘은 갑옷도 닦았다. 그런데 다시 닦으라고……?

"네."

클로이는 군말 없이 대답하곤 주섬주섬 투구부터 챙겼다.

'나가서 닦아 와야지.'

그가 타인과 함께 있는 걸 별로 좋아하지 않기 때문이었다.

"여기서."

한데 뒤에서 들린 말이 발목을 잡았다. 움찔한 그녀는 이내 갑옷을 내려놓고 수건을 갖고 와 갑옷을 닦기 시작했다. 알렉산드로는 그녀에게서 눈을 떼지 않았다.

함께 지내는 저 하녀는 알다가도 모를 소녀였다. 겉으로는 어려 보이는데 언행은 마냥 어린 것 같지 않고. 외모도 이국적이었다. 곧은 머리카락은 윤기가 흐르는 검은색이었고, 피부도 아기처럼 부드러워 보이는 상아색이었다.

'눈동자는 갈색이었나.'

한 번도 얼굴을 제대로 본 적이 없어 정확히 알 수가 없었다. 아무래도 제국 출신이 아닌 것 같았다. 제국어를 제 모국어처럼 하지만 묘한 억양 차이는 속일 수 없었다. 전장을 누비며 이국을 많이

다닌 알렉산드로는 미묘한 억양의 차이를 구별했다. 다만 하녀는
워낙 말수가 적어서 이를 알아내는 게 쉽지 않았다. 알렉산드로는
더 고민 않고 질문을 던졌다.

"호르헤 부원장과는 원래 아는 사이였나?"

투구를 닦던 클로이의 손이 멈췄다.

"아닙니다. 부원장님은…… 간호과에서 처음 뵀습니다."

"그는 너를 꽤 신뢰하는 것 같던데."

'……뭐라고 해야 하지?'

클로이는 말을 골랐다. 그가 이렇게 대화를 걸어오는 건 처음이
었다.

"그분께서는 감사하게도…… 처음부터 제게 잘해 주셨습니다."

간신히 답을 짜낸 그녀는 재빨리 다시 그의 갑옷으로 손을 옮겼다.

'빨리 끝내고 가야지.'

이 불편한 자리를 피하고만 싶었다. 그런데 그녀의 대답이 끝나
기 무섭게 다시 질문이 들어왔다.

"글을 읽을 줄 아느냐?"

클로이는 솔직히 대답해야 할지 망설였다. 노예가 글을 안다, 그
건 노예가 되기 전 교육을 받았다는 걸 의미했다.

'왜 이런 질문을 하는 거지?'

의심스러웠다. 그가 어떤 표정을 짓고 있는지 확인하고 싶은데
용기가 없었다. 눈을 굴리던 그녀는 개미만 한 목소리로 대답했다.

"……예, 읽을 수 있습니다."

알렉산드로는 제 눈치를 보며 대답하는 하녀의 행동이 마음에 들
지 않았다. 저도 모르게 미간을 찌푸린 그가 또 질문을 던졌다.

"쓸 줄도 알고?"

하녀의 손놀림이 점점 빨라지기 시작했다.

"네."

이번엔 대답이 빨랐지만 그는 갑옷을 닦는 손놀림에서 하녀의 속마음을 읽어 냈다.

"나와 함께 있는 것이 불편한가?"

하녀의 손이 멈칫하더니 들고 있던 헝겊을 툭 떨어뜨렸다. 갈 곳 잃은 시선이 바닥을 헤맸다. 웃음이 나올 뻔했다.

"아, 아, 아닙니다."

"그렇다는 대답보다 더 솔직하군."

놀란 그녀가 드디어 제 눈을 응시했다. 시선이 부딪친 찰나. 하녀의 얼굴은 당황스러움 그 자체였다. 너무나 속이 잘 드러났다. 그 표정을 마주한 그가 오히려 더 난감했다. 하녀는 어찌할 바를 모르더니 그가 다시 입을 떼기 전에 잽싸게 고개를 숙였다. 서로의 눈이 마주치고, 그 표정을 확인한 건 아주 잠시였지만, 알렉산드로에게는 꽤 길게 느껴졌다.

하녀는 다시 묵묵히 갑옷을 닦기 시작했다. 빠른 손놀림인데 기운이 없었다. 더 캐묻고 싶은 게 많지만 참아야 했다. 오늘은 여기까지만 괴롭혀야지, 더 물어봤다가는 도망갈 것 같았다.

물론 알렉산드로가 묻고 싶은 건 따로 있었다.

'어디서 온 거지?'

하녀의 출신지. 당장 알고 싶으면서도, 가장 마지막으로 알고 싶었다. 묘한 기분이었다. 이 지루한 여정을 가는 동안 하녀의 출신지를 알아내고 싶었다. 수수께끼를 풀 듯이. 어차피 하녀는 제 사람이니 언제든 물어볼 수 있으리라.

막사가 조용해졌다. 가끔 갑옷끼리 부딪혀 챙, 하는 소리만 들렸다. 알렉산드로는 그녀에게서 눈을 뗄 수 없었다.

'갑옷을 처음 다뤄 본 사람처럼 집어 드는군.'

갑옷은 손자국이 나기 쉽기 때문에 시종들은 주로 갑옷의 안쪽을 잡는다. 하지만 클로이는 다 닦은 갑옷을 잡고 옮기면서 또 손자국을 냈다. 대공은 피식 웃었다.

아마 하녀는 평생 노예로 살아온 것 같았다. 감정을 숨기는 데 서툴고 무방비한 얼굴은 보는 사람이 다 난감할 정도였다.

'왜 자꾸 날 쳐다보지……?'

쏟아지는 시선을 의식한 클로이는 죽을 맛이었다. 그렇잖아도 잘 안 닦이는 갑옷이 더 안 닦였다.

'이건 왜 닦아도 닦아도 끝이 없는 거야?'

그때였다. 구원의 목소리가 밖에서 들려왔다.

"각하, 계십니까?"

"무슨 일이냐."

크리스 스캘로웨그였다. 알렉산드로와 친하게 지내는 저 젊은 기사는 재밌고 소탈한 청년이었다. 그와 다섯 번의 전쟁을 함께한 데다 서로 나이가 같아서 친구처럼 지내는 사이였다.

"단장님, 우리 술이나 한잔하자고요."

"들어와라."

대답이 끝나기 무섭게 하녀가 재빨리 갑옷을 제자리에 갖다 놓더니 물었다.

"저는 이만 가…… 가 볼까요……?"

허락을 구하는 목소리는 간절했다.

"그래."

허락과 동시에 그녀가 꾸벅, 인사하고는 꽁지가 빠져라 막사를 도망 나갔다. 그런 그녀를 돌아보며, 크리스가 의아한 투로 물었다.

"아니, 대공님. 애를 때렸수?"

"호칭을 정리해라. 단장님이든 대공님이든 한 가지만 해. 꼭 시종들을 따라 해야겠나?"

"흥, 신경도 안 쓰면서 무슨."

알렉산드로는 다른 대꾸 없이 일어서며 머리맡에 있던 와인을 집었다. 그러자 크리스가 옆 탁자에 털썩 앉으며 푸념을 시작했다.

"에휴, 자꾸 할아범이 돌아오라고 난립니다."

알렉산드로는 맞은편에 앉았다. 계속 말해 보라 눈짓한 그는 와인을 잔에 따랐다.

"처음엔 아버지가 그러시더니, 이번엔 할아범까지 가세해서 난리잖아. 웃기지도 않아."

코웃음을 친 그가 말했다.

"정 세리머니를 끝마치고 싶거든, 나보고 결혼을 하고 아내를 같이 데리고 다니래."

말도 안 되는 부자의 요구에 알렉산드로조차 실없는 웃음을 감추지 않았다.

"여자는 있나?"

"내가 여자가 어딨어. 10여 년을 흙먼지 마시면서 전장에서 썩었구만…… 뻔히 알면서 왜 물어봐?"

인상을 찌푸린 크리스는 와인을 병째 들이켰다. 정말 답답했다.

처음부터 뭔가 이상했다.

크리스는 전장에서 공을 인정받은 실력 있는 기사였다. 그리고 제2기사단의 실질적인 책임자이기도 했다. 이번 무투회에서 제2기사단의 대장 자리는 원래 그의 것이었는데 어쩐 일인지, 좋은 성적을 거뒀음에도 불구하고 그는 승진하지 못했다.

게다가 갑자기 윗선에서 그를 왕실 근위대 대장으로 보내 세리머니에 참여하지 못하게 했다. 아무리 물어도 돌아오는 대답은 상부에서 결정된 사항이라는 것뿐이었다. 하지만 진짜 상부인 에반이나 알렉산드로는 전혀 들은 바가 없었고, 두 사람은 결국 직접 나서서 그를 승진시키고 세리머니에도 참여시켰다.

그런데 갑자기 또 무슨 일인지 세리머니를 떠나는 첫날 크리스의 어머니가 몸져누웠다.

'아이고, 이렇게 아픈 나를 두고 어딜 간다는 것이야.'

덕분에 그는 세리머니를 떠나지 못할 뻔했다. 하지만 가문을 위해서, 그리고 스스로를 위해서 그는 애원하는 어머니를 뒤로하고 말에 올랐다.

'안 된다, 안 돼!'

그러자 건강하던 할머니마저 갑자기 뒷목을 잡고 쓰러졌다. 그의 아버지와 할아버지도 그가 떠나면 마치 큰일이라도 나는 것처럼 호들갑을 떨었다. 연달아 이런 일이 터지자 그는 고민했지만, 이미 결정한 사항을 되돌리고 싶지 않았다. 저택을 나서는 크리스의 뒤로 집안 어른들의 곡소리가 들렸다.

'대체 왜들 저러시는 거지?'

크리스는 이해가 안 됐지만 세리머니를 마치고 돌아오면 자신을 이해하고 환영해 주리라 믿었다. 기사의 명예가 달린 일이니까.

그러나 그의 부모님과 할머니는 하루가 멀다 하고 비둘기를 통해 계속 편지를 보내왔다. 내용은 한결같이, 지금이라도 좋으니 돌아오라는 내용이었다. 이유도 딱히 없었다. 어른들이 몸이 편찮으시니 손자를 가까이서 보고 싶다고. 10여 년을 떨어져 지냈는데, 겨우 1년 가지고 왜들 호들갑이신지. 크리스는 이번에도 무시했다.

그랬더니 이젠 협박이 아닌 회유가 시작되었다.

'수도에서 가장 예쁜 아가씨가 지금 당장 너와 결혼을 하고 싶어 한다.'는 내용이었다.

'말도 안 되는 소리.'

돌아가서 하겠다고 답했더니 지금이 아니면 기회가 없다고 성화였다. 그러더니 이제는 아예 '세리머니를 끝마치려거든 결혼하고 아내를 데리고 다니라.'고 했다. 말도 안 되는 요구에 그는 편지를 다 읽지도 않고 구겨 버렸다.

답답해서 절친한 전우인 대공을 찾은 크리스는 속상한 마음을 전부 털어놓았다. 알렉산드로 역시 부친에게 결혼하라고 끝없는 닦달을 받아 왔다. 위안이 필요했다.

"그런데 말이야…… 클라라랑, 뭐 그렇고 그랬다며?"

갑작스런 그의 무례한 질문에 대공은 버석한 미소뿐, 대답이 없었다.

"아주 소문이 파다하던데. 수도 성문 밖에 사는 똥개도 알걸."

"나의 불찰이다."

"대공님은 내 여동생 소개해 주려고 했는데 말이야."

아쉬운 듯 입맛을 다시던 그는 다시 이상한 비명을 지르며 머리를 쥐어뜯었다.

"으윽, 차라리 칼부림이나 하고 다니던 때가 낫지!"

괴로워하는 친구를 보며 알렉산드로는 말없이 술잔을 기울였다. 두 남자의 밤은 그렇게 깊어 갔다.

막사 밖에서는 창백한 얼굴의 클로이가 넋이 나간 채 서 있었다. 그녀는 오들오들 떨며 상상의 나래를 펼쳤다.

'이미 내가 엘파사의 왕녀였던 걸 아는 거야. 죽이려고 먼저 떠보는 거지…….'

불안함을 감출 수가 없었다. 하면 안 되는 위험한 생각들이 자꾸만 피어났다.

'죽기 전에 도망갈까? 도망가다 죽나, 대공한테 죽나…….'

쓸데없는 말은 전혀 없던 대공인데, 오늘 갑자기 폭발적으로 질문을 해 왔다. 어디서 무슨 말을 들었거나, 새로운 사실을 깨달았거나. 아니라면 저렇게 갑자기 제게 호기심이 생길 리 없지 않은가. 클로이는 그가 제 정체를 알고 떠보는 것 같다는 의심을 지울 수 없었다.

이러다 제가 왕녀였다는 사실을 알면?

'절대로 나를 살려 두지 않을 거야.'

불현듯 애나의 경고가 떠올랐다.

—게다가, 여자를 때리는 걸 아주 좋아하신대.

—전쟁에 자주 참여하신 것도 그런 취미가 있으셔서 그런 거래.

—피에 미쳐서…….

대공이 어떤 사람인지 까맣게 잊고 있었다. 그는 가학적인 행위를 즐기는 변태 성욕자였다.

'너무 안심했던 거야.'

클로이는 언제 그가 막사에서 다시 나올지 몰라 불안에 떨었다.

'말들이 있는 곳으로 가자.'

막사에서 가장 멀리 떨어진 곳이었다. 말들은 밤인데도 풀을 뜯고 있었다. 무리를 벗어나 조용한 곳으로 오자 한결 안정됐다.

'그래, 날 죽일 거였으면 진작 죽였겠지.'

최대한 긍정적으로 생각하려 노력했지만 잘 되지 않았다.

'지금이라도 도망갈까. 도망치면 바로 잡힐 것 같은데. 잡히면 사형이지…….'

쿵쿵쿵 심장 뛰는 소리가 귓가에 들릴 지경이었다.

'앞으론 말들이 있는 곳에서 쉬어야겠어.'

그가 쉽게 찾을 수 없도록. 어차피 식사 때가 아니면 얼굴 볼 일도 별로 없지만…….

쿵쾅거리는 가슴을 부여잡고 그녀는 대공의 말 크산토스의 곁에 앉았다. 크산토스는 점잖았다. 전장을 뛰어다니던 말이라고는 믿기지 않을 정도였다. 명마의 부드러운 털을 쓰다듬던 그녀는 긴장이 점점 풀어졌다.

'그래, 괜찮을 거야.'

클로이는 단단히 마음먹고 그를 마주했다. 한데 막상 그는 별다른 말이 없었다. 아침을 먹을 때도, 점심, 저녁때도 그랬다. 그는 평소처럼 필요한 말만 했다. 안심한 클로이가 저녁 식사를 챙기며 막사를 나가려던 그때였다.

　"갑옷을 닦아라."

　청천벽력 같은 그의 명령이 떨어졌다.

　'또 갑옷을 닦으라고……?'

　어제 미처 끝내지 못한 그 일.

　'아까 대공이 식사할 때 갑옷을 갖고 나와서 닦을걸.'

　클로이는 후회스러웠다.

　"네."

　'어제 못 닦은 부분만 빨리 닦아야겠다.'

　쏜살같이 수건과 기름을 준비한 그녀는 막사의 가장 구석진 곳에 자리를 잡았다. 그리고 그의 눈치를 살피며 빠른 손놀림으로 갑옷을 닦기 시작했다.

　'얼른 닦고 나가자.'

　그녀의 걱정과 달리, 그는 편지의 답장을 쓰느라 심각했다. 한동안 깃펜이 종이에 닿는 소리, 갑옷끼리 부딪히는 소리 외에는 아무런 소리도 들리지 않았다.

　'어휴, 왜 이렇게…….'

최대한 조심조심 갑옷을 만지는데도 그에게 맞춰 제작된 거라 하나하나가 다 무겁고 컸다.

'앞으로는 대공이 시키기 전에 해 놔야겠어.'

산드라에게 뭘 하라고 당부를 들었지만, 막상 하려고 보면 대공이 '됐으니 가라'고 말하는 경우가 많았다. 클로이는 그의 의복 세탁 외에는 사실 신경 쓰는 일이 전무했다.

'왜 안 시키던 걸 갑자기 하래. 이럴 거면 처음부터 시키지.'

속으로 변명하며 제 주인을 욕하던 클로이의 손길이 점점 더 빨라졌다. 그때였다.

"클로이."

갑옷을 닦던 손길이 뚝 멈췄다. 대공이 제 이름을 불렀다.

'으응……?'

이름을 알려 주긴 했지만 그가 기억할 리 없다고 여겼던 클로이는 깜짝 놀랐다.

"네…… 네?"

"호르헤 부원장이 네게 쓴 편지가 있다."

갑작스런 소리에 클로이는 굉장히 당황스러웠다. 그가 이름을 부른 것부터, 호르헤의 편지까지. 예상치 못한 그녀가 입만 뻐끔댔다.

"그가 말하길 네가 약초에 관한 책을…… 쓰고 있었다고 하더군."

대공은 답지 않게 중간에 한 번 말을 멈췄다. 이유야 뻔했다.

'그래, 믿기지 않겠지.'

이 시대에서 책을 집필하는 건 굉장한 학자들이나 하는 일이었다. 고등 교육을 받은. 노예가 책을 쓴다는 건 어느 누구도 상상하지 못할 일이었다.

'그래서 어제 그런 질문을 던졌나……'

그럼 이미 알고 있는 사실을 왜 굳이 확인했을까?

'역시 나를 의심하는 것 같아.'

두려움에 떠는 그녀에게 믿기지 않는 제안이 돌아왔다.

"그는 네가 그 일을 계속하기를 바란다."

클로이의 눈이 휘둥그레졌다.

"하겠느냐?"

할 수 있겠냐는 물음도 아니고, 해라, 하는 명령도 아니었다.

'나한테 결정권을 줬어?'

그의 관대함은 알고 있었지만 놀라울 정도였다. 제 노예에게 이런 기회를 주는 귀족 주인이 또 있을까? 아까운 종이와 잉크만 버린다고 무시했을 텐데. 잠시 뜸을 들이긴 했지만 클로이는 똑바로 그를 쳐다보며 대답했다.

"제가 감히 종이를 더럽혀도 된다면, 하고 싶습니다."

알렉산드로는 그녀가 자신을 바라보고 있다는 사실에 조금 놀랐다. 제 하녀는 항상 굼뜬 대답을 하는 소극적인 아이였다. 뭘 시켜도 항상 죄지은 사람처럼 고개를 푹 수그렸고, 얼굴을 들고 있을 때도 절대로 눈을 마주치는 법이 없었다.

'짙은 갈색 눈동자.'

검은색이라고 착각할 만큼…….

눈빛은 반짝였다. 눈썹도 머리색과 같은 검은색. 코는 작지만 오뚝했다. 말린 장미 같은 다홍색 입술은 도톰했다. 다물지 않은 그 입술 사이로 가지런한 윗니가 몇 개 보였다. 우습게도 순간 어떤 동물이 떠올랐다.

'다람쥐?'

대공은 저런 얼굴을 한 이국의 노예들을 몇 번 본 적이 있었다. 동쪽의 바다 건너에서 휩쓸려 온, 대체로 키가 작고 작은 코와 손발을 지닌 자들. 잡히면 주로 몸을 쓰는 곳으로 보내졌는데, 말이 통하지 않는 게 가장 큰 이유였다. 그들이 쓰는 언어는 제국어와 확연히 달랐다.

'하지만 저 애는 제국어에 익숙해 보여.'

그녀를 바라보던 대공은 호르헤의 편지를 탁자에 올려놓았다.

"그가 네게 쓴 편지다."

망설이던 클로이가 쭈뼛쭈뼛 다가왔다. 그리고 확인하듯 편지에 손을 올렸다가, 그의 눈치를 살폈다.

"확인해 보거라."

재차 허락하자 그녀가 조심스레 편지를 꺼내 빠른 속도로 읽어내려갔다. 내용은 그가 말한 대로였다. 호르헤는 그녀가 간호과에서 하던 일을 끝마치길 바랐다. 설마 기사단장에게 편지까지 쓸 줄은. 전혀 상상도 못했다.

'호르헤 님은 천생 학자야.'

그는 앞으로 평생 공부하고 연구하며 살 사람이다.

'그런 사람이 나를 위해.'

가슴이 뜨거워졌다. 여정에 합류한 뒤로 앞으로는 두 번 다시 직접 종이에 글을 쓰지 못할 거라고 예상했다. 그런데 다시 좋아하는 일을 할 기회를 얻게 되었다. 기대에 부푼 그녀의 가슴이 두근거렸다.

그런 클로이를 바라보던 알렉산드로의 눈에 흥미가 서렸다.

'저런 표정은 본 적 없는데.'

도대체 왜 저럴까. 대체 무엇 때문에? 궁금했다.

"종이와 깃펜은 원하는 만큼 써도 좋다."

그녀의 표정이 확 밝아졌다. 저렇게 좋을까?

"단, 매일 아침 내 탁자 위에 부원장에게 보낼 것들을 올려놔라."

하녀가 무슨 글 — 혹은 그림 — 을 그릴지 순수한 호기심이었다. 글자를 쓸 수 있다고는 했지만 어린애처럼 개발새발 써 놓으면 읽을 수 없을지도 모른다. 대공은 확인해 보고 싶었다.

"네! 정말 감사합니다."

그녀가 감격 어린 목소리로 고개를 끄덕였다. 도토리를 받은 다람쥐처럼 행복해 보였다.

'감정을 숨기는 법을 정말 몰라.'

그럴 생각도 없어 보였다. 알렉산드로는 우습고 황당해서, 다시 쓰던 편지로 눈을 돌렸다.

"나가 봐도 좋다."

그러자 그녀가 꾸벅 고개를 숙이고 갑옷을 정리한 후 막사를 나갔다. 그녀가 나가자 막사 안은 다시 고요해졌다. 알렉산드로는 선발대와 왕궁, 그리고 아론에게서 받은 편지들을 종합해서 답장을 썼다.

'대영주들의 움직임이 심상치 않다.'

진지한 얼굴로 아론에게 보내는 편지를 마무리하던 그가 갑자기 피식 웃음을 터뜨렸다.

"다람쥐라니."

고개를 흔든 그는 다시 종이로 시선을 내렸다. 하지만 입가에 붙은 미소는 오래도록 가시지 않았다.

품에 가득 안은 종이가 구겨지지 않도록 조심하며, 클로이는 달빛이 밝은 물가를 찾았다. 바위 위에 종이를 편 그녀가 머릿속으로 정리한 내용을 옮겨 적기 시작했다.

이게 얼마 만인가?

갑자기 마구간에 갇히고, 세리머니에 끌려오게 된 이후로 처음이었다. 깃펜을 쥐는 것도 어색했다. 하지만 그 내용만은 술술 써 내려졌다.

'이번엔 그림까지 그리라고 하셨지?'

괭이풀의 잎과 뿌리, 꽃과 열매까지 자세히 떠올린 그녀는 발견 장소인 야트막한 들판까지 설명했다. 정제한 잎과 뿌리의 쓰임새까지. 클로이는 정신없이 종이를 꽉 채웠다. 전생에서 공부만 했던 그녀에게 이 정도 설명문은 어려운 일도 아니었다. 괭이풀과 같이 이용하는 다른 약초까지 적고 나니 한 장이 모자랄 정도였다.

'벌써 야밤인가? 지금 몇 시지?'

얼마나 시간이 지났는지 알 수 없었다. 작게나마 들리던 주변의 말소리도 이젠 전무했다.

'하나만 더 쓰자.'

그녀는 재빨리 새로운 종이를 꺼내 들었다. 이번에는 눈향나무였다. 더 방대한 분량이지만, 행군하며 가장 많이 본 나무가 바로 눈향나무였다.

'나무껍질은 피로 회복, 피임용으로 이파리를 먹고······.'

쓸 내용은 차고 넘쳤다.

'독 때문에 아무나 채취하진 못하지. 그래서 비싸지만.'

열매는 아이들이 자주 걸리는 감기 같은 병에 좋은 약재였다. 하지만 1년 중 채취할 수 있는 기간이 정해져 있어서 민간에서는 비싸게 팔렸다. 눈향나무 그림까지 끝마치자 주위에서 개구리 우는 소리만 간간이 들려왔다. 느낌상으론 거의 새벽에 가까웠다.

집중하느라 어깨와 목이 뻐근했지만 클로이는 힘들다는 생각은 손톱만큼도 들지 않았다. 하루 종일 이것만 하라면 그럴 수도 있었다.

'이 세계의 약초는 기후가 온난해서 그런지 종류가 다양해.'

다만 문맹이 대부분이라 서적이 적어서 의약의 발달이 더딜 뿐. 그래서 클로이는 이런 일을 하려는 호르헤가 존경스러웠다. 종이를 다 채우고, 깃펜을 내려놓자 급격하게 피곤함이 몰려왔다.

"하암."

대공과의 긴 대화 때문이었다. 그렇다고 그가 딱히 괴롭히는 건 아니지만······.

'기가 빨린다고 할까.'

대공은 그런 사람이었다. 정체를 숨기느라 찔리기도 하지만, 그는 왠지 잘해 줘도 무서웠다.

'그 남자는 무슨 생각을 하는지 모르겠어.'

클로이는 완성된 편지를 들어 올렸다. 가지런한 줄글이 보기 좋았다.

'부원장님이 기뻐하실 거야.'

미소가 떠올랐다. 어쨌거나 제게 이런 기회를 준 대공에게 고마웠다. 예상치 못한 선물이었다.

"클로이, 너 머리 많이 길었다."

트리거가 스스럼없이 다가와 클로이의 머리끝을 매만졌다.

"처음 만났을 땐 엄청 짧았는데."

대부분 그녀에게 말을 걸지 않았지만 몇몇 마부와 트리거, 하이디만 예외였다.

"그러게, 이제는 좀 예쁘장한 남자아이 같네요."

하이디는 다른 시녀들과 전혀 어울리지 못했다. 유일하게 클로이만 그녀와 웃으며 대화했다.

'말투가 가장 큰 문제겠지.'

하이디의 표현은 직설적이었다.

"무슨 소리야, 클로이는 누가 봐도 여자애 같은데."

트리거가 정색하며 그녀를 두둔했다. 하지만 놀란 건 클로이였다.

"제가요?"

여자애 같다고? 짧은 머리에, 해지고 낡은 바지를 입었는데? 눈을 씻고 찾아봐도 저처럼 입은 사람은 하인들 말고는 없었다.

"넌 수염 자국도 없고, 피부도…… 아무튼 넌 딱 봐도 남자애로는 안 보여."

당연하다는 듯 대수롭지 않은 트리거의 대답에 클로이는 시무룩해졌다.

'머리카락 때문인가?'

시무룩해진 클로이는 제 머리카락을 만지작거렸다. 이제는 목에 살짝 닿을 정도였다.

"내가 보기엔 그냥 거지 남자애 같은데."

하이디의 위로 아닌 위로에 클로이는 희망을 품었지만 트리거가 단호히 고개를 저었다.

"아니, 넌 그냥 작고 귀여운 여자애처럼 보여."

그의 묘사가 영 이상했다.

'작고 귀여운 여자애? 내가?'

어리둥절 머리를 긁적이는데 갑자기 하이디가 조용히 목소리를 낮췄다.

"난 처음에 얠 남자애로 알고 대공님이 데려오신 줄 알았는데."

트리거가 피식 웃으며 하이디의 오해를 바로잡았다.

"대공님은 전혀 그쪽 취향이 없으시다."

"뭐? 그걸 네가 어떻게 알아?"

"……하여튼! 괜한 유언비어 퍼뜨리지 마. 대공님은 아니셔."

트리거의 일갈에 하이디는 입을 다물었다. 그 사이에서 클로이만 이리저리 눈을 굴렸다. 아무래도 대공은 여러 가지 소문의 중심에 있는 것 같았다.

"아무튼 하루만 더 가면 영주의 성이 나온다니까 좀 다행이네.

난 뜨거운 물에 몸 좀 담가야겠어."

하이디가 투정 부리듯 말하자 트리거가 꿈 깨라는 듯 핀잔했다.

"글쎄, 람붓 백작님의 성에 우리까지 들어갈 수 있을까."

"난 절대 야영은 안 해."

그녀의 당당한 발언에 트리거는 어깨를 으쓱하고는 묵묵히 걷기 시작했다. 대화를 끝내고도 클로이는 찜찜했다. 트리거가 아니라 대공 때문이었다.

'왜 자꾸 나를 쳐다보지?'

오늘 아침부터 집요하게 저를 쫓는 시선이 느껴졌다. 아침 식사를 올리며 호르헤에게 전할 편지를 탁자에 올려놓았다. 그런데 무슨 일인지, 그는 아침 식사를 다 하고 치울 때까지도 제게서 눈을 떼지 않았다. 호의적인 눈길이 아니었다.

'편지 내용을 확인했나 봐.'

노예가 그런 뛰어난 지식을 가졌다는 사실이 의심스러웠으리라.

'성에 도착하면 얼른 머리카락을 짧게 다듬어야겠다.'

두런두런 대화를 나누며 걷다 보니 어느덧 점심시간이었다. 식량을 조달받은 지 보름이 넘어서인지 식사는 점점 간소해졌다. 클로이는 평소와 다름없이 식사를 준비해 대공을 찾았다.

그는 그늘에 앉아 휴식을 취하고 있었다. 길에서도 체면을 위해 간이 막사를 세우는 귀족들이 많은데, 대공작인 그가 이렇게 소탈하니 다른 기사들도 본보기로 삼았다. 대공은 칼과 투구를 내려놓고 목을 축였다. 클로이는 새삼 그가 대단해 보였다.

'저거 엄청 무거울 텐데.'

갑옷도 무겁지만 저 칼은 더 무거웠다. 제가 두 손으로 들어도 휘청거릴 무게였는데 대공은 가볍게 한 손으로 휘둘렀다.

'하긴. 그러니까 기사단장이 된 거겠지.'

저 체격을 보면 놀라울 일도 아니었다. 팔다리가 길어 둔해 보이지 않는 것도 신기했다.

"식사를 가져왔습니다."

오늘은 소금에 절인 고기와 야채, 그리고 올리브와 치즈로 속을 채운 빵이었다. 묵묵히 건네받은 그는 땀을 식히려는 듯 머리를 나무에 기대고 편한 자세를 취했다. 그는 그저 편하게 기대앉았을 뿐인데 클로이의 눈에는 위협적으로 보였다.

'다른 데로 가야겠다.'

그와 가까운 곳에서 밥을 먹다가는 체할 것 같았다. 얼른 자리에서 일어선 클로이는 대공에게 꾸벅 인사한 뒤 최대한 먼 곳으로 향했다. 마침 트리거가 마부 무리와 자리를 잡고 앉아 있었다. 반색한 클로이가 물었다.

"저 여기 같이 앉아도 될까요?"

트리거는 고개를 돌려 그녀의 얼굴을 확인하곤 픽 웃었다.

"난 또 웬 예쁜 시녀 아가씨인가 했네. 얼른 앉아."

무안해진 그녀가 배시시 웃으며 대답했다.

"죄송해요."

"장난이야. 기대도 안 했다고."

그는 첫 만남과 달리 클로이에게 꽤 친절했다. 식사도 챙겨 주고, 그녀가 소외되지 않게 도와줬다. 클로이는 그가 참 고마웠다. 트리거가 아니었으면 이 여정에 쉽게 적응할 수 없었으리라. 둘은 곧 도착할 람붓 백작의 영지에 관해서 이런저런 이야기를 나눴다.

요즘 가장 화두였다.

"뭐, 대영주는 아니지만 백작치고는 꽤 넓고 비옥한 땅을 가졌다고 하더라고."

클로이는 주로 트리거가 하는 말에 고개를 끄덕이는 게 전부였다. 그의 정보는 신뢰성이 높았다. 트리거는 지금 다리를 다친 에반의 마차를 끌고 있었다. 에반은 처음에는 하울을 직접 탔지만, 다리가 불편해서 결국 마차로 자리를 옮겼다. 마차에 탄 그와 기사들이 하는 얘기를 듣는 트리거는 행군이 어떻게 진행되는지 많은 정보를 알고 있었다.

정신없이 그의 이야기를 듣던 클로이는 다시 행군의 시작을 알리는 나팔 소리를 듣고 엉덩이를 털며 일어났다. 그녀는 도착할 영지의 주인이 어떤 사람인지 큰 관심은 없었다. 그녀의 관심은 오직 호르헤에게 보낼 편지와 답장뿐이었다.

전생의 클로이는 배움에 많은 시간을 보냈다. 남의 지식을 외우는 데 급급했었다. 하지만 지금, 그녀는 호르헤와 함께 약초에 관한 책을 집필하며 남들이 모르는 걸 연구했다. 약방에서 눈으로 익힌 약초들을 개념화하고 직접 글로 쓰는 일은 큰 만족감을 주었다. 책으로 묶여 출판될 그날이 기다려졌다.

'사람들에게 도움이 될 거야.'

이 일을 하면서 그녀는 삶이 점점 보람 있게 느껴졌다. 클로이는 저녁 시간을 기다렸다.

'얼른 편지 쓸 시간이 왔으면 좋겠다.'

고된 행군이 끝나자마자, 대공은 에반을 찾았다. 두 사람의 표정이 심각했다.

　'대화가 길어질 모양이야.'

　그가 언제 식사할지 몰라 클로이는 일단 배급소로 향했다. 식사를 담당하는 시종은 땀을 뻘뻘 흘리며 요리 중이었다.

　'하루 종일 걷고 나서 요리까지 하려면 얼마나 힘들까.'

　모두의 식사를 위해 저렇게 고생하는 사람들도 있다.

　'난 그래도 나은 거였구나.'

　내일이면 람붓 백작의 성에 도착한다고 했으니, 오늘이 길에서의 마지막 저녁 식사였다. 백작성의 요리사와 비교될까 시종은 오늘따라 더 신경을 쓰는 것 같았다. 누가 잡았는지 모닥불 위에선 작은 돼지가 익어 가고 있었다. 뿌리채소를 끓여 만든 스튜와 신선한 풀잎으로 만든 샐러드, 그리고 돼지고기를 곁들인 빵. 밖에서 급하게 만든 것치고 꽤 훌륭한 한 끼 식사였다.

　클로이는 완성된 대공의 식사를 들고 막사로 돌아갔다.

　"대공님, 저녁 식사 지금 올릴까요?"

　밖에서 물었는데 돌아오는 답이 없었다.

　"들어가도 될까요?"

　재차 물었지만 여전히 조용했다. 고민하던 클로이는 천막을 들추고 들어갔다.

'없네.'

막사는 텅 비어있었고, 탁자 위엔 종이 두 장과 어제 제게 줬던 깃펜뿐이었다.

'나더러 쓰라고 놓아둔 건가?'

하지만 그의 물건에 함부로 손을 댈 순 없는 노릇이었다.

'오면 물어봐야지.'

식사를 놓고 나가려던 그녀가 멈칫하곤 물끄러미 갑옷을 응시했다.

'이 틈에 닦아야겠다.'

그와 한 공간에 있는 건 여전히 부담스러웠다.

'없을 때 빨리 해치워야지.'

이제는 요령도 좀 생겼겠다, 혼자 있으니 긴장이 덜해 갑옷이 금방 반질반질해졌다. 투구와 갑옷을 잘 보이게 정리해 둔 그녀는 막사를 나와 주위를 두리번거렸다.

'혹시 다른 데서 식사 중인가?'

그는 일주일에 두세 번 다른 기사들과 저녁을 함께 했다. 여태 안 오는 걸 보니 오늘이 그런 날인가 보다.

'에이, 나도 밥이나 먹으러 가야겠다.'

대공은 어차피 이런 일로 잔소리가 없었다.

'막사에 갖다 놨으니 안 먹었으면 알아서 먹겠지.'

다리도 아프고 배도 고파진 클로이는 제 몫의 식사를 가지러 자리를 떴다.

알렉산드로는 아침부터 놀라운 것을 발견했다. 제 탁자에 가지런히 놓여 있는 편지들. 지난밤, 하녀에게 건넸던 빈 종이를 떠올린 그는 별 기대 없이 편지를 열었다. 그리고 그 편지에는 노예 하녀가 썼다기엔 절대 믿을 수 없는 내용이 들어 있었다.

편지는 두 장이었다. 그 두 장 모두, 일정한 크기의 글자들이 가지런히 줄을 맞춰 빽빽이 들어차 있었다. 종이에는 수정 자국이 하나도 없었다. 알렉산드로가 그녀에게 준 종이는 정확히 두 장뿐. 쓰기 전에 어떤 내용을 얼마나 쓸 것인지 계산하지 않고는 그렇게 완벽하게 내용을 채울 수 없었다. 귀족들도 흔히 실수하는 줄 맞춤도 그녀는 완벽했다.

'불가능해.'

심지어 오랫동안 글을 써 온 사람처럼 글씨체도 가지런했다. 마치 인쇄된 책에서 갓 뜯어낸 것 같다.

'누군가 대신 쓴 것인가?'

아침부터 내내 생각했다. 도대체 왜, 누가 그 편지를 대신 써 줬을까?

제 하녀는 출신 때문에 어울리는 사람도 많지 않았다. 식사 때마다 사람들 사이에 끼지 못해 혼자 먹거나, 그나마 친한 마부와 어울리거나 했다. 알렉산드로는 오늘 하루 종일 그녀를 눈으로 좇았다. 혹시 그가 아는 사람 외에 이야기를 나누는 사람은 없는지. 몰래 비둘기 편지를 받는 건 아닌지. 하지만 클로이의 일상은 그의 짐작을 벗어나지 않았다.

'믿을 수가 없군.'

사실 누가 대신 써 줬다고 해도 믿기 힘들었다. 편지에 그려 놓은 풀과 나무는 발에 채일 정도로 흔했다.

'그런 게 다 약초란 말인가?'

에반과 일정을 토론한 알렉산드로는 곧장 클로이가 그린 눈향나무와 괭이풀을 찾았다. 그녀는 찾기도 참 쉽게끔, 그 약초가 어떤 환경에서 자생하는지, 생긴 특징도 잘 설명해 놓았다. 괭이풀을 찾아 냄새를 맡아 보니 산드라가 종종 권하던 피로 회복 주스가 떠올랐다.

'그 냄새와 비슷하군.'

눈향나무도, 효과는 확인할 수 없지만 열매와 꽃이 그녀의 그림과 일치했다.

'정말 그 애가 편지를 썼을까?'

알렉산드로는 직접 물어보기로 했다. 막사로 돌아가는 그의 걸음이 빨라졌다. 그녀를 찾기 위해서였다. 지금쯤 제 식사를 챙겨 두고 모닥불 앞에 앉아 불을 쬐고 있을 것이다.

그녀의 작은 뒷모습이 아른거렸다.

대공이 모습을 드러낸 건 클로이가 식사를 마칠 즈음이었다.

'이제 오셨네.'

무슨 일이 있는지 표정이 굉장히 심각했다. 그는 막사로 들어가자마자 다시 나왔다. 그러곤 누군가를 찾듯 주위를 둘러보았다. 눈이 마주쳤다. 그가 들어오라 눈짓한 뒤 막사 안으로 사라졌다.

'찾는 게 나였나 봐.'

급하게 입 안의 감자를 먹어 치운 그녀는 엉덩이를 털고 그의 막사로 걸음을 재촉했다. 헐레벌떡 막사로 들어온 그녀가 조심스레 대공의 눈치를 살폈다. 뭔가 단단히 할 말이 있는 얼굴이었다. 덩달아 긴장한 그녀에게 그가 다짜고짜 물었다.

"오늘도 호르헤에게 편지를 쓸 것이냐?"

"……예."

잠깐 뜸을 들이고 대답하자 그가 큰 손으로 입가를 덮었다.

'왜 저러지?'

의아해진 그녀가 저도 모르게 갸웃했다.

"곧 전령조가 호르헤의 편지를 가져올 것이다."

알렉산드로는 빈 탁자를 고갯짓으로 가리키며 말했다.

"바로 답신을 보낼 테니 여기서 편지를 써라."

"……."

당황한 듯, 그녀의 눈이 '여기서요?' 하고 되물었다. 역시. 그의 예상이 맞았다.

'직접 쓴 편지일 리가 없지.'

하녀는 당황한 듯 되물었다.

"여, 여기에서요?"

'대공님이 지켜보는 이 앞에서 말이죠?'를 간신히 생략한 물음이었다. 하지만 그는 단호했다.

"그래."

물론 심문을 하거나 추궁을 하는 쉬운 방법도 있었다. 이런 번거로운 방법은 필요치 않았지만, 그는 저 겁쟁이 하녀를 모질게 대하고 싶지 않았다. 어차피 그녀는 거짓을 꾸며 내는 일에는 전혀 소질도, 욕심도 없어 보였다. 평소에도 굉장히 무방비했다. 작정하고 겁을 주면 두 번 다시는 자신을 쳐다보거나 옆에 오지도 못할 것이다. 다람쥐처럼 작은 초식 동물 같은 아이를 놀라게 하고 싶지 않았다.

아니나 다를까 그녀의 순진한 얼굴이 대번에 난감해졌다.

'어떡하지.'

단둘이 있는데 편지를 쓰라니…….

'숨만 쉬고 있기도 버거운데.'

하지만 클로이는 대공의 하녀였고, 원래대로라면 이보다 훨씬 많은 일을 해야 했다. 그렇게 치면 지금도 엄청난 호사를 누리고 있는 셈이었다.

'에이, 그래. 갑옷 닦는 거랑 똑같지, 뭐.'

그녀에겐 선택의 여지가 없었다.

'아직 나를 때리거나 한 적은 없으니까. 겁먹지 말자.'

결심을 굳힌 클로이는 탁자의 종이와 깃펜을 응시했다.

'저기 앉아서 써도 되나?'

그녀의 고민을 알아차린 대공은 심지어 의자까지 빼 주었다.

'얼른 쓰고 나가자.'

어색하게 자리에 앉은 그녀는 깃펜과 종이를 제 쪽으로 끌어왔다. 대공은 와인을 들고는 침상으로 가서 앉았다.

'왜 하필 내 정면에……'

고개만 들면 눈이 마주칠 위치. 가뜩이나 부담스러운 상황에 대공이 갑자기 자신의 칼을 꺼내 들었다. 클로이의 눈이 확 커졌다. 알렉산드로는 칼을 왼손으로 들고는 허공에 휘두르듯 칼날을 살펴보기 시작했다.

'설마 날 겁주려고? 의도한 건 아니겠지?'

가뜩이나 덩치 크고 무서운 남자가 제 몸만 한 칼까지 들고 있으니 더 무서웠다.

'그냥 칼을 살펴보는 걸 거야. 그렇게 생각하자……'

저 남자는 기사니까. 오랫동안 전쟁터를 누비느라 의도하든, 의도하지 않았든 원래 저런 분위기를 가졌다. 클로이는 순간 눈을 움찔거렸다. 그의 칼날에 날카로운 검광이 반사되었다.

'눈이 부시지도 않은가?'

칼을 바라보는 남자의 얼굴은 진지하기 그지없었다.

"뭐 하느냐?"

칼에 시선을 둔 그가 말했다. 클로이는 재빨리 깃펜을 고쳐 잡았다. 그에게 시선을 빼앗겨 편지를 까맣게 잊고 있었다. 쓸 내용은 넘쳤다. 매일 야영을 하다 보니 자연스레 주위 풀들을 만나게 된다. 클로이는 주로 독초를 살펴보았다. 환자들은 보통 독초 때문에 약방을 찾아왔었기에 자연스레 독초로 눈이 갔다.

'오늘 미치광이풀을 봤지, 참.'

미치광이풀은 깽깽이풀과 비슷한데, 생초를 네발짐승이 먹으면 독이 된다. 뿐만 아니라 그 고기를 먹은 다른 포식자에게도 영향을 끼쳤다. 그녀는 차분히 미치광이풀의 뿌리와 열매와 꽃의 특성, 그리고 생초가 어떤 영향을 끼치는지 적어 나갔다.

사람은 미치광이풀을 먹어도 해가 없었지만, 그 풀을 먹은 동물을 섭취했을 땐 심한 배탈과 고열을 앓다가 피를 쏟으며 죽는다. 다행히 바람꽃이라는 해독초를 달여서 먹으면 곧 나았는데, 동물의 경우에는 방법이 없었다.

처음엔 눈앞의 대공을 의식하느라 불편했지만 막상 집중하니 그를 잊었다. 클로이는 완전히 편지 쓰는 일에 몰두했다.

한편, 칼을 닦는 척 클로이를 주시하던 알렉산드로는 내심 감탄했다. 그녀는 편지를 직접 쓰고 있었다. 마치 비밀문서를 작성하듯 누구보다 진지한 표정이었다. 알렉산드로의 푸른 눈동자가 그녀를 샅샅이 훑었다. 깃펜을 쥔 작은 손은 전혀 어색하지 않았다. 움직임은 망설임이 없었고, 중간에 멈추지도 않았다.

'술술 써 내려가는군.'

글을 쓰는 일에 굉장히 익숙해 보였다.

'나이도 어린데, 가능한가.'

글을 쓴 지 적어도 5년 이상 된 게 분명했다.

'하지만 노예가 어떻게 그럴 수 있단 말인가?'

하녀는 의심의 여지없이 노예였다. 하고 다니는 행색이 그렇고, 또 행동이 그랬다. 땅에 있던 것을 캐 먹으려 한다든지, 말들이 마시는 물을 마신다든지. 귀족이라면 그런 행동은 어떤 상황에서도 할 수 없었다. 한데 그녀는 온갖 비참한 행동을 하면서도 담담했다.

'바지 속에 풀을 담아 오기도 했었지.'

게다가 그걸 마부와 제 앞에서 꺼내기까지 했었다. 자존심과 권력, 명예가 전부인 귀족이 저러고 살 리는 없었다.

'귀족은 아니고…… 그럼 평민이었나?'

하지만 글자를 아는 평민들은 아주 드물었다.

'저 외모로 봐서는 이국에서 온 게 확실하다.'

제국에서 오래 살았을 것이다.

'더 지켜봐야겠군.'

마침 클로이는 두 번째 편지를 쓰기 시작했다. 여전히 미치광이 풀에 관한 내용이었다. 두루 자생하는 독초이다 보니 쓸 내용이 많 았다. 미치광이풀, 깽깽이풀의 공통점은 생초 상태에서는 사람에 게 아무런 해가 없다는 점이었다.

'날루수완 산의 출입 금지와 관련이 있을 것 같아.'

그래서 더 자세히 쓰다 보니 어느새 두 장을 다 채웠다. 대공이 두 장이라고 못을 박아 놓은 것은 아니지만, 종이는 비쌌다.

'다 썼다.'

클로이는 조용히 깃펜을 내려놓았다. 그때까지 대공은 아직도 칼 을 닦고 있었다.

'저렇게 정성스러울 수가.'

얼마나 애지중지하는지 한눈에 보였다.

'옆을 지나가지도 말아야지.'

실수로 쓰러뜨릴까 무서웠다. 깨질 물건은 아니지만. 대공은 소 중한 칼을 닦는 데 어찌나 집중했는지 제게는 관심도 없어 보였다.

'다행이다. 내가 지레 겁먹었나 봐.'

그를 방해하면 안 되지. 편지를 접어 탁자에 올려 둔 그녀는 조 용히 의자를 움직여 자리에서 일어났다. 그때까지 대공은 그녀를 쳐다보지도 않았다.

'얼른 나가자.'

꾸벅 인사한 클로이는 조심스레 천막을 걷고 나왔다.

"어휴, 이제 숨 좀 쉬겠네."

나오자마자 트리거에게 어깨동무를 당한 클로이는 그가 얻어온 버터 바른 옥수수를 먹으러 갔다.

알렉산드로는 하녀가 놔두고 간 편지를 보고 실소를 감출 수 없었다.

'이럴 수가.'

그 편지들은 분명, 제 눈앞에서 하녀가 쓴 것들이 맞았다. 처음에 썼던 편지 두 장과 비교해 보니 필적도 일치했다. 글자의 크기도 편지 네 장이 다 똑같았다.

이번에 하녀가 쓴 것은 독초와 관련된 내용이었다. 글은 뛰어난 학자의 설명문처럼 기승전결이 뚜렷했다. 어떻게 생겼고 어디에서 나며, 섭취하면 어떻게 되고 어떤 증상이 나타나는지, 그리고 해독초는 무엇이고 이를 어디서 구할 수 있는지까지.

"하."

하녀가 이런 수준의 글을 쓰는 게 가능한가? 진짜 학자들이라면 모를까! 글씨도 그렇지만 그 내용도, 전문적인 교육을 받은 의사들이나 쓸 법했다. 이해할 수가 없었다.

'대체 뭐지? 그 애는…….'

그녀의 정체가 더욱 궁금해지는 순간이었다.

알렉산드로 기사단장님께서는 주로 에반 쿠피히트 부단장, 위원회의 일원이신 보리스 경, 크리스토퍼 경, 제3기사단의 대장인 엘튼 경, 제4기사단의 마틴 경과 함께 많은 이야기를 나누십니다.

그리고…….

제2기사단의 대장인 크리스 스캘로웨그라는 젊은 기사와…….

편지를 읽던 던칸은 크리스라는 이름에서 멈칫했다. 저번 편지 이후로 다시는 보고 싶지 않은 이름이었다.

"네 일 처리는 신뢰도가 점점 떨어지는 것 같구나."

던칸은 죄지은 사람처럼 엎드려 있는 제 심복에게 말했다. 심복의 어깨가 채찍을 맞은 사람처럼 움찔했다.

"그 기사는 절대로 세리머니에 참여하지 못하게 하라고 일렀거늘."

던칸의 말에는 높낮이가 없었다. 모르는 사람이 들으면 평온하게 들렸지만 그의 심복, 험프리는 던칸이 아주 실망하고 화가 난 상태라는 것을 알아차렸다.

'그럴 만도 하시지.'

크리스 스캘로웨그는, 알렉산드로와 가장 친밀한 관계에 있는 젊은 기사였다. 둘은 몇 번의 전쟁을 함께했고, 나이도 같은 데다 주변인 진술에 의하면 성격이 아주 좋다고 했다. 그래서 알렉산드로와 기사단 밖에서도 종종 어울린다고 은밀한 보고가 들어왔다.

그 '은밀한' 이 문제였다.

'왜 은밀하게 만나시는 거지. 대체 왜……!'

험프리는 연로한 기사들의 입김을 이용해 크리스를 세리머니에 참여하지 못하게 최선을 다했다. 승진을 취소시키고 왕궁 근위대로 발령을 내는 등. 하지만 크리스는 공로가 많은 기사였다. 세리머니에서 빼내기는 쉽지 않았다. 그의 가족들까지 회유하고 협박했으나, 크리스의 의지가 지나치게 확고했다.

'얼마나 대공님과 함께하고 싶었으면…….'

험프리는 면목이 없었다. 책임지고 크리스를 막으라고 했지만 실패했다. 종국에는 알렉산드로가 직접 크리스를 데려가다시피 했다고 들었다.

'왜! 하필! 전하의 아드님께서 그런 취향이신 걸까!'

하필 그레이엄 가문의 하나뿐인 핏줄이신 그분께서…… 대체 왜!

알렉산드로와 관련된 비밀스런 편지가 올 때마다 험프리는 죄지은 사람이 되었다. 제가 그 불효자라도 된 양 속이 답답했다.

'미치겠군.'

험프리는 긴 한숨을 내쉬었다.

'대공님과 하룻밤을 보내는 여자에게 신분을 막론하고 저택을 내리겠다고 하셨지.'

노망을 의심했던 그 말도 안 되는 명령이 이제야 이해됐다. 처음에는 이상하게 생각했다. 다른 집안에선 자제들을 단속시키느라 난리였다. 모르는 아가씨가 아이를 업고 와 저택 문을 두드릴까 봐.

'가문의 정통성 같은 건 포기하신 건가. 하긴, 대가 끊기게 생겼는데.'

대공은 어떤 여성과도 잠자리를 갖지 않았다. 알렉산드로 침실의 호위병을 심문한 결과, 반도라스 영애와의 불미스러운 소문은 결국 사실이 아니라고 했다. 실낱같은 희망을 안고 있던 던칸과 험프리는 크게 실망했다.

그날 던칸은 식음을 전폐하고 서재에서 한 발자국도 나오지 않았다.

'클라라 반도라스 영애 같은 여인이 침실에 찾아왔는데, 정상적인 남자라면…….'

험프리는 하늘이 무너지는 것 같았다. 덕분에 그레이엄 가문은 비상사태였다. 던칸은 전 부인으로 인해 재혼은커녕 만나는 여자도 없었다. 심지어 약간의 기피증까지 보였다. 그런데 그의 아들인 알렉산드로마저…….

한참 등을 돌리고 있던 던칸은 긴 한숨과 함께 이마를 짚었다. 고민과 번뇌가 떠나지 않았다. 던칸은 과거에 자신이 저지른 잘못들을 후회했다.

'그때 내가 그런 선택을 하지 않았더라면.'

어릴 때부터 불행한 가정사로 고통받았던 알렉산드로가 평범한 가정을 이루길 바랐다. 분쟁 없이 무난하게 살 수 있도록 이왕이면 알렉산드로와 비슷한 환경에서 자란 귀족 영애를 아내로 맞았으면 했다. 아들딸 구별 없이 낳고 행복하게만 살아 준다면 던칸은 다정한 할아버지 역할을 할 준비가 되어 있었다. 모르는 여자가 갓난아기를 업고와 저택 문을 두드릴까 걱정한다지만, 던칸은 제발 그래 준다면 소원이 없을 것 같았다.

'내가 업고 다닐 텐데.'

하지만 설마, 설마 했던 게 사실이었다. 그는 참혹한 현실에 무릎 꿇었다. 말도 안 되는 명령을 내린 것도 그래서였다. 던칸은 알렉산드로와 관련해서는 평소의 그가 아니었다.

"……면목이 없습니다."

골치가 아파 이마를 감싸고 있던 던칸은 못다 읽은 편지를 집어 들었다. 손대고 싶지도 않지만 그래도 알아야 했다. 흰 종이에 쓰여진 글자들이 그의 머리를 강타하듯 눈에 들어왔다.

한 번은 크리스 경이 저녁 식사가 끝나고 야심한 시각에 대공님의 개인 막사를 찾았습니다.

스스럼없이 대공님을 부르시고는, 막사 안으로 들어갔습니다.

그리고…… 안에 있던 대공님의 하녀가 쫓기듯 뛰쳐나왔습니다.

하녀의 얼굴은 못 볼 것을 본 것처럼 사색이 되어 있었습니다.

그리고 막사 안에서는 크리스 경의 비명 같은 소리가 들렸습니다.

한참 뒤에야 크리스 경은 지친 얼굴로 대공님의 개인 막사를 떠났습니다.

대공님은 크리스 경과 자주 어울리시며, 모두가 있는 밖에서 이야기를 나누기보다는…… 늦은 시간에 개인 막사에서 두 분만 함께 시간을 보내는 것을 좋아하십니다.

던칸은 머리가 지끈거려 관자놀이 부분을 짚었다. 자리에서 일어선 그가 불안한 사람처럼 창밖을 바라보며 서성였다. 험프리는 안

타까운 얼굴로 그 뒷모습을 바라보았다. 던칸이 유일한 피붙이인 알렉산드로를 어떻게 생각하는지 잘 알고 있었다. 아들에게 끔찍한 기억을 안겨 준 죄책감과 연민.

'안타까운 마음이 가장 크시겠지.'

그레이엄은 던칸이 모든 걸 바쳐 평생 일궈 온 가문이었다. 아들의 탈주를 포기하고 받아들이는 게 쉽지 않을 것이다.

"당장 람붓 백작에게 전서구를 날려라."

던칸의 얼굴에 결연한 의지가 서렸다.

"알렉산드로의 침실에 그 어떤 여자든 환영이라고 해!"

"알겠습니다, 전하!"

험프리는 이번만큼은 성공해야 한다는 굳은 각오로 얼른 자리에서 일어났다.

본격적인 산행이 시작되었다. 몇몇 시녀들은 죽는소리를 했지만, 클로이에겐 경사가 조금 있는 숲에 가까웠다. 산행이 시작된다고 해서 다들 긴장한 분위기였는데, 오늘 내로 하산할 수 있을 것 같았다.

정상에서 멀리 람붓 백작의 성이 보였다. 백작성의 벽은 높지 않았다. 성문은 열려 있고 영주민들의 집터와도 가까웠다.

'좋은 영주님인가 봐.'

백작의 성품이 짐작됐다.

'대부분 벽을 높이고 문을 두껍게 짓는 게 보통인데.'

람붓 백작가는 유서 깊은 가문이었다. 영주들과 연대도 튼튼하고 영주민들과 사이도 좋은가 보다.

'이상적인 영주님이네.'

외부 침입 걱정도 없고, 민란이 걱정되지도 않는 모양이었다.

'기사단을 환영하는 분위기야.'

마을은 축제 분위기인 듯 알록달록했다. 다른 사람들도 산 아래를 내려다보며 이야기를 나누느라 정신없었다.

드디어 첫 영주의 성에 다다랐다. 클로이의 얼굴에 가벼운 미소가 떠올랐다.

'처음엔 진짜 따라오기 싫었는데.'

하지만 생각보다 행군도 고되지 않고, 무엇보다 그레이엄 대공이 까탈스럽지 않았다. 언제부턴가 클로이는 이 세리머니를 제국을 유람하는 '여행' 정도로 여겼다.

전생에서 그녀는 여행을 제대로 가 본 적이 없었다. 가끔 텔레비전의 여행 프로그램에서 외국에 완전히 동화된 여행자를 보며, '나도 저런 여행을 하고 싶다.' 하고 꿈꿔 본 적 있었다. 하지만 현실은 3박 4일 태국 여행이 전부. 그것도 패키지 관광이었다.

'여행이라고 할 수도 없지. 너무 짧았으니까.'

시원한 산바람이 머리를 흔들고 지나갔다. 상쾌했다.

'어쩌면 난 진짜 운이 좋은 걸지도 몰라.'

6. 불씨

6. 불씨

· · ◆ · ·

차크다 람붓은 평생을 영지에서 보낸 늙은 백작이었다. 그는 욕심이 별로 없었다. 다른 영주들이 영지민에게 높은 세금을 걷어 부를 축적할 때, 그는 공생을 고민했다.

람붓 백작은 조부 때부터 살아온 이 영지에 많은 애정을 가지고 있었다. 조부의 뜻에 따라 성벽을 완성하지도 않았다. 제국의 수도는 10년 넘도록 전쟁으로 어지러웠지만 그의 영지와는 먼 얘기였다. 다 그레이엄 가문 덕분이었다. 제국은 그레이엄이 있어 축복받았다고들 했다. 그 군사력과 재력이 아니었다면 전쟁은 영원히 끝나지 않았을 테니까.

백작은 기사단의 세리머니 일행을 성대하게 환영하려고 기다렸다. 영지민들도 기사단의 첫 방문지가 자신들의 영지라는 사실에 흥분 상태였다. 세리머니가 제국의 평화를 상징하는 만큼, 다들 축제 준비에 열심이었다.

그런데 오늘 아침. 람붓 백작은 이상한 편지를 받았다. 황궁에서 온 것이었다. 황궁의 인장을 뜯자 '던칸 그레이엄'이라는 이름이 보였다. 백작의 손이 멈칫했다. 황궁의 인장을 찍고, 자신의 이름을 쓴 오만한 편지. 백작은 새삼 놀랐다.

 '듣던 대로 던칸 그레이엄은 황제를 자처하는군.'

 대체 어떤 내용이 담겨 있을지 백작은 전혀 예상할 수 없었다.

 '왜 내게 편지를 보냈을까?'

 호기심을 안고 편지를 열어본 백작은 편지의 내용에 입을 다물 수가 없었다.

 "향락을 제공하지 않으면 반란으로 간주한다……?"

 향락, 즉 성대한 연회와 풍족한 술은 당연히 준비할 예정이었다. 밑의 내용은 더 가관이었다.

 제국의 기사단장 알렉산드로 그레이엄을 원하는 미혼 여성은 누구든 침실 출입을 허락한다.

 덧붙임에 '과부도 환영'이라는 문구에서 백작은 낯이 다 뜨거웠다. 더는 편지를 읽을 수 없었다.

 "이런……!"

 노스테로스의 젊은 귀족들은 부모 세대에 비해 개방적이었다. 하지만 가문의 체면이 있어 대부분 연회를 이용해 몰래 이성 간의 정을 통했다. 그래서 자식들이 혈기왕성하면 부모들은 단속에 바빴다. 백작 또한 그랬다. 그는 세 자매의 아버지였다. 게다가 셋 다 아직 미혼이었다. 그 역시 딸들에겐 보수적인 아버지였다.

'아무리 아들이라고 해도 그렇지 어떻게 이런 명을 내린단 말인가?'

대공이 혼기 꽉 찬 젊은 기사이며 대단한 남자인 건 사실이지만 아무리 그래도 아비 된 자로서 과한 처사였다.

'대체 얼마나 왕성하기에……'

아마 대공은 감당할 수 없을 정도로 여자를 밝히는 호색한이거나, 아니면 그 반대일 것이다. 아무리 그래도 편지까지……!

'소문이라도 나면 얼마나 망신인가.'

백작은 던칸의 체면도 없는 행동에 쯧쯧 혀를 찼다.

'아비가 이렇게 극성스럽게 나서야 할 정도인가?'

백작이 알렉산드로에 대해 아는 건 소문뿐이었다.

'피와 살육을 좋아해서 전쟁터를 떠나지 않는 남자.'

어린 나이에 기사단에 들어간 것도 사람을 죽이기 위해서라고 했다. 지금이야 제국의 영웅으로 추앙받는 게 사실이지만…….

'전쟁 귀신. 아주 두려운 사내라고 했지.'

백작의 표정이 어두워졌다. 당장 가서 세 자매에게 단단히 주의를 줘야겠다. 백작은 딸들을 지켜야 한다는 사명감에 불탔다. 그리고 그의 딸들은, 아버지의 걱정도 모른 채 멋진 기사님들을 본다며 들떠 있었다.

기사들은 일제히 제국기를 들고 위풍당당하게 람붓 백작의 영지로 들어섰다. 영주민들은 열렬히 기사단을 환호했다.

'귀가 따가울 지경이야.'

시종과 시녀들은 부러 고개를 빳빳이 들었다. 마부들은 자랑스러운 표정을 감추지 못했다.

'그 남자도 같은 기분일까?'

클로이는 물끄러미 대공을 올려다보았다. 하지만 이번에도 그는 무표정했다. 아니, 심지어 뭔가 불쾌한 듯 기분이 안 좋아 보였다.

'재미없는 사람.'

대공은 사는 게 별로 재미가 없어 보였다. 사람들이 모인 곳을 좋아하지도 않고, 크게 떠들지도 않는다.

'저 남자가 웃는 건 한 번도 못 봤어.'

아주 가끔 친한 사람들과만 이야기를 나눴고, 대부분 휴식 시간에는 혼자 조용히 술을 마시거나 책을 보거나 했다.

'감정이 아예 없나?'

웃거나 울거나 화내거나 하는 모습을 전혀 본 적이 없었다.

'아무리 봐도 얼굴이 아깝단 말이지.'

저 얼굴로 웃으면 보는 사람들은 얼마나 편할까. 속으로 혀를 차던 클로이는 마침 성 앞에 죽 늘어선 람붓 백작 일가를 발견했다. 그의 가솔들은 영광스러운 얼굴로 기사단을 맞이했다. 클로이는 그들의 곱슬거리는 긴 머리카락에 시선을 뺏겼다. 부인과 세 자매 모두 붉은 머리카락이었다. 아주 아름다웠다. 한데 람붓 백작은 이상하게 표정이 밝지 않았다.

마침내 대공이 말에서 내렸다. 이어서 에반이 시종의 부축을 받으며 모습을 드러냈다. 백작과 가솔들이 약속이나 한 듯 동시에 고개를 숙이며 예를 갖췄다. 에반이 먼저 람붓에게 대공을 소개했고, 람붓이 그에게 인사했다.

"저는 백작, 차크다 람붓입니다. 제국에 평화를 가져다주신 영웅, 그레이엄 대공님을 저의 보잘것없는 성에 모시게 되어 진심으로 영광입니다."

"제국의 평화는 나뿐만 아니라 모든 기사들이 이루어 낸 결과지. 백작의 호의는 고맙게 받겠네."

그러자 람붓의 얼굴이 미묘하게 변했다. 그는 얼른 표정을 바로 하고, 머무는 동안 기사단이 편히 지내길 바란다며 대공에게 성을 소개한다고 나섰다. 대공과 에반을 포함한 몇몇 간부급 기사들은 함께 성으로 사라졌다.

남은 기사들과 병사들은 연회장으로 향했다. 오늘은 연회를 즐기는 날이었다. 클로이는 준비된 대공의 침실을 먼저 가 볼 생각이었다.

'불편한 게 있나 확인해야지.'

시녀장에게 듣기로 대공은 연회를 좋아하지 않는다고 했다. 오늘은 첫날이니까 거나하게 즐기고 올지 모르지만, 그 남자의 성격으로 봐선 일찍 침실로 돌아올 확률이 높았다.

'모르지, 뭐. 성의를 봐서 오래 있을지도.'

대공은 여전히 알 수 없는 사람이었다.

백작성의 식당에서 저녁을 먹은 클로이는 성의 창고와 빨래터,
자신이 머물 곳을 둘러보고 돌아왔다.

'다들 연회장에서 신나게 놀고 있나 봐.'

아는 얼굴은 한 명도 보이질 않았다.

'그렇게 재밌나?'

궁금하지만 노예인 그녀가 연회장에 출입할 수는 없었다.

'가서 갑옷이나 닦아야지.'

세탁물도 챙겨야 했다. 클로이는 준비된 그의 침실로 향했다.

'와…… 정말 넓다.'

대공의 침실은 응접실이 두 개나 딸려 있었고, 욕실도 커다랬다.
침대는 여러 명이 뒹굴어도 충분할 만큼 널찍했다.

'저렇게 큰 침대는 처음 봐. 제국은 큰 침대를 선호하나?'

엘파사 왕녀의 침대도 저렇게 크진 않았다.

'아내를 여러 명 둘 수 있어서 그런가 봐.'

클로이는 갑옷을 찾느라 넓디넓은 침실을 두리번거렸다. 그리
고, 푹신한 소파에 앉아 책을 읽던 대공과 시선이 딱 부딪혔다.

'헉.'

클로이의 눈이 휘둥그레졌다.

'너무 조용해서 있는지도 몰랐어!'

이건 매질감이다. 주인의 침실에 인사도 없이 문을 막 열고 들어

오다니!

"죄, 죄송합니다. 당연히 연회장에 계실 줄 알고……."

연회가 막 시작된 무렵이었다.

'아예 연회장에 들어가지도 않나 봐.'

가서 얼굴이라도 비춰야 하는 거 아닌가? 걱정이 들 정도였다. 물론 그보단 제 걱정이나 해야 했다. 당황한 그녀가 변명했다.

"저는 그냥 갑옷을 닦으려고……."

"저기 있다."

대공은 짧은 고갯짓으로 갑옷을 가리키곤 다시 책으로 시선을 돌렸다. 다행히 질책하는 기색은 전혀 없었다. 클로이는 놀란 가슴을 쓸어내리며 갑옷을 챙겼다.

'앞으로는 꼭! 꼭! 꼭! 노크부터 하자.'

거듭 다짐하는 그녀의 뒷모습을 흘끔 쳐다본 알렉산드로는 피식 웃었다.

'못된 짓을 하려는 걸음걸이는 저렇게 시끄럽지 않지.'

그는 오감이 발달한 숙련된 기사였다. 문이 열리기도 전에 하녀의 경쾌한 발소리와 흥얼거림을 확인했다. 해맑은 모습이 신기했다. 평소 그녀는 제가 있으면 고양이 앞의 쥐처럼 조심조심 살금살금 다녔다. 한데 그조차도 발소리나 어색한 몸짓을 완전히 숨기지 못했다.

'이상하다 싶었는데.'

제가 안 볼 때는 아주 힘차게, 흥얼거리며 다니는 모양이었다.

'내가 없는 틈에 수작 부리려던 거라면 최소한 저러고 다니진 않았겠지.'

역시, 아무리 봐도 클로이는 귀족의 저택에서 교육받은 시녀가 아니었다. 산과 들을 헤매고 다니던 약초꾼이라면 모를까.

'그건 좀 신빙성이 있군.'

혼자 한 생각이 우스워 픽 웃은 그때였다. 똑똑. 누군가가 침실 문을 두드렸다.

"그레이엄 대공님, 계시나요?"

가녀린 여자의 목소리였다. 클로이는 앉았다 일어섰다 안절부절 못했다.

'내가 나가서 무슨 일인지 여쭤봐야 하나?'

의견을 묻듯 대공을 쳐다보자 저더러 나가 보라는 듯, 눈짓했다.

'하여튼 은근히 귀찮은 일을 싫어한다니까.'

떨떠름히 자리에서 일어선 그녀가 문을 열었다. 그러자 풍성한 금발을 허리까지 늘어뜨린 청순한 미인이 인사하듯 눈웃음을 보였다.

'우와.'

보기 드문 미인의 등장에 당황한 클로이는 눈이 휘둥그레졌다.

"무슨 일이신지요?"

뒤늦게 용건을 묻자 미인이 힐긋 문 안을 들여다보며 되물었다.

"대공님은 안에 계시느냐?"

클로이는 저도 모르게 고개를 끄덕였다.

"예."

"혼자 계시느냐?"

"예, 그렇습니다."

미인은 대공님과 할 말이 있다며 자리를 비워 달라 부탁했다. 주저하던 클로이는 짧은 고민에 빠졌다.

'아무래도…… 이런 아름다운 여인을 거부할 것 같진 않아.'

어떤 남자가 거부하겠는가?

'그래, 내가 남자라도…….'

이런 미인이 문밖에 서 있다면 두 팔 벌려 환영이었다.

'피해 줘야겠지?'

결국 클로이는 '예'하고 대답하며 대공의 침실에서 나와 몸을 비켜 주었다. 제 옆을 스쳐 지나가는 그녀에게서 향긋한 냄새가 폴폴 풍겼다. 대공과 함께 밤을 보낼 여자였다. 쿵쿵대던 클로이는 감탄 어린 얼굴로 미인의 뒷모습을 응시했다.

'뒷모습도 예쁘다…….'

잘록한 허리가 돋보이는 육감적인 몸매. 다시 돌아볼 수밖에 없는 아름다운 여자.

'그와 잘 어울려.'

저도 눈을 뗄 수 없을 정도이니…… 하물며. 미처 갖고 나오지 못한 갑옷이 떠올랐지만 클로이는 얌전히 자리를 뜨기로 했다. 남녀가 있는 방문 앞에서 서성이는 것만큼 추잡스러운 일도 없었다.

'좋을 때다.'

미남과 미녀가 만나서 아름다운 밤을 함께 보낸다.

'그 남자도 한창 혈기왕성할 때니까. 분위기가 살벌해서 그렇지.'

잘 어울리는 두 남녀가 함께 있는 걸 보니 갑자기 외로워졌다.

'다시 빨래터나 가 봐야겠다.'

혼자인 제 신세를 새삼 돌아보던 그때였다.

"응?"

갑자기 대공의 침실에서 큰 소리가 났다. 뒤를 돌아보니 아무것도 없었다.

'뭐지?'

순간 벌컥, 방문이 열렸다. 우당탕하는 소리가 들리고, 다시 뒤를 돌아보자 미인이 그의 침실 앞에 쫓겨나 있었다. 클로이의 입이 떡 벌어졌다. 열린 침실 문에서 대공의 사나운 얼굴이 보였다.

"당장 꺼져라."

침실에 잠입한 암살자를 쫓아내듯 흉흉한 기세였다. 한 번도 본 적 없는 그의 난폭한 행동에 클로이는 깜짝 놀라 상황을 주시했다.

'뭐, 뭐야. 왜 저러지?'

그가 경고하듯 인상을 구겼다. 미인은 헐레벌떡 일어나 도망치듯 복도를 달려 나갔다. 클로이를 지나치는 순간엔 고의인지 실수인지 어깨를 세게 쳤다.

"아⋯⋯!"

몸을 휘청거린 클로이는 어깨를 문지르며 다시 대공을 응시했다. 그의 눈빛이 얼음장처럼 차가웠다.

"너 이리 와."

아니나 다를까, 그의 목소리가 사나웠다.

'이번엔 정말 매질을 당하는 걸까⋯⋯.'

분위기가 험악했다. 클로이는 움직이지 않는 다리를 억지로 옮겼다. 그와의 거리가 점점 좁혀지자 숨 막히는 긴장감에 무릎이 덜덜 떨렸다.

'저렇게 화난 모습은 처음 봐. 큰일이다.'

마침내 그 앞에 선 클로이는 이를 꽉 깨물고 고개를 숙였다. 왜 저렇게 화가 났을까?

'기준보다 안 예뻤나?'

아무래도 아름다운 여인들을 많이 봐 왔을 터. 숨죽이던 그때. 대공이 예상치 못한 말을 꺼냈다.

"나는 타인이 내 공간에 있는 것을 좋아하지 않는다."

생각보다 그의 목소리가 담담했다.

"앞으로 내가 모르는 그 누구도, 침실에 들어오지 못하게 해."

손찌검은 없었다. 클로이는 얼른 대답했다.

"네, 알겠습니다."

대공은 무심히 침실로 돌아가선 소파에 앉아 읽던 책을 들었다. 이번에야말로 질책을 각오했던 그녀는 안도의 한숨을 내쉬었다.

'다행이다.'

슬금슬금 가서 갑옷을 챙기며, 클로이는 내심 대공을 다시 생각했다.

'보통 남자들은 문란한 걸 자랑으로 여기지 않나?'

의외였다. 그는 세리머니 여정 동안 그 어떤 여자도 안지 않았다. 기회가 없던 것도 아니다. 몇 번인가 다른 시녀들이 그를 꼬셔 보겠다고 한 걸 들었고, 실제로 말을 건네는 것도 보았다.

'하지만 아무 일도 일어나지 않았지.'

이제 제대로 된 잠자리에서 휴식을 취하게 되었으니, 이번에는 찾아온 여자를 마다하지 않을 줄 알았다. 그런데 대공은 고민하는 기색도 없이 여자를 내쳤다.

'알 수 없는 일이야.'

어쨌든 클로이는 갑옷을 닦는 데 집중했다. 끙끙거리며 무거운 플레이트를 들어 올리는데, 뒤에서 대공이 입을 열었다.

"그건 내일 하고, 호르헤에게 편지를 써라."

놀란 그녀가 휙 뒤를 돌아보았다. 그가 제 맞은편 의자를 눈짓했다.

"앉아."

고개를 들면 대공과 눈이 마주칠 위치였다.

'또 저런 부담스러운 자리를……'

망설이던 클로이는 쭈뼛쭈뼛 가서 앉았다. 탁자엔 깃펜과 종이가 수북이 놓여 있었다. 의자를 움직이는 동시에 끼익, 큰 소리가 났다. 그녀가 얼른 눈치를 살폈다. 다행히 그는 여전히 책에서 눈을 떼지 않았다. 클로이는 잽싸게 다시 앉아 깃펜을 쥐었다. 막상 빈 종이를 보니 다시 약초 생각에만 몰두하게 되었다.

'오늘은 뭘 쓸까?'

한데 고민과 동시에 누군가 다시 문을 두드렸다.

"그레이엄 단장님, 안에 계시나요?"

이번에도 여자의 목소리였다. 대공은 듣지도 못한 사람처럼 책에서 눈을 떼지 않았다.

'어떡하지? 어떡하지?'

초조해진 클로이가 엉덩이를 들썩였다.

'가서 대공님은 휴식을 취하시는 중이라고 해야겠다.'

그사이 참을성 없는 불청객이 알아서 고리를 돌려 문을 열고 들어왔다. 감히 대공의 침실에 겁도 없이 들어오다니! 평민이라면 목이 잘려도 할 말이 없는 일이었다. 하지만 문을 열고 들어온 여자는, 감히 그럴 수 있는 여자였다.

'세상에.'

그녀는 속이 다 비치는 금색 이브닝드레스로 몸을 휘감은 아름다운 은발의 미인이었다.

'가슴 진짜 크다. 부러워…….'

살면서 한 번 볼 수 있을까 싶을 만큼 뇌쇄적인 미인. 클로이는 입을 떡 벌리고 그녀를 주시했다. 눈을 뗄 수가 없었다.

"그레이엄 대공님?"

여유로운 몸짓, 아름다운 미소.

'대공은 좋겠다. 저런 여자들이 막 찾아오고.'

아까 그 미인도 아름다웠지만 그녀와는 다른 아름다움이었다. 은색 머리카락, 금색 드레스, 빨간색으로 포인트를 준 입술 하며.

'여신 같아.'

역시 제국의 영웅을 찾아오는 여자들다웠다.

'하긴, 저 정도로 아름다워야 그에게 말이나 걸 수 있겠지.'

조용히 대공의 기분을 살피던 클로이는 어찌해야 하나 고민했다.

'아무나 들이지 말라고 했으니까…… 나가라고 해야겠다.'

살며시 의자를 밀고 일어서자 끼익, 하는 소리가 울렸다. 그 순간 대공이 책을 덮었다.

"축제의 주인공이신 기사단장님이 연회장에 보이지 않아서요. 결례를 무릅쓰고 여기까지 찾아왔답니다."

말을 마치며 살짝 윙크를 하는 모습이 여자인 클로이까지 홀릴 듯 완벽했다. 대공에게 다가가는 걸음걸이가 나비의 날갯짓 같았다. 이번에는 거절하지 않으리라. 그런 확신이 들었다. 설마 이번에도 거절하면…….

순간 대공에게서 차가운 목소리가 흘러나왔다.

"백작이 실수를 하는군."

'헉.'

얼굴 좀 보자고 찾아왔다는데, 저렇게 무심하게 말하다니. 그런데도 여인은 다소곳이 말을 이었다.

"저는 람붓 백작님께 신세를 지고 있는 로렌스라고 합니다. 단장님의 무용담을 익히 들어……."

"나가."

그는 냉정하게 여자의 말을 잘랐다. 당황한 듯, 그녀가 입술을 달싹였다.

"단장님, 저는 단장님을 편히 모시라는 명을 받고……."

"네 주인에게 가라. 다시 한번 쓸데없는 짓을 하면, 영주가 없는 성을 만들어 주겠다고 전해."

서슬 퍼런 그의 기세에 눌렸는지, 로렌스는 더 이상 아무 말도 하지 못했다. 얼음처럼 굳어 있던 그녀는 대공을 향해 뻗었던 손을 거뒀다.

"실례했습니다."

로렌스는 다시 묻지 않고 제 발로 대공의 침실을 나갔다. 멍하니 그 뒷모습을 보던 클로이는 놀란 얼굴로 대공을 돌아봤다.

'무슨…….'

저런 대단한 미인들이 유혹하는데 꿈쩍도 않다니 이상하지 않은가?

'눈이 삐었나? 아님 호강에 겨워서 저러나?'

다른 종류의 의심이 스쳤다.

'혹시…… 어디에 문제가 있는 건가?'

그래. 맞다! 아리따운 여자들이 직접 찾아왔는데 저렇게 까칠하게 대할 순 없었다.

'오히려 크산토스나 하울에게 더 친절하잖아.'

그녀가 혼자 이런저런 생각을 하는 사이, 대공은 다시 책을 집어 들었다.

'지긋지긋하군.'

심기가 불편했다. 연회장에서 짧은 축사를 끝낸 뒤 한걸음에 침실로 돌아온 참이었다. 아마 아론이 있었다면 연회장에서 더 시간을 보내라 닦달했겠지만, 이 성에는 그런 말을 할 수 있는 사람이 없었다.

그도 사람인지라 보름간의 여정이 피곤했다. 조용한 휴식을 취하려고 백작가의 서재에서 책만 몇 권 골라 왔다. 오늘은 좋아하는 책을 읽으며 편히 잠들 생각이었다. 그런데 침실까지 찾아와서 방해를 해? 불쾌하기 짝이 없었다. 아직 미혼이라 그런지 초면의 여자들도 그의 침실을 거리낌 없이 침입했다.

'나를 뭘로 아는 건가.'

그는 딱히 욕구가 없었다. 여자를 좋아해 본 적도 없었다.

아주 어릴 적, 유모를 잠깐 좋아했지만 당연히 진지한 감정은 아니었다. 애정 결핍이 심한 예닐곱 아이의 집착이었다. 그러다 어머니와의 불미스런 일이 생긴 후부터는 아예 여자를 쳐다보지도 않았다. 아름다운 여자를 봐도 감흥이 없었다.

그런데 나이가 들수록 아버지를 비롯한 가신들이 결혼을 종용했다. 결혼은커녕 가정을 꾸리는 일 자체를 생각도 않는 그에게, 가문의 후계를 강요하는 아버지가 이해되지 않았다. 불쾌함을 넘어서 갈수록 혐오스러웠다. 종마가 된 기분이었다.

물론 그런 사정을 하녀가 알 리 없었다. 제국의 남자들은 아랫도리를 쉽게 놀리고 다닌다. 귀족이든 평민이든. 제가 아는 많은 이들이 그러하니 하녀가 침실 문을 열어준 것도 이해는 됐다. 하지만 알렉산드로는 생전 처음 본 타인에게 제 침대 한쪽을 내줄 생각이 없었다. 전혀.

똑똑.

또다시 들린 노크 소리에 경기하듯 번쩍 고개를 든 하녀와 눈이 마주쳤다.

"단장님, 늦은 시간에 송구합니다. 람붓 백작입니다."

클로이는 대놓고 안심했다. 제 눈치를 보느라 편지도 제대로 못 쓰고 있던 걸 안다. 피식 웃은 그가 책을 덮고 일어났다. 침실 문을 열고 나가자 백작이 안절부절못하고 있었다.

던칸의 편지도 당황스러웠지만, 대공의 이런 반응은 더욱 예상치 못한 일이었다. 제가 보냈던 미인들, 로렌스와 에이미는 영지에서 손꼽혔다. 로렌스는 심지어 다른 영지의 귀족들이 청혼서를 보낼 만큼 빼어난 절세미인이었다.

백작은 대공의 굳은 얼굴을 보고 솔직하게 말하기로 했다. 하나도 빼놓지 않고, 던칸에게서 온 편지부터 모든 상황을 설명했다. 아버지는 침실에 여자를 들이라고 하고, 아들은 싫다고 하니 어느 장단에 맞추어야 할지 난감하기 짝이 없다고.

"……혹시 다른 취향의 여인을 좋아하신다면 말씀해 주십시오."

대공은 사흘만 머무르겠다고 했으니 최대한 그의 취향에 맞출 생각이었다.

'설마 내 딸을 원하는 건 아니겠지……?'

하지만 백작의 입장 설명이 끝났는데도 대공은 묵묵했다. 무표정한 얼굴에선 아무것도 읽히지 않았다. 낯 뜨겁고 화가 치밀어, 속으로 인내를 다지는 모습이 백작에겐 그렇게 보였다.

'끝까지 종마 취급이군.'

알렉산드로가 마지막으로 던칸을 만난 곳은 대공저였다. 황궁에서 던칸이 알렉산드로의 결혼을 공표하고 난 뒤에.

아직 신부는 없지만 올해 안에 결혼시킨다.

그 때문에 알렉산드로는 쫓기듯 세리머니에 참여했다. 제국이 대륙을 통일했으니 제 몫은 다 했다는 입장을 재차 밝혔지만 던칸은 듣지 않았다.

'재혼을 하든 양자를 들이든.'

상관 않겠다고 했다. 남들이 아무리 떠받드는 고귀한 집안이래도 알렉산드로는 이 가문이 욕심나지 않았다. 바람이라면, 한 가지. 세리머니가 끝나면 아무도 모르는 시골로 떠나서 혼자 조용히 살고 싶을 뿐…….

'이게 그 대답입니까, 아버님.'

어렴풋이 예상은 했지만 수도를 떠났으니 아무리 날고 기는 던칸이라도 뭐 어쩌겠나 싶었다.

'입김이 닿지 않는 곳이 없군.'

알렉산드로는 짧은 한숨을 내쉬었다.

"백작의 입장은 알겠네. 하지만 내 침실엔 이미 손님이 있어."

"예······?"

백작이 신음하듯 허망하게 되물었다. 끼익. 알렉산드로는 침실 문을 열었다.

"이리 와 보거라."

멀찍이서 문을 바라보던 클로이는 갑작스런 부름에 당황했다. 그에게서 한 번도 들어 본 적 없는 부드러운 목소리였다.

'지금 날 부른 거야?'

손가락 한 마디만큼 열린 문틈 사이로 눈이 마주쳤다. 이리 오라 눈짓으로 재촉받은 클로이는 쭈볏쭈볏 문으로 다가갔다. 그러자 문밖에 선 대공이 살며시 그녀의 손을 붙들었다.

"부끄러운 것이냐."

부드러운 음성이 연이어 들려왔다. 문이 닫혀 있어 이전 대화를 듣지 못한 클로이는 이게 대체 무슨 상황인지 이해되지 않았다. 제 손을 잡고, 눈을 마주치고 있는 사람은 분명 대공이 맞지만······.

'뭐야, 이 부드러운 목소리는.'

잡힌 손은 움찔거릴 수도 없었다.

'무슨 손이 이렇게 커.'

마디가 굵고 긴 남자의 손가락들이 제 손목을 덮고 있었다.

"대답해야지."

목소리는 다정한데 눈빛은 여전히 냉랭했다.

'뭐가 뭔지 모르겠지만······.'

은근한 압박이 무서워 그녀가 얼결에 대답했다.

"······네, 네."

람붓 백작은 작고 하얀 소녀의 손을 보고 깜짝 놀랐다. 문에 가려져 얼굴이나 몸을 볼 수는 없지만, 손과 목소리로 보아 분명 여자였다.

'하지만 단장님이 여자와 있다는 보고는 받지 못했는데.'

어쨌거나 제 실수였다. 백작은 깊숙이 고개를 숙였다.

"죄송합니다, 단장님."

이미 여자와 시간을 보내는 대공을 귀찮게 했다.

"제가 큰 실수를 범했습니다. 더 이상 귀찮은 일은 없으실 겁니다."

"나는 사흘간 이 아이와 밤을 지낼 생각이네. 백작의 영지에 보석 같은 여인이 있으니 내게는 행운이군."

"저야말로 영광입니다. 그럼 편안한 밤 되십시오."

"시중은 필요 없네. 내 침실에 이 아이 외에는 아무도 들이고 싶지 않아."

"알겠습니다."

정중히 예를 갖춘 백작은 얼른 자리를 벗어났다. 알렉산드로는 그제야 잡고 있던 손을 놓았다. 그가 태연히 침실로 들어온 후에도 클로이는 완전히 굳은 채였다.

'나, 나를? 나와 밤을 지낸다고⋯⋯?'

방금 백작과 대공의 대화는 충격 그 자체였다. 머릿속이 백지장처럼 하얘졌다.

'나를 어쩌려는 거지?'

한데 대공은 경악한 그녀를 쳐다도 보지 않고 스쳐 지나갔다. 그러곤 소파에 앉아 다시 책을 펼쳐 들었다. 클로이는 문 앞에서 나가지도 못하고, 다시 책상에 앉지도 못한 채 어정쩡하게 서서 눈치만 살폈다.

"앉아라."

책에 시선을 둔 그가 평소대로 무심히 명령했다. 클로이는 울상을 한 채 겨우 의자를 당겨 앉았다.

'백작이랑 무슨 얘기를 한 거지? 이게 무슨 상황이야, 정말.'

"뭐 하느냐?"

멍하니 생각을 정리하던 클로이는 날카로운 그의 목소리에 퍼뜩 고개를 들었다.

'얼른 편지를 쓰고 여기서 나가자.'

마음을 추스른 그녀는 편지에 집중했다. 다행스럽게도 대공의 침실을 찾는 이들은 더 이상 없었다. 조용한 침실에 펜이 종이를 스치는 소리, 종이가 넘어가는 소리만 들려왔다.

잠시 후. 편지를 마친 그녀는 잉크가 마르도록 후우- 하고 입김을 불고는 슬쩍 대공을 올려봤다.

'난 이제 가도 되나?'

이미 늦은 시간. 성에서 일하는 고용인들 모두 잠든 듯 밖은 고요했다.

"다 썼나?"

"네."

대공은 여전히 책에서 눈을 떼지 않았는데, 그도 한 권을 거의 다 읽은 상태였다.

'귀신 같네. 다 했는지 보지도 않고 어떻게 안담.'

클로이는 당황스러웠던 아까의 상황을 떠올렸다. 다시 얼굴에 열이 오르는 것 같았다. 편지에 집중하느라 잊고 있었는데…….

'남아 있으라고 하진 않겠지, 설마.'

괜히 조마조마했다. 그럴 리 없다는 걸 알면서도.

"그럼 이제 뭐 더 필요한 건 없으시죠?"

저도 모르게 나온 건방진 말투에 클로이는 헙, 입을 틀어막았다. 꼭 물건을 파는 상인의 말투 같지 않은가?

"아니, 그, 뭐를……?"

재빨리 말을 바꿨지만 여전히 하녀가 주인에게 하는 말투는 아니었다.

"아니, 그게 아니라, 어, 어디…… 불편하세요?"

저야말로 매우 불편한 말투였다.

'왜 자꾸 입에서 이상한 말이 나오는 거야!'

클로이는 울고 싶어졌다. 마침내 알렉산드로가 책을 덮고 그녀를 응시했다. 제 하녀는 귀까지 얼굴이 벌게져선 고개를 푹 숙이고 있었다. 피식 웃음이 나왔다. 던칸 때문에 내내 머리가 아프고 불쾌했는데, 갑자기 확 기분이 풀려 버렸다.

'풋.'

하녀가 저러는 이유를 알 것 같았다. 문 앞에서 함께 밤을 보낸다는 둥의 얘기를 했으니……. 애처롭게 덜덜 떨고 있는 하녀를 보니 장난을 걸고 싶어졌다가도 안쓰러웠다. 저 하녀는 괜히 괴롭히고 싶은 구석이 있어서, 장난기라곤 생전 없는 저조차 그런 충동이 들었던 것이다.

하지만 제 한 마디가 어린 소녀를 겁줄까 봐 알렉산드로는 표정을 굳혔다.

"내일 아침엔 영지 순찰이 있으니 너는 성에 남아라."

"네, 알겠습니다."

"가서 편히 쉬거라."

"네."

슬쩍 고개를 든 클로이는 대공을 주시했다. 그는 잠자리에 들려는 듯 침대로 다가가며 윗옷을 벗고 있었다. 클로이는 그 뒷모습을 향해 꾸벅 인사한 뒤 잽싸게 침실을 나갔다. 그는 끝내 돌아보지 않았다.

참았던 헛웃음이 터졌다.

'저렇게 빨리 움직이는 걸 본 적이 없는데.'

닫힌 문 뒤로, 빠르게 멀어지는 하녀의 발걸음 소리만 남았다.

알렉산드로는 백작의 가족들과 아침 식사를 함께했다. 이후 백작과 영지 시찰을 하기로 되어 있었는데, 기사단이 사병 양성을 확인하기 위해 백작을 묶어 두는 게 목적이었다.

'백작령은 나쁘지 않군.'

영주민들은 영주인 람붓 백작에게 매우 호의적이었다. 마을은 강 줄기를 따라서 군락을 이루고 있었고, 오면서 본 대로 경작지도 잘 관리되어 있었다. 시장 또한 활기가 넘쳤다. 큰 시장 말고도 작은 시장이 군데군데 많았는데, 그만큼 영주민들의 생활이 넉넉하다는 의미였다. 고리대금을 하는 상인들에게는 큰 세금을 매기고, 영세한 소농민들에겐 세금을 적게 가져갔다. 이 정도면 백작은 꽤 훌륭한 영주였다.

점심 무렵, 짧은 시찰을 마무리한 대공은 성으로 복귀했다. 크리스가 금방 도착한 그에게 달려왔다.

"각하, 큰일입니다."

친구의 얼굴이 진지했다. 크리스는 대공의 둘도 없는 친구지만 공적인 장소에서는 언제나 예의를 갖췄다.

"무슨 일인가?"

"로한 경의 시녀와, 의사 스미스가 사망했습니다."

갑작스런 비보에 알렉산드로의 인상이 구겨졌다.

"로한 경과 그의 시종도 정신을 차리지 못하고 있습니다."

일이 심상치 않았다. 옆에서 듣고 있던 백작은 하얗게 질렸다. 멀쩡하던 이들이 제 성에서 하룻밤을 보내고 그런 참변을 당했다. 책임을 면하기 어려웠다.

"원인은?"

"지금 마을 의사가 와서 보고 있습니다만 정확한 이유는 알 수 없다고 합니다."

의사는 귀한 존재였다. 제국의 실력 있는 의사는 전부 수도에 있었다. 이런 변방에 의사는 두어 명에 불과했다.

"에반은 뭘 하고 있지?"

"로한 경과 함께 계십니다."

"죽은 시녀와 의사는 언제, 어디서 발견됐나?"

"시녀는 식당 옆의 청소 도구함에서 정오가 넘어 발견되었습니다. 의사 스미스는 그의 침실에서 죽었습니다."

크리스는 백작을 흘긋 응시하곤 말을 이었다.

"두 사람 다, 독살로 보고 있습니다."

"독살?"

람붓 백작이 움찔했다.

"제가 가서 확인하겠습니다! 저희 가문의 주치의를 불러 당장……!"

"백작, 그대의 성에서 일어난 일이다. 나는 그대를 신뢰할 수가 없군."

알렉산드로는 단호히 그의 말을 잘랐다.

"하, 하지만 정말 저는 결백합니다. 단장님, 제발 저의 무고함을 알아주십시오!"

그가 고개를 까닥이자 다른 기사들이 백작을 양쪽에서 결박했다. 백작의 성에서, 그 주인을 바닥에 꿇어앉히자 사방에서 탄식이 터져 나왔다. 성의 호위병들이 숨죽였다. 백작의 명령이라면 대공과 기사단을 저지할 수도 있었다. 하지만 백작은 그저 참담한 심정으로 눈을 감았다. 대공과 기사단을 저지하는 건, 곧 반란을 의미했다.

'그랬다가는 우리 가문이 사라진다.'

제국의 기사단도 무시무시하지만 그레이엄 가문의 사병이 더 무서웠다. 그레이엄은 제국 기사단에 엄청난 돈을 댔다. 마르지 않는 샘처럼, 그레이엄의 자금력은 끝이 없었다. 그레이엄 영지에도 엄청난 사병단을 양성한다는 소문이 파다했다. 당장 세리머니에 있는 병력은 많은 수가 아니지만, 그레이엄 가문과 척을 지는 일은 절대로 하지 말아야 했다.

백작은 아무것도 할 수 없는 처지가 통탄스러웠다. 자신의 성에서 일어난 일인데 모든 것을 그저 보고만 있어야 한다니……. 백작은 비참하게 고개를 숙였다.

　기사 로한을 바라보는 대공의 표정이 묘했다. 죽은 시녀는 과다 출혈로 죽었다. 눈과 코에 흐른 핏자국이 뚜렷했다. 의사 스미스 또한 마찬가지였다. 세리머니 보름 만에 불길한 일이 생겼다. 대공은 시체를 확인하는 동안 선발대의 피 묻은 편지를 상기했다.

　'또 피를 보는군.'

　로한 경을 진찰하던 젊은 의사는 갑작스런 대공의 등장에 쩔쩔맸다. 백작의 주치의는 잠시 자리를 비워, 영주민 마을의 유일한 의사를 데려왔다고 했다. 하지만 의사는 미숙해 보였다. 경험의 부족인지, 긴장 때문인지 자꾸 헛손질을 했다.

　"로한 경은 어제부터 배탈을 앓았다고 합니다."

　"다른 증상은?"

　알렉산드로가 재촉하듯 쳐다보자 의사가 덜덜 떨며 답했다.

　"여, 열이 높습니다."

　머리에 손만 얹어 봐도 아는 걸 대답이라고 하고 있으니. 속이 갑갑했다.

　그때, 쓰러져 있던 시종이 코피를 흘리기 시작했다. 당황한 의사는 피를 닦을 수건을 찾느라 난리였다.

　쯧, 혀를 찬 대공은 고개를 돌렸다.

"의사는 마을에 한 명뿐인가?"

"다른 의사도 있는데 멀리 산다고 합니다. 인편을 보냈으니 늦어도 내일 저녁에는 도착할 겁니다, 단장님."

하지만 같은 증세를 보였던 시녀는 이미 죽었다. 시종과 로한 경의 상태로 보아 오래 버틸 것 같지 않았다. 답답해진 대공은 의사를 닦달했다.

"해독할 방법은 없나?"

"일단…… 어떤 독을 먹었는지 알아내야 합니다."

결론은 모른단 소리였다. 대공은 무거운 마음으로 자리를 떠났다.

'저들이 왜 저렇게 됐을까.'

상황이 복잡할 때는 혼자 고민하는 게 효율이 높았다. 조용한 복도를 걸으며, 그는 저들이 왜, 누구에게, 어떻게 독살을 당했는지 생각했다. 아무래도 평범한 독이 아닌 듯했다.

'배탈과 고열, 과다 출혈이라.'

문득, 그의 걸음이 멈췄다.

심한 배탈과 고열을 앓다가 피를 쏟으며 죽는다.

증상을 떠올리던 대공은 그게 어디선가 본 문구임을 알아차렸다. 며칠 전 읽은 것이었다.

'……편지.'

대공은 발걸음을 빨리했다. 하녀를 찾아야 했다.

하인들의 식당은 쓰러진 로한 경과 죽은 시녀 이야기로 떠들썩했다. 클로이는 기사 로한의 시녀와는 한 번도 이야기를 나눠 본 적이 없었다. 그의 시종과 시녀는 콧대가 높아서 신분이 낮은 클로이를 철저하게 투명 인간 취급했다.

   '하지만 예고 없는 죽음이 억울한 건 누구나 마찬가지야. 생전에 어떤 사람이었든 간에…….'

   클로이도 마음이 좋지 않았다.

   "그 애가 로한 경하고 몰래 새끼 멧돼지를 잡아먹고부터, 아주 난리였어!"

   "맞아. 하루에도 몇 번씩 설사하고, 열난다고 일도 빠지고!"

   "멧돼지는 왜 잡아먹었대?"

   "몰라. 새끼 돼지가 비실거려서 맨손으로 그냥 잡았대."

   "그 신참 의사랑 눈이 맞아서 돌아다니더니, 먹어 보라고 줬다지 뭐야?"

   "그래서 의사도 설사하고 열나고 난리가 난 거지."

   "그러게 안 나눠 먹고 자기들끼리 그렇게 몰래 먹으니…… 쯧쯧."

   "의사도 얼빠진 놈이지! 세리머니까지 따라와선 왜 시녀랑 정분이 나서 그딴 걸 받아먹어?"

   "처음부터 맹추 같아 보였어."

   클로이는 대화할 사람이 없어 묵묵히 밥만 먹었다. 얼른 먹고 일어날 생각이었다.

'야생 돼지를 잡아먹고 그 탈이 난 거구나.'

직접 보진 못했지만 피범벅이 된 끔찍한 시체라고 했다.

'산길에 미치광이풀이 많았는데…….'

고민하던 클로이는 아니겠지, 하며 생각을 접었다. 오늘은 할 게 많았다. 빠르게 식사를 마친 그녀는 대공의 침실로 향했다. 그가 백작에게 시중은 필요 없다고 말한 바람에, 하인들이 아무도 오지 않았다.

'챙겨 둘 게 많겠다.'

갑작스런 비보에 그도 마음이 편치 않을 것이다.

'얼른 가서 좋아하는 와인이라도 갖다 놔야지.'

그의 침실로 향하던 클로이는 모퉁이에서 나타난 누군가와 몸을 부딪치고 말았다.

"꺅!"

완전히 튕겨져 나간 그녀의 몸이 바닥을 뒹굴었다.

'너무 아파!'

클로이는 재빨리 상대를 살폈다. 대공이었다. 그는 전혀, 놀란 얼굴도 아닌데 자신은 바위에 부딪힌 것처럼 아팠다. 그녀는 쓰린 어깨를 부여잡고 간신히 일어나서 대공에게 사죄했다.

"죄송합니다, 대공님."

노예와 몸이 닿았으니 그가 불쾌해할 수도 있었다.

"……괜찮나?"

"예."

하나도 안 괜찮은 표정으로 그녀가 답했다.

"네가 전에 썼던 편지."

시급한 듯 그가 대뜸 물었다.

"심한 배탈과 고열을 앓다가, 피를 쏟으며 죽는다던 독초가 있었지."

그걸 왜 묻지? 당황도 잠시, 로한 경의 일이 떠올랐다.

"예, 그런 독초가 있습니다."

클로이가 순순히 고개를 끄덕이자 그가 앞장서며 눈짓했다.

"따라와라."

기사 로한과 그의 시종이 누워 있는 침실. 안을 지키는 사람은 많지 않았다. 에반과 의사, 그리고 시녀 몇 명뿐. 크리스는 백작을 조사한다며 나갔고, 다른 기사들은 긴급회의를 하고 있었다. 세리머니의 한 명뿐인 의사가 죽었으니 그것도 큰 문제였다. 에반도 회의에 참여했지만 그는 아직도 다리가 불편한 상태였다.

"단장님."

대공이 들어서자 앉아 있던 모든 사람들이 자리에서 일어섰다. 눈인사로 가볍게 답한 그가 뒤따라 들어온 하녀에게 말했다.

"가서 기사 로한과 그의 시종을 살펴보아라."

"예."

하녀가 머뭇머뭇 환자들에게 다가갔다. 이를 지켜보던 에반은 의아한 얼굴로 대공을 돌아보았다. 어떤 상황인지 짐작도 불가했다. 시녀들도 클로이를 힐끔거렸지만, 대공의 명령에 감히 불편한 기색을 보일 수는 없는 일이었다. 가장 당황한 것은 의사였다.

'웬 노예가 성안에 있지?'

의사는 표정을 숨기지 못했다. 차림새가 영락없이 노예였다. 클로이도 난감했다.

'의사도 있는데 왜 나를…….'

대공이 시킨 일이라 어쩔 수 없었다. 클로이는 먼저 환자의 눈꺼풀을 벌리고, 흰자와 동공의 상태를 살폈다. 그리고 입술을 들어서 잇몸을 꼼꼼히 살펴보고는, 입속에 손을 넣어 혀까지 확인했다. 일련의 행동이 능숙했다.

시종에게 손을 뗀 클로이는 순간 망설였다. 이제 로한 경을 살펴봐야 하는데, 그는 귀족이라 함부로 손댈 수가 없었다. 결국 클로이는 옆의 수건을 손에 감고서 로한의 얼굴을 만졌다. 꼼꼼히, 손목의 혈관까지 확인한 그녀가 굳은 얼굴로 돌아섰다.

"그 독초가 맞느냐?"

"예, 정확히는 미치광이풀에 중독된 동물을 섭취해서 그런 것 같습니다."

엘파사에서도 종종 이런 경우가 있었다. 가난한 노예나 제국민들이 비실거리는 야생 동물을 잡아먹었다가 죽는 경우. 대부분 미치광이풀로 인한 중독이었다. 의사는 눈이 휘둥그레져서 클로이를 응시했다.

'저게 미쳤나?'

미치광이풀은 사실 엘파사에서만 부르는 이름이었다. 제국에서는 다른 이름으로 불린다.

'미치광이풀? 처음 들어보는데 어디서 사기를 치려고!'

제국의 의사는 당연히 한 번도 들어 본 적 없는 독초였다. 대공이 데려온 소녀라 한마디도 대꾸할 수 없었던 의사는 그저 비 오듯 흐르는 땀만 닦았다. 저 하녀를 제지한다고 환자의 병명을 아는 것도 아니었다.

"해독이 가능하다고 쓰지 않았느냐?"

"예, 바람꽃을 달여 먹으면 금방 낫습니다."

다행히 바람꽃은 의사도 아는 것이었다.

하지만,

"바람꽃은 미리 주문해야 약재상에게 받아 올 수 있는 귀한 약재입니다."

의사가 불퉁히 말했다.

"당장 구하기는 어렵습니다."

"예? 하지만 정원에도 많이 있던걸요."

클로이는 오전에 성을 구경했다. 잘 가꿔진 정원은 백작 부인과 세 자매가 얼마나 공을 들였는지 한눈에 알 수 있었다. 게다가 정원에는 잔디 대신 심은 바람꽃 새싹이 많았다.

'엘파사에선 비싸서 씨가 말랐는데, 제국에선 잔디로 쓰이고 있네?'

참 아깝다고 혀를 끌끌 차며 또 약재가 없나, 정원을 자세히 살펴봤다.

"말도 안 되는 소리! 바람꽃은 지금 주문해도 사흘 뒤에나 도착하는 진귀한 약재다!"

의사가 콧방귀를 뀌며 클로이를 나무랐다. 환자들을 살피는 모양새가 제법 능숙해 보였지만 비천한 신분의 하녀가 하는 말을 믿을 순 없었다. 하지만 대공은 진짜 의사인 그의 말은 무시했다. 그런데 소녀는 전적으로 신뢰하는지, 더 캐묻지도 않고 지시했다.

"가져와라."

자존심이 상한 의사는 주먹을 움켜쥐었다. 한시가 급한 상황이라 별다른 수가 없기는 했다.

"네, 얼른…… 다녀오겠습니다."

클로이는 정원으로 달려갔다.

'설마하니 대공님이 하녀에게 기사의 안위를 맡기실 줄이야.'

침실에는 정적이 감돌았다.

'다급한 상황이긴 했지.'

에반에게도 방금 일은 충격이었다. 아무리 대공이 능력을 중요시하는 사람이라곤 해도, 저 하녀는 노예였다.

'어디서 왔는지도 모를 노예.'

에반은 하녀를 볼 때마다 어디서 본 것만 같은 느낌을 지울 수 없었다. 그래서 더 의구심을 느꼈는데…… 알렉산드로는 저 하녀를 꽤 신뢰했다.

'그래도 어디 출신인지 출신지는 정확히 알아야 할 텐데.'

하녀를 불러 취조하는 건 대공을 모욕하는 것과 똑같았다.

'그래도 아론이 추천했으니까…… 괜찮겠지.'

똑똑.

문을 두드린 이는 클로이였다. 금세 침실로 돌아온 그녀가 한 움큼 가져온 풀을 탁자에 내려놓았다. 이를 확인한 의사는 코웃음을 쳤다. 제가 보기에 이 풀들은 절대 바람꽃이 아니었다.

"이걸 먹이면 되는 건가?"

"네, 하지만 달여서 먹여야 합니다."

클로이는 의사의 표정을 못 본 척하며 답했다. 대공이 시녀들에게 명령했다.

"가서 약을 달여 와라."

"예, 대공님."

시녀들이 방을 나가자, 에반이 조심스레 대공에게 다가가 속삭였다.

"각하, 로한 경의 생사가 달린 일입니다."

느슨히 팔짱을 낀 대공이 고저 없는 목소리로 답했다.

"저 의사는 해독을 하지 못한다. 다른 방법이 있다면 말해 봐."

"……."

물론 어떤 대답도 할 수 없었다. 에반은 대신 클로이를 쳐다보곤 물었다.

"해독하는 방법은 확실한 것이냐?"

"예, 제가 보기엔 그렇습니다."

"흠, 다들 같은 음식을 먹었는데 저들만 중독되었다는 게 의문이구나."

클로이는 식당에서 들은 이야기를 기억해냈다.

"그게, 로한 경과 시종, 시녀님은 새끼 멧돼지를 드셨다고 합니다. 몰래…… 요."

때마침 시녀들이 김이 펄펄 나는 약을 가져왔다. 급하게 달여 온 것치고는 잘 우러난 것 같았다. 시녀들은 클로이의 말대로 약을 후후 불어서 환자들의 입에 한 숟갈씩 흘려보냈다. 다행히 기사는 약을 넘겼지만, 시종은 약을 거의 다 흘렸다. 안 되겠다 싶어 클로이는 시종의 상체를 세우고 고개를 뒤로 젖혔다. 약을 더 쉽게 넘길 수 있도록 도왔다. 상황을 지켜보던 에반이 말했다.

"그럼 백작은 이 일과는 무관하군요."

"두고 보면 알겠지."

로한과 시종의 경과를 지켜보자는 소리였다. 한데 에반의 고민은 거기서 끝이 아니었다.

"단장님, 스미스를 잃어 기사단에 의사가 없습니다. 수도에 언제 연락할까요?"

의사 없이 제국을 종횡하는 여정을 갈 순 없었다.

"하지만 새로운 의사를 파견한다 해도 대체 어느 지점에서 합류해야 할지……."

고민 가득한 에반의 말에 알렉산드로는 묵묵히 클로이를 지켜보았다. 진지하게 환자를 다루는 그녀에게 시선을 두고, 그가 뒤늦게 대답했다.

"의사가 따로 필요하진 않을 것 같다."

의사는 믿을 수가 없었다.

'고열이 점점 내리기 시작했어.'

뿐만 아니라 들쑥날쑥 엉망이던 숨소리가 안정되었다.

그리고 다음 날 아침. 쪽잠을 자던 의사를 깨운 건 바로 기사 로한이었다. 정신을 차린 로한을 확인해 본 의사는 어제보다 몰라보게 호전된 상태에 깜짝 놀랐다.

"그럼 정말 새끼 멧돼지를 드신 이후부터 배탈이 나신 겁니까?"

"그렇소. 시종이 잡아 요리한 것이라 그저 맛만 보았는데, 이렇게 될 줄은……."

"열은 언제부터 나셨습니까?"

"그날 밤부터 열이 났소. 아, 내 시녀도 같이 먹었는데 그 아이는 어떤지 아시오? 괜찮소?"

"시녀는 어제 시신으로 발견되었습니다."

로한은 경악했다.

"스미스라는 기사단의 의사 또한 그렇게 되었다더군요."

"이런……."

로한은 묵념을 하듯 눈을 감고 비통한 마음을 달랬다. 그동안 의사는 시종의 상태를 살폈다.

'금방 정신을 차리겠군.'

기쁜 일이지만 씁쓸했다. 그 하녀의 말이 맞았다.

"어쨌든 정말 고맙소. 내가 신세를 졌군. 보답을 하리다."

로한이 의사를 마주 보며 말했다. 하지만 의사는 그 눈을 오래 마주치지 못하고 고개를 돌렸다.

'왜 저러지?'

로한은 의아했지만 의사를 다그치는 대신 에반의 시녀에게 그동안의 상황을 물었다. 제가 며칠간 정신을 잃었는지, 누가 다녀갔는지 등등.

똑똑.

그때 누군가 문을 두드렸다.

"쿠피히트 부단장님께서 오셨습니다."

밖에서 시종이 알렸다. 로한은 얼른 자리에서 일어났다.

'면목이 없다.'

제가 저지른 잘못을 알고 있었다. 침실로 들어온 에반이 굳은 얼굴로 로한을 마주했다.

"정말 실망스럽군."

"……드릴 말씀이 없습니다."

전쟁터에서 등을 맞대고 싸우는 전우들은 모든 행동을 함께해야 했다. 따라서 일행은 다 같이 식사를 하는 것이 원칙이었다. 기사단에서 개인행동은 절대 금물이었다. 그런데 로한은 몰래 멧돼지를 먹었고, 그 결과 두 사람이 세상을 떠났다. 가장 큰 죄는 불명예였다. 백작의 영지에서 이런 창피스런 모습을 보였다. 기사단의 수치였다.

만약 병명을 밝혀내지 못했더라면, 영주인 람붓 백작이 그 책임을 고스란히 질 뻔했다. 황궁만큼이나 큰 권력을 가진 기사단이다.

백작은 억울하게 영주의 자리를 박탈당할 뻔했다.

"머무는 동안 방에서 근신하도록."

"……예."

로한은 속으로 자신을 질책했다. 용건이 끝난 에반이 몸을 돌리자 의사가 그를 불러 세웠다.

"저, 부단장님."

의사의 표정은 진지했다.

"어제 그 소녀와…… 이야기를 나누고 싶습니다."

이른 아침. 대공은 보고를 받았다.

"새벽에 로한 경이 의식을 회복하셨습니다. 굉장히 호전된 상태입니다."

"시종은."

"시종은 아직 잠들어 있습니다만, 의사의 말로는 안정된 상태라고 합니다."

대공은 전혀 놀라지 않았다. 이미 알고 있었다는 듯 담담하게 고개를 주억였다.

"나가 봐라."

"예."

시종이 나가고, 클로이는 그의 침실로 간단한 조식을 가져왔다.

"그럼……."

늘 그랬듯 꾸벅 인사하고 나가려 했는데, 그의 태도가 평소와 달랐다. 갑자기 그녀에게 빈 물잔을 내민 것이다.

'응?'

클로이는 고장 난 인형처럼 멈칫했다.

'아, 물을 따르라는 뜻이구나.'

뒤늦게 눈치챈 그녀가 재빨리 물을 따랐다.

'이제 나가도 되나?'

고민하는 순간 이번에는 그가 빈 우유 잔을 내밀었다. 우유를 채우자 다음엔 빈 잼 접시를 내밀었다. 클로이는 얼른 가서 잼을 덜어 주었다. 그의 의도를 눈치챈 클로이는 결국 옆에서 제대로 식사 시중을 들기 시작했다.

'자기 밥 먹을 때는 나가 있으라더니!'

속으로 툴툴거렸지만 시중을 드는 게 자신의 할 일이었다.

'성에서 밥을 먹으니 갑자기 시중을 받고 싶어졌나?'

클로이는 제가 왕녀였을 때 받았던 시중을 떠올리며 그의 식사 시간을 도왔다. 하지만 대공은 시중 때문이 아니라, 그녀를 가까이서 지켜보려고 붙잡은 것이었다.

'열심이군.'

내심 실소가 터졌다. 하녀는 마치 귀족 영애를 대하듯 저를 대했다. 이를 알아챌 수 있는 부분들이 있었는데, 예를 들면 접시를 놓는 방식이 그랬다. 영애들이 입는 드레스는 소매가 길어서, 모든 그릇을 식탁의 중심에만 둔다. 클로이는 빈 접시를 놓을 때 식탁의 중심으로만 그릇을 움직였다. 심지어 식사가 끝난 뒤에는 우습게도 그의 의자를 빼 주려 했다.

'노예가 왜 귀족의 식사 예법을 배웠지?'

귀부인의 시중을 들었었나.

'애나 때문에?'

앞뒤가 맞지 않았다. 이 하녀는 알아 갈수록 신기한 소설책을 읽는 기분이었다. 한 장 한 장 넘길 때마다 전혀 예상치 못했던 것들이 튀어나온다. 덕분에 요즘 그는 제 하녀를 지켜보는 걸 소소한 즐거움으로 삼고 있었다. 천천히 답을 알아내고 싶었다. 정공법으로 진실을 캐낼 수도 있지만, 그건 반칙 같았다.

'시간은 많으니까.'

알렉산드로는 제 하녀를 보며 소리 없는 미소를 지었다. 얌전히 눈을 내리깐 채 '언제 나가도 되나' 하며 제 눈치만 살피고 있었다.

"아침 식사를 하고 와라."

"네."

그 길로 신나게 식당으로 향한 클로이는 누군가에게 붙잡혔다.

"여기 있었구나?"

에반의 시녀였다. 맛있는 스튜를 앞에 두고 막 스푼을 들어 올리던 클로이는 그대로 행동을 멈췄다.

"어제 그 의사가 너와 이야기를 나누고 싶다고 하셨어. 어서 가자."

"……."

시무룩하게 스푼을 내려놓은 클로이가 자리에서 일어섰다.

'난 아직 아침도 못 먹었는데…….'

배고프지만 다녀와야 했다. 속으로 꿍얼거린 그녀는 기사 로한과 시종이 있는 방으로 향했다.

"어떻게 하루 만에 싹 나으신 거지? 너 혹시 마녀 아니니?"

"하하……."

클로이는 그 둘의 병명과 처방에 확신이 있었다. 기사가 깨어났다는 소식도 그리 놀랍지 않았다.

'안색은 어떤지 밥 먹고 가 보려고 했는데.'

한데 침실에 로한은 없었다. 에반의 다른 시녀와 의사, 그리고 아직 정신을 차리지 못한 시종뿐이었다.

"로한 경은?"

클로이를 데려온 시녀가 다른 시녀에게 물었다.

"잠깐 자리를 비우셨어. 백작님께 사죄하러 가신대."

"아아."

그때 의사가 클로이에게 먼저 눈인사를 건넸다.

'밤을 샜나 봐.'

하루 사이 수척해진 얼굴이 퍽 안쓰러워 보였다.

"부르셨습니까."

그녀가 꾸벅 인사하자, 의사가 복잡한 표정을 하곤 말했다.

"어제 네가 말한 미치광이풀이라는 것에 대해 물어보려고 불렀다."

"아, 그 독초는……."

클로이는 미치광이풀에 대해 제가 아는 대로 설명했다. 그러자 이야기를 듣던 의사의 표정이 미묘해졌다.

"잠깐, 혹시 장지초를 얘기하는 것이 아니냐? 그러고 보니 증상도 비슷하군."

사람에겐 영향이 없지만 동물은 중독되고, 중독된 동물을 먹으면 사람도 중독된다.

"그 증상은 발열, 설사, 코피……."

"장지초? 근처에 흔한가요?"

"꽤 있다고 했다."

클로이는 장지초라는 이름을 한 번도 들어 본 적이 없었다.

'내가 못 들어봤을 리가 없는데…….'

증상이 그렇게 심각하고 사람을 죽음으로 몰아갈 만큼 무서운 독초인데, 아무렴.

"그럼 아마 같은 식물인데, 부르는 이름이 다른 걸지도 모릅니다."

"아, 그럴 수 있겠군!"

"예, 나라마다 부르는 이름이 다른 경우가 있다고 했습니다."

"나라마다……?"

"엘파사에선 미치광이풀이라고 부르는데, 그게 제국에선 장지초인 것 같습니다. 정확히 조사를 해 봐야겠지만요."

의사는 눈을 동그랗게 뜨고 물었다.

"너, 엘파사 출신이냐?"

'아차.'

말실수였다.

'엘파사 출신인 건 숨기려고 했는데.'

클로이는 치밀하지 못한 자신을 탓했다.

"예…… 그곳에서 살았었습니다."

"그렇군. 듣기로 엘파사는 산이 많아서 약재 연구가 훌륭하고 능력이 출중한 의사나 간호원도 많다던데, 다 사실이었나 보군."

"그, 글쎄요. 그런데 저 시종님은 어떠신가요?"

클로이는 다급히 화제를 돌렸다.

"아직 정신을 차리진 못했지만 이미 안정기에 접어들었다. 이름이 토마스라던가? 지금은 아마 잠에 빠진 걸 거다. 곧 깨어나겠지."

의사의 설명이 끝나자마자 클로이는 자리에서 일어났다.

"그럼 저는 모시는 분께 돌아가 보겠습니다."

"그 해독초에 관해서도 묻고 싶었는데 어쩔 수 없구나."

의사가 아쉬운 투로 덧붙였다.

"엘파사에서 의약을 공부한 줄 일찍 알았더라면 네 처방을 새겨들었을 텐데."

"네에, 그럼 전 이만……."

그는 더 하고 싶은 이야기가 남은 것 같았지만, 엘파사 출신임을 밝히고부터 클로이는 이 자리가 몹시 부담스러워졌다.

"대공님께서 일을 다 보면 바로 오라고 하셨거든요. 이만 가 보겠습니다."

예의 바르게 인사를 건네자 의사는 마지못해 가 보라며 손짓했다. 클로이는 재빨리 문을 닫고 침실을 나왔다. 질끈 눈을 감은 그녀가 제 입술을 때렸다.

'멍청이! 거기서 엘파사 얘기는 왜 해!'

제일 들키기 싫었던 걸 제 입으로 말해 버렸다. 그래도 다른 많은 이들이 듣진 않았다. 그나마 다행이었다.

'저 시녀들이 이상한 소문만 내지 않으면 좋겠는데…….'

세리머니의 일행 가운데는 이 명예로운 여정에 낀 노예를 못마땅하게 여기는 사람들도 있었다. 한번은 모닥불 앞에서 그녀의 근처에 앉기도 싫다며 대놓고 일어나 가 버린 시종도 있었다.

'기사님들은 가만있는데 시종들이 더 난리야.'

기사들은 아무도 클로이를 나쁘게 대하지 않았다. 대공 때문이었다. 그를 향한 충성심에, 다들 그녀를 하녀로만 대했다.

'하아, 배도 안 고파졌어.'

식당으로 돌아가려던 클로이는 방향을 틀었다.

'청소나 해야지.'

대공의 침실로 향한 클로이는 똑똑, 문을 노크했다.

'없나?'

저번의 큰 실수로 이후로는 꼭 노크를 하고 다니는 그녀였다.

'없네.'

일정이 있어 또 나간 모양이었다. 침실을 둘러보던 클로이는 딱히 더러운 곳이 없다는 걸 깨달았다.

'하여튼 깨끗하다니까.'

대공은 굉장히 깔끔한 성격이었다. 그의 막사를 정리하면서도 늘 느낀 바지만.

'나보다 깔끔해.'

격식 차리는 걸 좋아하지 않고, 야영에도 능숙한 데다, 전쟁터에서 오랫동안 흙먼지를 마시며 살았다고 해서 사람이 지저분할 줄 알았다. 전부 편견이었다. 대공은 심지어 정리 정돈도 잘했다.

기사단장인 그는 기사단 관련 서류를 비롯하여 전서구를 통해 주고받는 편지의 양이 어마어마했다. 그런데도 탁자 위는 언제나 깔끔했다.

'목욕도 나보다 더 자주 하지.'

씻을 수 있는 상황이 아닐 때는 수건에 물을 적셔서 몸을 닦곤 했다. 클로이가 곁에 있거나 말거나 전혀 신경 쓰지 않았지만, 그녀는 대공이 씻을 때는 자리를 피했다.

'대충 쓸고 닦자.'

침실 청소를 끝내고, 와인을 채워 놓은 클로이는 세탁물을 들고 빨래터로 향했다. 세탁을 미룬 적이 없어 양이 많지 않았다.

'금방 끝낼 수 있어!'

오전의 빨래터는 한적했다. 햇빛이 반사되어 개울물은 반짝였고, 간간이 들리는 하녀들의 웃음소리가 아름다운 종소리 같았다.

'날이 좋네.'

제국에는 강과 호수가 많았다. 행군을 하면서 적어도 하루에 한 번은 강이나 호수, 개울을 만났다. 클로이에겐 정말 다행이었다.

한창 빨래를 하다 보니 주위가 시끌벅적해졌다. 하녀들에게 세탁물을 가지러 온 시녀들이었다. 백작성의 시녀도 있었고, 세리머니의 시녀들도 있었다. 한데 클로이를 먼저 알아본 그들이 귓속말을 시작했다.

'나만 보면 저렇게 수군거리네…….'

하긴, 대공의 하녀가 신분이 낮은 노예이니 이상하게 보일 만했다.

'대공은 왜 하필 날 데려왔을까?'

클로이는 개울물에 비친 제 얼굴을 응시했다.

'맞다, 머리카락!'

머리가 벌써 목을 덮었다. 단정한 단발도 아니고, 마구잡이로 자른 머리카락이 점점 길어지니 더 엉망이었다. 하이디의 말대로 소녀인지, 소년인지 헷갈려 보였다.

'고기도 자주 못 먹는데, 머리카락은 왜 이렇게 빨리 긴담.'

가위든 칼이든 얼른 구해서 머리를 잘라야겠다. 결심한 클로이는 물을 먹어 무거워진 빨래들을 들고 일어섰다. 몇 벌 되지 않는데도 대공의 옷이 커서 무척 무거웠다. 휘청거리다 넘어질 뻔한 클로이는 단단히 빨래를 끌어안았다.

쏟아지는 햇볕 아래 힘들게 빨래를 널고 돌아오니 어느덧 점심시간이 가까웠다. 침실로 돌아가던 그녀는 마부를 만났다.

"트리거 님, 혹시 대공님은 시찰 가셨나요?"

"아니, 아까 잠깐 하울을 보시고는 다시 올라가셨는데?"

"그렇군요."

"아마 서재에 계실 거야."

"네, 감사합니다."

클로이는 걸음을 서둘렀다.

'침실부터 가 봐야지.'

그런데 대공의 침실 앞에 웬 방문객이 서 있었다. 람봇 백작의 시종이었다.

'대공님은 서재에 있는 모양이네.'

그가 클로이를 보곤 반갑게 말을 붙였다.

"아, 마부님. 노크를 했는데 들려오는 답이 없어서 기다리던 차였습니다."

백작의 시종은 클로이를 마부로 착각했다.

'하긴 이런 옷을 입고 있는데 하녀라고 생각하는 게 더 웃기지.'

그의 말을 대충 들어 넘긴 클로이는 간단히 용건을 물었다.

"지금 대공님은 침실에 계시지 않습니다. 무슨 일이신가요?"

"다름이 아니라, 람붓 백작님께서 대공님을 만찬에 초대하셨습니다. 그동안 불미스러운 일도 있었고 해서……."

"말씀 전하겠습니다."

"예, 그럼."

정중한 인사를 받은 클로이는 멀어지는 그의 뒷모습을 응시하다 픽 웃었다.

'나한테도 저렇게 깍듯하네.'

이게 다 대공 때문이었다.

'그 남자는 아마 한 번도 '을'이 되어본 적 없을 거야.'

그는 어디서나 '갑'이었다. 클로이는 새삼 그의 소탈한 성격과 제게 베푸는 관대함이 놀라웠다.

'매질은커녕 질책 한번 없었지. 실수를 몇 번이나 했는데…….'

신분 사회인 이 시대에 저만큼 하녀에게 너그러운 귀족이 있을까? 클로이는 들어 보지 못했다.

'이래서 가정교육이 중요한가 봐.'

아무래도 대공의 집안이 그런 분위기인 듯했다. 물론 그의 아버지가 권력의 정점에 선 대귀족이라는 건 알고 있었다.

'던칸'이라는 이름을 들어 보지 못한 대륙인이 있을까?

정복 군주로 불리는 던칸 그레이엄은 제국 밖에서 더 유명했다.

'어머니 쪽이…… 아주 훌륭한 성품이신가 보네.'

대공의 소탈하고 너그러운 성품은 분명 어머니의 영향을 많이 받았을 것이다.

'조용하고 선한 사람이겠지. 어머니는 영지에 계시려나?'

수도에 없었으니 아마 그런가 보다. 이런저런 생각을 하며 걷다 보니 어느덧 서재 앞이었다.

대공은 전령조의 다리에 묶어 보낼 편지를 쓰고 있었다. 수도 대공저를 비롯해 영지와 기사단, 그리고 황궁에 있는 아버지까지 신경 쓰려면 굉장히 바쁠 것이었다.

'방해하지 말아야겠다.'

대공에게 백작의 만찬 초청을 전한 클로이는 빨래터로 향했다.

'햇빛이 좋아서 금방 말랐을 거야.'

가벼운 걸음으로 개울가로 향한 그녀는 이내 돌처럼 굳고 말았다.

"이게…… 어떻게 된 거야?"

대공의 의복이 전부 바닥에 떨어져 있었다. 클로이는 망연자실한 얼굴로 빨랫감을 확인했다.

'진흙이 잔뜩 묻었잖아……!'

둘러보니 빨랫줄에 걸린 다른 옷들은 전부 멀쩡한데 대공의 옷만 그랬다.

"네가 제대로 안 널었나 보구나."

누군가 옆을 지나가며 말했다.

"옷은 잘 펼쳐서 널었어야지. 혹시 못 배웠니?"

세리머니의 다른 시녀였다.

"다른 건 아는 척을 잘만 하더니, 푸훗."

조소를 날린 시녀가 유유히 자리를 떠났다. 황당해진 클로이는 그 시녀에게 욕을 한 바가지 해 주려다 간신히 참았다. 뻔히 보이는 행동이 너무 유치했다.

'간이 부었나? 아무리 내가 미워도 그렇지.'

어떻게 감히 대공의 옷을 저렇게 해 놓았을까?

'미쳤네, 정말.'

옷은 완전히 엉망이었다. 그냥 바닥에 떨어진 게 아니라 고의로 진흙을 묻히기까지 한 것 같았다.

'어휴, 이렇게 비싼 옷을.'

그의 옷은 전부 최고급 원단에 보석까지 붙어 있었다.

'내가 얼마나 조심조심 빨았는데…….'

아무리 봐도 다시 입을 순 없었다.

'이걸 어쩌지.'

다른 시녀들이 이렇게 만들어 놨다고 하기엔 제 책임을 회피하는 변명처럼 느껴졌다. 저 시녀의 모함이래도 증명할 길은 없었다.

'어쨌든 내 책임이었어.'

대공은 백작성에 따로 시중을 요청하지도 않았다.

'그만큼 나를 믿었는데…….'

속상하다. 금세 시무룩해진 클로이는 옷을 살피다 문득, 백작의 만찬 초청을 기억해 냈다.

만찬 때 입어야 할 연미복!

'당장 오늘 저녁이잖아!'

사색이 된 그녀가 옷을 뒤적이다 엉망이 된 연미복을 발견했다. 상태는 처참했다. 곧 필요한 옷이 없으니, 대공에게 최대한 빨리 사실대로 말하는 수밖에 없었다.

'진짜 큰일 났다…….'

이번에야말로 그가 크게 화를 낼 것이다. 아무리 너그럽다 해도 이건 그냥 넘어갈 수준이 아니었다. 진흙 묻은 빨랫감을 챙기던 클로이는 억울해서 눈물이 핑 돌았다.

'난 착하게 살았는데 내 인생은 대체 왜 이럴까.'

현생에서 불행이 닥칠 때마다 클로이는 저도 모르게 전생의 삶을 돌아보았다. 아주 나쁜 죄를 저지른 적은 없지만 떳떳하지 못한 언행들이 있었다. 길 위에 무심코 버렸던 쓰레기, 경쟁에서 이기려던 이기적인 행동, 작은 거짓말 등등. 전생의 제 과오들이 현생을 어지럽히는 업보가 된 건 아닌지 무서웠다. 인과응보라는 말처럼.

그래서 후생을 위해서라도 착하게 살았다. 의식적으로 바른 삶을 살려고 노력했다. 철저히 이기적인 이타심이었다.

'남에게 피해 끼치지 않고 열심히 살았는데…….'

기사 로한을 살린 것도 사실 그녀였다. 하지만 누구에게도, 고맙다는 인사는커녕 잘했다는 칭찬조차 듣지 못했다. 인사를 받고 싶어서 도와준 건 아니지만 그래도 서운했다. 하루하루를 성실하게 보내고, 주어진 것에 만족하고. 노력해서 행복하게 살려고 했을 뿐인데…….

'업보가 더 남은 걸까.'

기구한 제 운명이 원망스럽다. 허탈해하던 그녀는 이내 고개를 저었다.

'대공의 하녀 신세도 사실은 고마워해야 하는 처지야.'

갑자기 세리머니에 끌려오긴 했지만, 간호과에 계속 있었어도 상황은 비슷했을 것이다. 부원장과 어울릴 때마다 간호원들의 따가운 시선을 받지 않았던가?

'차라리 지금은 대공 때문에 나를 대놓고 괴롭히진 못하지.'

간호과였으면 무시무시한 괴롭힘이 있었을 것이다. 그렇게 생각하니 방금 눈물이 찔끔했던 스스로가 나약하게 느껴졌다.

'다른 사람을 도와줄 수 있다는 사실에 감사하자. 난 지식이 있잖아.'

클로이는 마음을 다잡고 눈가를 문질렀다. 얼굴을 싹 닦고 나자 한결 기분이 나아졌다. 더럽혀진 옷들은 여전히 속수무책이지만 어쩔 수 없었다. 빨리 가서 대공에게 사실을 알리는 수밖에.

'제대로 뭐 하나 해내는 일이 없는 하녀라고 생각하겠지.'

평소에도 대공은 그녀의 일 처리를 마음에 들어 하지 않았다.

'다 닦은 갑옷도 맨날 다시 닦으라고 하고…….'

그것도 꼭 제 눈앞에서 닦으라고 했다. 얼마나 꼼꼼한지 확인하겠다는 듯이.

'이번엔 정말 혼날 각오를 해야겠어.'

한숨을 내쉰 클로이는 애나의 충고를 되새겼다.

이 시대는 폭력이 흔했다. 이상한 주인을 만난 시종들은 매질이 기본이었다. 왕궁에 살던 무렵, 귀족들이 작은 실수에도 시종의 뺨을 후려치는 걸 하루에 한 번씩은 꼭 목격했다. 그런 기억들이 자꾸만 떠올라 대공에게 향하는 걸음이 무거웠다.

'이번에는 용서가 없을 거야.'

서재에 있던 알렉산드로는 로한의 시종 토마스가 깨어났다는 소식을 들었다.

"이제 막 정신을 차렸지만 상태가 나쁘지 않습니다. 의사 말로는 곧 완쾌할 것 같다고 합니다, 대공님."

빠른 회복이었다. 클로이가 말 하울을 치료했을 때처럼. 제 하녀가 다시금 마법을 부린 건 아닐까. 알렉산드로는 소리 없이 웃음을 터뜨렸다. 클로이가 마법을 쓰는 마녀라니, 안 어울려도 그렇게 안 어울릴 수가 없었다.

'마녀는커녕 마녀에게 잡아먹히지나 않으면 다행이지.'

실없는 제 상상에 피식 미소 짓던 찰나. 누군가 문을 두드렸다. 똑똑, 작은 노크 소리가 연달아 들려왔다.

"누구냐."

"대공님, 저⋯⋯."

개미만 한 목소리. 알렉산드로의 한쪽 입가가 저절로 씩 올라갔다.

"저⋯⋯ 클로이입니다."

클로이는 그가 혹시 제 이름을 잊어버렸을까 봐 재빨리 덧붙였다.

"대공님의 하녀요."

어쩐지 제가 듣기에도 평소보다 훨씬 불쌍했다. 다행히 대공은 그녀의 이름을 잊어버리진 않았는지, 말을 전부 마치기도 전에 들어오라 대답했다. 그가 무슨 일이냐는 듯 클로이를 응시했다.

책을 찾고 있었는지, 서가에 서 있었다. 앉아 있을 때보다 훨씬 거대해 보이는 데다 팔짱을 끼고 있어 근육이 평소보다 두드러져 보였다. 입 안이 바싹 말랐다.

'저 손으로 매질하면 진짜 아프겠지⋯⋯.'

그의 두터운 팔뚝을 뚫어져라 바라보던 클로이는 그가 여전히 자신을 바라보고 있다는 사실을 깨달았다. 무슨 일이냐는 재촉도 없이 그저 기다리는 게 더 무서웠다. 당황한 클로이는 두서없이 입을 열었다.

"저어, 제, 제가 빨래를 하다가……."

'대공님이 자주 입으시는 옷들을 망가뜨렸어요. 총 여덟 벌이나요. 당장 오늘 밤에 입으실 연미복도 없는데 어떡하죠.'

입이 붙었는지 뒷말이 나오지 않았다. 입술만 달싹이는데 대공은 묵묵히 기다리고만 있었다. 클로이는 등에 식은땀이 났다.

"오, 옷을…… 옷을 전부 망가뜨렸어요! 죄송해요!"

클로이는 눈을 질끈 감았다. 정적이 흘렀다.

'왜 아무 말 안 하지……?'

살짝 실눈을 떠보니 대공은 그대로 있었다. 화가 난 얼굴도 아니었다. 그저 평소처럼 엄숙한 무표정이었다.

'뭐지…….'

클로이는 눈치를 살피며 말을 이었다.

"오늘 저녁에 당장 입으실 연미복도…… 없는데요."

알렉산드로의 침묵이 그녀에겐 폭풍 전야처럼 느껴졌다.

'심장이 터지기 전에 제발 무슨 말이라도 해 줬으면…….'

침묵이 길어졌다. 그는 서가 안쪽으로 걸음을 옮겼다.

"백작의 시종에게, 내게 재단사를 보내라고 전해라."

대공의 음성은 담담했다. 마치 별일도 아닌 것처럼.

'설마…… 이게 다야?'

의아해진 클로이가 눈으로 그를 쫓았다. 책장을 살피던 그는 찾는 게 있었는지, 책 한 권을 꺼내 펼쳐 보았다. 그는 전혀 화가 난 것 같지 않았다. 클로이는 황당했다.

'뭐지? 정말 화가 나지 않은 거야? 질책도 없어?'

설마 이런 실수까지 그냥 넘어갈 줄이야.

'얼른 재단사를 불러오자.'

클로이는 재빨리 인사하곤 부리나케 문을 나섰다. 대공은 서재 뒤에서 그 뒷모습을 응시했다. 제 하녀가 오늘은 뭔가 달라 보였다.

'별일이군.'

언제나 그렇듯 꽁지에 불붙은 듯 쪼르르 빠져나가는 뒷모습은 여전했지만. 가뜩이나 낡아 빠진 저 거지 같은 옷에는 어디서 묻혀 왔는지 진흙이 범벅이고, 표정도 어두웠다.

'산에서 굴렀나.'

제 의복은 당연히 백작성의 하인들에게 맡긴 줄로만 알았다. 한데 직접 세탁하다가 실수라도 한 모양이었다. 물론 그가 입는 모든 의복은 장인이 한 땀 한 땀 정성 들여 만든 최고급이었다. 집사인 아론이 특히 신경 쓰는 부분이라 수도가 아니면 절대 구할 수 없는 품질이었다.

'그가 알았다면 난리가 났겠군.'

하녀는 큰 실수를 한 게 맞지만 그의 관심은 다른 데 있었다.

'왜 울었지?'

평소에도 제게 말을 잘 못 붙이는 하녀지만 오늘은 유독 심각했다. 게다가 얼굴에 써 있었다. 나 방금 울었어요, 하고. 피부가 하얘서 그런지 벌건 눈가가 더 두드러졌다. 그런데다 겁을 잔뜩 집어먹은 그녀의 표정은 안쓰럽기까지 했다.

어차피 옷차림은 신경 쓰지도 않는 편이지만 이상하게 화가 나지 않았다. 그보다는 그 애가 왜 울었는지 더 신경 쓰였다.

'정말 옷 때문인가?'

그간 제 하녀는 덜덜 떨면서도 할 일은 잘 해냈다. 또 어떤 일에는 신기하리만큼 열정적으로 달려들었다. 겉으로는 여려 보이지만 강한 아이였다. 맡은 일에 힘든 내색도 없고, 약한 모습을 보이는 법이 없었는데. 그런데 정말 옷 몇 벌 때문에 그렇게 울었을까?

진심으로 궁금했다.

'내가 상관할 일은 아니지.'

피식 웃은 알렉산드로는 다시 책으로 눈을 돌렸다. 하지만 하얀 종이 위에는 활자가 아니라 시무룩한 제 하녀의 눈빛이 그려졌다. 순간 잘생긴 그의 얼굴이 살며시 찌푸려졌다.

'왜 울었을까…….'

알렉산드로는 짐짓 짜증스러운 손길로 페이지를 넘겼다.

백작의 시종은 재단사를 데리고 서재로 찾아왔다.

"백작령에서 가장 큰 의상실을 운영하는 재단사입니다."

시종의 소개에 재단사가 공손히 인사했다. 그는 아주 말이 많았다.

"세상에, 이렇게 키가 크고 훤칠하신 분은 처음 봅니다."

대공의 신체 치수를 잴 때마다 감탄했고, 그를 찬양하느라 바빴다.

"특히 팔다리가 기시고…… 어휴, 이 어깨…… 분명 대공님께서는 특별한 재단사가 필요하셨을 겁니다. 수도 재단사들의 실력엔 못 미치겠지만 최선을 다하겠습니다."

대공은 연미복과 여벌의 옷을 주문했다. 재단사는 대공의 의복을 맡게 되어 가문의 영광이라며 연신 함박웃음을 터뜨렸다.

"시일 내 준비가 되겠나?"

"예, 그럼요, 그럼요."

재단사는 받아 적은 주문서를 황금처럼 품에 꼭 안아 들었다.

"안 되도 되게 해야지요. 걱정 마십시오!"

클로이는 재단사가 굽신대는 모습을 남의 일처럼 멀찍이 서서 지켜보았다.

'허리가 땅에 닿겠다.'

제가 다 민망했다. 클로이는 일부러 머리를 긁적이며 딴 곳을 응시했다.

"제가 갖고 있는 가장 최고급 원단으로, 유행에 뒤떨어지지 않는 멋진 옷을 만들어 오겠습니다! 감히 제가 대공님의 품격에 맞는 옷을 만들 순 없겠지만 최선을 다해서……."

"저 아이의 것도 부탁하네."

대공은 재단사의 말을 자르고 대뜸 제 하녀를 가리켰다. 모두의 이목이 그녀를 향했다. 갑자기 고요해진 실내에 클로이는 움찔했다.

'저 아이?'

재단사, 시종과 차례로 시선을 마주친 클로이의 눈이 휘둥그레졌다.

'저 아이가 설마…… 나?'

전혀 예상하지 못한 일이었다. 그녀뿐만 아니라 재단사와 백작의 시종 또한 깜짝 놀랐다. 정적이 내려앉았다. 제일 먼저 정신을 차린 시종이 당황한 재단사의 몸을 팔꿈치로 툭툭 쳤다.

"예예, 알겠습니다. 그럼요."

재단사는 얼른 표정을 갈무리했다. 그러곤 기분 나쁜 기색 하나 없이 클로이의 치수를 재기 시작했다. 몸에 손이 닿지 않도록 조심하면서.

'내가 왜 비천한 노예의 옷까지 만들어 줘야 하는 거야? 제기랄!'

꼬질꼬질 낡은 옷을 입은 클로이의 외양은 누가 봐도 노예였다. 치수를 재던 재단사는 고민에 빠졌다. 노예인 건 그렇다 치고…….

'여자애야, 남자애야?'

생긴 것은 곱상하니 여자아이 같은데, 입고 있는 옷은 바지였다.

"여자요, 남자요?"

재단사가 그녀만 들을 수 있도록 조용히 속삭였다.

'여자라고 말하면 분명 소녀용 드레스를 준비하겠지?'

클로이가 얼른 대답했다.

"남자예요."

치마는 절대 입고 싶지 않았다. 재단사는 알았다는 듯 고개를 끄덕였다. 뒤에서 숨죽여 이들의 대화를 엿듣던 시종은 깜짝 놀랐다.

'저 애가 소년이라고?'

목소리도 그렇고, 얼굴도 예쁘장해서 당연히 소녀로 알았다.

"그럼 시일 내로 옷을 준비해 오겠습니다."

재단사와 시종은 공손히 인사한 뒤 서재를 나섰다. 재단사는 심혈을 기울여 작품을 만들어 내겠다고 의지를 불태웠다.

"밤을 새워야겠군요!"

시종은 그런 재단사를 돌아볼 여유가 없었다.

'맙소사!'

당장 백작을 찾아야 했다. 발걸음이 급해졌다. 백작은 만찬 준비로 바쁠 테지만, 이 충격적인 사실을 꼭 알려야 했다. 둘은 각자 다른 이유로 바쁘게 움직였다.

"그 하녀가 사실은 남자애란 말이냐?"

땀을 훔치느라 시종이 말을 잇지 못하자, 백작의 옆에 있던 다른 시종이 입을 열었다.

"백작님, 그 소년은 하녀가 아니라 마부입니다. 스스로 마부라고 했습니다."

"마부?"

"예, 예, 그렇습니다. 소년이고, 마부입니다."

숨을 고르던 시종이 힘겹게 대답했다.

"게다가 대공께서는 그 소년에게 직접 옷도 하사하셨습니다. 재단사의 맞춤옷을요."

"이럴 수가!"

백작은 놀란 입을 다물 수가 없었다. 좀 꼬질꼬질한 하녀라고 생각했던 소녀가 사실은 마부였다? 체구도 작고, 귀엽게 생긴 아이였다.

'소녀처럼.'

당연히 시중을 드는 소녀라고 생각했을 만큼, 대공은 그 소년을 안 데리고 다니는 곳이 없었다. 침실부터 서재, 식당까지!

"확실합니다. 제 두 귀를 걸고, 똑똑히 들었습니다."

"리사의 말에 따르면, 그 소년은 늦은 시간에 대공님의 침실에 들어가서 나오지 않는다고 합니다."

얘기를 듣던 백작의 얼굴이 점점 굳어졌다.

"대공님은 아주 이른 시각에 일어나시는데, 아침에는 항상 그 소년과 함께 나온다고 했습니다."

"……."

"아침에 침실에서 함께 나오는 것을 본 이들이 한둘이 아닙니다."

"정말이냐?"

백작은 못 들을 것을 들은 사람처럼 눈이 휘둥그레졌다. 경악스러웠다. 뒤통수를 후려 맞은 기분이었다. 이제야 모든 조각이 맞춰졌다.

'황궁에서 급하게 보낸 편지가 바로 그런 이유였군!'

대공과 밤을 보내던 이는 소녀가 아니었다. 소년이었다. 던칸 그레이엄은 아들의 취향을 알고 있었던 것이다!

전쟁 영웅, 제국을 통일한 기사단의 단장이자, 제국 제1가문의 하나뿐인 외아들.

미혼의, 완벽한 외모의 남자!

'맙소사.'

백작은 과하다고 생각했던 던칸의 편지 내용을 납득했다.

'나 같아도…….'

그럴 것 같았다. 백작은 갑자기 던칸이 측은해졌다.

"하지만…… 내가 그 침실에서 봤던 손과 목소리는 분명 소녀의 것이었는데."

그가 혼란스러워하자 시종이 번쩍 고개를 들었다.

"수없이 옷을 만들었던 재단사 또한 그 아이가 소년인지 소녀인지 확신하지 못했습니다. 한데 그 소년이 본인 입으로 말했으니, 그보다 분명한 게 있습니까?"

옆에서 다른 시종이 거들었다.

"그렇게 소녀처럼 귀엽게 생겼으니 대공님께서 데리고 다니시겠지요."

"······!"

맞는 말이었다. 백작은 머리가 아팠다. 대공은 제가 어림짐작했던 것보다 괜찮은 남자였다. 며칠 보진 못했지만, 성실한 데다 오만하지 않고 소탈한 게 마음에 들었다. 게다가 유흥을 좋아하는 것 같지도 않았다. 결혼하면 밖을 나돌지 않고 가족만 생각할 남자였다.

그래서 백작은 불미스러운 일을 잊자는 핑계로 만찬을 열었다. 거기서 제 딸들을 소개할 계획이었다. 하지만······.

"세리머니까지 동행할 정도면 보통 사이가 아닙니다."

시종이 쐐기를 박듯 말했다. 백작은 의자에 앉아 머리를 감쌌다. 던칸, 그 남자의 아버지에게 어떻게 답장을 써야 할 것인가.

백작성에서 떠날 날이 머지않았다. 교활한 몸은 야영의 불편한 잠자리를 떠올리곤 안락한 성을 떠나기 싫어했다. 클로이는 당장 며칠 뒤부터 또 행군을 해야 한다는 사실이 믿기지 않았다.

겨우 사흘이지만 정말 많은 일들이 있었다. 기사 로한과 시종 토마스는 둘 다 정신을 차렸고 체력을 회복했다.

'죽은 사람은 안됐지만 저들은 살아남아서 그나마 다행이야.'

혼자 식사하게 된 클로이는 자연스레 이런저런 생각에 빠졌다. 요즘 대공은 계속 식사 시중을 원했다. 그래서 클로이가 뒤늦게 식당에 가면 아는 이가 아무도 없었다. 하이디는 무슨 이유에서인지, 백작성에서 한 번도 마주치지 못했다.

'바쁜 일이라도 있나?'

구석에서 조용히 밥을 먹던 클로이의 옆자리에 누군가 털썩 와서 앉았다. 그녀가 살려 준, 시종이었다.

"안녕."

나이 어린 청년인 그는 스스럼없이 클로이에게 인사를 건넸다.

"당연히 알고 있겠지만 난 로한 경의 시종 토마스야. 돼지 새끼를 처먹고 죽을 뻔했던."

'새끼 돼지겠지.'

물끄러미 그를 쳐다보던 클로이가 뒤늦게 자신을 소개했다.

"전 대공님의 하녀인 클로이예요."

"알아."

가볍게 대꾸한 그는 식사를 시작했다. 뻘쭘해진 클로이는 다시 스튜로 시선을 돌렸다. 그때 스튜 그릇에 고개를 처박은 토마스가 지나가는 투로 말했다.

"고맙다. 구해 줘서."

"……."

단순히 고맙다는 말 한마디지만 클로이는 눈물이 날 것 같았다. 처음 듣는 인사였다. 목이 막혀 대답을 못하자 그가 우유를 내밀었다.

"앞으로 밥 같이 먹자."

웃으며 하는 말에 클로이는 구원이라도 받는 기분이었다. 하이디는 보이지 않았고, 트리거는 주로 마부들과 함께 일찍 밥을 먹었다. 혼자라도 상관없다고 위로했지만 사실은 외로웠다. 저 외에는 다들 친구가 있고 동료가 있으니까. 그런 제게 드디어 같이 식사를 할 친구가 생겼다. 클로이는 밝은 미소로 답했다. 그도 미소로 화답했다.

상큼한 소년과 청년의 경계에 선 이런 듬직한 친구가 생겨 기뻤다. 웃으면서 그가 말했다.

"너 앞니에 토마토 꼈어."

이후, 토마스는 끼니마다 클로이를 기다려 주었다. 다른 시종과 시녀들을 소개해 주기도 했다. 함께 밥을 먹으며 알게 된 토마스의 성격은 첫인상과 많이 달랐다. 그는 웃으면서 막말을 하는 타입이었다. 다른 사람이라면 꺼릴 만한 말도 그는 거리낌 없이 했다. 알고 보니 그는 귀족 출신으로, 남작의 아들이라고 했다.

"근데 우리 아버지는 남작이 된 지 얼마 안 돼서 그냥 찌끄러기야."

"찌끄러기요?"

"원래는 장사치였어."

아버지에 대해서 하는 말도 거침이 없었다. 혹시 누가 들을까 사방을 살피는 것은 클로이의 몫이었다. 아버지가 거상이라는 토마스는 부유하게 자라서인지 항상 당당했다. 그와 대화하면 눈치 보고 뜨끔한 쪽은 늘 클로이였다.

"나한테 뭐 부탁할 거 없냐?"

"부탁할 거요?"

"그래. 뭐든 말해 봐. 네가 날 살려 줬잖아."

"글쎄요. 딱히…… 없는데요."

"멍청이."

클로이는 입을 딱 다물었다.

'몰래 야생 짐승이나 잡아먹고 죽을 뻔했던 주제에……'

"생각 좀 해 봐. 알았냐?"

토마스는 가볍게 그녀의 머리카락을 흐트러뜨렸다. 순간 잊고 있던 게 생각났다.

'맞다!'

차례로 그의 단정한 머리카락이 눈에 들어왔다.

"혹시 머리카락을 정돈할 가위 있으세요?"

"당연히 있지."

토마스는 흔쾌히 제 가위를 빌려주었다.

"그냥 너 가져."

"아니에요, 돌려드릴게요."

"그럼 그러든가."

그렇게 가위를 빌린 클로이는 다음 날, 평소보다 이른 시간에 일어났다. 해야 할 일이 있었다.

빨래터의 얕은 강가. 바위에 걸터앉은 그녀는 품속에서 가위를 꺼냈다. 푸르스름한 수면 위로 반사된 제 얼굴이 보였다.

　'얼마나 자르지?'

　대충 가늠해 보던 클로이는 옆머리를 조금 집었다. 가위는 고급스럽게 생긴 만큼 성능도 좋았다. 머리카락이 한 번에 삭둑 잘렸다. 이번엔 뒷머리를 잡고 이리저리 길이를 쟀다.

　'저번보다 더 짧게 자를까?'

　머리는 이미 목을 덮을 정도였다. 그때였다. 강물에 비친 제 얼굴 뒤로 커다란 그림자가 드리웠다.

　'빨래터엔 아무도 없었는데!'

　흠칫한 클로이가 천천히 고개를 돌려 그림자의 정체를 확인했다.

　"꺄악!"

　대공이었다. 너무 놀란 나머지 클로이는 들고 있던 가위까지 놓쳤다.

　'왜 이렇게 귀신처럼 나타나선……!'

　당황하며 자리에서 일어서던 그녀는 발을 헛디뎠다.

　"어어!"

　금방이라도 물에 빠질 것 같았다. 순간 대공이 강한 힘으로 그녀를 잡아 주었다. 간신히 몸을 지탱한 클로이는 놀라서 허둥대다 그만 대공의 손을 뿌리치고 말았다.

"아, 안녕히 주무셨어요."

당황한 그녀는 재빨리 공손한 자세를 취했다. 대공의 눈가가 가늘어졌다.

'대체 뭘 하던 거지?'

그는 아침 운동 중이었다. 저보다 늦게 일어나는 클로이는 몰랐지만, 그는 매일 아침 몸을 단련했다. 그리고 몸을 닦고 땀을 식힐 때쯤 클로이가 침실로 왔다. 평소처럼 한적한 곳에서 칼을 들고 자세를 취하던 그는 날카로운 가위질 소리를 들었다. 그 근원지를 찾자, 누군가 강가에서 가위질을 하고 있었다. 가위를 든 소녀가 바로 제 하녀임을 알게 된 그는 먼저 상황을 지켜보았다. 가뜩이나 짧은 머리를 왜 더 자르려고 할까. 이해되지 않았다.

'여자들은 긴 머리를 좋아하지 않나.'

그리고 보니 알렉산드로는 제 하녀처럼 짧은 머리를 한 여자를 한 번도 본 적이 없었다.

"뭘 하고 있었지?"

"머리카락을…… 자르고 있었습니다."

"어째서?"

클로이는 진땀이 다 났다.

'왜 캐묻지?'

그녀는 그가 순수하게 궁금해서 물어보는 거란 걸 전혀 몰랐다. 취조라도 당하는 기분이었다. 당장이라도 그가, '네가 베아트리체 왕녀인 것을 내가 모를 줄 아느냐?'라고 말할 것 같았다. 클로이는 일단 현실적인 이유를 들었다.

"머, 머리끈이 없어서…… 불편합니다."

알렉산드로는 크게 놀랐다. 전혀 예상치 못했다.

'머리끈이 없어서 머리카락을 기르지 못한다…….'

귀족인 그는 절대로 이해할 수 없는 답변이었다.

'노예라서 그런가?'

하지만 다른 여자 노예들도 머리를 잘만 기르고, 함부로 자르지도 않는다. 장신구를 사지 못하는 노예나 평민들일수록 자신을 치장할 게 긴 머리카락밖에 없었다. 그래서 그들은 늘 긴 머리를 사수했다.

'그런데 이 아이는…….'

대공의 차가운 물빛 눈동자가 제 하녀의 머리부터 발끝까지를 천천히 훑어 내렸다.

'그간 내 앞에선 드레스를 입지 않았지. 단 한 번도.'

남자 옷보다 여자 옷이 훨씬 비쌌다. 클로이가 입은 옷을 물끄러미 바라보던 그는 확인차 질문을 던졌다.

"네가 소년의 복장을 한 것도 그런 이유냐?"

"……그렇습니다."

그는 클로이의 머리카락으로 시선을 돌렸다.

완벽한 아름다움이라고 칭송받는 금발이나 은발은 아니었지만, 그녀에겐 검은 머리가 잘 어울렸다. 확실히 제국인들과는 색다른 매력이었다. 게다가 그녀의 머리카락은 곧고 윤기가 흘렀다. 기르면 꽤 눈길이 갈 것 같았다.

'머리끈이 없어 소년처럼 하고 다닌다…….'

제 하녀가 안쓰러웠다.

"앞으로는 자르지 말거라."

"예, 알겠습니다."

처지가 어려워 남자아이처럼 짧은 머리를 하고, 더러운 옷을 입고 다니는 제 하녀.

그녀의 처절한 행동을 봐 왔던 터라, 저도 모르는 새 깊은 연민을 느꼈다. 어린 나이에, 얼마나 사는 게 힘들면…… 아무래도 세리머니가 끝나면 함께 고생한 그녀에게 좋은 남종을 짝으로 붙여 줘야겠다. 그는 그런 생각을 하며 클로이에게서 등을 돌렸다.

"이게 내 옷이라고……?"

클로이의 손에는 재단사가 보내온 옷이 들려 있었다.

'그 사람 미쳤나 봐.'

은은한 연보랏빛의 원단에 금빛 자수가 새겨진 그 옷은 부담스럽게 화려했다.

'내가 노예인 것을 모르나?'

딱 봐도 노예처럼 생긴 제게, 어째서 이런 옷을 입으라고 만들어 줬는지.

"이해할 수가 없네."

하지만 결정적인 문제는 따로 있었다. 요상하게 화려한 디자인에 남자 옷이다 보니……. 그 모습은 마치.

'미동 같잖아!'

눈에 띄는 색깔, 남자 복식. 여자로 보일까 봐 걱정하긴커녕 귀족의 잠자리 상대를 하는 미동으로 보였다.

'이 옷을 입고 다녔다간 대공에게 이상한 소문이 날 거야. 분명히.'

다행히 대공은 이 옷을 보지 못했다.

'이걸 버릴 수도 없고…….'

일단 챙겨 놓았지만 기분이 찝찝했다. 클로이는 다시 제 누더기 옷으로 갈아입고 대공의 침실로 향했다.

'얼른 가서 편지 써야지!'

대공이 호르헤에게 편지를 쓰라고 명한 뒤부터 그녀는 매일 밤 편지를 썼다. 편지쓰기는 그녀의 휴식 시간이나 다름없었다. 아무리 힘들고 피곤해도 할 수 있었다.

그녀가 편지를 쓰는 동안 알렉산드로는 침대에 반쯤 누워 책을 읽었다. 책에 시선을 두고 있던 그는 일정한 슥삭슥삭 소리가 들리자 눈만 올려 하녀를 응시했다. 야무지게 깃펜을 잡은 클로이는 완전히 편지에 몰두해 있었다. 저 하녀가 자신을 얼마나 어렵게 생각하는지, 잘 안다. 저와 함께 있으면 작은 소리만 나도 깜짝깜짝 놀라 갑옷을 닦다가도 놓치기 일쑤였다. 하루 종일 같이 있는데 눈도 안 마주치는 날도 있었다.

'이제 내가 익숙해질 때도 되지 않았나.'

알렉산드로는 하녀에게서 눈을 떼지 않았다. 신기하게도 소녀는 저 약초에 관한 일에는 완전히 다른 사람 같았다. 저 정도로 뭔가에 집중하는 사람을 본 적 없었다. 눈은 빛나고, 표정은 더없이 진지했다. 숨도 안 쉬고 글을 써 내려가는 것 같았다. 요즘 보면 아예, 저 일을 하려고 사는 사람 같았다.

하긴. 결과물을 보면 저렇게 열심인 게 이해도 된다. 저 작은 손으로 써낸 글자와 내용이 직접 보면서도 믿기지가 않았다. 특히 글씨체가 아주 단정하고 아름다웠다. 알렉산드로는 책을 좋아하는 만큼 자연스레 글씨체도 눈여겨봤다. 보통 제국의 명필로 소문난 학자들은 필체가 거칠고 알아보기 힘들었다. 한데 하녀가 쓴 편지들은 잘 읽히고 알아보기도 쉬웠다. 안정된 글씨체로 일관되게 써 내려간 데다 실수도 안 하는지 매번 고친 흔적조차 없었다.

대공은 특히, 그녀가 동그라미를 그리는 모양이 특이하고 귀엽다고 생각했다. 편지 쓰는 걸 지켜보는 게 흥미로워진 그는 들고 있던 책을 조용히 내려놓고 하녀의 뒤로 걸음을 옮겼다. 저 글씨를 쓰는 손을 더 자세히 보고 싶은 마음에서였다. 다행히 집중한 클로이는 그가 가까이 다가오는 걸 눈치채지 못했다. 머릿속 지식을 글로 옮기느라 다른 것에 신경 쓸 여유가 없었다. 클로이는 한참 빈 종이를 채워 갔다.

'마지막이야.'

끝까지 편지를 마무리한 그녀가 종이를 두 손으로 들어 올렸다.

'빼놓은 내용은 없겠지?'

첫 줄부터 천천히 편지를 살피던 그녀는 순간, 제 눈앞에 있던 대공이 없어졌다는 사실을 깨달았다.

"……밖에 나갔나?"

의아해진 그녀가 스르르 편지를 내려놓았다.

'소리도 못 들었는데 귀신 같다니까, 아무튼.'

잠시 주위를 둘러보다가, 문은 닫혀 있는지 확인하려고 뒤를 돈 순간이었다. 클로이는 자리에서 펄쩍 뛰었다.

"엄마야!"

그가 바로 뒤에서 자신을, 정확히는 자신이 쓴 편지를 바라보고 있었다. 너무 놀라 온몸의 털이 바짝 섰다.

'내가 방금 뭐라고 했지? 들었나?'

속으로 중얼거린 것 같은데 혹시 그가 알아채진 않았겠지, 생각하며 얼른 자리에서 일어났다.

'할 말이 있으면 그냥 하지, 꼭 이런 식으로……'

클로이는 얌전히 손을 모으고 고개를 숙인 채 그의 반응을 기다렸다. 하지만 그는 묵묵히 그녀의 편지를 읽기만 했다.

겉으로 티는 안 냈지만, 알렉산드로는 나름 충격 상태였다. 클로이의 깃펜이 물결치듯 유연히 만들어 내는 움직임은 부드럽고 거침이 없었다. 물속의 물고기가 움직이듯 자연스러웠다. 깃펜은 손으로 잡기는 너무 얇았다. 때문에 오래 글을 쓴 사람이 아니고서는 저렇게 자연스럽게 글자를 쓸 수 없었다.

그가 보기에 클로이는 적어도 10년, 혹은 그 이상 책상에 앉아서 글을 써 온 사람이었다. 한 번 글자를 쓰기 시작하면 한 문단이 끝나기 전에는 깃펜이 멈추지 않았고, 그건 그녀가 적어 내리는 내용이 익숙한 제 지식의 일부라는 뜻이었다.

이번 편지도 독초에 관한 것이었다. 서서 구경하다 보니 시간이 가는 줄도 몰랐다.

"저어……"

당황한 클로이 때문에 알렉산드로는 지금 시간이 꽤 늦었다는 걸 깨달았다.

"가서 쉬어라."

말이 끝나기 무섭게 그녀는 기다렸다는 듯 꾸벅 인사를 마치곤 재빨리 침실을 빠져나갔다. 알렉산드로의 시선이 자연스레 클로이를 쫓았다. 그녀가 쏜살같이 문을 닫고 나가는 그 뒷모습까지.

'사라질 때만 재빠르지.'

그녀는 문을 닫을 때조차 눈이 마주칠까 걱정하는 듯 고개를 푹 숙이고 있었다. 클로이를 쫓던 호기심 어린 눈동자는 곧 빠르게 닫힌 문에 가로막혔다.

"……."

순간 알렉산드로는 묘하게 불쾌해졌다. 스스로도 이유를 알 수가 없었다. 다시 편지로 시선을 돌린 그는 클로이가 남겨 놓은 글자들만 의미 없이 바라보았다.

7. 오해의 시작

7. 오해의 시작

· · · ◆ · ·

　행군이 다시 시작됐다. 몇몇 시녀들은 투덜거렸지만, 대부분은 기분 좋은 환대에 피로를 풀고 떠나게 되어 가벼운 발걸음이었다. 실제로 람봇 백작의 성에서 머무는 동안은 기사, 시종 할 것 없이 매끼 호화로운 음식을 대접받았다. 클로이도 끼니마다 고기로 배를 채워 든든했다.

　"바닥에서 다시 잘 생각을 하니 벌써 짜증 난다."

　토마스는 투덜거리는 이들 중 한 명이었다.

　"그래도 부단장님께서 다리가 다 나으셔서 천만다행이지."

　에반은 다리가 다 나아서 이제 부축이 필요 없어졌다. 기사단에서 가장 바쁜 사람이라 어디를 가도 그가 있었다. 에반을 더 자주 마주치게 된 클로이는 부담스럽기 짝이 없었다.

　"저는 몸이 가뿐한 것 같아요."

　그녀가 어깨를 붕붕 돌리며 대답하자 토마스가 피식 웃었다.

"넌 노예라서 그런가? 뭘 해도 좋아요, 좋아요."

"아하하하."

우스꽝스럽게 제 표정을 흉내 내는 토마스 때문에 웃음이 터졌다. 토마스는 유쾌하고 발랄했다. 클로이는 가식 없는 그가 마음에 들었다.

"괜히 돼지 새끼는 잡아먹어 가지고 고생만 하고 욕은 오지게 처먹다가 떠나네."

"음, 그러게요. 그 시녀님 일은 유감이에요. 의사 스미스 님도……."

"걔가 멧돼지 잡아 온 거야. 그리고 걔는 원래 세리머니에 참여할 시녀도 아니었는데 부모 입김으로 따라왔다니까 자업자득이지 뭐. 그 의사는 말할 것도 없고."

'죽은 시녀와는 친분이 전혀 없었나 봐.'

토마스의 냉정한 발언에 클로이는 대답할 말을 골랐다.

"다들 세리머니에 참여하고 싶은가 봐요."

"장난해?"

그가 정색을 하고 클로이를 돌아봤다.

"가문의 영광이지."

"그렇겠네요."

"아 참, 넌 가문이 없지."

토마스가 이해한다는 듯 고개를 끄덕이며 정면을 응시했다.

"더할 영광도 없는 노예 인생, 세리머니가 기분 좋은 일만은 아니겠네."

혼잣말하듯 중얼거렸지만 클로이의 귀엔 분명히 들렸다. 그 말은 사실이었다.

'이 일행 중에 세리머니 여정을 짐처럼 느끼는 사람은 나뿐이겠지?'

일순 기분이 착잡해진 클로이는 한동안 묵묵히 걸었다. 하지만 멀지 않은 곳에 그녀와 똑같은 생각을 하는 사람이 한 명 더 있었다. 바로 이 세리머니의 선두에.

'피곤하군.'

알렉산드로는 기분이 좋지 않았다. 아침에 불쾌한 일이 있었다. 백작성을 떠날 때 환송을 나온 람붓 백작이 제게 이상한 소리를 늘어놓았다. 그동안 모시게 되어 영광이었다고 작별 인사를 하고는, 망설이며 그를 붙잡았다.

"주제넘은 말이지만, 저 또한 자식들을 둔 아버지로서 대공님께 드리고 싶은 말씀이 있습니다."

주저주저하던 백작이 내놓은 말은 결국 이랬다.

"어떤 부모가 하나뿐인 자식이 남들과 다른 길을 가길 원하겠습니까? 그러니 아버님이신 전하의 마음을 잘 헤아려 주십시오."

그러고는 대답을 듣기 무서운 사람처럼 후다닥 사라졌다. 알렉산드로는 순간 아무 말도 할 수 없었다. 전혀 예상치 못했다. 초면의 영주에게 그런 말을 듣게 되리라고는.

아무리 아버지뻘 되는 사람이라지만 감히 제국의 기사단장에게 이런 사적인 충고를 남기다니. 불쾌하고 어이가 없지만 성에서 불미스러운 일도 있었고 해서 그냥 조용히 성을 떠나기로 했다. 하지만 백작이 대체 누구에게 무슨 말을 듣고서 제게 그런 '충고'를 건넨 건지 궁금했다. 그가 가문의 대를 이을 생각이 없다는 걸 잘 아는 것 같았다.

알렉산드로의 짙은 눈썹 사이로 주름이 졌다. 같잖은 참견에 기분이 더러웠다.

   클로이는 날짜를 세기 시작했다.

   '어디 보자. 세리머니가 시작된 지…… 벌써 한 달이 넘었네?'

   달력을 들고 다니는 사람이 보이질 않아서 저라도 날짜를 세야
했다. 정확한 시간을 모르면 하루가 그냥 지나갔다. 날을 세지 않
으면 무의미하게 한 달, 두 달 하며 시간이 지나가 버린다. 게으르
게 지내도 되지만 클로이는 의미 없이 시간을 보내고 싶지 않았다.
이 세계에선 자신의 나이조차 모르는 노예들도 많았다.

   '그렇게 살고 싶지 않아.'

   백작의 성을 떠난 지도 벌써 열흘이 훨씬 넘었는데 다음 영지의
주인이 누구인지 아직 말이 없었다.

   '한참 더 가야 하나 봐.'

   요새 부쩍 친해진 토마스의 설명으로는 한 달은 더 가야 할 거라
했다. 두 사람은 식사만 같이하다가 이젠 행군 중에도 함께 수다를
떠는 사이가 되었다. 기사 로한이 스스로 시종을 둘 자격이 없다며,
토마스를 기사단 위원회의 잡일을 하는 시종으로 위임했다. 결국
클로이의 주인은 기사단장, 토마스의 고용자는 부단장이 되었다.

   세리머니의 실질적인 책임자들을 모시게 된 두 사람은 급속도로
친해졌다. 토마스는 그녀와 성격이 전혀 달랐다. 그가 생각 없이 내

뱉는 말을 듣고 있다 보면 통쾌했다. 속으로는 그렇게 생각하지만 결코 하지 못하는, 그런 이야기들을 토마스는 쉽게 내뱉곤 했다.

'아마 내 신분 때문에 더 편하게 말하는 거겠지.'

클로이는 다른 시종들과 어울리면서 자연스럽게 하이디와 멀어졌다. 동료들과 자유롭게 어울리는 야밤에 하이디를 볼 수 없기 때문이었다.

요즘 클로이는 밤에 바빴다. 대공의 저녁 식사를 챙기고, 그녀도 저녁을 먹고, 대공이 기사단 회의를 가면 갑옷을 닦고 막사에 필요한 잡일을 해야 했다. 그리고 밤이 되면 클로이는 대공의 막사에서 호르헤에게 편지를 썼다. 그 일정이 끝난 후에야 개인적 시간을 갖고, 잠들 수 있었다. 이제는 자연스러운 일과였다.

클로이는 대공이 예전만큼 부담스럽지 않았다. 가끔씩 그가 제 뒤에서 편지를 보고 있어도 깜짝깜짝 놀라거나 하지 않았다.

그렇게 되기까지, 몇 가지 사건이 있었다.

저녁 시간이었다. 하루는 일이 늦어져서, 밥을 먹으려고 보니 이미 음식을 다 치운 상태였다. 저녁을 못 받은 클로이는 터덜터덜 돌아와 모닥불을 쬐며 허기를 달랬다. 하루 종일 걷느라 배가 등가죽에 붙을 지경이지만 어쩔 수 없었다. 그런데 대공이 대체 어떻게 알았는지 갑자기 자신의 식사를 챙겨 주었다. 따로 시종을 불러 제 것을 준비시킨 것이다.

"먹어라."

그가 딱 한마디 하고 돌아섰다. 미처 감사하다고 인사할 틈도 없었다. 얼떨떨해진 클로이는 배가 너무 고파 일단 식사를 했다. 음식을 다 먹고 배가 부르자 그제야 고맙다는 말을 잊었단 걸 깨달았다.

'그 한마디 하자고 자는 대공님을 깨울 순 없잖아.'

결국 다음 날 아침. 조식을 가져가자 그는 갑옷을 손보고 있었다. 하의만 입은 채였지만 너무 많이 봐서 이젠 놀랍지도 않았다.

'어제저녁에는 감사했다고 말해야 하는데……'

한데 정작 입술이 떨어지지 않았다. 한참 주저하던 그녀는 결국 식사를 치울 때쯤 겨우 입을 열었다.

"저……"

갑옷을 입던 그가 행동을 멈추지 않은 채 눈만 돌려 클로이를 응시했다. 그의 시선이 느껴지자 자연스레 고개가 바닥으로 떨어졌다.

'빨리 인사하고 나가자.'

용기를 낸 그녀가 얼른 입을 열었다.

"어제 저녁, 감사했습니다."

대공은 평소처럼 별 말이 없었다. 클로이는 그게 '알았으니 나가 봐라.' 라는 의미인 걸 알아챘다. 신기한 일이었다.

'내가 이제 이런 능력까지 생겼네.'

그만큼 대공을 파악했나 보다. 또 하루는, 이런 점심도 있었다. 행군을 하다가 적당히 멈춰 점심을 먹는데, 그날은 아는 사람이 아무도 보이지 않았다.

'어디 가서 먹지?'

클로이도 이젠 옆자리에 대화를 나눌 사람이 있었으면 했다. 빵을 들고 주위를 탐색하던 그녀는 나무 아래 앉아서 먼저 점심을 먹고 있던 대공을 스치듯 발견했다. 눈이 마주친 건 순식간이었다. 클로이는 재빨리 시선을 돌려 다른 곳을 쳐다보았지만, 어쩐지 대공의 시선이 집요하게 그녀를 따라왔다.

'뭔가 시킬 게 있나…….'

결국 다가가 물었다.

"와인을 가져올까요?"

식사 중에 술을 곁들이는 걸 알기 때문에 나온 질문이었다. 하지만 대공은 전혀 상상도 못한 대답을 꺼냈다.

"네 식사를 가져와라."

"네?"

잘못 들었다고 생각한 클로이가 멍하니 되물었다.

"난 두 번 말하는 것을 좋아하지 않아."

단호한 그의 대답에 그녀는 반사적으로 고개를 숙였다.

"아, 네!"

대체 무슨 생각인지 알 수가 없었다. 어쨌든 명령은 명령이라 떨떠름히 식사를 챙겨 돌아오자, 대공이 눈짓으로 옆에 앉을 것을 요구했다.

'나보고…… 기사단장 옆에 앉아서 밥을 먹으라고?'

클로이는 망설였다. 난감한 명령을 내린 그는 태연히 식사에만 집중했다. 더 이상 자신을 쳐다보지도 않았고 재촉도 하지 않았지만, 클로이는 온몸이 따가웠다. 그의 명령을 들어야 했다. 무언의 압박을 이기지 못한 그녀는 쭈뼛쭈뼛 그의 옆자리로 향했다. 팔다리가 제 것이 아닌 것처럼 따로 따로 움직였다. 아주 천천히, 자리에 앉는 순간 그가 말했다.

"편히 먹거라."

대공은 순수한 의도로 한 말이지만 그녀에겐 불편하게만 들렸다. 클로이는 고민하다가, 그냥 편하게 먹기로 했다.

'배고파.'

주위를 왔다 갔다 하던 시종, 시녀, 기사들이 흘끔거리며 쳐다보는 시선이 느껴졌지만 감히 아무도 뭐라고 하지 못했다. 대공이 권위적인 사람이 아니라는 건 여정을 함께한 모두가 아는 사실이었다. 그러니 그냥 '이제는 하녀랑 식사도 같이하시는구나.' 정도로 생각하는 것 같았다. 빵을 씹던 클로이는 모두의 이목이 닿는 제 옆 사람을 흘끔거렸다.

'이 남자도 사람은 사람이네.'

거의 매일 혼자 식사하는 그가 외로움을 알 리 없었다. 오늘의 이해할 수 없던 행동은 저를 위한 배려였다. 갈 곳 없는 그녀가 열심히 두리번거리는 걸 보고 옆자리를 권했으리라. 참 무뚝뚝하고 표현이 없는 사람이지만 호의를 숨기지 않는 게 또 그다웠다. 대공의 성품을 보자면 너그러움을 빼놓을 수 없는데, 그녀가 옷을 더럽힌 사건 이후로도 실수를 꾸중하거나 매질한 적이 없었다.

그건 동물에게도 마찬가지였다. 저녁 식사를 위한 사냥에서도 새끼가 있거나 배가 부른 암컷은 사냥하지 않았다. 한 번은 나무에서 떨어진 아기 새를 옮겨 주는 것도 본 적 있었다. 그답지 않게 굉장히 조심스러운 손놀림이었다. 그런 의외의 면이 놀라웠다.

대공은 약자에게는 약하고 강자에게는 강한 사람이었다. 권력을 가졌는데도 오만하지 않고, 차별 없이 사람을 대한다.

며칠 전에는 이런 일도 있었다.

"아이고, 죽겠네!"

일행이 전부 구토를 하며 탈수 증상을 앓았다. 아무도 원인을 모른 채 상태는 점점 심각해졌다. 체력이 좋은 기사들은 그나마 덜했지만 시녀들은 일어나지 못할 수준이었다.

'갑자기 뭐지?'

클로이는 주변을 둘러보고 원인을 찾았다. 알고 보니 야영지 근처에 흐르던 물이 문제였다. 수생 식물에 독이 있었다. 클로이는 해독초를 찾아 채취했고 그들에게 먹이려 했다. 한데 시녀들은 그녀가 가져온 해독초를 먹지 않았다.

"우리가 널 어떻게 믿고 이걸 먹니?"

시녀들이 그런 반응을 보이자 기사들도 꺼림칙했는지 해독초 먹기를 주저했다.

그때, 대뜸 대공이 나섰다.

"이걸 먹으면 낫는다고 했느냐?"

"예."

대답을 들은 그는 일말의 망설임도 없이 해독초를 먹었다. 기사단장인 대공이 그렇게 나오자 기사들도 별수 없이 해독초를 먹었고, 시녀들도 따라야 했다. 결국 행군은 하루 쉬게 되었다.

다음 날 아침, 해독초를 먹은 대부분의 사람들이 멀쩡해졌다. 클로이는 무심히 갑옷을 벗는 대공의 뒷모습을 보며 이상한 기분에 휩싸였다.

'저 사람은 나를 신뢰해.'

그녀는 알고 있었다. 대공은 아무런 중독 증세도 보이지 않았다.

'멀쩡한 상태인데도, 일부러…….'

일부러 기사들과 시종들 앞에서 해독초를 먹어 준 것이다. 가슴께가 간질거렸다. 그가 사람들 앞에서 자신을 향한 신뢰를 몸소 보여 주었다. 고맙다고 말하고 싶은데 입이 떨어지지 않았다.

달라붙은 입술 대신, 클로이는 대공에게 조금씩 마음을 열었다.

알렉산드로는 여전히 제 하녀를 관찰 중이었다. 이 하녀는 정말 신기한 게, 알면 알수록 과거가 짐작이 되질 않았다.

'무척 소심하고 겁이 많다는 것만은 확실하다.'

해독초를 먹어 준 게 고마웠는지, 오늘은 부리나케 도망치지 않고 뭔가 할 말이 남은 것처럼 꼼지락거리다 나갔다. 정말이지 우습기 짝이 없었다. 알렉산드로는 저렇게 투명한 사람은 생전 처음 보았다. 제가 한 행동은 실상 고마워할 것도 없었다.

매일 하녀가 쓰는 편지를 읽다 보니 그녀를 신뢰할 수밖에 없었다. 만약 클로이가 틀렸다고 해도 어차피 다른 방법이 없었다. 일행 중에 의사가 없으니까. 그러니 해독초를 먹은 건 일행을 위한 합리적인 행동일 뿐이었다.

지속적으로 제 하녀를 관찰하는 동안, 알렉산드로는 생각보다 많은 것을 알게 되었다. 일단 그녀는 책임감이 아주 강했다. 옷에 오물이 묻었을 때도 그녀는 남 탓을 하지 않고 스스로 책임을 지려했다. 시녀들이 클로이를 구석진 곳으로 데려가는 걸 본 대공은 그 뒤를 따라갔다.

"지난 일이지만 사과하고 싶어서 불렀어. 사실은……."

들어보니 바로 시녀들이 제 의복을 엉망으로 만든 범인이었다.

"알고 있었어요."

"뭐? 그런데 왜……."

"심증뿐이고, 어쨌든 제 책임인데 다른 사람을 지목하기엔 비겁한 것 같아서 대공님께 말씀드리지 않았어요."

이미 전말을 아는데도 입을 다물고 있었다.

"지난 일인 데다 대공님이 아무 말씀 없으셨어요. 그러니까 전 괜찮아요."

여기까진 그가 예상한 답변이었다.

"하지만 그분을 모욕하는 짓을 다시는 모르는 척하지 않을 거예요."

알렉산드로는 거기선 조금 놀랐다.

'저런 소리도 하는군.'

기특했다. 게다가 제 책임을 알고 남 탓 없이, 침묵을 지켰다. 무엇보다 변명이 없다는 게 아주 마음에 들었다. 어쩌면 거짓말에 익숙하지 못한 성격 탓일 수도 있었다.

알렉산드로는 비겁한 귀족들이 진흙탕을 구르는 꼴을 많이 봐 왔다. 노예인 하녀가 잃을 게 뭐가 있다고 비겁해지기 싫었던 걸까. 대체 저 하녀가 가진 긍지의 근원은 뭐지?

'설마…… 귀족이었나?'

잘 이해되지 않았다. 남에게 보여 주려는 거라면 납득이라도 할 텐데. 일부러 거지꼴을 하고 짧은 머리를 하고 다니던 걸 생각하면 그녀는 딱히 타인의 이목을 신경 쓰지도 않았다. 짐승이 마시는 물을 마시는 주제에 스스로를 부끄럽게 생각하지도 않았다. '대공님이 물통을 주기 전에는 말의 수통에서 목을 축였다.'며 토마스에게 말하는 것을 우연히 들은 그는 경악했다. 아직 어려서 부끄러움을 모르는 건지, 정말로 스스로가 부끄럽지 않던 건지.

결국 그가 내린 결론은 후자였다. 클로이는 돈이 없어서 짧은 머리를 하고, 드레스를 입지 않는다고 말하면서도 부끄러워하지 않았다. 학자에 버금가는 지식과 글재주가 있으면서도 이를 뽐내지 않았다. 없는 걸 창피해하지도, 가진 걸 자랑하지도 않는다.

'비겁해지고 싶지 않다……'

순수한 제 양심대로, 존엄과 긍지를 지키며 살고 싶단 뜻이었다.

'도대체 왜.'

노예가 왜 제 안위보다 그깟 양심을 지키고자 할까? 이상한 점은 또 있었는데, 바로 자신을 대하는 태도였다. 클로이는 유독 자신을 두려워했다. 그는 처음엔 하녀가 신분 때문에 제게 겁낸다고 생각했다. 그래서 다른 기사들을 대할 때 어떻게 하는지를 자세히 보았다. 한데, 아니었다. 하녀는 다른 기사들을 대할 때는 확연히 달랐다.

고개를 숙이고 있는 모습은 같지만, 대화하는 동안 잔뜩 긴장해 있거나 꽁지가 빠져라 도망가거나 하진 않았다. 시종과 신나게 웃다가 저와 눈이 마주치면 얼굴에 찬물이라도 맞은 사람처럼 얼어붙는 걸 한두 번 목격한 게 아니었다. 시간이 갈수록 확실해졌다. 그녀는 순수하게 저를 두려워했다.

'왜지?'

이해가 안 되지만 그건 지금도 여전했다. '나가 봐라.' 하면 그 말만 애타게 기다렸던 사람처럼 후다닥 사라졌다.

'왜 나만 저렇게 무서워할까?'

처음 이 사실을 확신하고 알렉산드로는 제 하녀에게 이유라도 따져 묻고 싶었다. 일행의 유일한 노예로서 부끄러움도, 수치심도, 두려움도 없는 그녀가 도대체 왜 자신만 그렇게 무서워하는지.

알렉산드로는 무뚝뚝해도 자신의 사람은 잘 챙겼다. 의리와 신뢰를 중요하게 여겼고, 인간관계에 있어 그것을 가장 기본으로 여겼다. 다만 지금까지 그 대상은 전부 남자였다. 여자를 기피하는 데다, 전장에서 전우들과 오랫동안 생활한 탓이었다. 최초로 생긴 예외가 바로 클로이였다.

조금도 여자 같지 않아서 방심했던 것일까? 여자라기보다는 소녀에 가깝지만, 알렉산드로는 더는 그녀를 아이로 대하지 못했다. 이 점도 이상했다. 클로이는 감정을 숨기지 못할 정도로 순진하면서, 맡은 책임을 감당할 정도로 인격이 성숙했다.

'알 수가 없군.'

확실한 건 하녀가 자신의 사람이라는 점이었다. 스스로도 눈치채지 못했지만 어느새 그는 하녀를 인정했다. 놀라운 변화였다. 하지만 알렉산드로는 아직도 하녀의 정체를 알지 못했다.

출신은 어디인지, 뭘 하다가 온 사람인지, 나이는 몇인지. 짐작하는 거라곤 그녀가 오랫동안 교육을 받았고, 제국이 아닌 다른 나라에서 왔다는 사실뿐. 알면 알수록 그녀는 제가 예상하는 것과 달랐고, 이제는 오기가 생겨서라도 직접 캐물을 수 없었다.

귀족이라기엔 지나치게 소박하고, 걸음걸이도 발랄했다. 제 앞에선 소심하지만……. 노예였다기엔 가진 재주가 너무 비상했다.

　여러 가지 짐작 끝에 그는 어렴풋이, 클로이의 정체가 평민 의사가 아니었을까 생각했다. 하지만 그 짐작도 틀렸다는 사실을 깨닫는 데에는 오래 걸리지 않았다.

　점심을 먹고 다시 행군을 시작하던 참이었다. 일정이 늦어져 기사단의 수뇌부가 행군의 선두를 이끌었다. 알렉산드로와 에반, 그리고 위원회의 몇 명.

　일행은 금방 평야로 들어섰다. 갈대가 사람 키만큼 자라 있었지만 다행히 길이 평평하게 다져져 있었다. 기사단의 행군을 예상한 듯했다. 클로이는 대공의 말 크산토스 옆에서 걸으며 기회를 노렸다.

　'고맙다고 꼭 말해야지.'

　흘끗 그를 올려다보니 대공은 무표정이었다.

　'표정만 저렇지 않으면 사람들이 다가가기도 좀 쉬울 텐데…….'

　얼굴이 아깝다고 속으로 혀를 찬 클로이는 그에게 말할 타이밍을 잡다가 입을 열었다.

　"저어, 대공님."

　그의 시선을 받은 클로이는 대공의 말, 크산토스를 대신 바라보면서 말을 이었다.

　"어제 해독초 일이요."

그때였다.

"정말 감사하다고 말씀을…… 꺅!"

대공이 순식간에 말에서 뛰어내려 그녀를 덮쳤다. 클로이는 자리에서 몇 발자국이나 떨어진 곳으로 뒹굴었다. 다행히 그가 뒤에서 감싸준 덕분에 많이 아프진 않았다.

'뭐지?'

갑작스레 벌어진 일에 정신이 없었다. 문득 그녀의 눈이 휘둥그레졌다.

'저게 뭐야!'

땅에 단도가 꽂혀 있었다. 방금 전까지 그녀가 서 있던 자리였다. 동시에 말들이 거세게 울부짖었다. 기사들의 고함이 들려왔다. 사방에선 칼을 뽑아 들었다. 기사단은 순식간에 전투태세를 갖추었다. 눈 깜짝할 사이 벌어진 일이었다.

"이게 무슨…… 으악!"

클로이가 바닥에 쓰러진 채 어쩔 줄 모르자, 대공이 한 손으로 그녀를 일으켜 제 뒤로 숨겨 주었다.

'인형처럼 다뤄졌어.'

그야말로 놀랄만한 힘이었다.

"너희들이 가진 모든 식량과 여자들을 내놓아라!"

앞에서 큰 소리가 났다. 척 보기에도 도적처럼 생긴 이들이 기세등등하게 등장했다. 기사단과 도적들은 거리를 두고 대치했다. 대공의 뒤에서 그들을 살피던 클로이의 안색이 점점 파리해졌다.

'……머릿수가 정말 많아.'

갑자기 이 많은 자들이 어디서 나타난 건지 의아했다.

'갈대밭에 숨어 있었나?'

기사들은 완전히 무장한 상태지만 도적단의 수가 훨씬 많았다. 도끼, 창, 칼 등 들고 있는 무기들도 험악했다. 무엇보다 도적단은 기사들을 보고서도 전혀 기죽지 않았다. 일을 미리 도모한 것처럼 자신만만했다.

'무서워……'

긴장으로 온몸이 굳어졌다. 저도 모르게 살며시 대공의 망토를 붙들던 그 순간이었다. 갑자기 그가 도적단 앞으로 다가갔다.

"네 이름과 신분을 밝힌다면 시체는 남겨 주겠다."

그의 걸음엔 주저함이 없었다.

'잠깐, 지금 맨손인데……?!'

클로이는 마른 침을 삼켰다. 대공의 앞으로 도적 몇 명이 달려들 것처럼 뛰쳐나왔다. 그들은 낫처럼 생긴 무기를 들고 위협하듯 대공의 목을 겨눴다. 클로이는 놀란 숨을 삼켰다. 하지만 대공은 표정 하나 변하지 않았다. 그의 냉랭한 시선은 도적단 대장에게 꽂혀 있었다.

"꼴을 보아하니 높으신 기사님들인 것 같군그래."

대공이 코앞까지 다가가자 그가 코웃음을 쳤다.

"자비롭게 내 시체를 남겨 주신다니…… 하지만 어쩌지? 나는 네 놈의 시체는커녕 모가지도 남겨 줄 생각이 없는데."

대장은 살의로 가득 차 있었다.

'분명 대공을 죽이려 들 거야.'

클로이의 무릎이 후들후들 떨렸다.

'너무 위험해 보이는데……'

하지만 대공은 태연히 한 마디를 뱉었다.

"협상은 결렬이군."

그다음은, 정말 눈 깜짝할 새였다. 대공이 바로 옆에 있던 도적을 발로 차고 자신의 목을 겨누던 낫을 빼앗아 들었다. 낫을 틀어 쥔 그는 그대로 옆에 있던 도적의 목을 땄다. 동시에 옆의 두 도적까지 온몸이 베어져 나갔다. 순식간이었다. 계산하고 움직인 것처럼 대공은 군더더기 없이 깔끔하게 적을 해치웠다. 클로이는 신음 소리조차 낼 수 없었다.

굴러온 머리를 보고 몇몇 시녀들이 놀라 뒤로 넘어갔다. 온몸에 피를 뒤집어쓴 대공은 꼭 지옥에서 올라온 악귀처럼 보였다. 남은 도적들이 재빨리 뒤로 물러났다. 순식간에 대장과 동료 네 명을 잃었지만, 그들은 크게 동요하지 않았다.

"대열을 유지해라!"

대공은 그들이 정비할 틈을 주지 않고 다시 낫을 휘둘렀다. 몇명이 날카로운 낫에 목을 베이고, 낫의 날이 부러져 날아갔다. 대공은 손잡이를 던져 버렸고, 도적 몇 명이 다시 맨손이 된 그에게로 달려들었다. 그다음은 아수라장이었다.

클로이는 도저히 앞을 쳐다볼 수가 없었다. 사방에서 피비린내가 진동했고 비명 소리가 들려왔다. 엘파사 왕궁에서 벌어졌던 일들이 겹쳐서 보였다. 온몸이 바들바들 떨렸다. 죽음의 공포가 밀려왔다.

얼마나 지났을까. 사위는 다시 조용해졌다. 클로이는 끝났나 싶어 살며시 고개를 들었다. 맨손이었던 대공은 어느새 자신의 칼을 들고 있었다. 그의 앞에는 시체가 쌓여 있었다. 끔찍한 모습이었다.

'지옥이 있다면 이렇게 생겼을까.'

아직 끝이 아니었다. 도적단은 그러고도 물러갈 기미를 보이지 않았다. 대공이 손짓하자 드디어 기사들이 움직였다. 누군가 클로이를 밀쳤고, 그녀는 다른 사람의 손에 들려 갈대밭으로 끌려 들어갔다. 기사단과 도적단이 맞붙었다. 처참한 전장이 재현되었다.

덜덜 떨고만 있는 클로이를 누군가 옆에서 끌어안았다. 트리거였다.

"귀를 막아."

클로이는 재빨리 손으로 귀를 틀어막았지만, 처절한 외침과 칼이 부딪치는 소리까지 전부 막을 수는 없었다. 죽어가는 이들의 비명 소리가 귀를 찢을 듯 고막까지 전해졌다. 눈을 감았는데도 몸의 떨림이 멈추지 않았다. 트리거가 더 세게 그녀를 끌어안았다. 그의 두 팔에 의지한 채, 클로이는 울지 않으려고 애썼다. 어느 순간 그녀를 안고 있던 두 팔이 느슨해졌다. 비명 소리도 잦아들더니, 주위가 조용해졌다. 클로이는 번쩍 눈을 떴다.

평온하던 갈대밭은 피로 물들어 있었고 바닥엔 절단 난 팔다리가 굴러다녔다. 기사단은 대부분 무사했지만, 아무도 환호하지 않았다. 에반은 말들을 먼저 확인했고, 부상자를 살폈다.

"브리안, 당장 인원을 꾸려서 도적단의 본거지가 어디인지 찾아라. 멀지 않을 것이다. 우리 움직임을 파악할 수 있을 만큼 지대가 높은 곳이겠지."

알렉산드로는 수없이 겪었던 만큼 이런 기습에 익숙했다. 방금 전투가 끝났는데도 당황하지 않고 상황을 정리했다.

"에이만, 선발대에게 전서구를 날려서 그들이 무사한지 확인해라. 영주인 케니스 아레한 자작에게도 전서구를 날려. 영지에 도적들의 출몰이 잦은지 확인해."

그가 발밑에 깔린 시체를 넘어 다니며 상황을 정리하기 시작했다.

"쉘든, 기사단의 전사자와 부상자를 파악해라. 매튜, 이들의 신분을 증명할 거를 찾아봐라. 지체하지 말고 뭐라도 찾거든 내게 가져와."

그가 얼굴에 묻은 피를 손으로 쓸어내렸다.

"우리는 최대한 빨리 이 평야를 벗어난다."

"예!"

쉬지 않고 명령을 내린 그가 사방을 둘러보았다. 무릎에 고개를 박고 웅크리고 있던 클로이가 그의 눈에 띈 건 바로 그때였다. 갑자기 강한 힘이 그녀의 어깻죽지를 붙잡았다. 다리가 후들거려 서 있기도 버거운 상황. 그녀는 속수무책으로 일으켜 세워졌다. 단단한 몸이 그녀의 얼굴에 닿았다. 동시에 역한 피비린내가 훅 끼쳤다.

"우읍……."

반사적으로 이를 뿌리치자 저를 잡고 있던 손아귀가 쉽게 떨어져 나갔다. 하지만 그녀가 휘청거리자, 단단한 손이 다시 그녀를 지탱해 주었다.

"정신 차려라."

대공이었다. 그가 한 손으로 클로이의 턱을 잡고 얼굴을 들어 올렸다. 대공은 그녀의 겁먹은 두 눈을 직시했다. 살피듯 샅샅이, 집요하게 눈을 맞췄다.

"말, 할 수 있겠느냐?"

뚫어질 것처럼 쳐다보는 그의 눈빛이 온전히 저를 향했다. 클로이가 작게 고개를 끄덕였다. 보석처럼 새파란 눈동자에 겁먹은 얼굴을 한 자신이 비쳤다.

"대답해라."

"……네."

"저 마부를 따라가."

대공은 트리거를 가리켰다. 그는 대공의 말, 크산토스와 함께였다. 클로이는 다시 고개를 끄덕이고는 걸음을 옮겼다. 마음을 다잡았지만 여전히 무릎이 후들거렸다. 그녀가 비틀거리자 눈을 떼지 않고 있던 대공이 급히 다가와 낚아채듯 허리를 잡았다.

"어엇……!"

그가 가볍게 클로이를 들어 올렸다. 갑자기 하늘에 붕 뜬 그녀가 놀라 버둥거리는 순간, 말안장 위에 앉혀졌다. 클로이는 놀랄 겨를도 없었다. 말에 올라타니 바닥의 시체들이 한눈에 들어왔다.

"그냥 눈 감고 크산토스만 안고 있어."

트리거가 그녀를 달래주며 크산토스를 이끌었다. 기사단과 대공이 점점 멀어졌다. 클로이는 그들을 뒤로하고 트리거가 이끄는 대로 몸을 맡겼다. 수전증 환자처럼 손이 덜덜 떨렸다.

'정신 차리자…… 제발 정신 차리자. 이러면 안 돼.'

클로이는 속으로 수없이 되새겼다. 심장이 가슴을 뚫고 나올 듯 방망이질 쳤다. 다행히 참혹한 현장에서 멀어지자 피비린내도 옅어졌다.

'따듯하고 부드러워…….'

말, 크산토스는 많은 위로가 되었다. 마부들이 관리를 잘해서 갈기가 손등에 스치는 느낌도 좋았다. 점차 떨림이 진정되고, 양옆으로 늘어선 끝없는 갈대밭과 푸르른 하늘이 눈에 들어왔다.

"괜찮아?"

말의 고삐를 잡고 걸어가던 트리거가 물었다.

"네, 이젠 괜찮아요."

"아직 안색이 좋지 않아."

걱정스런 기색이 가득한 트리거를 보고 있자니 저도 모르게 웃음이 나왔다.

'나를 걱정해 주는 사람도 생겼어.'

트리거의 존재가 위안이 된다. 가족은커녕 친구도 없었던 제국에서, 이렇게 진심으로 자신을 걱정해 주는 사람이 생겼다.

"감사합니다."

"내가 뭘 했다고."

쑥스러운 듯 그가 다른 곳을 바라보며 대답했다.

"대공님께서 살려 주신 거지."

트리거의 중얼거림에 클로이는 자리에 없는 그를 떠올렸다.

'정말 나를 살려 줬네.'

심지어 그는 말에서 뛰어내리면서까지 제게 꽂히던 단검을 막아 주었다. 참혹한 현장에 너무 긴장해서 자세한 기억은 나지 않았지만 한 가지는 확실했다.

'대공은 나를…… 보호하려고 했어.'

한 달이 넘어가는 여정을 함께하면서, 클로이는 제 걱정이 지나쳤다는 것을 인정했다. 그는 소문처럼 여자를 때리는 사람도 아니었고, 무시무시한 괴물도 아니었다. 때리고 학대하진 않을까, 전전긍긍하던 날들이 무색할 지경이었다.

'어쩌면…… 정말로 괜찮은 사람일지도 몰라.'

패전국 엘파사는 일방적으로 동맹을 깨고 선전 포고를 던졌고, 제국은 대륙을 통일했다. 제국에서 그는 영웅이었다. 처음에야 무섭기만 한 악귀 같은 기사로 여겨졌지만 이제는 아니었다. 그가 제 목숨을 구해 주다니, 맹세코 단 한 번도 기대하지 않았던 일이다. 심장이 뛰었던 건 대공의 태도 때문이었다. 그는 일말의 망설임도 없이 자신을 구했다.

'나를 자기 휘하의 사람으로 생각하나 봐.'

괜히 얼굴이 뜨거워 클로이는 도리도리 고개를 저었다.

어느덧 앞에 기사 몇 명이 보였다. 그들이 먼저 안전한 장소를 물색해 놓은 모양이었다. 도착한 곳은 큰 나무 한 그루가 있는 동산이었다. 클로이가 땅으로 내려오려 하자, 크산토스는 그녀를 가볍게 내팽개쳤다.

"앗!"

다행히 트리거가 받아 주긴 했지만 클로이는 엉덩방아를 찧고 말았다. 크산토스는 그녀가 떨어지든 말든 죄책감도 없는 듯 다른 방향으로 몸을 틀었다.

'얘가, 일부러…….'

덕분에 정신이 확 깼다. 엉덩이를 문지르며 크산토스의 얄미운 뒷모습을 바라보던 그녀가 뒤늦게 물었다.

"왜 우리만 여기로 온 거예요?"

"대공님께서 여기로 가 있으라고 하셨어."

트리거의 말대로 얼마 지나지 않아 다른 시녀들과 기사 몇 명이 올라왔다. 그들도 정신이 없어 보였다. 특히 시녀들은 전장을 따라다니지 않았기 때문에 끔찍한 살육 현장을 보고 사색이 되었다.

'그래, 여긴 기사단이지.'

여행이라고 여겼지만 사실 일행은 제국의 기사단이다. 전쟁으로 단련된 기사들이 제국의 반란을 제압하고 영주들을 견제하기 위해 시찰을 다니는 것이나 다름없다. 아직 한 달밖엔 되지 않았지만 앞으로 이런 일은 또 벌어질 수 있었다. 끔찍한 현장이 다시 떠오른 클로이는 눈을 질끈 감았다.

'다른 사람들을 약탈하는 도적단일 뿐이야. 동정하지 말자.'

만약 대공이 구해주지 않았다면 누군가 휘두른 날붙이에 꼼짝없이 맞아 죽었을지 모른다.

'그런 헛된 죽음을 당할 순 없어.'

하지만…… 클로이는 혼란스러웠다. 바로 대공 때문이었다. 도적단을 도륙하던 그 모습이, 자꾸만 엘파사 왕궁과 겹쳐 보였다.

—성문에 걸어 놓을 머리만 남겨.

지금의 대공은 제 목숨을 살려 주었지만, 과거의 그는 죽이려고 했었다.

'내가 베아트리체 왕녀라는 걸 알게 되면…… 다시 날 죽이려고 할까?'

자꾸만 꼬리를 무는 생각에 머릿속이 어지러웠다.

"너 진짜 괜찮냐?"

"네, 괜찮아요."

트리거가 걱정스레 그녀의 얼굴을 들여다보았다.

"아깐 그냥…… 그, 그런 장면들을 봐서 좀 놀랐어요."

"그래, 그럴만하지. 넌 심약한 쫄보니까."

클로이는 트리거와 이런저런 이야기를 하면서 주변을 둘러보았다. 낮게 자란 풀들이 바람에 흔들렸다. 상쾌한 공기가 클로이의 머릿속까지 시원하게 털어 주었다.

주변은 평화로웠다. 동산에 앉아 트리거와 말을 돌보며 시간을 보내던 클로이는 기사단이 올라오는 걸 보았다. 드디어 일이 완전히 마무리된 모양이었다.

이곳에서 하룻밤을 지내려는지, 시종들은 부지런히 막사를 세웠다. 평소와 같은 저녁 시간 같았지만 대공은 심각한 얼굴로 회의 중이었다. 갑옷엔 심각할 만큼 핏물이 잔뜩 묻어 있었다.

그의 막사가 가장 먼저 세워진다. 얼른 정신을 차린 클로이는 배급 마차로 향했다.

'물이랑 수건을 준비해야겠어.'

대공은 깔끔한 사람이니까. 막사를 정리하고 저녁 식사까지 봐 놨는데도 대공은 돌아오지 않았다. 밖을 둘러봤지만 그는 도통 보이질 않았다.

'설마 아직도 회의하나?'

"도적이 아닌 것 같다고?"

놀란 크리스가 물기를 털어 내며 물었다.

"일단은 내 추측이다."

"문제는 대공님의 추측이 잘 맞으신다는 거지."

크리스는 장난스럽게 대답했지만 내심 불안했다. 기사단의 행군 경로는 영주와 선발대, 그리고 황궁만이 알 수 있었다. 한데 도적들은 기사단 수와 비슷했고, 마치 준비하고 있던 것처럼 그들을 맞이했다. 일정이 바뀌었는데도. 어쩌면 큰 위험이었을 수도 있는 일이었다.

다행히 이번엔 기사단이 제압했지만, 일이 잘못되었다면 영주 아래한 자작과도 마찰이 생겼을 것이다. 아레한 자작가 정도야 문제될 게 없지만 진짜 문제는 변방 영주들과의 연대였다.

"에이 씨, 난 가문끼리 싸움 나는 건 복잡해서 싫단 말이야."

크리스는 손으로 머리를 헤집고는 물속으로 몸을 숨겼다. 두 사람은 진영에서 조금 떨어진 계곡에서 목욕을 하는 중이었다. 둘은 전장에서도 가끔씩 함께 목욕을 했다. 특히 알렉산드로는 오늘처럼 피범벅이 되는 날에는 역한 비린내 때문에 잠을 설쳐서 꼭 씻어야 했다.

"푸흡."

다시 수면으로 올라온 크리스가 숨을 내쉬었다.

"그건 그렇고, 아까 그 하녀를 꽤 챙기시던데."

그가 장난스레 눈썹을 위아래로 움직이며 물었다.

"혹시, 숨겨 놓은 딸이야?"

"당연한 거 아닌가."

알렉산드로가 피식 웃으며 대답했다.

그 순순한 대답이 오히려 크리스를 자극했다.

"뭐가 어떻게 당연하시죠?"

"네 사람이라면, 죽게 내버려 두겠나."

알렉산드로가 피곤한 얼굴로 물기를 닦아 내며 말했다. 별스러운 얘기를 다 한다는 듯 담담했다. 그 대수롭지 않은 반응에 크리스는 할 말을 잃었다.

'내 사람이라고?'

그야, 제 시녀가 날아오는 단도 앞에 있다면 저 또한 구해 줄 것이다. 다분히 상식적인 행동이긴 하지만…….

'하녀든 시녀든 여종을 데리고 다닌 적은 없으면서.'

크리스의 의뭉스런 눈길에도 정작 알렉산드로는 깊게 생각하지 않았다. 제 하녀는 쓸모 있고 충실하며, 착하고 똑똑했다. 불쌍한 처지의 하녀를 구하는 건 그에겐 일도 아니었다. 제 하녀가 아니라 다른 소년이나 소녀, 누가 됐든. 무고한 제국민이라면 누구든 분명 구했을 것이다.

"그래, 맞지. 그렇긴 한데…….."

크리스는 뭔가 큰 걸 하나 놓친 기분이었다.

'뭔가 이상한데.'

찜찜하게 머리를 헹구던 그는 달빛이 비친 계곡물을 응시했다. 얼핏 수면에 반사된 사람의 인영이 보였다.

막사 앞에서 대공이 돌아오길 기다리던 클로이는 서성이다 결국 쭈그려 앉았다.

'너무 피곤한 하루였어.'

정신적인 소모가 컸다. 일행들은 삼삼오오 모여서 오늘의 일을 떠들었지만 클로이는 대공을 기다려야 할 것 같아서 꼼짝할 수 없었다. 무릎을 감싸 안고 땅에 의미 없는 낙서를 하고 있던 그녀의 눈앞에, 갑자기 젖은 맨발이 나타났다. 클로이는 천천히 고개를 들어 올렸다.

커다란 발부터 시작해서 탄탄하게 올라붙은 종아리와 근육이 갈라져 있는 허벅지가 보였다. 그 위의 중요한 부분은 망토로 대충 둘러져 있었다.

'헉……'

움직이면 분명 어딘가가 보일 것 같았다. 더 고개를 올려보니 물에 젖은 완벽한 복근과 가슴이 드러났다. 건강한 구릿빛 매끈한 피부. 자잘한 흉터 덕분에 더 섹시해 보였다. 질리도록 봐 온 익숙한 맨몸. 대공이었다.

어디서 목욕을 하고 왔는지 온몸이 흠뻑 젖어 있었다.

'또 이러고 왔네. 옷 좀 가져가지.'

그녀는 얼른 일어나 막사의 주인인 그가 들어갈 수 있도록 입구 천막을 걷었다. 시녀들의 힐끔거리는 시선이 대공의 뒷모습을 집요하게 쫓아왔다. 알렉산드로는 남자들만 있는 상황에 익숙해서 그런 걸 신경도 쓰지 않았다. 시녀라고 해 봤자 목욕 수발까지 돕지 않던가? 야영을 할 때면 개울가나 계곡에서 씻고, 중요 부위만 가린 채 돌아다니는 기사들이 있었고 그도 이번이 처음이 아니었다. 알렉산드로에 이어 클로이도 뒤따라 막사로 들어섰다. 고맙다는 인사를 꼭 하고 싶어서 대공을 기다린 것이었다.

"저어……."

그녀가 말을 꺼내려는 순간. 대공이 대뜸 중요 부위를 가린 망토를 벗었다. 그가 아무렇지도 않게, 무슨 일이냐는 듯 뒤를 돌아봤다. 클로이는 순간 말을 잃었다.

'아……!'

그녀는 울고 싶어졌다. 아무리 그가 조각처럼 훌륭한 몸을 가졌다 해도 이런 식으로 이성의 몸을 알고 싶진 않았다. 실오라기 하나 걸치지 않은 그의 몸이 클로이를 향한 채였다. 알렉산드로는 그녀가 말을 끝내기를 기다렸다.

'아, 정말……!'

부끄럽지만 눈을 가리거나 뒤돌아 버리면 대공이 불편하게 생각할 것 같았다. 얼굴이 타들어 가는 것 같았지만 클로이는 침을 꿀꺽 삼키고 대공의 얼굴만 응시했다. 절대로 시선을 아래로 내릴 수 없었다.

"오늘 제 생명을 구해 주셔서 정말…… 감사드립니다."

그녀가 눈을 꾹 감고 꾸벅 인사했다. 대공은 대답 없이 몸을 돌리곤 준비된 편한 의복을 걸쳤다.

'괜찮으니 됐다, 라는 뜻이겠지.'

클로이는 그에게서 눈을 떼지 못했다.

'앞모습도 대단하지만 뒷모습도 정말 끝내주는 몸이야.'

특히 그의 넓은 어깨에서부터 척추를 따라 떨어지는 선이 정말 아름다웠다. 게다가 그 밑에 탄탄하게 올라붙은 엉덩이는…….

"갑옷은 내일 닦아도 된다."

"네, 네!"

대공을 상대로 음흉한 생각을 하던 클로이는 화들짝 놀라며 대답했다.

"알겠습니다."

"내일 오후까지 이곳에 머물 것이다."

"네."

아무래도 도적단 때문에 연락을 받아야 할 일이 생긴 모양이었다. 자꾸만 일정이 미뤄지는 게, 좋지 않은 징조 같았다.

"오늘도 편지를 쓰겠느냐."

편지를 써라, 도 아니고 그녀의 의사를 묻고 있었다.

"……네."

하루도 빼먹지 않은 일이었다. 건너뛰고 싶지 않았다. 대공은 의자와 책상을 눈짓하며, 수건으로 머리를 말렸다. 하녀인 제가 해야 하는 일이지만 그는 익숙하게 혼자서 처리했다. 귀찮은 듯, 하의만 걸친 몸이 성큼성큼 걸음을 옮겨 탁자 위에 놓인 와인을 집었다. 그가 움직일 때마다 근육이 살아 있는 것처럼 함께 움직였다.

알렉산드로는 그가 좋아하는 책을 함께 집어 들었다. 모서리가 닳을 만큼 읽고, 또 읽어서 내용도 외울 정도였지만 그는 여전히 이 책을 좋아했다. 책은 그에게 마음의 평화를 가져다주었다. 편한 자세로 침상에 몸을 누인 그가 책을 읽기 시작했다.

물끄러미 그 일련의 과정을 지켜보던 클로이는 빈 종이로 눈을 돌리곤 고개를 갸웃했다.

'똑같은 사람 맞나?'

도적들을 도륙하던 모습과는 너무나 다른 평온한 모습. 위화감이 들었다. 대공이 사실은 두 명이 아닐까 하는 말도 안 되는 생각까지 들었다.

알렉산드로 또한 오늘은 책에 집중할 수 없었다. 크리스와 목욕을 끝내고 마주쳤던, 기사 와일러 때문이었다. 자신들을 바라보는 다른 시선이 있다는 것을 이미 알고는 있었다. 기사단의 한 명이라 생각하고 지나치려 했는데, 후다닥 도망치는 뒷모습을 본 크리스가 첩자로 의심하고 붙잡았다. 계곡은 일행과 멀리 떨어진 곳이었다. 일부러 쫓아온 거라면 이상한 일이었다. 와일러는 저도 목욕을 하고 싶어서 온 거라고 변명했지만 그러기엔 상태가 이미 말끔했다. 명분도 없고, 딱히 물증도 없이 추궁하는 게 우스워 보내줬지만 꺼림칙했다.

알렉산드로는 의미 없이 책의 글자들을 응시하다 클로이에게 눈을 돌렸다. 하녀는 또 집중해서 편지를 쓰느라 바빴다. 아까는 얼굴을 벌겋게 물들이고 있어서 어디가 아픈가 했는데 이제 보니 멀쩡했다.

'내 나신 때문이었나.'

피식 웃은 그는 클로이를 찬찬히 살펴보기 시작했다. 도적단과 전투 중에 그녀는 병에 걸린 사람처럼 몸을 부들부들 떨었다. 피비린내에도 익숙하지 않은 것 같았다. 아무래도 나이가 어린 데다, 사람이 죽고 죽이는 모습을 본 적이 없어서 그런 듯했다.

'의사는 아니었겠군.'

아까 떨고 있던 하녀의 모습이 떠올라 새삼 측은해졌다. 자신 또한 처음 전쟁에 참여했을 때는 끔찍한 참상에 악몽을 꾸기도 하고 한동안 속을 썩였다.

'어린 소녀가 감당하기에는 힘들었겠지.'

계곡에서 몸을 씻고 막사로 돌아온 데는 그런 이유도 있었다. 떨면서 말도 제대로 못하던 제 하녀가, 피범벅이 된 자신을 보면 까무러칠까 걱정되어서. 누군가를 위해 번거로운 일을 했던 적은 없지만, 오늘은 그러고 싶었다. 이왕이면 저 작은 소녀가 자신을 좀 더 편하게 생각했으면, 하고 바랐다.

하지만 제 염려와는 달리 하녀는 씩씩하게 평소처럼 편지도 쓰고 고맙다고 인사까지 해 왔다. 피곤할 텐데도 저렇게 몰두한 모습을 보니 그녀가 가진 책임감이 남다르다는 게 새삼 느껴졌다. 표현은 안 했지만 작은 소녀가 대견했다. 누더기 같은 옷을 걸치고 있어도 그녀의 눈빛과 정신력은 어떤 귀족들보다 나았다.

그때 문득, 의문이 들었다. 그러고 보니…….

'왜 재단사에게 받은 옷은 입지 않는 거지?'

알렉산드로의 미간이 좁혀졌다.

"재단사에게 옷을 받지 못했느냐?"

갑작스런 물음에 클로이는 번쩍 고개를 들었다.

한량처럼 하의만 걸친 채, 와인병을 옆에 놓고 침대에 누워 책을 읽는 그가 돈 많은 도련님처럼 보였다.

"아, 그 옷."

그 자태에 정신이 팔린 그녀가 정신을 차리고 대답했다.

"그게…… 옷이 좀."

끝까지 말을 해 보라는 듯, 그가 책까지 덮고 클로이를 직시했다.

'대공님은 항상 재촉을 안 하네.'

제가 말을 끝낼 때까지 묵묵히 기다려 주었다. 물론 클로이는 저 눈빛이 더 두려웠지만, 이제는 그 나름의 배려라고 여겼다.

"그…… 그 옷을 입고 다니면 대공님께서 불편해지실 것 같아서요."

"무슨 뜻이지?"

알렉산드로는 클로이가 무슨 말을 하는지 이해할 수 없었다. 재단사는 수도의 전문 재단사만큼은 아니지만 제법 괜찮은 의복을 만들어 왔다. 아론이 만들어 오는 옷들이 워낙 뛰어나고 훌륭한 품질이라서 그렇지, 람붓 백작의 재단사 또한 꽤 괜찮은 실력자였다. 그런데 그 옷이 대체 어디가 마음에 안 들어서 여전히 누더기 옷을 고집하는 건지.

"그게……."

클로이가 주저하자 대공이 자리에서 일어서며 고갯짓했다.

"옷을 갖고 와."

결국 클로이가 문제의 옷을 가져왔다. 펼쳐 보이자 두 사람 사이에 깊은 침묵이 내려앉았다.

"……."

그녀의 옷은 충격 그 자체였다. 연보라색 은은히 빛나는 원단에, 금빛 실로 나비와 꽃을 수놓은 남자 의복. 알렉산드로도 이런 기괴한 남자 옷은 태어나서 처음 보았다.

'이게 대체……?'

여자가 입을 옷은 절대로 아니었다.

'그렇다고 남자가 입을 옷도 아니다.'

과한 색깔이라 여자도 입지 않을 옷인데, 분명히 소년을 위한 남성복이었다. 귀족들의 잠자리 상대를 하는 소년들이나 입을 법한……. 옷을 들고 있던 클로이는 슬쩍 그를 올려다보았다.

'역시 충격이겠지.'

그는 말이 없었다. 한데 놀란 듯 커졌던 그의 눈매가 갑자기 가늘게 휘어졌다. 호선을 그린 입술 사이로 고른 치아가 나타났다. 그 과정이 클로이의 눈엔 느릿하게 보였다.

"하하하하!"

그가 시원한 웃음을 터뜨렸다. 클로이는 놀라서 눈을 동그랗게 떴다.

'저 남자가 웃기도 하네.'

평소 냉랭한 무표정을 유지하던 대공이 웃자, 귀공자처럼 아름다웠다. 클로이는 멍하니 그의 웃는 얼굴을 바라보았다. 시선을 뗄 수 없었다.

'저렇게 잘생긴 얼굴을……'

지금처럼 웃고 다니면, 하다못해 옅은 미소라도 좀 짓고 다니면 얼마나 좋을까?

그녀가 속으로 그런 생각을 하거나 말거나 뭐가 그렇게 웃겼는지, 대공은 웃음을 그치지 못했다. 손으로 얼굴을 가리고는 어깨를 들썩이기까지 했다.

'이럴 수가.'

알렉산드로는 매우 유쾌했다. 이렇게 소리 내서 웃어 본 게 얼마만인지 까마득했다.

'이제야 알겠군.'

람붓 백작이 무슨 오해를 하고 제게 충고를 던졌는지 이해가 가기 시작했다. 제 아버지인 던칸에게 어떤 내용의 편지를 썼을지도 어렴풋이 짐작됐다. 람붓 백작은 제게 직언으로 충고를 던질 만큼 곧은 사람이었다.

'본 것을 썼겠지.'

무섭도록 진지한 던칸의 얼굴이 떠올랐다.

"풋."

제 앞에 멍청하게 옷을 펼쳐 들고 있는 클로이가 눈에 들어왔다. 자그마한 손과 하얀 피부. 올망졸망한 이목구비는 자신이 보기엔 분명히 소녀였다. 하지만.

'소년처럼 보일 수도 있겠군.'

그는 마침내 웃음을 그쳤다.

"앞으로 영주의 성에 들어갈 때는 이 옷을 입도록 해라."

"이, 이 옷을요?"

클로이가 놀라서 되물었다. 이런 옷을 입고 대공의 시중을 든다면 분명히 이상한 오해를 할 텐데……?

"그래."

무슨 생각인지 알 수 없었지만, 눈빛이 묘하게 기분이 좋아 보였다.

'날 보고 얼마나 수군거릴까.'

썩 내키지 않았지만, 어차피 클로이에게 선택권은 없었다. '네'하고 조용히 대답한 그녀가 주섬주섬 옷을 챙겼다. 약간 시무룩한 그 뒷모습에 알렉산드로는 또 웃음이 터졌다.

앞으로도 영주성에선 밤 시중 같은 일로 제 침실 문을 두드릴 것이다. 던칸이 명령을 내릴 테니까. 그렇다면 또 모르는 여자들에게 방해를 받느니 '남다른 취향'이라는 오해를 받는 게 훨씬 편하지 않겠는가. 물론 그것만이 이유의 전부는 아니었지만.

'아버님의 얼굴을 직접 보지 못하는 게 아쉽군.'

그는 말없이 미소 지으며 침상에 누웠다. 오늘 있었던 그 어떤 불미스러운 일도 더 이상 신경 쓰이지 않았다. 오랜만에 마음이 가벼웠다. 오늘 밤은 잠들기 위해 술이 필요하지 않았다.

"뒤늦게 공의 편지에 답장한 점, 미안하게 생각합니다."

캔델 버넷 후작은 너그러운 미소를 지으며 뚱뚱한 사내에게 대답했다. 이 뚱뚱한 사내는 나이가 많아 보였지만, 최근에 자신의 딸뻘인 부인과 후처를 동시에 들였다고 했다. 가문을 이을 적자도 있고 손자와 손녀도 있는데 그럼에도 부인과 후처를 들였다고 하니, 욕심이 많은 사람이었다.

"무슨 그런 말씀을 다 하십니까, 하하. 제 조촐한 결혼식에 와 주신 것만으로도 영광입니다."

뚱뚱한 남자, 길버트 로건은 웃는 얼굴로 대답했다. 그랬다. 그가 바로 패전국 엘파사를 영지로 다스리는 길버트 로건 후작이었고, 버넷 후작은 그의 결혼식에 참석한 유일한 귀족이었다.

결혼식은 예식이라고 할 수도 없을 만큼 초라했다. 영지민들의 노여움을 사지 않기 위해서라고 했지만, 사실은 한 번으로 끝나지 않을 결혼식에 많은 돈을 쓰고 싶지 않아서일 거라고 예상했다.

"어쩔 수 없지요. 영지민들의 반란을 염두에 두신 올바른 처사였다고 봅니다. 반란은 귀찮으니까요."

버넷 후작은 일부러 아무렇지 않게 반란 이야기를 꺼냈다. 제국의 분위기상, 수도에서는 감히 언급조차 할 수 없는 예민한 단어였다. 그는 찻잔을 들며 길버트의 반응을 살폈다.

"예에, 아무래도 그렇습니다. 더군다나 사병을 일절 양성할 수 없는 터라……."

길버트는 저도 모르게 눈썹을 찌푸렸다. 감추려 했지만 얼핏 기분을 드러내고 말았다. 버넷 후작은 기민하게 그 표정 변화를 감지해 냈다. 차를 음미하며 눈치를 살피던 버넷 후작은 조용히 찻잔을 내려놓았다.

"던칸 그레이엄 공작님을 만나 뵌 적이 있으신지요?"

수도에서 밀려난 귀족들 중엔 던칸을 만나 보지 못한 이들도 수두룩했다. 직접 수도에 간다고 해도 그가 만나 줄지는 미지수였다. 일부러 던칸을 공작이라 칭한 버넷 후작은 길버트가 뭐라 말을 꺼내기 전에 다시 말을 정정했다.

"아, 그러고 보니 작위 수여식에서 그분을 뵈었겠군요."

"아니요, 작위 수여는……."

길버트의 안색이 어두워졌다.

"그분의 시종에게 대신 받았습니다."

"이런."

"너무 바쁘신 나머지…… 도저히 시간을 낼 수가 없다고 하시더군요."

그때의 치욕이 떠오른 길버트는 이맛살을 구겼다. 뚱뚱한 손이 거칠게 빈 찻잔을 내려났다. 요란하게 부딪히는 소리가 울려 퍼졌고, 버넷 후작은 슬며시 미소 지었다.

'드디어 찾았군.'

자신이 원하던 제물이었다. 이 제국에서 감히 던칸 그레이엄에게 싫은 소리를 하며 맞설 수 있는 이는 오직 요하임 칼스버그 공작뿐. 하지만 그는 그레이엄 가문에 충성하는 데다 영지도 굉장히 멀었다. 그에 반해 길버트는 저와 이웃이었다. 한 면이 아예 닿아 있기도 하고, 무엇보다…….

'명분이 있어.'

길버트 로건 후작은 엘파사의 재상이었고, 왕녀의 부군이었다.

'그럼에도 그는 엘파사를 배신하고 제국의 후작이 되기를 택했지.'

지금은 찬밥 신세였다. 게다가…….

"얼마나 바쁘신 건지, 아무리 황궁을 찾아가도 전하께선 얼굴 한 번 보여 주지 않으시더군요."

길버트는 불만스러운 얼굴로 씩씩거렸다.

'완벽해.'

신께서 자신을 돕기 위해 내린 인물이 아닐까. 버넷 후작은 감탄 어린 얼굴로 그를 응시했다. 그러자 길버트가 얼른 두 손을 저었다.

"오, 오해하지 마십시오. 전하께서 얼마나 바쁘신지 잘 알고 있습니다."

길버트는 정신없이 구질구질한 변명을 내뱉었다.

"그저…… 그저, 엘파사를 가진 뒤에 저를 너무 소홀히 하시는 것 같아 서운한 마음에…… 하지만 그분이 베푸신 아량과 은혜에 감사할 따름이죠, 하하."

"저도 그분이 얼마나 바쁘게 지내시는지 잘 알고 있습니다. 익숙해지셔야 할 겁니다. 전하께서는 오직 수도 귀족들하고만 소통하시는 분이라."

"예?"

"이런 변방은 그분께 세금이나 바치는 식민지나 다름없습니다."

"……."

길버트는 놀란 얼굴로 버넷 후작을 바라보았다. 전혀 예상치 못한 과감한 발언이었다. 제국의 귀족들에게 던칸은 이름조차 부르지 못하는 두려운 존재인데, 설마 이런 생각을 하는 후작이 있다니. 믿을 수가 없었다.

"사실은 사실이지요. 아마 변방 영주들은 다 같은 생각을 할 겁니다. 다만 두려움에 말을 꺼내지 못할 뿐."

"아…… 그랬군요."

"제 여식과 결혼한 안테노르 공작님 또한 그런 말씀을 종종 하시곤 했습니다."

"사실 제가 엘파사에 있을 때는 던칸 그레이엄이 이 정도로 어마어마한 영향력이 있는 인물이라고는 생각지도 못했습니다."

눈을 굴리던 길버트가 동조하듯 한술 더 떠 말했다.

"제국이 통일되고 나면 분명 내전에 무너질 거라고 생각했는데…… 황제는 도대체 뭘 하는 건지."

"황제는 유명무실합니다. 신전도 마찬가지지요."

"예?"

"그자가 집권하고부터 신전은 완전히 무시당하고 있습니다."

응접실엔 둘뿐이지만, 버넷 후작은 비밀을 말하듯 몸을 가까이했다.

"그리고 황제는 이미 죽었다는 소문도 있습니다."

길버트의 입이 떡 벌어졌다. 코앞에서 극적인 표정 변화를 본 버넷 후작은 피식 웃음을 터뜨렸다.

"이상할 것도 없지요. 던칸 그레이엄이 어떻게 황궁으로 들어갔는지 모르십니까?"

"그야 물론 들었지만……."

"수도에서 죽어 나간 귀족들만 해도 수두룩합니다. 그의 눈 밖에 났다가는 당장 죽음이지요."

말을 끝마친 그는 길버트의 표정을 살폈다. 충격이 컸는지 얼어붙은 얼굴이 펴질 기미가 보이질 않았다.

"그럼 어쩌면…… 영주로 그냥 세금이나 갖다 바치면서 사는 게 안전하겠군요."

길버트는 재상까지 지냈지만 그리 용기 있는 인사는 못 되었다.

'던칸 그레이엄…… 생각보다 더한 자였어.'

그냥 여기서 부인들이나 주무르며 조용히 사는 것도 나쁘진 않았다. 한데 버넷 후작이 생각지 못한 달콤한 제안을 던졌다.

"사병을 원하지 않으십니까?"

"물론…… 원하고말고요."

하지만 패전국 출신인 길버트는 자칫 내전을 일으킬 종자로 의심받기 좋았다. 그래서 황궁은 그에게 사병을 허락하지 않았다.

"저는 사병을 양성할 수 없습니다."

난감한 얼굴, 아쉬운 목소리.

"사병의 숫자가 제한되어 있기는 다른 영주들 또한 마찬가지입니다."

"저는 전혀 허락받지 못했습니다. 단 한 명도요."

"그럼 문밖의 저들은……?"

"던칸이 보낸 병사들입니다."

심지어 길버트의 침실을 지키는 호위도 던칸의 병사였다. 덕분에 언제 던칸이 자신을 죽일지 모른다는 불안감이 항상 그를 따라다녔다. 거기다 자신뿐만 아니라, 아들들과 손자 손녀 또한 던칸의 병사들이 호위하는 상황. 그들의 침실과 사생활까지 전부 던칸의 손아귀에 있었다. 길버트는 절레절레 고개를 저었다. 예상은 했지만 이렇게까지 자신을 옴짝달싹 못하게 죄어 올 줄은…….

그 모습을 본 버넷 후작은 올라가는 입꼬리를 간신히 다잡았다.

'신께 기도드렸던 보람이 있군.'

버넷 후작이 몸을 가까이 하곤 비밀스럽게 속삭였다.

"하지 말라고 하면 더 하고 싶은 법 아닌가요?"

클로이는 꼭두새벽부터 들려오는 기묘한 소리에 얼굴을 찌푸렸다.

"끄윽, 흑……."

여자의 흐느낌 같았다.

'아침부터 뭐지?'

클로이는 명당자리인 모닥불 근처에서 벗어나 나무 밑에서 잠들었다. 소리가 나는 방향으로는 익숙한 뒷모습이 쭈그려 앉아 있었다.

"……하이디 님?"

제 이름이 불리자 그녀가 차가운 물을 뒤집어쓴 사람처럼 흠칫 몸을 떨었다. 얼굴을 두 손으로 가리고 저를 돌아보는 하이디의 모

습이 심상치 않아 보였다. 세리머니에서 제게 제일 먼저 말을 걸어
준 사람이었다. 잠이 확 깬 클로이는 주섬주섬 자리에서 일어나 하
이디에게 다가갔다.

"무슨 일 있으세요?"

항상 자신만만하던 그녀가 꼭두새벽부터 울고 있다니. 충격이었
다. 조심스레 물어보니 하이디가 와락 클로이를 끌어안았다. 옷자
락이 점점 젖어 갔다. 하이디는 눈물을 그치지 못했다.

'혹시 왕따당하는 것 때문인가?'

바빠서 최근 하이디와 같이 다니지 못했던 클로이는 죄책감이 들
었다. 혼자 밥 먹는 기분을 누구보다 잘 알고 있는 저인데. 하이디
는 분명 외로웠으리라. 그녀의 자존심을 아는 클로이는 이유를 묻
는 대신 가만히 등을 쓸어 주었다. 그녀의 흐느낌이 점점 수그러들
었다. 무심코 하이디의 얼굴을 바라본 클로이는 깜짝 놀랐다.

"헉."

누구에게 맞았는지, 뺨에 멍이 들어 있었다.

"괜찮으세요? 누가 이런 거예요?"

설마 하이디를 왕따시키던 시녀 일행인가, 했지만 설마 이런 자
국을 남길 리 없었다. 아무 대답 없이 눈물만 흘리고 있자 클로이
는 더 이상 캐묻지 않기로 했다.

"잠시만요, 붓기가 금방 가라앉는 약초가 있어요. 제가 따 올게요."

하이디의 등을 쓸어 주고 얼굴에 붙은 머리카락을 떼어 준 클로
이가 자리에서 일어났다.

"금방 다녀올게요."

약속대로 클로이는 서둘러 약초를 가져와, 빻아서 하이디의 얼굴

에 붙여 주었다.

"말하기 싫으시면 안 하셔도 돼요. 저 대공님 아침 식사만 챙겨 드리고 올게요."

자리에서 일어난 클로이는 얼른 대공의 막사로 향했다. 알렉산드로는 아침부터 운동을 했는지 상체가 땀으로 흠뻑 젖어 있었다. 시원한 물이 묻은 수건으로 몸을 닦고 있던 그는, 클로이가 오자 아침 식사를 부탁하고는 자신의 칼을 찾았다. 클로이는 대공의 아침을 챙기고 시중을 들었지만, 머릿속엔 하이디뿐이었다.

알렉산드로는 평소와 다르게 똥 마려운 강아지처럼 안절부절못하는 클로이를 눈치챘다. 슬쩍 막사의 입구를 쳐다보는가 하면, 손길도 오늘따라 더 빠르게 놀렸다. 그가 음료를 내려놓으며 말했다.

"가서 아침 식사를 하고 오거라."

"네, 감사합니다."

클로이는 두말없이 꾸벅 인사하고 막사를 나섰다. 쪼르르 천막을 나서는 하녀의 뒷모습이 제법 다급해 보였다. 무슨 일이 있는 건가, 생각하던 그는 다시 식사에 눈을 돌렸다.

'저 아이는 원래 날 무서워하니까.'

대부분의 사람들이 자신과 단둘이 있는 것을 불편해한다. 의도한 적은 없지만 그의 분위기가 사람들을 압도한다고 했다. 소문도 한몫했지만, 알렉산드로는 딱히 그것이 문제가 된다고 생각한 적이 없었다. 하지만 지금은 좀 달랐다. 가까이에서 자신을 수발하는 하녀가 아직도 저렇게까지 자신을 불편해하는 게, 영 마음이 편치 않았다.

클로이는 하이디를 찾았지만 그새 어디로 갔는지 보이지 않았다. 아침 식사를 준비하는 시종들 사이에 있나, 찾아봤지만 그곳에도 없었다.

"야, 아침 먹었어?"

에반의 식사를 준비하던 토마스가 그녀를 보고 반갑게 인사했다.

"아직이요. 대공님 식사만 챙겨 드리고 나오는 길이에요."

"벌써? 그분은 정말 부지런하시다니까."

절레절레 고개를 저으며 우유를 옮기던 토마스가 그녀에게 말했다.

"나 이거 옮기는 것 좀 도와줄래?"

그가 내민 것은 뜨거운 물이 담긴 주전자였다. 어차피 아침 식사를 같이하려면 토마스를 기다려야 했다. 클로이가 미소 지으며 주전자를 받아 들었다.

'귀여워.'

토마스는 남동생 같았다. 남의 호감을 사려고 행동하지 않아도 인기가 많은, 토마스가 바로 그런 사람이었다. 그의 주위에는 항상 사람이 많았다. 주로 친하게 지내는 건 마부들과 시종들이었고, 시녀들과는 친하긴 해도 가깝게 지내진 않았다. 그녀가 가장 친한 여자였다.

주전자를 들고 토마스의 뒤를 따르던 클로이는 에반의 막사 앞에서 멈칫했다. 아주 가끔이지만 클로이는 자신을 바라보는 에반의 시선을 느꼈다. 혹시 자신을 알아본 게 아닐까 하는 걱정이 한두 번이 아니었다.

'내 정체를 알았다면 진작 어떤 조치가 취해졌겠지.'

애써 그렇게 생각했지만 부담스러운 건 어쩔 수 없었다. 패전국의 왕녀가 제국 기사단장의 하녀가 되었다. 에반이 알면 대공의 안전을 위해서라도 당장 자신을 죽이려 할 것이다.

'내가 원해서 여기 와 있는 것도 아닌데.'

억울하지만 상황이 그랬다. 클로이는 조용히 막사로 따라 들어가서 탁자에 주전자를 놓고 나오려 했다.

"대공님은 벌써 식사를 마치셨나?"

한데 갑작스런 에반의 물음이 그녀의 발목을 잡았다. 움찔한 클로이가 얼른 고개를 숙이며 얌전히 대답했다.

"예."

알겠다는 듯 가 보라고 손짓한 에반은 막사를 나서는 클로이의 뒷모습을 바라보았다.

'저 아이는 왜 계속 저런 옷을 입고 있는 거지? 여자아이가 아닌가?'

에반은 이상하게 클로이를 볼 때마다 묘한 기시감을 느꼈다. 마치 어디선가 본 적이 있는 것 같은 느낌. 하지만 그의 기억엔 검은 머리 노예가 없었다.

'어쩌면 내가 기억을 못하는 걸지도.'

제국에 얼마나 많은 노예가 있던가?

'신경 쓸 것 없겠지.'

이미 대공의 하녀인 이상 참견할 수 없었다. 게다가 대공은 하녀를 꽤 마음에 들어 하는 것 같았다. 원래 알렉산드로는 함께하는 기사, 전우, 부하들에게 호의를 숨기지 않았다. 표현은 무뚝뚝해도 자기 사람 잘 챙기기로 유명했다. 대충 의심을 접은 에반은 아침 식사로 눈을 돌렸다.

그때, 클로이의 뒷모습을 바라보던 에반의 시선을 느꼈는지 시녀가 들으란 듯 토마스를 나무랐다.

"쟤는 왜 불러온 거야? 난 쟤가 좀 찝찝하단 말이야."

에반은 자연스레 시녀의 말에 귀를 기울이게 됐다.

"뭐가 찝찝해? 쟤 매일 씻어. 냄새도 안 나."

토마스가 어이없다는 듯 휙 고개를 돌렸다. 그 퉁명스런 반응에도 시녀는 이 말은 꼭 해야겠다는 듯 다급하게 덧붙였다.

"쟤 엘파사 출신 노예잖아!"

순간 에반의 눈이 확 커졌다. 그는 자신이 잘못 들었다고 생각했다.

엘파사에서 포로로 잡혀 온 노예? 저 아이가?

"지금 그게 사실이냐?"

8. 베아트리체 왕녀

8. 베아트리체 왕녀

도적 무리와 마주쳤던 일은 일단락된 듯했다. 행군은 무사히 다시 시작되었다. 동산을 지나고 나니 다시 갈대밭이었다. 갈대밭은 끝이 없었다. 하늘은 구름 한 점 없이 맑았고, 기분 좋은 바람이 불어왔다. 어제 있었던 끔찍한 전투가 없었던 일인 것처럼 모든 게 평화로웠다. 하지만 클로이는 어제 그 참혹한 광경이 자꾸 떠올라 표정이 밝지 않았다.

'빨리 여기를 벗어나고 싶어.'

묵묵히 걷는 그녀를 바라보는 시선이 있었다. 클로이는 전혀 눈치채지 못했지만, 에반이었다. 그가 아침부터 그녀를 주의 깊게 살피고 있었다.

'전쟁 포로, 그것도 엘파사 출신 노예였다…….'

제국의 기사단장을 가장 가까운 데서 모셔야 할 하녀가 패전국의 노예라니.

'절대 안 될 일이지.'

하지만 사실이었다. 에반의 시녀들은 토마스와 기사 로한이 쓰러졌을 때 그들을 돌보았었다. 그때 클로이가 엘파사에서만 부르는 이름의 약초를 알고 있었고, 스스로를 엘파사 출신이라고 밝혔다고 했다. 기사단이 패전국에서 노예로 데려오는 이들은 한정되어 있다. 정보를 얻기 위해 살려 둘 가치가 있거나, 반란의 여지가 있는 이들. 주로 탄광이나 노역장으로 보내졌다. 가끔 기사단으로 배정되는 경우는 예외적인 케이스였다.

'왕궁의 무희, 혹은 작부.'

하지만 클로이는 무희나 작부가 아니었다. 너무 어려 보이는 외양도 그렇고, 하고 다니는 꼴도 그랬다.

'잠깐.'

에반은 중요한 무언가를 놓치고 있다는 생각이 들었다. 갑자기 그의 눈이 더없이 커졌다. 날카로운 시선이 클로이의 머리부터 발끝까지 살폈다. 옷은 낡고 해졌지만 더러워 보이진 않았다. 왜소한 등과 어깨. 때마침 목이 말랐는지 그녀가 값비싸 보이는 물통을 꺼내 들었다. 물통을 잡은 손은 작았고, 햇빛 아래 그을렸다고는 믿기지 않을 만큼 하얗고 부드러워 보였다. 그녀가 물을 마실 때마다 고개가 몇 번 작게 움직였다.

'설마……'

에반은 정말 혼란스러워졌다.

'설마!'

점심 식사는 늘 빨리 먹고 떠나야 했기 때문에 막사를 세우지 않았다. 클로이는 오늘도 대공 옆에서 점심을 먹었다. 전에 그가 클로이를 옆에 앉힌 이후 그녀는 지속적으로 대공과 함께 식사를 해결하고 있었는데, 이유는 간단했다. 대공이 그녀에게 제 몫의 식사를 나누어 주었기 때문이다.

　보통 시종들은 정말 형편없는 식사로 점심을 때웠다. 오래 보관이 가능한 만큼 씹기도 힘든 딱딱한 빵과, 어쩌다 주어지는 감자 정도. 하지만 대공처럼 간부급 기사들은 달랐다. 그들은 여정 중에도 웬만큼 괜찮은, '식사'라고 부를 만한 것들을 대접받았다. 대공은 바로 그 음식들을 클로이에게 나누어 주었다. 버터가 듬뿍 발라진 부드러운 빵 사이에는 저민 고기와 염소 치즈, 신선한 야채가 들어 있었다.

　클로이는 처음엔 받지 않으려고 했지만, 그가 무안하리만치 손을 내밀고 있어 무시할 수 없었다.

　'왜 자꾸 나한테 이렇게 잘해 주지?'

　의아했다. 하녀에게 이렇게 과잉 친절을 베푸는 귀족들이 있었나?

　'아무도 이렇게 하지 않았어.'

　다른 기사들도 마찬가지였다. 시녀들과 친밀하게 지냈지만 신분을 뛰어넘는 사이는 아니었다. 클로이가 떨떠름히 서 있자, 대공은 눈짓으로 평평한 나무 밑동을 가리켰다. 바로 옆자리였다. 클로이는 주춤주춤 발을 옮겼다.

"……여기요?"

분명 앉으라는 뜻이지만 모르는 척 다시 확인했다. 아무리 그가 좋은 사람이고 자신을 몇 번이나 구해 주었어도, 지나친 호의는 여전히 불편했다. 처음처럼 마냥 두렵기만 한 건 아니지만 근본적인 원인이 해결되지 않는 한 마찬가지였다. 언제 터질지 모를 폭탄을 안고 있는 기분.

'잘해 줄수록 불안해…….'

클로이는 애써 스스로를 다독였다. 만약 그가 자신이 베아트리체 왕녀란 걸 알았다면 이런 호의를 보이지는 않았으리라.

"앉아라."

결국 대공의 입에서 앉으란 말이 떨어졌다.

'왜 저렇게 빤히 쳐다보지?'

클로이는 온몸으로 부담스러움을 호소했다. 그제야 자신을 뚫어져라 응시하던 눈길이 거둬졌다. 대공은 다른 곳으로 눈을 돌리곤 식사를 시작했다. 안도한 클로이는 뒤늦게 빵을 먹었다. 얼핏 보니 시종들이 식사를 받는 곳에 줄이 길게 늘어서 있었다. 가끔 조리사들이 늦는 날이 있는데, 오늘이 그런 날인 것 같았다.

'혹시 알고서 나한테 이걸 준 건가?'

그는 꽤 좋은 주인이니 그럴 수도 있었다. 새삼 고마워졌다.

"감사합니다."

꾸벅 인사한 클로이는 대답이 돌아오기 전에 재빨리 눈을 돌렸다.

'어차피 대답도 하지 않겠지만…….'

도적단의 습격 이후, 가끔 그의 피 칠갑한 악귀 같은 모습이 떠올랐다. 그럴 때면 죄책감이 들었다. 제 목숨을 구해 줬고, 분명 고마운 사람인데…… 도무지 간격이 좁혀지질 않았다. 그는 분명, 꽤 괜찮은 사람이었다. 클로이는 계속되는 대공의 친절과 호의에 속이 복잡해졌다.

한편, 옆자리의 알렉산드로는 완전히 다른 생각을 하고 있었다.

─너무 잘해 주는데?

엊그제 들은 크리스의 장난 섞인 지적이었다. 알렉산드로는 분명 하녀에게 잘해 주고 있긴 했지만 별다른 의미는 없었다. 그저 제 하녀가 불쌍하고 안쓰러울 뿐. 그녀는 세리머니의 다른 일행들처럼 원해서 이 자리에 온 것도 아니었고, 따지고 보면 자신이 데려온 것이다. 그래서인지 클로이에게 책임감이 들었다. 만약 자신이 데려오지 않았더라면 수도에서 호르헤와 서로 좋아하는 일을 하고 있었을 텐데. 멈칫 고개를 돌리자 두 손으로 빵을 들고 오물거리는 옆모습이 보였다. 겉모습과 달리 내면은 똑 부러지는 아이였다.

'하지만 겁이 많지.'

덜덜 떨고 있던 클로이의 모습이 아직도 생생했다. 지금은 아무렇지 않은 척하지만, 분명 고생했을 것이다. 전장에 처음 뛰어들었던 과거의 자신처럼.

'……잘해 줘야겠군.'

그렇게 서로 다른 생각을 하는 두 사람 사이에는 침묵만 흘렀다. 하늘은 높고 새파랬으며, 구름은 손에 잡힐 것처럼 가까웠다. 시원한 바람이 땀 흘린 몸을 식혀 주었다. 주위는 시끄러웠고, 대공은 먼 곳을 바라보며 묵묵히 바람을 즐겼다.

클로이는 지친 다리를 주무르며 휴식을 취했다. 서로 다른 처지로 옆자리에 앉아 있었지만, 긴 행군 중의 꿀 같은 휴식은 두 사람에게도 위안이 되었다. 그렇게 말 한마디 없이 앉아 있다가 곧 점심시간이 끝나 버렸다.

'조금만 더 쉬다 갔으면 좋겠다.'

그녀가 엉덩이를 털고 일어날 때쯤 대공은 이미 행군을 시작할 준비를 마친 상태였다. 클로이는 속으로 피식 웃어 버렸다. 참 신기했다. 어렵다고만 생각했던 사람인데 언제부터 옆에 앉아 밥까지 먹게 됐는지. 클로이는 한결 가벼운 마음으로 대공의 옆에서 걸었다. 혹시 무슨 일이 생겨도 그의 옆에 있으면, 다른 데보다 훨씬 안전할 것 같았다.

'나를 죽게 내버려 두진 않을 거야.'

그만큼 알렉산드로가 보여 준 신뢰는 대단했다. 평화로운 오후였다.

차크다 람붓 백작입니다.

먼저 제국민으로서, 그레이엄 가문과 전하께서 베풀어 주신 은혜에 감사드립니다.

던칸은 무표정한 얼굴로 백작의 편지를 읽었다. 평소와 같아 보였지만 손에는 땀이 한가득이었다. 던칸이 이렇게 긴장하는 일은 거의 없었다. 제국에서 있었던 가장 큰 반란을 제압할 때조차 그는 위엄을 잃지 않았다. 심복인 험프리는 걱정스런 눈으로 던칸을 응시했다.

알렉산드로 그레이엄 기사단장님께서는 들어 왔던 대로 그 누구보다도 멋진 분이었습니다.

기사단장님을 저의 성에 모시게 되어 차크다 가문은 더할 나위 없는 영광이었습니다.

백작의 편지는 무려 다섯 장이나 되었다. 던칸은 재빨리 첫 장을 살펴보았다. 알렉산드로에 대한 칭송, 기사 로한의 불미스러운 일에 대한 사죄가 주된 내용이었다. 둘째 장은 기사 로한의 일이 잘 처리가 되었다는 것, 영지의 상태를 확인하며 알렉산드로가 보였던 반응 등 평이한 내용이 주를 이루었다.

'그 일은? 그 일은 어떻게 된 거지?'

던칸은 불안했다. 이런 평범한 이야기라면 다섯 장이나 되는 내용이 있을 리가 없다. 게다가 자신이 지시했던 일에 대한 언급도 아직 없었다. 던칸은 편지를 읽는 둥 마는 둥 넘기고 그가 알아야만 하는 내용을 찾기 시작했다. 그리고 편지의 셋째 장에서야, 염려하던 낌새가 보이기 시작했다.

저의 영지에는 미모로 유명한 두 영애가 있습니다.

특히 로렌스는 데미안 로베르트 자작의 청혼을 받았을 만큼 아름다운 여인입니다.

저는 전하의 편지를 받고 바로 그 둘에게 기사단장님을 모시라는 명을 내렸습니다.

에이미와 로렌스는 알렉산드로 기사단장님을 모시게 되어 영광이라며 그날 밤 당장 기사단장님의 침실을 방문했습니다.

던칸은 저도 모르게 침을 꿀꺽 삼켰다.

그리고…… 기사단장님은 무슨 이유에서인지 에이미와 로렌스를 호되게 쫓아내셨습니다.

저는 결례를 무릅쓰고 당장 기사단장님을 찾아뵈었습니다.

혹시나 다른 여성을 원하신다면 기꺼이 기사단장님의 취향을 여쭈어 최대한 편하게 모시고자 하는 의도였습니다.

하지만…… 기사단장님의 침실에는 이미 누군가가 함께 계셨습니다.

그리고 단장님께서 말씀하시길, 그분과 단둘이서만 침실을 이용하고 싶으니 누구도 들이지 말라고 하셨습니다.

던칸은 예상치 못한 내용에 눈을 크게 떴다. 알렉산드로는 그래도 대놓고 '그'와 함께하진 않았다. 늦은 밤이나 아무도 없는 곳에서만 밀회를 즐기던 아들이었다. 던칸은 떨리는 마음으로 편지를 다시 읽어 내려갔다.

그리고 단장님께서 제게 얼핏 보여 주신 그분의 모습은 하얗고 작은 손과 미성의 가녀린 목소리를 지닌 소녀의 것이었습니다.

'소녀였다고?'

던칸은 설마, 하는 마음으로 작은 기대를 품었다. 하지만 바로 이어진 내용은 그 기대를 산산조각 내는 것이었다.

그래서 저는 단장님과 함께 밤을 보내는 그분이 소녀인 줄 알았습니다.

소녀인 줄 알았습니다.
소녀인 줄 알았습니다.
소녀인 줄 알았습니다.
소녀인 줄…….

단 한 줄이었지만 던칸은 망치로 머리를 맞은 기분이었다. 글자들이 튀어나와서 머릿속을 빙그르르 돌았다. 아직 두 장의 편지가 더 남아 있었지만, 더 이상 읽을 자신이 없었다. 던칸은 편지를 내려놓고 마른세수를 했다. 험프리는 조마조마한 기분으로 던칸을 지켜보았다.

'종달새'라 부르는 소식통에 따르면 백작성에서 큰 문제는 없었다.

'크리스 경은 사흘 내내 연회에서 인사불성으로 취해서 밤에 대공님을 찾을 정신도 없었다던데…….'

다른 누군가가 있었나?

'설마, 에반?'

최악의 가정이지만 그럴 수도 있었다. 알렉산드로는 외모나 나이보다는 성격이나 친밀도를 더 중요시하는 듯했다. 그러니 아무리 가정을 이룬 에반이라고 해도 용의선상에서 뺄 수가 없었다.

그때, 던칸이 힘겹게 다시 편지를 집어 들었다. 험프리는 제 주인의 지친 듯한 표정에 깜짝 놀랐다.

'저런 얼굴은 한 번도 본 적이 없는데……'

던칸은 힘겹게 다시 편지를 읽어 내려갔다.

그래서 단장님의 명령대로 그 이후로 누구도 침실로 들이지 않았습니다.

단장님은 마치…… 누구에게도 그분을 들키고 싶지 않은 것처럼 보였습니다.

그분 또한 아주 늦은 시간에 다른 이들의 이목을 피해 단장님의 침실을 찾고, 이른 아침 몰래 침실을 나온다고 했습니다.

그분이 누구인지…… 저는 단장님이 떠나시기 전날 사실을 알게 되었습니다.

전하.

저는 이 편지를 쓰기까지 정확한 진실이 무엇인지 번뇌하고 투쟁했으며 이를 정말로 고해야 하는 것인지 밤을 지새우며 고민했습니다.

결국 이렇게 진실을 밝히게 된 까닭은…… 저 또한 세 아이의 아버지라는 책임감 때문입니다.

던칸은 그가 말하는 진실이 두려웠다. 이미 알고 있는 그것인지, 다른 무엇인지. 궁금하지만 자신이 원하는 내용은 결코 아닐 것 같았다. 그 진실은 잔인할 것이다. 하지만 알아야 했다. 알렉산드로는 자신의 하나뿐인 핏줄이고, 그레이엄 가문을 이끌어 갈 후계자니까!

사흘간 그레이엄 대공님과 함께 밤을 보낸 이는…… 다름 아닌 기사단장님의 마부 소년입니다.

툭.

편지가 던칸의 손에서 떨어져 바닥에 부딪혔다.

'마부 소년?'

던칸은 충격으로 굳어졌다.

'마부 소년이라니? 기사 크리스와 꽤 친밀한 관계로 지내는 것 같더니, 이제는 본격적으로 소년을 취하는 것인가? 아니면 크리스와는 연인 관계가 아닌 그저 밤 상대였던 것인가?'

머릿속이 복잡했다. 백작성에서 사흘간이나 그 소년을 품었다…….

'미치겠군.'

알렉산드로가 제 어머니의 일로 여자를 기피해서, 남자들하고만 어울린다고 생각했었다. 남성을 좋아해서 크리스와 함께하는 것은 아닐 거라고 믿어왔다. 여자를 싫어하니 대신 남자를 취하는 거라고, 그래서 정확히 취향과 타입이 있을 거라고는, 감히 상상도 못 했다.

'젊은 기사에 이어 마부 소년까지…….'

갑자기 뒷목이 뜨거워지기 시작했다. 이마에 열이 올랐다. 도저히 더는 칼 같은 무표정을 유지할 수가 없었다. 심장이 덜컹거리고, 숨을 쉬는 것조차 버거웠다.

'이럴 수가, 내 아들이…… 내 아들이!'

던칸은 가슴을 움켜쥐고 비틀거리며 창가로 향했다. 창문 밖은 평화로웠다. 황궁의 제일가는 정원, '태양의 정원'이 한눈에 내다보이는 가장 좋은 위치. 오직 자신만이 한눈에 내려다볼 수 있는 곳.

이 서재는 제 것이 아니라, 사실 황제의 것이었다.

"하하……."

갑자기 던칸이 창밖을 바라보며 웃음을 터뜨렸다.

"하하하!"

뒤에 있던 험프리는 볼 수 없었지만, 창밖을 응시하는 던칸의 얼굴엔 한 줄기 눈물이 흐르고 있었다. 던칸은 후회스러웠다. 아들인 알렉산드로가 아니라, 자기 자신에 대해 후회하고 있었다.

지난 삶은 분명한 목표를 가지고 있었고 이를 이루기 위한 온갖 더러운 일들의 범벅이었다. 하지만 던칸 스스로는 자랑스러웠다. 그렇지 않았던 적이 없었다. 평생 원했던 권력과 힘을 전부, 손에 넣었다. 그러나 이 아름다운 정원을 내려다보면서 아이러니하게도, 던칸은 그동안 자신이 해 왔던 더럽고 추잡스러운 일들만 떠올랐다. 이 자리를 차지하기 위해서 그동안 죄책감 없이 저질러 온 일들. 누군가를 상처 주고, 이용하고, 가차 없이 버리며 살아왔던 자신의 한평생.

한두 명이 아니었다. 그의 명령에 죄 없는 한 가문이 몰살당했고, 영지의 노예들이 전부 죽었다. 귀족들은 아직 그들의 나라에 황제가 있다고 알고 있지만, 제국 노스테로스의 황제는 이미 오래전에 죽었다. 던칸은 나이 어린 황제가 몸이 약해 정사를 살필 수 없다고 공표했다. 그의 말에 이견을 달 수 있는 자는 아무도 없었다. 황제 역할을 했던 소년은 죽은 지 오래였다. 귀족들은 황가의 사생아로 알고 있지만, 그 소년은 거리의 부랑아 중 한 명이었다.

이 모든 일은 던칸이 계획했다. 소년이 죽고 황제의 침실은 텅 비어 있은 지 오래였다. 하지만 던칸의 명령으로 황궁의 가장 외진 곳에 위치한 그곳에 드나드는 사람은 아무도 없었다. 황궁에서 일하는 이들조차 그 사실을 알 수 없었다.

던칸을 방해할 수 있는 사람은 없었다. 세상 어떤 것도 그를 두렵게 만들지 못했다. 던칸은 갑자기 소년의 얼굴을 떠올렸다. 아무것도 모른 채 끌려와서 겁먹은 눈으로 자신을 바라보던 맑은 얼굴.

―여기서 그냥 서 있기만 하면 되는 거예요……?

자신이 즉위식에서 황제의 역할을 한다는 것조차 모르던 길거리의 소년이었다. 소년은 즉위식 내내 벌벌 떨었다. 단 한 번도 그런 주목을 받아 본 일이 없었을 테니까. 좋은 옷을 입고, 모두의 앞에서 어깨를 펴고 당당히 걸어 본 일이 없었을 테니까. 그래서 던칸은 그 소년을 택했다. 모두의 위에 서는 것을 단 한 번도 꿈꿔 본적 없는 아이. 그 자리는 평생 저만의 자리여야 했으니까.

계획대로 적응하지 못한 그 아이는 죽어 들판에 버려졌고, 세상은 아무것도 변하지 않았다. 그 소년의 잔상이 사라지기도 전에 또다른 일이 떠올랐다.

벌써 26년 전의 일이었다. 떨리는 시종의 목소리가 던칸의 귓가를 맴돌았다.

―공작님, 소피아 님께서 출산하신 아기님은…… 여아라고 합니다.

아내, 소피아는 알렉산드로 이전에 한 명의 딸아이를 출산했었다.

―어찌할까요……?

그때 뭐라고 대답했던가. 던칸은 정확히 기억하지 못했다. 그 일은, 그때의 그에겐 별로 중요한 일이 아니었다. 그가 아는 건 그 아이를 몰래 처리했다는 것뿐.

죄책감은 없었다. 소피아와 던칸은 단 한 명의 아들만 원했다.

혼전 계약이었다. 던칸은 떨리는 입을 힘겹게 열었다.

"소피아가 낳았던 여아를, 네가 직접…… 죽였느냐?"

질문을 들은 험프리는 대답이 없었다. 지난 20년간 한 번도 되새기지 않은 일이라 기억을 더듬어야 했다.

"소피아 님께서 낳았던 아이는…… 사실 제가 직접 죽이진 않았습니다."

험프리는 담담히 과거의 일을 말했다.

"갓난아기라 사체가 저택에서 발각되면 의심을 받을 것 같아, 숲속에 버렸습니다."

던칸에겐 확인 사살이었다.

"큰 짐승들이 많이 오가는 곳이라 확인하진 않았지만 분명히 죽었을 것입니다."

"후우……."

자신이 저지른 끔찍한 일을 남의 입을 통해 들으니 더할 여지 없이 스스로가 추하게 느껴졌다. 진저리가 날 만큼 참혹했다. 그 당시에는 아무런 죄책감도 없었다는 게 가장 끔찍했다. 게다가 소피아의 가문, 맥코웰 공작가도 결국 자신의 손으로 멸문시키지 않았던가.

'비밀은 영원히 지켜질 것이다.'

이런 엄청난 일을 저지르고도 여태 멀쩡한 건 모두 던칸의 권력덕분이었다. 그리고 지금, 던칸은 자신이 저질러 온 악행의 대가를, 비열하게 얻은 권력의 대가를 마주하고 있었다. 시간을 돌릴수만 있다면 과거로 돌아가고 싶었다. 돌아가서…… 모든 것을 바로잡고 싶었다.

'내가 가지고자 했던 것들, 그리고 지금 누리고 있는 것들은 대체 누구를 위한 것인가?'

마침내 그가 가장 인정하고 싶지 않았던 사실이 보였다.

'나는 지금 평생 원하던 자리에 와 있는데, 왜…… 왜 행복하지 않은 거지?'

이젠 인정해야만 했다. 원하던 모든 것을 얻었지만 행복하지 않았다. 던칸의 얼굴에 또다시 뜨거운 눈물이 흘렀다.

'내가 벌을 받고 있구나.'

확실했다.

'내가 벌을 받고 있어.'

그는 두려워졌다. 제 죄는 많지만 알렉산드로가 잘못한 일은 없었다. 아들은 피해자였다.

'알렉산드로만은 행복해야 하는데…….'

자신이 저지른 모든 악행을 인지하게 된 던칸은 무서워졌다.

신을 믿지는 않지만 누군가가 존재한다면, 이게 자신에게 닥친 불행의 끝이 아닐 것 같다는 예감이 들었다.

오늘따라 몸이 좀 이상했다. 클로이는 체력이 좋은 편이라 다른 시녀들이 뒤처져도 기사들을 따라서 잘 걷는 편이었다. 그런데 오늘은 너무 피곤했다. 걸음도 점점 느려져서 점심시간 이후로 나란히 걷던 대공보다도 뒤처졌다. 간신히 뛰어야 그를 따라잡을 수 있었다.

'곧 그날인가?'

허리도 뻐근하고 피곤한 게 딱 그랬다. 클로이는 콧등의 땀을 닦았다. 아직 한두 시간은 더 행군을 계속해야 했다. 그때, 마침 대공이 뒤를 돌아보았다.

'또…… 눈이 마주쳤나?'

하지만 그가 다른 이를 불러 뭔가를 말하는 통에 클로이는 괜한 걱정이었구나 하고 안심했다.

"오늘은 이만 가겠다."

갑작스런 대공의 말에 시녀들과 시종들은 환호를 내질렀다. 기사들과 체력이 하늘과 땅만큼 차이가 나는 통에 행군이 끝날 때쯤이면 시녀와 시종들은 완전히 지치곤 했다. 그런 타이밍에 대공의 말은 단비처럼 반가웠다.

클로이는 대공이 말에서 내려오자마자 얼른 크산토스를 살폈다. 행군이 멈추면 그녀가 가장 먼저 하는 일이었다. 다른 시종들은 막사를 세우느라 바빴고, 저녁 식사를 담당하는 조리사들은 불을 피웠다.

대공은 칼을 살피고 있었다. 클로이는 시원한 물과 수건을 준비해서 그에게 다가갔다. 이미 갑옷을 벗은 뒤라, 닦으려고 손을 뻗자 대공이 그녀를 붙들었다.

"그건 내일 해도 된다."

"네, 그럼 얼른 저녁을……."

"내가 편할 때 먹을 테니 가서 쉬거라."

클로이가 말을 미처 끝내기도 전에 그가 거절했다. 보통 그는 말이 끝나기까지 기다려 주는데, 지금은 너무도 분명하게 자신의 의사를 밝혔다. 클로이는 의아했지만, 신경 쓰지 않았다.

'그럼 저녁 식사는 안 가져다줘도 되는 거겠지?'

갑옷도 닦을 필요 없고, 그의 저녁도 챙기지 않아도 된다.

"오늘은 호르헤 부원장에게 편지를 쓰지 말거라."

"네."

항상 의사를 묻던 그가 '하지 말라'고 말했다. 아무래도 대공에게 무슨 일이 벌어진 모양이었다.

'차라리 잘됐어.'

안 그래도 피곤했는데. 클로이의 얼굴에 옅은 미소가 드리웠다.

'자유다!'

"에반, 지금 무슨 소리를 하는 건가."

알렉산드로는 살며시 눈살을 찌푸리며 되물었다. 자신의 충성스런 부하는 말도 안 되는, 믿기지 않는 이야기를 늘어놓았다.

"이 모든 게 저의 잘못입니다."

"에반."

"왕녀는 그동안 이름을 속이고 있었고, 그 누구도 노예 명부에 올라온 이름과 실제 인물이 일치하는지 확인할 생각을 하지 않았던 것 같습니다. 전부 제 불찰입니다."

알렉산드로는 자신의 귀를 의심할 수밖에 없었다. 아침부터 에반이 무슨 일인지 심각해 있다는 걸 알고 있었다. 충실한 제 부하를 잘 아는 알렉산드로는 굳이 먼저 묻지 않았다. 심각한 일이 생겼다면 파악이 끝난 후에 제게 알릴 게 분명했다.

아니나 다를까, 누구보다 열심히 전서구를 날리고 받던 에반은 저녁 시간이 다 되어서 막사를 찾아왔다. 그러더니 꺼내 놓는 말들이 충격적이었다.

"단장님의 하녀는 엘파사의 베아트리체 왕녀입니다. 지금이라도 그녀를 세리머니에서 제외시켜야 합니다."

"그대가 착각을 하는 게 아닌가? 그 애는 아무리 봐도……."

알렉산드로는 심각한 에반의 얼굴을 보다 클로이가 떠올라 피식 웃었다.

"……아무리 봐도 귀족은 아니야. 그런데 왕족이라니."

클로이는 귀한 신분이라고 믿기 어려웠다. 아는 게 많고 글을 잘 쓰긴 했지만, 일단 그녀가 보여 왔던 이해하기 힘들 만큼 처절한 행동들이 그랬다. 알렉산드로는 사실 베아트리체 왕녀에 대해 정확하게 기억하지 못했다. 하지만 어렴풋이, 그녀가 한 번에 죽여 달라고 했었던 것은 기억했다.

'어떻게 생겼었지?'

베아트리체 왕녀의 얼굴을 떠올리려고 노력했지만 역시 또렷하진 않았다. 떠오르는 것은 대략적인 겉모습뿐. 주위 시녀들보다도 작았던 키와 체구, 길고 곧은 검은 머리 정도. 하지만 그 순간, 왕녀의 덜덜 떨리던 손끝이 눈앞을 스쳤다. 담대한 척 목숨을 내놓았지만 그녀는 제 앞에서 떨고 있었다.

'설마……?'

알렉산드로는 거기서 베아트리체와 클로이의 접점을 찾았다. 그제야 제 하녀가 베아트리체 왕녀와 비슷한 부분이 있는 것 같다는 의심이 들었다.

"엘파사에서 왔던 모든 노예 명부를 확인한 결과, 검은 머리의 소녀는 단 한 명이었습니다."

베아트리체 왕녀.

"그녀는 저희 쿠피히트 가문 소속, 수도 기사단 간호과에 배정되었고 간호과를 확인한 결과 그 누구도 베아트리체라는 이름은 모른다고 했습니다. 하지만 그날, 새로 일을 시작한 클로이라는 이름의 검은 머리 노예가 있었습니다."

알렉산드로의 얼굴이 점점 굳어졌다.

"그 아이는 스스로 엘파사 출신이라고 말했다고 합니다."

그러고 보니 그녀의 말투가 엘파사 출신과 비슷했다. 알렉산드로는 할 말을 잊었다.

'황당하군.'

그는 직무를 소홀히 한 노예 관리자들을 탓하지 않았다. 물론 이런 어처구니없는 일이 벌어진 까닭은 결국 그들의 잘못이지만, 그들만 욕할 수는 없었다. 제국은 전쟁을 통해 대륙을 통일했고, 그 과정에서 노예들은 기하급수적으로 증가했다. 그토록 많은 전쟁 노예들을 전부 다 관리하긴 힘들었을 것이다. 게다가 엘파사 왕족의 정통성을 가지지 못한 베아트리체 왕녀를, 왕족이 아닌 평범한 전쟁 노예로 처우하라고 했던 것은 바로 자신이었다. 그러니 외양만 조금 다를 뿐 특별할 것 없는 노예를 눈여겨봤을 리 없었다.

"……믿을 수가 없군."

알렉산드로는 제 입가를 쓸었다. 얼굴이 기억나지 않는 그 왕녀와 클로이의 얼굴이 겹쳐 보였다.

"저도 믿기 힘들었지만, 그 얼굴을 볼 때마다 어디서 본 것 같다는 느낌이 먼저 들곤 했습니다. 설마 했지만 그냥 넘겨 버린 제 잘못입니다."

에반은 정중하게 한쪽 무릎을 꿇고 고개를 숙였다.

"모두 제 불찰입니다, 각하."

그녀는 반란군의 첩자 노릇을 할 수도 있고, 대공에게 독을 먹일 수도 있었다. 제국의 기사단장이자 수뇌부인 그를 제일 가깝게 수발들고 있는 이가 패전국의 왕녀라니. 절대 있어서는 안 되는 일이었다.

처음부터 에반은 비천한 노예를 대공의 하녀로 삼는 게 탐탁지 않았다. 하지만 알렉산드로가 결정한 일에 제가 감히 반대를 할 수 없었고, 얼핏 듣기로 동생인 아론이 권했다고 해서 그냥 넘어갔다.

"그 애가 왕녀였다니……."

굳어있던 알렉산드로는 그저 피식 웃고 말았다. 에반의 걱정과는 달리, 대공은 베아트리체 왕녀가 정체를 숨기고 자신의 수발을 들고 있는데도 불구하고 별로 심각해 보이지 않았다.

'아무렇지도 않으신 건가?'

놀란 기색은 보였지만, 전혀 기분이 상하거나 하진 않은 것 같았다. 에반은 그의 심기를 거스르고 싶지 않았다. 대공이 하녀를 꽤 마음에 들어 한다는 사실은 그도 알고 있었다. 하지만, 쉽게 넘길 수는 없었다.

"제가 처리하겠습니다."

"아니, 됐다."

에반이 말을 꺼냈지만, 알렉산드로는 단번에 이를 거절했다. 아무 생각 없었는데 저절로 대답이 튀어나왔다. 그 스스로도 놀랐다.

'난 그 아이를 어쩔 셈인가.'

혼란스러웠다.

'전혀 짐작도 못했는데……'

말도 안 되는, 생각지도 못한 반전이었다. 제 옆에서 시중을 들던 이가 엘파사의 왕녀였다. 에반의 우려가 무엇인지 그 역시 모르는 바가 아니었다. 패전국의 왕녀를 자신의 하녀로 계속 둘 것인가? 그건 분명 심각하게 고민할 할 문제였지만……

'그 애가 나를 해칠까 고민하는 건가, 지금.'

강한 헛웃음이 터졌다. 그녀는 전혀 걱정해야 할 상대가 아니었다. 자신을 암살하거나 독살하기는커녕, 그녀는 제가 한마디라도 더 말을 걸까 무서워 항상 전전긍긍 자신을 피해 다니기 바빴다. 게다가 자신이 지목해서 데려온 아이인데, 꿍꿍이 따위가 있었을 리 없지 않은가?

'다만 왜 정체를 숨기고 생활하는지 궁금하긴 하군.'

어쨌든 알렉산드로는 에반이 그녀를 처리하게 둘 생각이 없었다. 자신이 데려왔으니 자신이 끝까지 책임져야 했다.

"하지만 각하, 왕녀에게 어떤 속내가 있는지 모르는 상황에서 혹시라도 단장님께 불미스러운 일을 저지를까 걱정입니다."

알렉산드로는 연이어 피식 웃음을 터뜨렸다. 불미스러운 일을 저

질러? 그 애가?

"절대로 그럴 수 있는 아이가 아니다."

고개를 저은 그가 담담히 자리에서 일어섰다.

"그만, 됐다. 시간 낭비를 할 필요는 없지."

"……."

"이만 가서 쉬는 게 어떤가."

에반이 염려스러운 얼굴로 그를 주시했다. 물론 왕녀의 외양은 도무지 해가 될 거 같지 않았다. 알고는 있지만, 아무래도 대공은 무언가를 간과하고 있는 것 같았다. 베아트리체 왕녀는 심각하게 어려 보인다. 에반의 눈에도 10대 중후반의 소년, 혹은 소녀처럼 보였다. 그러니 그녀를 애처럼 만만하게 여기는 것이리라.

"각하……."

대공은 베아트리체 왕녀에 대해서 잘 모른다.

"왕녀는 어린아이가 아닙니다."

에반이 심각한 얼굴로 말했다. 옅은 미소를 머금은 알렉산드로는 계속해 보라는 듯, 말없이 팔짱을 낀 채 눈짓했다. 왕녀에 대한 이어질 말들을 기다리고 있었다. 에반은 그의 눈을 바라보며 말했다.

"왕녀는 25세의 성인입니다."

"……뭐?"

순식간이었다. 알렉산드로의 표정이 눈에 띌 정도로 놀란 얼굴로 변했다. 두 눈이 크게 떠졌고, 충격을 받은 듯 도톰한 입술이 벌어졌다. 에반도 처음 보는 얼굴이었다. 대공의 심경 변화를 이해할 수 없었다.

'설마, 지금 그 하녀가 베아트리체 왕녀라는 사실보다 '성인 여

자'라는 사실에 더 충격을 받으신 건가?'

어처구니없지만 사실이었다. 알렉산드로는 그녀가 베아트리체 왕녀였다는 사실보다 25세의 성인이라는 사실에 더 큰 충격을 받았다.

아이, 당연히 소녀라고 생각했던 이가 사실은 여자였다. 알렉산드로 스스로도 알 수 없는 일이었다. 가슴이 뛰었다. 왜, 그녀가 베아트리체 왕녀라는 사실보다 저와 같은 나이라는 사실이 더 놀라웠을까?

그가 알고 싶고 듣고 싶은 많은 것들이 머릿속에 떠올랐다.

지금 당장 그녀를 만나야 했다.

—베아트리체 2권에서 계속—

BLACK LABEL CLUB 024
베아트리체 1

1판 1쇄 발행 2016년 4월 8일
1판 5쇄 발행 2020년 10월 26일

지은이 마셰리
펴낸이 신현호
편집부장 예숙영
편집 박상희
편집디자인 한방울
영업·관리 김민원 조은걸 조인희
물류 이순우 최준혁 박찬수

펴낸곳 ㈜디앤씨미디어
출판등록 2002년 5월 1일 제117-90-51792호
주소 서울시 구로구 디지털로 26길 111 JnK디지털타워 503호
대표전화 (02)333-2513 팩스 (02)333-2514
전자우편 dncbooks@dncmedia.co.kr
디앤씨북스 블로그 http://blog.naver.com/dncbooks

ISBN 979-11-264-2828-1 04810
      979-11-264-2727-7 세트